Justo antes del final

EMILIANO MONGE

Justo antes del final

RANDOM HOUSE

El papel utilizado para la impresión de este libro ha sido fabricado a partir de madera procedente de bosques y plantaciones gestionadas con los más altos estándares ambientales, garantizando una explotación de los recursos sostenible con el medio ambiente y beneficiosa para las personas.

Justo antes del final

Primera edición: agosto, 2022

D. R. © 2022, Emiliano Monge
Indent Literary Agency,
1123 Broadway, Suite 716,
New York, NY 10010
www.indentagency.com

D. R. © 2022, derechos de edición mundiales en lengua castellana:
Penguin Random House Grupo Editorial, S. A. de C. V.
Blvd. Miguel de Cervantes Saavedra núm. 301, 1er piso,
colonia Granada, alcaldía Miguel Hidalgo, C. P. 11520,
Ciudad de México

penguinlibros.com

ISBN: 978-607-381-689-2

Impreso en México – *Printed in Mexico*

A Rosa María y a Cecilia

"Hay lágrimas en la naturaleza de las cosas"

Eneida, VIRGILIO

"Reina: ¡Ah, Hamlet! Me has partido
en dos el corazón.

Hamlet: Pues tira la peor parte
y con la otra mitad vive más pura"

Hamlet, SHAKESPEARE

I

1947

Ningún comienzo es sencillo, te dirá tu madre.

Tu abuela, por ejemplo, enfermó justo después de que yo naciera.

Se le complicó, en realidad, el mal que padecía y me culpó a mí, su última hija. Por eso, porque había hecho que empeorara, no quiso amamantarme.

Ni siquiera me cargaba, dirá tu madre, como buscándose en su voz. El pretexto era que le dolían los brazos, que se le trababan las articulaciones, que los huesos habían empezado a deformársele.

La verdad, sin embargo, es que usó todo eso como excusa. Como pretexto para no tener que cargar a su hija más pequeña, añadirá dejando que una pausa interrumpa sus palabras, antes de continuar: aunque, obviamente, no lo recuerdo, sé que me amamantó Ofelia.

Ofelia había sido paciente de tu abuelo antes de ser trabajadora de tu abuela, del taller de costura que ella tenía, más como un pasatiempo que otra cosa, te dirá tu madre, encontrando algo en su voz.

El mismo taller en el que mi madre seguiría trabajando durante años, como si no le doliera ningún hueso.

Tus tías, las que le contaron a tu madre que ella tuvo nodriza, te dirán que aquella mujer no era normal.

Algo le pasaba en la cabeza, añadirán haciendo cada una una mueca diferente: al final, caminaba por la casa hablando en lenguas extranjeras. Eso, sin embargo, no será lo que querías que te contaran.

No, tu abuelo no estuvo presente el día que tu madre nació, te dirán entonces ellas, volviendo al punto de partida, porque creerás que eso es posible. En realidad, no estuvo presente durante los primeros meses de la vida de esa niña que nació diminuta y que así habría de quedarse.

Como el psiquiatra reconocido que era, sumarán tus tías, cuyas voces, pensarás de pronto, será mejor separar luego, su padre había sido nombrado perito médico del segundo juicio de Goyo Cárdenas, el estrangulador de Tacuba, quien, tras fugarse de La Castañeda, sería enviado a prisión, donde pasaría los siguientes 34 años.

Ese juicio y ese asesino, su enfermedad mental, en realidad, mantuvieron ocupado a tu abuelo durante los primeros meses de vida de su hija más pequeña.

Sí sabes quién fue Goyo Cárdenas, ¿no?

Leerás que ese año, en Francia, se estrenó *Las criadas*, de Jean Genet, obra en la que las sirvientas de una casa, tras un suceso en apariencia nimio —se ha fundido un fusible y resulta indispensable cambiarlo—, asesinan a su patrona, ensañándose brutalmente con el cuerpo de aquella mujer con la que, en apariencia, han convivido cordialmente durante años, a tal punto que una habría sido nodriza de sus hijas; que, en Estados Unidos, Edwin Land presentó, ante un auditorio abarrotado de gente, la *Polaroid Land Camera*, primera cámara instantánea de fotografías de la historia, y que, en México, el famoso multiasesino serial Gregorio Cárdenas Hernández, mejor conocido como Goyo Cárdenas, fue enviado a prisión —condenado a 34 años— a pesar de que el perito médico de su último juicio, tu abuelo, aseveró que su actuar era consecuencia del daño neurológico que le había causado una encefalitis infantil y que, por lo tanto, debía ser tratado como enfermo.

II

1948

Tu madre te dirá que tampoco recuerda nada de su segundo año de vida. No, no es cierto, se corregirá un instante después, como abriendo con su voz el frasco que contiene su pasado: recuerdo el frío.

Pero sólo eso, que la casa era helada y oscura, que las cortinas siempre estaban cerradas, te dirá bajando nuevamente el tono de su voz: lo demás, que dormía en un cuarto que habilitaron para mí y para Ofelia, también me lo contaron.

Entonces, como no recuerda nada más de aquel segundo año, tu madre te dirá, con voz indiferente, lo que le dijeron sus hermanos: que no lloraba nunca, que no hacía, en realidad, ruido alguno, que parecía ser alérgica al pelo y que el frío le sacaba ronchas. Que era, pues, una niña frágil, casi siempre enferma de algo.

La cara, te dirá también que le contaron tus tíos, la tenía recubierta, patinada por una costra reluciente de mocos y saliva.

Por eso, añadirá, la apodaban niña tornasol.

Tus tíos confirmarán que así se referían a tu madre, como la niña tornasol.

Luego, para justificar aquello —que nadie la limpiara, por ejemplo—, te dirán que tu abuela acabó ese año sentada en la silla de ruedas de la que apenas y volvería a levantarse.

Y que su padre, quien dejó su trabajo como perito médico tras un complicado incidente en un juzgado, además de consolidar su consulta privada, aquel año fue nombrado subdirector del hospital en el que también laboraba, por lo que cada vez pasaba menos tiempo en su casa.

Las enfermedades de la mente, los enfermos, sus pacientes, siempre obsesionaron a tu abuelo, te dirán tus tíos. Probablemente porque su madre, tu bisabuela, sufrió demencia prematura, aunque también podría ser porque su hermano había sido esquizofrénico.

Por lo que sea, lo que fue es que a tu abuelo siempre le importaron más los locos que los cuerdos.

Leerás que ese año, que por cierto fue bisiesto, por lo que tu madre padeció el frío un día más, se inventó el transistor, revolucionándose la historia de la radio, aparato cuyo rumor, dirá tu madre algún día, será una de las pocas cosas que recuerde de sus primeros dos años de vida; que, en Colombia, se llevó a cabo la primer marcha del silencio de la historia; que se fundó la Organización Mundial de la Salud —llamada, entre otras cosas, a trastocar el futuro de las enfermedades mentales—; que, en Inglaterra, se presentó el primer auxiliar para sordos de una sola pieza; que se creó el Estado de Israel —donde, semanas después, un francotirador asesinó a un primer niño palestino—; que se publicó la Declaración Universal de los Derechos Humanos; que, en los Estados Unidos, vio la luz *La conducta sexual del varón*, libro de Alfred C. Kinsey que obsesionaría a tu abuelo y marcaría, sin quererlo, la vida de uno de tus tíos, y que, en México, Mario de los Ángeles Roque, acusado de asesinar y descuartizar a su esposa y a sus tres hijos, intentó estrangular, durante su juicio, al perito médico que lo habría diagnosticado, es decir, a tu abuelo.

III

1949

Tu madre desenredará, delante de ti, un primer recuerdo. Cuando cierro los ojos, lo veo aquí, como se ve un álbum de fotografías, te contará con una voz que ya no volverá a soltar, mientras tú piensas: como los embriones de una *Polaroid Land Camera*. En estas imágenes, aunque no podría decir si es por la tarde o la mañana, Ofelia es expulsada de la casa. Las fotografías que las palabras de tu madre extraerán de su hipotálamo, antes que de un frasco, estarán, sin embargo, superpuestas: implosionadas, aseverará ella sorprendiéndote al usar esa palabra, que nunca imaginaste que usaría.

Ofelia, algunos retazos de oraciones, unas tijeras y varios mechones del cabello de tu madre, sobre el suelo. Las tijeras otra vez, un par de hilos de sangre, los brazos lacerados de Ofelia y su cabello —el de esa mujer que ascendiera de loca a costurera y de costurera a nodriza— sobre las losas. Tu abuela, gritando desde su silla; tus tías y tu abuelo corriendo de un lado a otro, y los enfermeros, a los que él —quién si no— habría llamado, sometiendo a Ofelia, que los insulta en tres o cuatro idiomas.

Eso, cómo se llevaron a su madre substituta, lo describirá con precisión, con una exactitud que sólo puede deberse a la imaginación o a un dolor muy hondo, te dirás mientras escuchas: los enfermeros la abrazaron, la sometieron y le inyectaron algo en el hombro o en el cuello. Luego la acostaron en una camilla, atravesaron la casa y la sacaron.

Afuera, en la calle, se les cayó, con todo y que no estaba luchando, que se había quedado quieta. Por eso tuvieron que cargarla otra vez, antes de meterla en la ambulancia.

Al final, cuando se fueron, mis hermanas me rodearon y abrazaron.

Tus tías, las que abrazaron a tu madre el día que se llevaron a Ofelia, te contarán que fue después de ese suceso que su hermana se mudó al cuarto de ellas.

Como se había quedado sin cama —el colchón donde dormía con Ofelia no cupo en su nueva habitación—, aquella niña tornasol, tu madre, durmió a partir de entonces en un cajón, añadirán tus tías ante la puerta de la casa de una de ellas —vivirán a un par de cuadras una de la otra—: en el cajón más grande de la cómoda, eso sí, donde guardábamos la ropa.

Luego, cuando se sienten en la sala, tu tía mayor y tu tía mediana, la gorda y la falsa flaca, la maravillosa cocinera y la devota fiel, esas mujeres siempre a punto de reír y con la boca llena de palabras a las que no volverás a juntar, como tampoco harás de nuevo con tus tíos, te contarán cómo construyeron un pequeño clóset, para tu madre, utilizando cajas de zapatos.

El único que nos ayudó con aquel cajón y aquellas cajas, aseverarán, fue el abuelo minero, el padrastro de nuestra madre, que siempre que podía iba a visitarnos.

Leerás que ese año, en La Habana, una manada de soldados gringos profanó la tumba de José Martí, el poeta que tanto le gustaba a tu bisabuelo minero; que, en Barcelona, fueron fusilados cuatro miembros del Partido Socialista Unificado de Cataluña, el más viejo de los cuales había sido el mejor amigo, en su juventud, de tu bisabuelo minero, además de que había sido culpable de que él, el padrastro de tu abuela, terminara casado con tu bisabuela; que, en los Estados Unidos, se estrenó la película basada en *La muerte de un viajante*, de Arthur Miller, película que, años después, se convertiría en la obsesión de tu abuelo, el padre de tu madre, quien presumiría haberla visto treinta veces; que, en Quito, fue traducida y retransmitida la versión radiofónica de *La guerra de los mundos*, de H. G. Wells, desatando la misma locura que había desatado en Londres diez años antes, pero peor: en aquel país andino cuyo nombre parte el mundo, las masas —engañadas, enfurecidas y humilladas— quemaron la radiodifusora y lincharon a sus trabajadores cuando supieron que todo había sido una broma; que, en Viena, el médico Leo Kanner retomó diversas teorías de comienzos de siglo para proponer su teoría de las madres refrigerador y sentar las bases del autismo como síndrome relacionado con el estilo de maternidad fría y distante "propio de las familias de intelectuales"; que, en el Vaticano, el Papa Pío XII excomulgó a todos los comunistas del tiempo, es decir, del pasado, del presente y del futuro, como si fuera, ese Papa, la encarnación de Matusalén, y que, en Madrid, se celebró el Primer Congreso Iberoamericano de Medicina Mental, donde tu abuelo, uno de los oradores principales, defendió el uso de psicotrópicos en pacientes y puso, como ejemplo, el caso de Ofelia, una mujer que, a pesar de los electroshocks, en un ataque de neurosis desgarró su cuerpo con un par de tijeras.

IV

Tu madre te contará que ese año dejó de dormir de corrido.

Aunque dudará, cerrando los ojos, si fue o no ese año, si no habrá sido al siguiente, se dará la razón, abriendo los párpados y confirmando que sí, que fue entonces cuando el sueño se le escapó.

No, no porque durmiera en un cajón habilitado como cama: dejé de dormir por los gritos que salían —o que creía que salían— del cuarto de mis hermanos, el cuarto de los hombres. Unos gritos que, a pesar de escucharse en la distancia y así como encerrados, como apagados, pues, reconocía como gritos de súplica o de súplica y terror.

Fue durante una de esas noches, la noche en que, tras despertar, en lugar de luchar por volverme a dormir, salí del cuarto; la noche, pues, que di con el valor que vence al miedo, aunque quizá con lo que di entonces fue con la desesperación o la imprudencia, se corregirá tu madre arqueando los labios hacia abajo, con una de esas sonrisas de cabeza que indican que aquello que está a punto de decirte va a dolerle.

En la penumbra, la niña más pequeña de su casa atravesó aquella construcción con pasos diminutos, al tiempo que se cubría la boca con la mano derecha y con la izquierda arañaba el espacio que se abría delante suyo. La puerta del cuarto de tus tíos —también ellos compartían habitación, aseverará sin mudar la sonrisa bocabajo de su rostro— estaba abierta.

Entonces, por primera vez en mi vida, entré en aquel espacio masculino en el que, convertida en fantasma y sorprendida, descubrí la ausencia de mi hermano mediano.

Cuando la sorpresa dejó su sitio a la confusión, salí de aquel cuarto y, en el pasillo, te contará removiéndose sobre el sillón, cerré los ojos y concentré mi atención. Así volví a escuchar aquellos gritos apagados, aquellas súplicas que, estaba claro, salían de la boca de mi hermano mediano —aquel tío tuyo que, años después, habría de convertirse en el primer mexicano en probarse en un equipo de futbol americano de los Estados Unidos—.

Ante la puerta del despacho de mi padre, constaté que era ahí donde nacían los lamentos que había estado escuchando. Y no sé por qué, en vez de irme, me agaché, avancé en cuclillas y asomé la mirada, deseando ser invisible: mi hermano estaba hincado.

Como tu abuelo estaba de espaldas a la puerta, no alcancé a ver qué hacían él y mi hermano —ese mismo tío tuyo que, varias décadas más tarde, te paseará en su taxi por la ciudad, de librería en librería—.

Tu madre recordará, eso sí, que tu tío suplicaba y que tu abuelo sostenía algo entre las manos.

El hermano mediano de tu madre, el preferido de tu abuela, te contará, durante uno de los últimos viajes que hagan en su taxi, que ni siquiera le gustaba el futbol americano.

Que jugaba, que practicaba aquel deporte porque tu abuelo había leído, en *La conducta sexual del varón*, del doctor Alfred C. Kinsey, que eso era lo que él necesitaba. Que, según aquel doctor, que por supuesto nunca lo auscultó ni supo nada de su caso, necesitaba desfogar la energía que le sobraba, que no sabía o no podía controlar.

Y te contará, ese mismo día y en ese mismo paseo, mientras circulan por Calzada de Tlalpan y sacas la mirada de su taxi, buscando los vagones anaranjados del convoy que corre a su izquierda para evitar mirar el gesto de tu tío, ese gesto con el que cubrirá sus facciones casi siempre imperturbables, el momento de su vida en el que más miedo sintió, el único en el que tuvo, de hecho, terror.

Tenía doce o trece años, se había mudado al cuarto de su madre y recién había entrado a su primer equipo de futbol americano. Entonces, añadirá el hermano de tu madre, acelerando el motor de su taxi, con la venia de tus abuelos, es decir, de tu abuelo, varios hombres enmascarados fueron por mí a la casa, durante una noche que podría haber sido cualquier otra.

Aquellos hombres —no recordará si eran tres o si eran cuatro— me amarraron, encapucharon, sacaron a la fuerza y montaron en un auto del que no me bajarían hasta media hora después, para arrastrarme por una escalera —una escalera interminable— mientras decían que mi vida se había terminado. Poco después, me lanzaron al vacío.

Cuando finalmente cayó, tras volar por los aires un tiempo que le resultó infinito, una masa de agua tibia recibió su cuerpo. Me habían lanzado desde el trampolín de diez metros.

Había sido mi novatada. Una novatada que, años después, descubrí que había sido idea de mi padre.

Lo supe, lo entendí cuando leí *La conducta sexual del varón*.

Leerás que ese año la Unión Soviética falló por tercera, cuarta, quinta, sexta, séptima, octava, novena, décima, decimoprimera, decimosegunda, decimotercera y decimocuarta vez en sus intentos por detonar una bomba nuclear en el sitio de pruebas de Semipalatinsk; que la selección uruguaya de futbol venció, dos goles contra uno, a la selección brasileña en la final de la Copa del Mundo de Brasil, desatando la locura de los aficionados presentes en el Maracaná, algunos de los cuales se inmolaron, se lanzaron desde el segundo piso o escalaron al techo para dejarse caer desde aquella otra altura; que Celia Cruz, probablemente la única cantante que atravesó los gustos musicales de tu abuela, tu madre y tuyos, hizo su primera presentación pública con la Sonora Matancera, cantando "Ritmo, tambó y flores", original de José Vargas, cuya letra dice: "Un jardinero de amor / siembra una flor y se va / otro viene y la cultiva / de cuál de los dos será"; que un terremoto destruyó dos terceras partes de la ciudad de Cusco, dejando un reguero de muertos incontables y varias hordas de vivos fantasmales, extraviados y enmudecidos, quienes se pasearon, durante días y semanas, entre los cadáveres y los escombros, conducta que dio lugar a los estudios, investigaciones y publicaciones del doctor Raúl Watanabe, precursor de la psiquiatría social latinoamericana, con quien tu abuelo intercambió innumerables cartas —casi todos los sobrevivientes de aquel sismo estaban, para su suerte, en las calles aledañas a la cancha de futbol en la que el Cienciano se jugaría el campeonato nacional contra el Sport Boys del Callao—; que, en Viena, el psicoanalista Bruno Bettelheim, respondiendo a la teoría de las madres refrigerador que Kanner sostuviera un año antes, cimbró lo que hasta entonces habían sido los pilares del estudio sobre el autismo, aseverando que éste era un trastorno emocional que se desarrollaba en los pequeños a consecuencia de daños psicológicos infligidos por las madres, y que, en Gosen, prefectura de Niigata, nació Yoshifumi Kondō, dibujante, ilustrador y animador japonés, famoso por ser el creador de *La princesa Mononoke*, *Recuerdos del ayer* y *Susurros del corazón*, pero no por su extraordinario trabajo *Las neuronas también cantan*, encargo de la Universidad de Kioto que ilustró el desarrollo del sistema nervioso en los fetos, como nunca antes se había hecho.

V

1951

Tu madre te dirá que ese año desaparecieron los gritos de tu tío, tras pasarse él al cuarto de tu abuela.

No, mis padres habían dejado de compartir habitación hacía mucho, si es que alguna vez lo habían hecho, añadirá desviándose un instante del asunto que quería, al parecer, contarte. Claro, él volvió a dormir, pero yo no: empecé a levantarme por cualquier cosa. Incluso a consecuencia del silencio, un silencio en el que a veces, si ponía atención, podía escuchar las discusiones de los bichos y animales que vivían en las paredes, dirá volviendo la mirada, sin darse cuenta, a la pared de la casa en que estarán.

Otras veces, sumará tras despegar los ojos de las paredes de su casa, echar la cabeza atrás y volver a arquear los labios, al que escuchaba era a mi padre. Los jadeos, en realidad, que a tu abuelo no le preocupó nunca ocultar y que salían de su despacho o incluso de su cuarto. Igual que el año anterior, al final, me levanté una madrugada, salí al pasillo, atravesé la casa, avancé acuclillada los últimos metros y asomé la mirada.

A veces era una empleada de la casa, otras una enfermera, de vez en cuando una amiga de tu abuela o una pariente lejana; en ocasiones alguna expaciente, una de esas mujeres que, tras haber sido dadas de alta, se contrataban como asistentes suyas en el hospital, para trabajar en su consultorio o de ayudantes de mi madre.

¿No temías ser descubierta?, preguntarás entonces, aprovechando la pausa que ella hará. No, claro que no. Y es que no podían verme, dirá tu madre, porque eso que tanto había deseado, ser invisible, lo había conseguido.

Entendí, aseverará encogiendo los brazos y llevándose las manos a la cabeza, que era invisible, que en aquella casa nadie me veía.

Sí, sus hermanas y su hermano chico, sí. No, en la escuela, donde no tenía amigas, tampoco la veían.

Pensaba que yo no era igual a los demás.

Que no tenía cuerpo.

No, claro que no es cierto.

No puede ser, además, porque la hubieran descubierto, alguien habría visto a mi hermana alguna noche, te dirá el hermano chico de tu madre.

Tu abuelo se desvelaba, sí, pero porque siempre estaba trabajando, sobre todo en sus ponencias, para las que sólo le quedaban esas horas de la noche, añadirá cambiando el tema.

Recuerdo, por ejemplo, la ponencia que presentó en el Primer Congreso Iberoamericano de Medicina Mental, porque a veces ensayaba conmigo y con su hijo más grande, dirá el hermano que podía ver a tu madre: era una síntesis de su tesis doctoral y sus trabajos en La Castañeda.

Luego, tu tío más cercano, quien a pesar de ser un hombre sensible, padre y esposo ejemplar, negará varias veces que tu abuelo torturara física o mentalmente a sus hijos o que metiera a otras mujeres en su casa, te dirá que aquella tesis fue fundamental para que la neuropsiquiatría se desarrollara en México y para que se empezaran a aceptar las terapias con drogas como opción a las de electroshocks.

Aun así, casi sin quererlo, sin darse cuenta, pues, el hermano más hermano de tu madre, quien tantas veces suplirá a tu padre en tu universo emocional, te dirá, cuando ya no dé de sí lo de las ponencias de tu abuelo y divague por las terapias con drogas y por el uso de esas mismas drogas, como si abriera la puerta de una habitación a la que no se hubiera aún asomado, que igual y sí, que igual y las adicciones de su padre, a la cocaína y a la heroína, por ejemplo, podrían haberlo transformado en alguien más.

Y que, tal vez, pero sólo tal vez, podría haber ahí, en el pasado, algunos años en los que su padre llevara a casa, por las noches, a otras mujeres. Sin embargo, que él sepa, que él pueda realmente asegurar o recordar y, por lo tanto, aseverar, hubo una sola, que la única amante que su padre tuvo fue su cuñada, la media hermana de tu abuela.

Esto, claro, tu tío preferirá, cuando intentes hablarlo de nueva cuenta, obviarlo, no negarlo, pero pasarlo por encima, hacerlo a un lado. Por eso insistirá en lo de la tesis de tu abuelo, como si eso, lo de la tesis, fuera importante, como si eso, lo de la tesis, fuera lo que tú le hubieras preguntado.

Tu abuelo es algo así como el padre de la psicofarmacología de este país. Él revolucionó, por ejemplo, el tratamiento de la epilepsia y los de las neurosis, además de que introdujo la castración química.

Lo obsesionaban las conductas sexuales anormales, aseverará. Y, otra vez, casi sin quererlo, dirá que sí, que igual y sí, que igual y le hizo algo a su hijo mediano.

Pero que, seguro, sólo puede estar de otra cosa: que, en todo caso, su hermano fue, para su padre, una inspiración, antes que un paciente.

Leerás que ese año, en Nueva York, la ONU creó la Oficina del Alto Comisionado de las Naciones Unidas para los Refugiados; que, en Alemania Occidental, fue encontrada, juzgada y condenada a cadena perpetua Ilsa Koch, la bruja de Buchenwald, esposa del comandante de aquel campo de concentración —verdadera industria de la muerte y la exterminación—, por la tortura, castración química y asesinato de cientos de miles de seres humanos, en su mayoría de origen judío; que, en Israel, se creó el Mossad, servicio secreto que desaparecería, durante los siguientes meses, a los primeros siete palestinos de los que nunca más se sabrá nada; que, en México, inició sus transmisiones El canal de las estrellas, en cuya pantalla, las primeras estrellas internacionales que brillaron fueron Celia Cruz —cantando "Ritmo, tambó y flores"— y Sansoncito, nieto de El Sansón, natural de Zuera, provincia de Aragón, cantante de jotas que nunca reconoció a tu bisabuela —la madre de tu abuela y la hermana bastarda, por lo tanto, de la madre del Sansoncito, mujer que moriría loca y que habrá sido concebida durante una gira de El Sansón por el bajío mexicano—, aquella mujer, tu bisabuela, que, años después, se casó en segundas nupcias con un minero que también era de origen español, como queriendo arreglar, de esa manera, el entuerto de su origen; que los Estados Unidos llevaron a cabo, con éxito, las detonaciones de su séptima, octava, novena, décima, decimoprimera, decimosegunda, decimotercera, decimocuarta, decimoquinta, decimosexta, decimoséptima y decimoctava bombas atómicas, en el marco de la operación *Greenhouse*, en el atolón Enewetak; que, en México, se llevó a cabo el Primer Congreso de Academias de la Lengua Española, donde se creó la Asociación de Academias de la Lengua Española; que, en Inglaterra, murió Ludwig Wittgenstein, enemigo acérrimo de ideas como que la lengua necesite academias —"todo cuanto quede envuelto en la idea de la expresividad del lenguaje, debe permanecer incapaz de ser expresado en el lenguaje, y es, por consiguiente, inexpresable en un sentido perfectamente preciso"—, y que, el mexicano Luis E. Miramontes sintetizó la 19-noretisterona, primer anticonceptivo oral de la historia y primera píldora que tu madre utilizaría, años después, según te contará ella misma, cuando también te cuente que fue tras una borrachera que decidió dejar de utilizar aquella píldora, para poder concebirte.

VI

1952

Tu madre te contará que ese año, tras una de las cortinas que en su casa siempre estaban cerradas, descubrió una ventana a la que le faltaba un vidrio.

Y descubrió, poco después, que su cuerpo cabía a través de aquella ausencia que daba a una balaustrada de no más de cuarenta centímetros, es decir, de casi medio metro. Ahí empecé a pasar algunos ratos, después algunas horas y finalmente tardes enteras.

No, obviamente nadie se daba cuenta de que era ahí en donde casi siempre estaba, aseverará tras recordarte que se había vuelto invisible, que no tenía cuerpo, que, en aquella casa, casi nadie la veía, así que casi nadie la buscaba. Sería ahí, sin embargo, en esa balaustrada, donde ella sentiría otra vez que tenía un cuerpo, donde tu madre se sentiría viva o, más bien, donde no sentiría que su vida era prestada.

La mejor, te contará sonriendo por primera vez con la mueca de sus labios para arriba, fue la tarde en la que me atreví a quedarme ahí, en aquella balaustrada, después de que el sol se hubiera puesto, cuando ya se había hecho de noche. Y es que aquella noche que te digo descubrí que en la casa que había enfrente de la nuestra, una casa abandonada y enorme que se alzaba justo al otro lado de la calle, había fantasmas.

Que, en aquella casa, cuando la oscuridad le caía encima, aparecían espectros, presencias que subían y bajaban las escaleras interiores, cargando velas, seres silenciosos cuya contemplación habría de infundirle, a tu madre, una extraña sensación de pertenencia.

Por eso, añadirá, empecé a pasar ahí, en aquella balaustrada, además de las tardes, las noches y hasta algunas madrugadas. Me sentía más cerca de esas siluetas, de esos fantasmas, que de los seres que vivían en mi casa.

En uno de los últimos viajes que hagan en su taxi, el hermano mediano de tu madre aceptará hablar de su padre, en vez de sólo mencionarlo.

Te contará, entre risas nerviosas, que, de vez en cuando, tu abuelo llevaba a vivir a casa a algún paciente de su consulta privada. Y añadirá, perdiendo el control de sus carcajadas, que, una vez, llevó a una loca que había estado internada en su hospital.

Con su memoria incomparable —pensarás, muchas veces, que eso, la memoria, es el único compartimento que funciona en el cerebro de tu tío—, el hermano de tu madre asegurará que aquella mujer, de nombre Emelia, era hija de un general del ejército mexicano, el general Balsera, cuya familia era dueña de uno de los circos más famosos de tu país.

Cuando aquella loca llegó a vivir a nuestra casa, llegaron con ella sus dos tigres. Así como lo escuchas, sumará ahogándose en sus carcajadas. Armaron una jaula en el jardín y, durante varias semanas, quizá un mes o un mes y medio, nos despertaban sus rugidos —justo entonces, tras decir eso, tu tío se preguntará, en voz alta, si los tigres rugen, si se le dice así al sonido que ellos hacen— o los cantos de esa loca, a quien mi padre, cada mañana, sacaba de su cuarto y sentaba a un lado de la jaula.

Una hora, a veces más, a veces menos. Pero por ahí de una hora. Ése era el tiempo que tu abuelo le permitía quedarse a un lado de sus tigres, te contará tu tío mediano, antes de decir que no recuerda el nombre de la canción que aquella loca cantaba, aunque cree que estaba en francés.

Sí, sonaba a francés, confirmará él, que sabe cómo suena ese idioma porque durante años trabajó como chofer para la sede mexicana de L'Oreal, aunque esa historia, la de él llevando franceses de un lugar a otro, no tendrá que ver con lo que estabas preguntando.

Leerás que ese año, en Inglaterra, fue castrado químicamente el matemático Alan Turing, a consecuencia de sus preferencias sexuales —no importó que hubiera salvado al mundo durante la Segunda Guerra Mundial al decodificar Enigma, la máquina alemana que cifraba las comunicaciones nazis—, mediante una terapia con hormonas femeninas, terapia que entonces estará en boga y que tu abuelo importará a México, aunque después, él mismo, el padre de tu madre, innovará en dicho terreno, a través de las terapias de antiandrógenos —Alan Turing, por cierto, un par de años antes de morir, hará pública la Prueba Turing, según la cual podrá juzgarse la inteligencia de una máquina, prueba que, años después, habrá de obsesionar y de llevar al borde de la locura al mayor de los hermanos varones de tu madre, es decir, tu tío desconocido, quien, sabrás por boca de alguien más, dedicará su vida a las matemáticas, la lógica y la informática teórica, buscando crear una máquina, un ser de inteligencia artificial capaz de dar respuestas indistinguibles de las que da un ser humano—;

que, en México, fue lanzado el Canal 5, en un acto encabezado por el ingeniero Guillermo González Camarena, quien, años antes, había inventado el sistema tricromático secuencial de campos, es decir, la televisión en color —dicho acto, tras las formalidades del discurso de González Camarena, dio paso a los primeros festejos televisados de la historia por el día de la madre, festejos que tus tíos, tanto los tres hombres como las dos mujeres, recordarán haber visto en la televisión, sentados en torno de tu abuela, aunque ninguno recordará si su hermana pequeña, tu madre, estaba o no presente—; que, en el desierto de Nevada, durante las pruebas nucleares de mayor calado en la historia del planeta, 7350 soldados, quienes formaron parte de manera no voluntaria de dichos ejercicios, quedaron expuestos a la radiación, padeciendo, durante los años posteriores, enfermedades, deformaciones y muertes prematuras —uno de aquellos 7350 soldados, John Acuña López, cuyo origen era mexicano, sería, años después, paciente de tu abuelo, por no decir su conejillo de indias, pues usó su caso, es decir, su cuerpo y su cerebro, para documentar los daños neuronales y psiquiátricos que la radiación impone a un sujeto—, y que, en Noordwijk, a consecuencia de una pulmonía mal cuidada, murió María Montessori, la pedagoga que no sólo revolucionó la enseñanza elemental sino que trastocó, para siempre —tras trabajar con niños considerados perturbados de la mente—, la vida de tu madre, pues ella, cuando su padre le prohibió estudiar Medicina, siguió los pasos de dicha educadora italiana —inspirándose, particularmente, en los trabajos que habría llevado a cabo durante los últimos años del siglo XIX y los primeros del siglo XX, es decir, aquellos trabajos que realizaría con niños considerados perturbados, gracias a los cuales descubrirá que es posible potenciar las facultades no disminuidas—.

VII

1953

La mayor parte de aquel año lo pasé en mi balaustrada, dirá tu madre.

Por alguna razón, los miedos que sentía dentro de casa me dejaban, soltaban mi cuerpo y mi cabeza, se deshacían en cuanto cruzaba el vano de la ventana que me sacaba a aquel rincón de cemento.

En aquella balaustrada, además, una tarde, mientras esperaba la noche y a los seres que había enfrente, descubrí, te dirá abriendo los ojos como si así fuera a mostrar, a proyectar delante tuyo aquel descubrimiento, que dos palomas habían empezado a hacer su nido. Dos palomas gordas, limpias y hermosas, no como esas palomas sucias y asquerosas que hay en las plazas.

Durante las semanas siguientes, tu madre pasó casi todas sus horas contemplando los trabajos de aquellas palomas que, tiempo después, pondrían ahí, en ese nido que ocuparía el rincón que ella ocupaba antes para sentarse, un par de huevos. Viví para esos huevos, para el momento en que finalmente eclosionaron, dejando ver un par de polluelos diminutos y ciegos, añadirá sorprendiéndote con esa otra palabra: *eclosionaron*.

Por desgracia, se interrumpirá echando el cuerpo hacia delante y subiéndose las mangas de los pantalones, llegó el día en el que todo terminó. Para no molestar a los polluelos, tu madre se había empezado a sentar en la orilla de la balaustrada. Y, claro, una tarde habría de resbalar.

Esa tarde, dirá mostrándote las espinillas, tu tío mediano, que fue el primero en escucharme, enfureció al verme sobre las lozas, llorando. Comenzó a patearme, fuera de sí y con tal violencia que me fisuró ambas tibias.

Por eso, creo, aquí, en estas partes, dirá acariciándose las espinillas, nunca me han crecido vellos.

En su casa de provincia, en su sala de otra era, entre su colección de ángeles y vírgenes, tu tía mediana te dirá que aquel año tu madre, además de castigada, lo pasó en silla de ruedas.

Una vieja silla de ruedas que tu abuela tenía como repuesto y que adapté al tamaño de mi hermana. Pero claro, podrás imaginar lo difícil que era mantener sentada ahí a una niña de su edad. Tan difícil como convencerla, después, de que usara sus muletas.

Eso sí, como tu madre no pudo asistir a la escuela durante meses, mi otra hermana y yo le enseñamos las letras y le leímos todas las tardes, mientras ella jugaba con sus muletas y fingía que nos ponía atención, te dirá luego tu tía mediana, quien, pensarás entonces, siempre ha usado la lectura para vivir fuera del mundo, pero no en un sentido de ampliación o enriquecimiento, sino de negación, evasión de esta realidad que siempre ha sido distinta a la que ella erigió para sí misma.

Desde Corín Tellado hasta María Enriqueta Camarillo, añadirá tu tía, pero, sobre todo, lo que me daban las monjas de la escuela y los libros de poesía que nos regalaba el abuelo minero. Tu madre, sin embargo, me interrumpía todo el tiempo, se hartaba y prefería que le leyera tu otra tía o que hiciéramos alguna otra cosa: se podía pasar la tarde entera jugando al salón de belleza, lavándole y cortándole el pelo a las muñecas.

Al final, cuando dejó de jugar con las muñecas que habían sido nuestras… pobres, pobrecitas… parecían niños de campo de concentración, de tantas veces que les había cortado el pelo. Niños de campo de concentración o ejército de locas, añadirá antes de levantarse un momento para traer, dirá sonriendo, un par de cosas.

Mira, aseverará cuando regrese, ofreciéndote un viejo cuaderno y tres de las muñecas de las que habrá estado hablando. ¿Entiendes por qué me horrorizaba lo que hacía?

Con lo bonitas que habían sido… mira cómo las dejó, insistirá apenas tomes una de esas muñecas que ha guardado setenta años.

Y esto otro, sumará cuando agarres el cuaderno, es el trabajo, la recolección, en realidad, de casi toda mi vida.

No sé por qué te lo doy, pero tampoco a quién más podría dárselo.

Leerás que ese año, en París, en el Théâtre de Babylone, se estrenó *Esperando a Godot*, la obra de Samuel Beckett en la que los vagabundos Vladimir y Estragón, que en realidad son víctimas de una guerra, seres a los que un conflicto armado enloqueció y convirtió en refugiados de la vida, esperan, inútilmente, a Godot, con quien tienen o creen que tienen o imaginan que tienen o anhelan tener una cita, cita de la que no se sabe ni se sabrá nada, como tampoco se sabrá mayor cosa de ese tal Godot ni de Pozzo ni de Lucky —esos otros personajes, secundarios, burlones y despiadados—, pues el asunto central del texto de Beckett no es otro que la carencia absoluta de significado o de significados de la vida humana; que, en Moscú, murió a los 74 años —edad que tendrá tu abuelo, el padre de tu madre, al morir, y que ella, tu madre, se pondrá como límite a sí misma, varios años antes de alcanzar dicha edad, cuando haya enfermado y empieces a drenar su memoria o, más bien, cuando ella empiece a utilizarte como balde sobre el cual derramarse— Stalin, cuyo mayor arrepentimiento, a pesar de haber desaparecido, desterrado y asesinado a millones de seres humanos, fue no haber enfrentado la locura de su esposa, quien acabó pegándose un tiro en la cabeza; que, en los Estados Unidos, el mismo día en que falleció el líder de su mayor enemigo y en que William Beecher retiró del cerebro de Henry Molaison el lóbulo temporal medial para poner fin a sus ataques de epilepsia, se televisó, por primera vez para toda la nación y en horario estelar, la explosión atómica de una bomba de 16 kilotones, bomba que había sido bautizada como Annie, nombre que, años después, cuando se exilie en los Estados Unidos, sorprendiendo al mundo, tomará como apodo Svetlana Alilúyeva, la hija de Stalin que, quince años antes, se habrá cambiado el apellido —Annie, nombre con el que, también, aunque un par de años después, se referirán en casa de tus abuelos a la segunda ayudante de costura que tendrá la madre de tu madre, es decir, tu abuela, aunque ella será Ani de Andrea y no Annie—; que, en La Habana, Celia Cruz y la Sonora Matancera grabaron "Burundanga", canción por la que recibieron su primer Disco de Oro y que dedicaron al bembé, fiesta de la religión Yoruba, cuya mitología encabeza Olodumare, a la cual, te contarán tiempo después, tu abuela, años antes de morir e influenciada por esa Ani que aún no habría llegado a su vida, se apegará fervorosamente, y que, en México, tras varias décadas de lucha —lucha que inició en 1885, cuando la revista *Violetas del Anahuac* demandó, por primera vez, derechos electorales para las mujeres, y que alcanzó sus momentos álgidos en 1910, con Las hijas de Cuauhtémoc, y en 1923, con el Primer Congreso Nacional Feminista, que consiguió derechos municipales— se modificó el Artículo 34 de la Constitución Política Mexicana, permitiendo a las mujeres votar y ser votadas.

VIII

1954

Tu madre te contará que ése fue el año que su padre la olvidó. Aquel día, por suerte, también estaba su hermano chico, a quien ella se había acercado aún más durante su convalecencia, igual que había pasado con sus hermanas, aunque de él ya no habría de alejarse.

Mientras las piernas de tu madre permanecían inmóviles, tu tío chico, a quien también olvidaría tu abuelo, convalecía del hombro izquierdo. Tu tío mediano se lo había lastimado, jugando. O eso decían, que había sido echando un tochito. Era una bestia, te explicará tu madre, volviendo la mirada, por primera vez, hacia ese jardín al que también saldrán tus ojos. A esa edad, ya sabes, los hermanos lastiman los cuerpos.

¿Y las hermanas no?, preguntarás. No, las hermanas lastiman la mente, te explicará devolviendo su mirada y la tuya al interior de la casa. Aun sin quererlo, aún cuando creen estarte enseñando algo, cuando creen que te están compartiendo algo, insistirá, antes de decirte que no estaba hablando de eso, aunque por eso, por la convalecencia de su hermano, porque él también había sido lastimado, ella no estaba sola aquella vez. Tu abuelo tenía que llevarnos a consulta, a que nos dieran de alta. Pero antes, dijo, debía pasar por su trabajo, dejar ahí unos documentos.

Las puertas del manicomio —por primera vez tu madre dirá esa palabra en vez de hospital— se abrieron lentamente y tu abuelo entró acelerando el coche, derecho hasta el enorme patio central, que estaba rodeado de edificios. Y aunque se bajó, poco después, asegurando que no habría de tardarse, el tiempo empezó a transcurrir sin que él volviera o mandara a alguien a buscarnos, como había hecho otras veces, para sacarnos de aquel coche.

Y, claro, tu tío y yo empezamos a ponernos nerviosos. Frente a nosotros, a unos diez metros, había un contenedor de basura. En algún momento apareció un enfermero, un gordo que cargaba dos bultos enormes. Tras dejarlos en el suelo y recuperar el aliento, el gordo aquel volvió a alzar sus bultos, los balanceó, los lanzó y atinó en el centro del contenedor, produciendo un fuerte estruendo —*estruendo*, otra palabra que no esperabas escuchar en boca de tu madre—.

Pero aquel estruendo fue lo de menos, porque al instante salieron un millón de cucarachas, que hicieron reír al gordo pero que a mí casi me hacen vomitar. Luego, cuando él, aquel enfermero, por fin se fue, vimos volver a las cucarachas, como una marejada. Escalaron de regreso las paredes de metal del contenedor y ahí se escondieron. Poco después, te contará ella, salieron los locos. Era ahí, en aquel patio central, donde pasaban las mañanas.

En apenas un minuto, rodearon nuestro coche, intrigados, seguramente, de que hubiera ahí un par de niños. Primero daban vueltas en torno de nosotros, del auto, quiero decir. Tu tío, entonces, acercó su cuerpo al mío, se me pegó y me abrazó. Luego fueron ellos, aquellos locos, quienes se acercaron más, quienes pegaron sus rostros a los vidrios.

Después, obviamente, empezaron a querer abrir nuestro auto. Recuerdo el sonido de las manijas, el terror que sentíamos, aunque no recuerdo quién empezó a llorar primero. Por suerte, tu abuelo no se había olvidado de bajar los seguros. Al final, nos quedamos dormidos. El miedo, la tensión cansa más que la falta de sueño. Nos despertó su risa. Y es que, cuando tu abuelo finalmente volvió, se estaba riendo. De camino a la casa, nos explicó que se había olvidado de nosotros. Y dijo que él mismo nos daría el alta, que una nueva cita sería una pérdida de tiempo.

Tu tío chico, cuando le preguntes por aquel año y le menciones la historia esa del coche y de los locos, te contará algo diferente.

En general, te contará lo mismo que tu madre, aunque un detalle, un asunto particular, un ligero desvío en la trayectoria de sus memorias, convertirá aquella mañana en algo totalmente distinto: uno de esos locos, aseverará él, cuando rodearon el auto, alcanzó la puerta del conductor, cuyo seguro no había sido bajado por mi padre.

Emocionado, aquel loco abrió la puerta, entró en el coche, puso el seguro, volteó a vernos, nos saludó, educado, echó el asiento hacia delante, nos prometió que no tardaríamos y empezó a conducir… a hacer como si estuviera conduciendo. El hermano de tu madre recordará entonces, claramente, como si los estuviera escuchando otra vez, los sonidos que hacía aquel loco: los acelerones, los frenazos, los claxonazos, los chillidos de las llantas en las curvas.

Después, aquel loco bajó la ventana, fingió hablar con un par de mujeres, invitó a una de esas damas imaginarias a acercarse y se sacó el pene de entre la ropa. Entonces, te contará, apreté el cuerpo de mi hermana e imité, junto a su oído, los sonidos que aquel loco había estado haciendo, antes de que empezara a hacer aquellos otros ruidos.

Tras un momento, el loco se calló. Luego hizo como si estuviera apagando el coche, volteó a vernos de nuevo, nos dijo que ya habíamos llegado, se despidió, tan educado como al saludarnos, bajó del auto, puso el seguro que tu abuelo no había puesto y cerró la puerta, azotándola.

Sólo entonces ellos dos, tu tío y tu madre, te explicará él, consiguieron quedarse dormidos.

Leerás que ese año, en México, país que entonces era el primer productor de plata del planeta, se retiró de circulación la moneda de cinco pesos —hecha de plata—, porque el valor comercial de dicho metal, en gramos, sería más alto, por primera vez, que el de su intercambio, noticia que impactó a la población de tu país, aunque no tanto como la impactó la devaluación que habría conducido a dicho suceso —tu tía mediana, sin embargo, te contará que, en su casa, es decir, en casa de tus abuelos, su madre celebró dicha noticia, en una época en la que no celebraba nada o casi nada: para ella, dirá tu tía mediana, desenvolviendo el ángel que le habrás llevado de regalo, esas monedas, las monedas de plata, es decir, ese metal, no simbolizaba otra cosa que la explotación de los mineros que trabajaban extrayéndola: no le recordaba otra cosa, pues, que la muerte de su abuelo, el padre de tu bisabuelo, quien también era minero y murió en un accidente acaecido a setenta metros de la superficie terrestre y quien, según decía tu abuela y habrá de recordarte tu tía de en medio, habría sido el único hombre que la quiso de verdad, además de tu tío mediano—; que, en París, gracias a la aparición de los micrófonos magnéticos, se presentó el primer aparato auditivo para sordos cuyas piezas —auricular y amplificador con baterías— eran independientes entre sí, y que, en Oak Grave, Alabama, a mediados de ese año, el meteorito Hodges, una piedra del tamaño de una toronja madura que se habría desprendido del meteorito Sylacauga, a setenta kilómetros de la superficie de la tierra, atravesó el techo de madera de la casa de Ann Elizabeth Hodges, cruzó un estante de madera y el suelo que separaba la primera planta de la segunda, rebotó contra una radio y, tras atravesar otra pared, golpeó la cadera izquierda de Ann, quien estaba leyendo recostada en un sofá y quien, a pesar de las graves lesiones que sufrió, logró sobrevivir, aunque desarrolló diversas secuelas psicológicas, secuelas que tu abuelo, según dirá también tu tía mediana, habría vaticinado apenas escuchar, en la radio, la noticia de aquel meteorito y de aquella mujer cuya suerte ocupó todos los noticieros del planeta, incluyendo los de tu país.

Entenderás, haciendo un recuento de lo leído sobre esos años, el matrimonio entre hipocresía e intereses económicos: en 1948, el presidente de los Estados Unidos, Harry S. Truman, recién elegido para su segundo mandato, denunció la inconstitucionalidad del gobierno de Francisco Franco; en 1949, el gobierno de Estados Unidos vetó la entrada de España en la OTAN y llamó a que ese país fuera excluido, también, del Consejo de Europa; en 1950, el gobierno de los Estados Unidos inició negociaciones para la venta de armas al gobierno de España; en 1951, el gobierno de los Estados Unidos, en la recién inaugurada sede de Nueva York de la ONU, defendió la incorporación de España al organismo; en 1952, España detuvo la compra de armamento a los Estados Unidos y el presidente Harry S. Truman criticó la intolerancia religiosa y la falta de libertad de expresión en el gobierno de Franco; en 1953, España reinició las negociaciones con los Estados

Unidos para la compra de armamento y el presidente Dwight D. Eisenhower renegó de las declaraciones de su predecesor, y en 1954, desde los Estados Unidos, zarpó el mayor envío de armas que compraría la dictadura franquista.

IX

1955

Tu madre te revelará que ese año descubrió que su padre era adicto a un juego perverso.

Te lo revelará con una mano en torno de la boca, como si esa mano quisiera impedir que esa boca soltara las palabras que de pronto se han gestado en su memoria.

Fue el día del cumpleaños de mi hermana mayor, durante las secuelas, en realidad, de aquel festejo. No recuerdo la comida, pero recuerdo que, al final, tu tío mediano preguntó qué animal querríamos ser, qué animal elegiríamos los que ahí estábamos sentados. A mí, dijo tu tío, me gustaría ser un caballo. Tus tías dijeron, estoy casi segura, una jirafa y una garza. Mis otros hermanos, creo, dijeron perro y cocodrilo. Entonces mi padre aseveró que él querría ser un pajarito.

Mi madre, que había guardado silencio todo el día, como siempre que había algún festejo, se echó a reír a carcajadas. Luego se burló de tu abuelo, aseverando: ahora resulta que el quebrantahuesos quiere ser canario. E, imitando con sus brazos frágiles y débiles el aleteo de un ave, empezó a sacudirse. Enfurecido, mi padre se levantó, caminó hasta la silla de ruedas en la que estaba tu abuela y la empujó violenta, agresivamente, volcándola al suelo.

Justo después, revelará tu madre, mientras nosotros le gritábamos, él se encerró en su despacho. Siempre hacía eso después de un estallido. Encerrarse ahí, en su despacho, a cal y canto. No porque estuviera enojado, no, claro que no, porque deseaba, en realidad, castigarse. Lo único que soportaba menos que las de los demás, eran sus propias explosiones.

Yo sabía que ahí adentro, en su despacho, él se castigaba, aunque claro, no sabía cómo lo hacía. Aquella madrugada, sin embargo, espiándolo otra vez a hurtadillas, como hice siempre, lo vi jugar con su revólver.

Le daba vueltas al tambor, se acercaba el arma a la cabeza y jalaba del gatillo. Y aunque no entendía qué era aquello, revelará tu madre, comprendí que era algo terrible.

Tu tía mayor, la que le explicó a tu madre que aquello que habría visto en el despacho de su padre, que aquello que él hacía se llamaba ruleta rusa, te revelará que ese año fue el año en que llegó a vivir con ellos la última loca que su padre llevó a casa.

Era una loca diferente, aseverará parada ante la estufa de su casa, sobre la cual hierve la salsa que pronto bañará el medio kilo de chalupas que tú y ella están a punto de comerse. Una loca alegre, una loca que parecía no estar tan loca. Se llamaba Ani y era yucateca. Bueno, le decíamos Ani, pero no me acuerdo si se llamaba así o si así le habíamos puesto, escucharás decir sobre esa mujer que, sin embargo, aquí ya había sido nombrada, aun a pesar de que apenas estará llegando a aquella casa. ¿Cómo que así le habían puesto?, preguntarás sorprendido. ¿No te lo habían dicho? Nos divertíamos cambiándole el nombre a las personas.

Cuando la dio de alta tu abuelo, ella se quedó a vivir en nuestra casa. Trabajando con mi madre. Fue su segunda ayudante de costura, la segunda mujer que fingió ayudarla en aquel taller que era más imaginario que real. Ani le cambió la banda sonora a nuestra casa. Antes de que tu madre naciera, por eso ella no se acuerda, tu abuela tocaba el piano durante horas, a veces todo el día. Y eso, la música que tocaba era lo único que se oía en nuestra casa. Luego, ya sabes, se le empezaron a torcer los huesos y le dejaron de hacer caso los dedos. Entonces vinieron los años del silencio, los años en que ahí nomás se oían gritos. Tu madre siempre lo ha dicho mejor: como nadie tenía voz, en nuestra casa todo el mundo gritaba.

Pero la cosa es que llegó Ani, que se quedó, más bien, tras ser dada de alta, insistirá la más valiente de tus tías —quien sacó adelante a sus tres hijos vendiendo productos de limpieza, cuando su esposo cayó en cama a consecuencia de una depresión de ballena, animal que, seguramente, hubiera elegido si alguien le hubiera preguntado qué animal querría ser—, y que con ella se metió en casa su música.

Música de su península, música así, como mojada, como sudada, en realidad, de esa que suena en las caderas. Celia Cruz y la Sonora Matancera, eso era lo que Ani ponía siempre y lo que pasó a ser nuestra banda sonora.

"Songo le dio a Borondongo / Borondongo le dio a Bernabé / Bernabé le pegó a Muchilanga", decía una de aquellas canciones, la que más me gustaba.

Leerás que ese año, en Centroamérica, Anastasio Somoza, dictador de Nicaragua, retó a José Figueres, presidente democrático de Costa Rica, a resolver un conflicto territorial entre sus países mediante un duelo a muerte —con las pistolas que su oponente prefiriera— y que, tras no obtener respuesta, el dictador nicaragüense invitó al presidente tico a jugar con él a la ruleta rusa, innovador método de resolución de conflictos bilaterales que, sin embargo, no sería implementado ni entonces ni nunca en la historia; que, en los Estados Unidos, se comercializaron y popularizaron las cabinas fotográficas, tras ser llevadas a aquel país por Elia Sampson y Sigmund Kazan, muchachos que, tras escapar de los nazis, refugiarse en la Unión Soviética y ser enviados, por sus ideas políticas, a Siberia, conocieron, en la estepa más grande del mundo, a Anathol Josepho, quien había inventado aquel cuarto falso en el que se adentra una persona o un grupo de personas para hacerse un retrato individual o de conjunto, retratos que, en realidad, serían una serie: ocho capturas separadas por una fracción de tiempo que, con el paso de los años, sería cada vez menor, como menor sería también el número de capturas de esas series que habrían de transformar para siempre la historia de la gestualidad humana ante el objetivo de una cámara, pues ya no sería necesario posar con una sola actitud, impostar un solo sentimiento; que, en Montreal, Donald Hebb, discípulo de Pavlov, hizo pública, en un auditorio de la Universidad de McGill, su Teoría de la Asamblea Celular, teoría que describió los mecanismos básicos de la plasticidad sináptica —en los que el valor de una conexión sináptica se incrementa en tanto las neuronas de ambos extremos de la sinapsis se activan de forma repetida y simultáneamente— y obsesionó a tu abuelo hacia el final de su vida, por lo que dedicó sus últimos años al estudio y la estimulación de cerebros trepanados, buscando, incluso, la forma de trepanar y estudiar su propio cerebro; que España finalmente ingresó en la ONU, con el apoyo del gobierno de los Estados Unidos, país desde el cual, ese año, zarpó hacia la península ibérica el segundo mayor cargamento de armas que el gobierno de Franco habría de comprar, y que, en San Francisco, nació Steve Jobs, genio, revolucionario y magnate de la informática que, sin embargo, como tu tío desconocido, el hermano más grande de tu madre, de cuyas últimas décadas de vida apenas y conocerás meros rumores, habría de morir sin conseguir sus mayores objetivos: alargar la vida humana a través de la terapia de acortamiento de bastones celulares y reconvertir a siete mil millones de seres humanos en veganos.

X

1956

Tu madre te confesará que ese año, por primera vez, pensó que estaba loca.

Que era a ella a la que le pasaba algo, porque era ella quien se comportaba diferente a los demás.

Mi conducta siempre fue distinta a la de mis hermanos, incluso a la de mis hermanas. Ellas hablaban de más gente, de sus amigas y de sus pretendientes, por ejemplo. Para mí, en cambio, sólo existía lo que había dentro de mí.

El exterior, sobre todo después de que taparon la ventana por donde me escapaba a mi balaustrada, dejó de interesarme. Vivía encerrada en mi interior. Además, no tenía juguetes —apenas las muñecas que me prestaban mis hermanas y una matrioska que me había regalado tu tía más grande— ni amigas en la cuadra o en la escuela. Mi madre no lo permitía, decía que yo dañaba a los demás. Y, como mi única relación con tu abuela eran sus reglas, me desvivía por seguirlas.

Desobedecerla hubiera sido romper ese lazo, el único que en ese entonces tenía con ella, confesará tu madre, sonriendo, otra vez, con los labios para abajo, antes de decirte que no, que casi nunca había invitados en su casa, y que ellos tampoco eran invitados casi nunca a otras casas. No teníamos, como familia, vida social, añadirá en el momento en el que un fuerte sonido, un desgajarse atroz seguido de un golpe sin eco, saque sus miradas, la suya y la tuya, hacia el jardín de la casa.

Los últimos días habrá estado lloviendo copiosamente y, al parecer, aquel estallido, aquel golpe inesperado sobre el mundo, será la consecuencia, una más, de esas tormentas. Tu madre y tú apurarán, entonces, su andar rumbo al jardín, donde encontrarán, tendido sobre el pasto, el viejo nogal de la casa, cuyo tronco podrido no habrá aguantado más. Apenas verlo, ella insinuará que eso no puede ser una coincidencia. Tú, sin embargo, estarás pensando en otra cosa.

Habrás olvidado incluso que tu madre había llegado al tema que tanto estabas esperando: la locura, el miedo, más bien, a la locura. Lo que no es coincidencia, habrías dicho entonces, si no te hubieras puesto a pensar en otra cosa, es que mi abuelo dedicara su vida a los locos, que tú la dedicaras a personas con capacidades diferentes y que yo la dedicara a seres que no existen; lo que no es coincidencia es que a los tres nos marcara de ese modo el miedo al caos.

Pero te habrás puesto a pensar en otra cosa: sobre el pasto, brincando de un lado al otro, piando enloquecidos en torno de las ramas del nogal caído, encontrarán una pareja de gorriones. Tiene que haber un nido, le dirás a tu madre, alejándote del sitio en donde están y corriendo hacia el desastre: debe haber un nido por aquí.

Apurado, alzarás una rama y luego otra. Y, durante las horas siguientes, no existirá otro asunto que ese nido y que esos dos polluelos que, al final, encontrarás sobre la hierba.

Le confesarás a tu madre, después de pensarlo un largo rato, la verdad.

Ella, que estará buscando entre las copas de los árboles más altos a la pareja de gorriones, te dirá que los escuchó toda la noche. Y te preguntará qué pasó con los polluelos.

No sobrevivieron, se cayó el nido otra vez, confesarás: no debí fijarlo bien ahí arriba. Esta mañana encontré sus cabezas. Los hicieron mierda los perros, añadirás convencido de que ella, tu madre, no volverá a querer a aquellos perros.

Entonces buscarás cambiar de tema, volver al instante que habrían perdido la tarde anterior: tu hermana mayor me confesó, alguna vez, que tu padre, mi abuelo, se orinaba encima todo el tiempo, que por eso se bañaba, maniáticamente, tres o cuatro veces al día, le dirás buscando invocar así, de nueva cuenta, la locura.

Me confesó, además, que no tenía ninguna enfermedad, no, por lo menos, fisiológica o anatómica, aseverarás justo antes de preguntarle: ¿sabías que Goyo Cárdenas sufría incontinencia, que no podía controlar su esfínter a consecuencia de la encefalitis que lo había marcado de pequeño? ¿Crees que él podría haber somatizado ese mal, los males de algunos de sus pacientes? Tu madre, sin embargo, te dirá que eso, que tu abuelo se meara encima, ella no lo recuerda. Y que, si fuera cierto, lo recordaría.

Como no habrá de decirte nada más sobre eso, le confesarás, entonces, que su hermana, aquella vez, también te contó que su padre no los dejaba tomar medicinas. Ni a sus hijos ni a su esposa. Que, como mucho, les daba una aspirina. Que parecía gozar con las enfermedades y con los dolores de su familia.

Tu madre, entonces, te confesará que el asunto era el descuido, que todo eso que has estado mencionando —la orina, el dolor y la locura—, se relaciona con una u otra forma de descuido.

Y te confesará, en el instante en el que deje de buscar a los gorriones, que, vivir en casa de sus padres, era vivir en el corazón mismo del descuido.

Leerás que ese año, que también será bisiesto, se inauguró el último ramal del tren transiberiano, ramal que finalmente unió a Moscú y Pekín, dando vida al mayor sistema de transporte terrestre del planeta, cuyo recorrido, de principio a fin, tardaría seis días y medio y en cuya extensión, al parecer en algún punto entre Ulán Udé y Vladivostok, desaparecería, décadas después, el mayor de los hermanos de tu madre, de quien no se volvería a saber nada; que, tras la adquisición del tercer mayor cargamento de armas que el gobierno de Franco le comprara a los Estados Unidos, dicho país se manifestó a favor del ingreso español en la OTAN; que, en la Unión Soviética, durante el XX Congreso del PCUS, Nikita Jrushchov pronunció su famoso "Discurso secreto", en el que criticó el culto a la figura de Stalin y se burló del suicidio y la locura de su esposa; que, en México, se inauguró la Torre Latinoamericana, el edificio más alto de América Latina, inauguración a la que fue invitado tu abuelo, quien asistió con toda su familia, excepto su esposa —nadie imaginó que su silla de ruedas pudiera subir por el ascensor, nadie imaginó, increíblemente, que hubiera ascensor— y su hija menor, porque tu abuela ordenó eso, al comprender que ella no iría; que, en Buenos Aires, en los basurales de José León Suárez, un número indeterminado de policías fusiló clandestinamente a doce civiles que se habían levantado contra la dictadura, cinco de los cuales habrían de fallecer —dichos fusilamientos serían, años después, investigados por Rodolfo Walsh, quien escribiría y publicaría *Operación masacre*, la primera novela de no ficción de la historia, adelantándose nueve años a *A sangre fría*, la obra de Truman Capote que se cita, erróneamente, como iniciadora de dicho género—; que, en Cali, por culpa de un chofer que se derramó encima, mientras comía una arepa de huevo, varias gotas de grasa y dejó de ver por eso el camino, explotó un convoy de siete camiones militares cargados con cuarenta y dos toneladas de explosivo plástico gelatinoso, explosión que dejó un cráter de sesenta metros de diámetro por treinta de profundidad y que costó la vida a mil quinientas personas, y que, en Cleveland, murió Cow Cow Davenport, pianista, compositor y cantante que inició su carrera al interior de una iglesia —de la que fue echado por tocar Ragtime durante un oficio— y quien transformó la música de su país, pues creó el boogie-woogie, ritmo que se impuso como moda en los Estados Unidos durante la década de los treinta y que alcanzó México a comienzos de los años cuarenta, donde tu abuela, cuando los dedos todavía la obedecían, tocaría, siempre y cuando estuviera de ánimo, Cow Cow Blues —además de clásica, el blues sería el único género musical que la madre de tu madre se permitiría tocar al piano—.

XI

1957

Tu madre te contará el primer viaje de su vida.

Una semana antes de que cumpliera los diez años, apareció en la casa su abuelo minero, quien, aseverará, era el mejor de sus abuelos, porque era cercano y cariñoso.

Te llevaré a ver el mar, le dijo antes de pedirle que escogiera a uno de sus hermanos o hermanas para acompañarla en aquel viaje, situación que empujará a tu madre a describir los trabajos que pasó para escoger quién iría con ella y cómo fue que al final su propio abuelo escogió a tu tío chico.

Luego, sonriendo también con los ojos, tu madre te contará lo que sintió al llegar a Veracruz y ver el mar. Cada vez más emocionada, te explicará o tratará de explicarte lo que, a partir de entonces y para siempre, será el mar para ella: su abuelo, cada mañana que pasaron en la playa, la despertaba justo antes de que hubiera amanecido, la tomaba de la mano, la conducía sobre la arena y la llevaba hasta la orilla.

Ahí, ese abuelo, el único ser que hasta entonces le había dado regalos, el único cuya piel, temperatura y caricias habían templado su cuerpo, la alzaba, se la echaba a la espalda y se metía al agua, con ella convertida en jinete, en tripulante de ese lomo que, de golpe, se convertía en el delfín sobre el que tu madre navegaba una hora o una hora y media, parando sólo cuando el sol salía o cuando aparecía la enorme sombra que a veces los rodeaba y otras pasaba de largo.

El último día de ese viaje, sin embargo, te contará tu madre, entendió la enorme hostilidad de la honestidad —esas palabras serán las que utilice, sorprendiéndote otra vez: *la enorme hostilidad de la honestidad*—. Y es que su abuelo, intentando ayudarla, tratando de explicarle el vacío de su mundo, le dijo que no era culpa suya que su madre no la quisiera, que era porque no sabía querer, porque el amor se le había acabado cuando dejó el piano, no, cuando empezaron los insomnios de su otro hijo.

Por eso no los quiere, te contará que les dijo su abuelo a ella y a tu tío chico, no por algo que hayan hecho, sino porque le dio demasiado amor a su hermano enfermo, eso y no otra cosa es lo que debe haber pasado, que se acabó con él el cariño que traía y que eso, más bien, calló al piano.

El amor y la salud, les dijo su abuelo antes de subirse al camión en el que habrían de regresar: tal vez por eso ella es como es.

Tu tío más cercano, cuando le preguntes por aquel viaje a Chachalacas, te contará el mismo viaje que tu madre, salvo por esa última parte, la del desamor y el estado de tu abuela.

Él, quien años después entraría contigo al mar, llevándote al lomo, no recordará haber hablado con su abuelo sobre los cariños y enfermedades de su hermano y de tu abuela. Te contará, en cambio, que, cuando ellos finalmente volvieron de la playa, su casa había sido empacada.

A su padre, te contará, otro doctor le había pagado una deuda de juego con un par de terrenos, en uno de los cuales, el que colindaba con el manicomio que poseía aquel otro doctor —su familia era rica—, tu abuelo había construido el nuevo hogar de su familia. Por eso fueron a la playa ellos, no por el cumpleaños de tu madre, sino para que no estuvieran en la casa los dos niños más chicos, mientras su mundo era empacado. Para que no estorbáramos, pues, añadirá sonriendo. Lo único que se quedó en aquella casa, lo único que la familia dejó ahí, fue el piano de mi madre, pues ella no quiso llevárselo. Entonces, tras contarte eso, entrecerrando los ojos, tu tío más querido, como buscando enfocar el pasado, te contará que se acuerda de algo diferente sobre aquello que, presuntamente, habría dicho su abuelo. Que tu abuela, antes de que naciera su última hija, cuando estaba embarazada, aún tocaba el piano. Y que ahí, ante aquel instrumento, se transformaba.

No, no es que fuera feliz, no es que se riera o que cantara, no era un cambio así de grande, no era pues una transformación brutal o gigantesca, pero era otra persona, una persona diferente, cómo decirlo… alguien menos amenazante.

Feliz, ella sólo debió ser cuando tocaba el piano profesionalmente, cuando era concertista, te contará al final el hermano chico de tu madre. Por lo menos, eso decían.

Pero mi padre no la dejó seguir tocando en público, no una vez que se casaron.

Leerás que ese año, en Nueva York, murió el músico italiano Arturo Toscanini, considerado el mejor director de orquesta del siglo XX tanto por sus contemporáneos como por la crítica especializada, el público en general y tu abuela, quien, durante años, diría que su mayor sueño fue tocar para ese hombre que también se habría graduado como chelista y cuya intensidad, inteligencia, memoria fotográfica y oído absoluto le permitían, para poner sólo un ejemplo, corregir, en apenas unos segundos, las confusiones de una orquesta, confusiones que podían haber pasado inadvertidas durante décadas; que, en Oslo, el neurólogo Herman Nansen, sobrino del famoso explorador y Premio Nobel de la Paz Fridtjof Nansen, quien trabajó con víctimas de la Primera Guerra Mundial, distinguió, por primera vez, el oído absoluto del oído entrenado y del oído relativo, demostrando —o creyendo demostrar— que el oído absoluto —tu abuela, te contarán años después, poseía oído absoluto— era el resultado de una condición genética, es decir, de una circunstancia particular de las cortezas auditivas tempranas, y demostrando —o creyendo demostrar— que dicha particularidad, que permite a quien la posee, además de reconocer la nota correspondiente a cualquier sonido, escuchar tonos indistinguibles para el oído común, puede, además de ser una habilidad, convertirse en una pesadilla: cuando no se encauza o se deja de utilizar musicalmente, el oído absoluto puede llegar a enloquecer, dado que quien lo posee puede llegar a escuchar, por ejemplo, los latidos del corazón de la gente que tiene cerca o los chillidos de una rata escondida bajo tierra; que, en Liverpool, Paul McCartney y John Lennon se conocieron —durante un concierto de The Quarry Men, grupo en el que entonces militaba Lennon—, quedaron en volver a verse —tras hablar un rato e intercambiar puntos de vista— y, semanas más tarde, ensayaron juntos, sembrando la semilla de lo que después serían Los Beatles, el grupo de rock más importante de la segunda mitad del siglo XX —y, sin duda, te contará un día tu madre, cuando te hable de sus años de juventud, una de las bandas que cambiaron su vida—, y que, en Chachalacas, Veracruz, se pescó el tiburón blanco más grande del que se tenga registro, escuálido cuyas enormes fauces hoy se pueden contemplar en el vestíbulo principal del acuario veracruzano.

XII

1958

Tu madre te dirá que ese año hizo su primera amiga.

Su familia se había mudado meses antes y en la casa vecina, con la que compartirían jardín, vivían otro doctor y su familia.

En esa familia, dirá tu madre entrecerrando ambos ojos, igual que hace tu tío más querido, por lo que pensarás que eso de buscar el pasado con la mirada oculta es de familia, que eso de tener la vista cansada, con respecto a los recuerdos, es algo que los hace ser ustedes, había una niña de su edad.

Esa niña salía al jardín todas las tardes, apenas volvía de la escuela, añadirá entrecerrando aún más los ojos, confirmando aquello que tú acabas de pensar: que en tu familia la memoria es hipermétrope. Yo la veía por la ventana todas las tardes, sin atreverme a salir al jardín, pues temía no saber cómo acercármele, cómo empezar a hablar con ella.

No es que no supiera, en realidad, cómo empezar a hablar con ella, cómo acercármele, cómo jugar con alguien más. Me daba miedo, más bien, dirá entornando los ojos y desenfocando así el pasado que hacía nada estaba viendo, que esa niña se diera cuenta de que yo era diferente. Te dije antes que creía que estaba loca, pues bien, entonces ya no creía eso, aunque pensaba, aunque seguía convencida de que era diferente, de que algo en mí era distinto.

Y me aterraba, me daba mucho miedo que alguien más se diera cuenta. Me asustaba pensar que, si ese alguien se daba cuenta, podía ponerle nombre a lo que a mí me sucedía, haciendo que eso fuera irremediable, que no fuera sólo un temor, que fuera una certeza. Por eso no me le acercaba a los demás, aunque tenía unas ganas enormes de acercármele a quien fuera. De que los otros se acercaran, de que alguien más se acercara a mí y me hablara, aunque yo no lo propiciara.

¿Ya no te lo prohibía mi abuela?, preguntarás, reacomodándote sobre el sillón. No, tu abuela, tras mudarnos, se sumió más en sus adentros. Se encerró, de hecho, en su cuarto. Decía que no aguantaba nuestros ruidos, que nuestros sonidos la lastimaban: nuestros pasos, nuestra forma de respirar, nuestra manera de masticar. El único que podía entrar a verla era tu tío mediano. Porque él, decía tu abuela, sonaba diferente, porque su corazón y sus pulmones no hacían ruido. Así rompió incluso los últimos vínculos que le quedaban con nosotros, sus prohibiciones.

La niña podía ser mi amiga, pero tenía que hacer algo. Y es que la veía sin atreverme. Fue la suerte la que al final actuó por mí, la que, por primera vez, se puso de mi lado. Un domingo, mi padre, porque el vecino, aquel otro doctor, se lo había sugerido, me dijo que habría de acompañarlo a los caballos, eso dijo: vas a venirte a los caballos con nosotros.

Y en su coche, en el coche del vecino, además de él y de mi padre, estaba ella, aquella niña que veía todas las tardes. Desde ese día, no sé muy bien cómo ni por qué, aunque sé que fue en un instante, nos volvimos inseparables.

Literal, en un instante, cuando llegamos al cerro, ella y yo éramos una.

Tras cambiarnos de casa, te dirá la hermana grande de tu madre, la enfermedad de tu abuela empeoró, al tiempo que el carácter de tu abuelo mejoró.

Los huesos de su columna, añadirá mientras capea la docena y media de chiles chipotles rellenos de queso de cabra que habrán de comerse: las vértebras de tu abuela, que hasta entonces habían aguantado mejor que el resto de sus huesos, fueron alcanzadas por el mal que le enchuecaba las manos y los pies.

Los dolores se le volvieron insoportables y ya no aguantaba ni la silla de ruedas, insistirá esa hermana de tu madre que acabaría siendo, años después, como otra madre de tu madre: por eso empezó a pasar más y más tiempo en su cama, encerrada en su cuarto, sin salir casi nunca de ahí. Mi padre, aún a pesar de que veía cómo sufría, se entercaba en no dejarla tomar ningún analgésico, únicamente aspirinas.

Mi esposo, que entonces apenas era mi prometido y que trabajaba como maestro en Chapingo, un día le llevó un alcohol de mariguana a escondidas, para que se diera sobas en el cuerpo. Eso la ayudó, aunque no tanto como para salir de la cama. Lo único que parecía ayudarla de verdad, dirá tu tía escurriendo el aceite de los últimos dos chiles rellenos, era la santería, que hacía a escondidas de tu abuelo, influenciada por Ani, que además de creer en Celia Cruz creía en los Orishas, los hijos de Olóòm.

Tu abuela, que nunca había creído en nada, que siempre había dicho que le daban lo mismo Dios y el Diablo, de repente creía en esos santos. Y, claro, para nosotros era extraño, sobre todo para tu tía. Sí, mi otra hermana, que desde entonces ya era así como es, una semimonja, sumará cortando el pan de agua para los chiles y, sonriendo, seguirá: la risa que me dio el día que ella se encontró una cabeza de tortuga en el baño no la cambiaría por nada, ni siquiera por unos chiles en nogada.

En casa, por cierto, nunca comimos bien. Bien de cantidad, sí que comíamos. Pero lo que no comíamos era rico, dirá tu tía, cambiando de tema así, como si nada. Se comía cualquier cosa y hasta que eso, la cualquier cosa se terminara. Si había una olla de caldo de pollo insípido, se comía y se cenaba ese caldo durante tres o cuatro días. Creo que por eso aprendí, que por eso me gusta tanto cocinar.

Aunque ahora que lo pienso, no fue así toda la vida. Cuando era pequeña, cuando sólo estábamos tu tío más grande y yo, dirá sirviéndose tres chiles de golpe, tu abuelo cocinaba, diría incluso que le encantaba cocinar. Era la época en la que él era un ser alegre.

Y a eso, creo, es a lo que iba, a que, tras la mudanza, durante un tiempo, tu abuelo me recordó al hombre que había sido.

Leerás que ese año la Unión Soviética hizo público que la perra Laika —cuyo nombre, leerás también, pensando: ¡claro, era evidente!, significa ladrido— habría muerto a consecuencia del estrés, tras convertirse en el primer animal puesto en órbita, al interior del Sputnik II —tu tía mediana, poco después, te dirá que, según ella, eso, la muerte de la perra Laika, fue el último motivo por el cual tu abuela lloró desconsoladamente y que, a partir de entonces, se obsesionó con dos asuntos, además de los Orishas y el mediano de sus hijos hombres: la necesidad de destruir a la Unión Soviética, a pesar de que ésa, la Unión Soviética, era el sueño de su padrastro, y con los perros sin hogar, perros que, por entonces, dirá tu tía de en medio, eran cientos de miles o millones—; que, en los Estados Unidos, en algún lugar que resultaría imposible definir, Edgar Randolph Parker, originario de Canadá y a quien se conocería como Painless Parker, odontólogo callejero, es decir, odontólogo que recorrería las ciudades en su auto, convenciendo a la gente de la importancia de la salud dental y de la relación de los problemas dentales con posteriores y potenciales problemas del cerebro, sobre todo de memoria, inventó la hidrocaína, solución de cocaína y agua con la que adormecía las mandíbulas de sus pacientes durante las extracciones —cuando conozca dicha solución, tu abuelo se volverá adicto a la misma, a tal grado que será el único medicamento que, tiempo después, se permitirá administrar a tu abuela—, y que, en Londres, Bertrand Russell lanzó la primera Campaña Mundial para el Desarme Nuclear, es decir, en favor de la destrucción de todas las armas nucleares del planeta, para lo que arguyó principios científicos, filosóficos y humanísticos, aunque calló que su cuñado le habría contado que él, su hermana y sus sobrinos habían sido expuestos a un terrible peligro, pues vivían en Savannah, Georgia, a doce kilómetros del sitio en el que un bombardero B-47, durante un ejercicio de trámite, rozó el ala de un avión de combate F-86 y, buscando proteger a su tripulación, dejó caer al río Savannah una bomba de hidrógeno de 3500 kilogramos, bomba que, de milagro, no estalló ese día y que, aún hoy, casi tres cuartos de siglo después, sigue en el fondo lodoso de ese río.

XIII

Aquel año mi amiga y yo lo pasamos esperando los domingos, dirá tu madre.

Entre semana, cuando volvíamos de la escuela, jugábamos con mis matrioskas —la que me había dado tu tía y otra que me había regalado mi abuelo—. Pero los domingos eran especiales, porque su padre y el mío nos llevaban al Ajusco, pues no se perdían las carreras parejeras de caballos.

Ahí, te dirá ella, entrecerrando otra vez los ojos y haciéndote pensar que no, que su memoria no es hipermétrope, que, en todo caso, es emétrope, mientras ellos apostaban, bebían y fumaban, nosotras explorábamos el mundo. Nos subíamos a los árboles, desenterrábamos tesoros, nos empapábamos en un arroyo que habíamos descubierto o cazábamos insectos que, después, quemábamos con una piedra de lectura.

Ella no podía darse cuenta de que yo era distinta, porque tampoco tenía otras amigas. Además, era hija única y apenas asistía a la escuela. La educaba su madre, que sólo se le separaba por las tardes y durante aquellos domingos que subíamos al cerro, a ese mundo que era, en cierto modo, mío y suyo. Para mí, en cambio, dirá tu madre entornando los ojos otra vez, como si el pasado, de pronto, también fuera el presente, ser su amiga significó pensar, por primera vez, que quizá no era yo la diferente.

Que, tal vez, los que eran diferentes eran mis hermanos y mis padres. Que, igual, eran ellos —tus tíos más grandes, por cierto, dejaron la casa aquel mismo año— los que no estaban bien, los que tenían algo raro en la cabeza, los que estaban locos o rayando la locura. Para eso, también, me sirvió ser amiga suya; ser su amiga y pasar con ella las tardes en aquel jardín en el que, de tanto en tanto, aparecía algún loco.

La barda era baja y del otro lado estaba el manicomio. Se saltaban una o dos veces al mes. La primera, claro, nos asustamos. Después, poco a poco, fuimos aprendiendo a manejarlos. No eran violentos, querían cruzar para brincar hacia la calle. Hubo una, dirá entonces, que hasta se hizo nuestra amiga. Nunca brincó, pero hizo un hoyo en la barda. Por ahí platicaba con nosotras.

Creo que fue aquella mujer la que me hizo pensar que si alguien se parecía a esos locos no éramos yo ni mi amiga, en cuya casa, por cierto, empecé a comer de tanto en tanto y conocí la comida con sabor.

Por desgracia, aquellas comidas, en las que aprendí que comer no era nada más alimentarse, fueron el motivo por el que después dejé de verla.

Tu madre siempre ha dicho que ella no se acuerda, pero a mí me parece imposible.

¿Cómo no va a acordarse de algo así? Ni siquiera es que siguiera siendo tan chica, te dirá tu tío mediano, acelerando sobre Eje Central.

Y tampoco es que eso no tuviera consecuencias… si fue por eso que nos volvimos a mudar de casa, apenas dos o tres años después, no estoy seguro, de la mudanza anterior, añadirá buscando tus ojos en el retrovisor de su taxi.

Tres, debió ser tres años después, porque, cuando nos mudamos, ya no vivían con nosotros mi hermano y mi hermana más grandes, eso sí lo recuerdo, dirá antes de apretar la quijada, ponerse colorado y aseverar: ese hijo de puta, no lo maté porque mi padre entró y me detuvo.

Estábamos en casa cuando tu abuelo, que ese día había vuelto a comer y que andaba de buen ánimo, me pidió que fuera a la casa de junto, a llamar a tu mamá. Como nadie contestó, cuando toqué la puerta, dirá tu tío mediano, en cuyo rostro el colorado habrá escalado a bermejo, me metí en aquella casa, para llamar a mi hermana. Los encontré en la cocina. La señora lloraba a un lado de las ollas, las niñas permanecían sentadas a la mesa y él, el doctor ese, estaba parado a espaldas de tu madre.

El hijo de puta, aquel doctor que se decía amigo de tu abuelo, aquel hombre de mierda tenía el pene de fuera y así, rozando la nuca de mi hermana, el muy cabrón se estaba masturbando, añadirá con el rostro vuelto tea y los ojos bien abiertos, como si él, a diferencia de los demás miembros de su familia, no necesitara enfocar el pasado para entrar en su memoria. Empecé a gritar y a insultarlo. Y me le fui encima, a golpes.

No lo maté porque llegaron tu abuelo y tu tío chico, pero alcancé a dejarle un chingo de madrazos. Por eso no creo que tu madre no se acuerde, fue un escándalo, te dirá y, al instante, sorprendiéndote aún más que con la historia que acaba de contar y que tú ya conocías, añadirá: las historias de penes nunca se olvidan, te lo digo yo, que sé del tema.

¿O a qué crees que se debían mis terrores por las noches? Sobrecogido, esperarás que el silencio en el que él habrá de sumirse, de sumirlos, en realidad, a ambos, no vaya a ser el fin sino el comienzo de otra historia.

Un par de minutos después, sin embargo, comentará algo sobre un libro y aceptarás que sí, que ese silencio fue un final y no un comienzo.

Leerás que ese año, en los Estados Unidos, Painless Parker, a la postre el dentista más famoso de la historia, en un lugar, otra vez, imposible de definir pues seguiría con su práctica itinerante, inventó los lentes Parker, primeros lentes de aumento específico utilizados para extracciones dentales, imitando el principio de las piedras de lectura, sobre las cuales habría leído en una revista de arqueología que uno de sus pacientes habría olvidado en su consultorio móvil —tu abuelo, te dirá tu madre tiempo después, tendría en su despacho, durante años, varias piedras como ésas, piedras que al parecer se usaron, por vez primera, en el bajo Egipto—; que, en México, el gobierno lanzó el Canal 11, primera estación de televisión pública de tu país —el mismo día que el gobierno de los Estados Unidos lanzó el primer satélite que habría de orbitar en torno al sol, que el gobierno de la Unión Soviética lanzó el primer artefacto terrestre que alcanzaría la velocidad de escape de la Tierra y que el gobierno de la República Popular China lanzó su programa espacial—; que la juguetera Mattel, fundada por inmigrantes alemanes —fugitivos, en realidad, de la Segunda Guerra Mundial—, comercializó la primera muñeca Barbie, inspirada en la muñeca alemana Bild Lilli y bautizada en honor del creador de su antecesora, Klaus Barbie, quien fue uno de los más altos oficiales de las SS y de la Gestapo y quien fuera, años después, condenado por crímenes contra la humanidad; que, en algún lugar de las montañas del sureste mexicano, nació la Comandante Ramona, insurgente y representante política del Ejército Zapatista de Liberación Nacional cuya figura, durante los primeros años del alzamiento de los rebeldes chiapanecos, fue la única que le hizo sombra al Subcomandante Insurgente Marcos y quien trastocó y marcó para siempre la lucha de las mujeres de tu país y de tu continente —años después, tú y tu madre estarán presentes durante el más famoso de sus discursos, en la explanada de la UNAM, así como también estarán presentes el día que Marcos anunciará su muerte, la muerte de Ramona, llorando—; que, en la Universidad de Gotinga, murió Adolf Otto Reinhold Windaus, Premio Nobel de Química, famoso por haber aislado la Vitamina D, por haber sintetizado los primeros esteroides de la historia y por haber descubierto los fundamentos del colesterol y la histamina, pero no por haber sido el mayor coleccionista de microscopios de la historia, colección que, tras su muerte, pasó a ser propiedad de las universidades en las que Otto Reinhold había enseñado: Innsbruck y Gotinga, y que, en Chachalacas, Veracruz, tras doce ataques mortales, el último de los cuales le costó la vida a su hija más pequeña, el empresario Julio Duarte Villarreal ofreció la primera recompensa de la historia por la cabeza de un tiburón toro.

XIV

1960

Tu madre te dirá que ese año pasó lo de la verga del vecino. Por supuesto que me acuerdo, cómo no iba a acordarme, si es una de las cosas que más rabia me han dado. Pero eso no quiere decir que lo quisiera andar hablando.

Por eso siempre preferí decirles a tus tíos que no me acordaba. Además, guardarlo, enterrarlo en donde yo quería que estuviera sepultado, era mi forma de desquitarme. No serás tan importante, le dije a él o me dije a mí o le dije a eso que, para todos los demás, parecía ser lo único.

Creé una cárcel en mi mente y ahí encerré esa verga y a ese hijo de puta, al que no le podíamos hacer nada, decía mi padre, porque su familia era dueña del manicomio en donde él seguía trabajando, pero, sobre todo, porque eran poderosos. Pero en mi mente, en mi interior, ese cabrón estaba encerrado y no podía, ni siquiera, recibir visitas. Por eso mi silencio.

Y por eso, para mí, lo que marcó aquel año, más que aquel suceso en sí, fue lo que después trajo como consecuencia. Nuestra siguiente mudanza y lo que esa mudanza, que nos llevó a Tlalpan, sitio que entonces todavía era medio pueblo, me hizo perder de golpe: la primera amiga que había hecho, la primera y única amiga que había tenido en la vida. Eso es lo que recuerdo cuando pienso en ese año, añadirá tu madre, mientras busca entre unas fotos, justo antes, pues, de alargar el brazo y la mano para entregarte la imagen de aquella niña, que aún después de tantas décadas guarda entre sus cosas.

Eso y que, cuando llegamos a vivir al centro de Tlalpan, aunque tu abuela mejoró de la espalda, empezó a salir de nuevo de su cuarto y pidió que le trajeran otra vez su piano, prohibió que colgáramos fotos, porque no quería, aseguró, volver a verse de pie. Ése fue el año, pues, en que las fotos, todas nuestras fotos de familia, desaparecieron de la casa. Éstas, que como ves son sólo algunas, son las que pude rescatar de aquella escabechina.

Escabechina, tampoco esperabas que tu madre fuera a usar esa palabra. Quizá por eso sonreirás mientras ella sigue hablando: en donde antes había marcos con fotos, por ejemplo, tu abuelo empezó a poner sus microscopios. Diez, doce, quince, veinte… cualquier cantidad de microscopios.

Había empezado, años antes, a coleccionarlos. Él, que no era capaz de ver a nadie, que no podía ver a nadie que no fuera él mismo o que no estuviera loco, era feliz viendo a través de un microscopio.

Para él, para mi padre, dirá al final tu madre, lo visible era insoportable y lo invisible era lo único deseable.

Cuando dejen el Eje Central, cuando tu tío mediano doble sobre Madero, su rostro volverá a enrojecer.

Entonces, otra vez de golpe, revivirá en ti la esperanza de que el silencio en que se hallan atrapados sea un comienzo. Y esa esperanza será esta vez recompensada, porque de pronto, como si nada, tu tío empezará a hablar de nuevo.

Y te hablará, el consentido de tu abuela, de eso que estabas esperando: aquél fue el último año que sucedió, pero la primera vez que mi padre me encerró en su despacho, la primera vez que me arrastró ahí, fue varios años antes: la vez que dijo que me estaba tocando, mientras tu abuela amamantaba a mi hermano. Por supuesto que no me estaba tocando. Pero claro, ni entonces ni después, nunca, en realidad, sirvió de nada que yo hablara, que explicara, que reclamara. Él había decidido qué había visto, él había imaginado aquello que, por supuesto, le resultaba necesario. Mi padre había encontrado la manera de castigarme, porque la verdad es que él me tenía celos, que lo encelaba que mi madre me quisiera más a mí que a él.

Me hincó entonces en el suelo, me golpeó con una fusta las palmas de las manos y la espalda y al final me amenazó con darme electroshocks, toques en el pene, si volvía a hacer aquello que, ya te dije, no había hecho. ¿Cómo no iba a tener terrores por las noches? Eh, dímelo tú, te preguntará buscando tus ojos otra vez en el retrovisor de su taxi: ¿cómo no iba a despertarme gritando, si soñaba lo que empecé a soñar entonces?

Tras un breve silencio, te contará un par de sueños, el primero de los cuales tendrá que ver con un baile de tijeras, tijeras que irán desapareciendo una tras otra, hasta quedar solamente algunas. Entonces aparecerá la mano de Emelia, la loca de los tigres —no, no sabe por qué la de Emelia—, que amenazará con cortarle el pene y comérselo.

El segundo sueño era el peor, añadirá el hermano mediano de tu madre: estoy parado delante de un mingitorio, orinando y, al final, las últimas gotas, son gotas de sangre. Asustado, volteo la cabeza hacia la puerta, donde mi madre está esperando.

"Ya sé… ya sé que es sangre", le digo en el sueño: "es que tengo un vidrio, traigo un vidrio adentro y tengo que sacarlo, tengo que mearlo aquí, dejar que salga de mi cuerpo".

Entonces, dirá tu tío, por mi pene salía aquel vidrio, desgarrando, reventándome el glande.

Leerás que ese año, que también será bisiesto, en Cuba, el gobierno socialista emanado de la Revolución nacionalizó la United Fruit Company, declaró perpetuas las campañas de alfabetización, prohibió los cultos religiosos, encaró los primeros ataques terroristas en la provincia de Guantánamo perpetrados por contrarrevolucionarios, recibió, desde la Unión Soviética, el mayor envío de equipamiento militar de su historia, Celia Cruz se engarzó con Fidel Castro en una discusión que permaneció en secreto durante años y se inauguró la heladería más grande del continente, donde se colocaron dos cabinas de fotografías instantáneas; que, a las afueras de la provincia de Buenos Aires, el Mossad israelí —años después, sonreirás pensando y declarando, en la universidad, creyéndote, además, muy inteligente y suspicaz, que no debería verse como una casualidad que Mossad se escribiera así, con doble ese, es decir, con SS— detuvo al criminal de guerra nazi Adolf Eichmann, cuyo juicio fue retransmitido por la mayoría de las televisiones estatales del planeta —tu abuelo, te contarán mucho después, siguió ese juicio tomando notas— y dio lugar a uno de los libros más importantes del siglo XX: *Eichmann en Jerusalén*, en el que Hannah Arendt propuso su famosa tesis sobre la banalidad del mal, tesis que será fundamental para ti durante tus años universitarios—; que, en Paraguay, Augusto Roa Bastos publicó *Hijo de hombre*, su primera novela y primera, también, de la serie que completarán *Yo, el supremo* y *El fiscal*, novela que cambió la historia de la literatura de tu continente —insertando, por primera vez, a las tradiciones como narradores alternos al que cuenta la historia oficial— y de tu lengua —entremezclando, por primera vez, el español con el guaraní, es decir, con una lengua americana—, novela, además, que será una de la últimas que tu tío mediano te regalará, y que, en Nueva York, ante un auditorio abarrotado de gente, la compañía Polaroid, Sociedad de Responsabilidad Limitada, presentó su nueva cámara, la Polaroid Electric Fast, cuya innovación principal, además de una mayor portabilidad, fue la reducción del tiempo de revelado y positivado, que pasó de los sesenta segundos del modelo anterior a los cuarenta segundos, trastocando ya no sólo la historia de la fotografía sino también la historia de la ansiedad.

XV

1961

Tu madre te contará que ese año la registraron.

Tras mudarnos otra vez de casa, volvieron a cambiarnos de escuela. Fue en aquella escuela en donde, por primera vez, les exigieron a mis padres presentar mi acta de nacimiento.

No sé si sea, si entonces fuera normal, que una niña de catorce años estuviera presente, que recuerde, pues, el día en el que una secretaria, en una oficina de gobierno, redactó su primera acta de nacimiento. Pero yo estaba ahí y lo recuerdo, te contará, sonriendo, antes de decir: ese día, mi padre, cuando le preguntaron qué día había nacido, volteó a verme, con el rostro descompuesto.

Y aunque yo recordaba, no, no recordaba, sabía que siempre había celebrado mis cumpleaños en junio, como vi la oportunidad de celebrarlo dos veces ese año, dije que mi cumpleaños era en agosto. El veintitrés, añadí, porque ése era, entonces, el número que más me gustaba. No por el número en sí, sino porque ese día, un veintitrés, cumplía años la primera amiga que había hecho y la primera, también, que había perdido. Por suerte, poco después, en aquel nuevo colegio, haría nuevas amigas, algunas de las cuales seguirían siendo mis amigas para siempre.

Aquél fue un año intenso, añadirá tu madre sacando la mirada hacia el jardín, donde se escuchará la motosierra que estará cortando en trozos el nogal que un par de días antes se habrá desgajado. Poco después de darme de alta ante el mundo, sumará sonriendo con una risa que para ti resultará un tanto fingida, me llevaron a sacarme un retrato, que también habían pedido las monjas de la escuela a la que apenas estaba entrando. Tu tía mediana, que para entonces le había puesto un candado a su clóset, para que yo no pudiera asomarme, me llevó a un estudio que quedaba cerca de la casa, en aquel barrio en el que el pueblo y la urbe se revolcaban y que sería el primero que explotaría de la ciudad.

Recuerdo el impacto, el calambre que sentí cuando abrí el sobre dentro del cual me habían entregado mis retratos. Era igual, era idéntica a mi madre y mis hermanos, al más grande y al mediano. Al instante, quise romper aquellas fotos. Porque lo único que me había permitido sobrellevar aquellos años, era haberme convencido de que no era como ellos, de que ellos eran los que eran diferentes, los que no estaban bien. Y, claro, si yo no era diferente a ellos tres, era diferente a los demás, al resto de personas.

Y si era diferente al resto de la gente, como ellos, entonces podría ser que sí, que también yo estuviera mal, que también yo estuviera loca, te contará tu madre, transformando la sonrisa de sus labios, otra vez, en esa mueca volteada de cabeza que tú habrás visto tantas veces pero que, sin embargo, apenas habrás reconocido durante esos últimos días. De golpe volvió el temor, el terror a la locura.

Y peor aún porque también, por esos días, me vino por primera vez la regla. Justo cuando volvían los temores, llegaba ese estallido hormonal que puso en predicamentos aún mayores mi cabeza y mi cuerpo. Por suerte, Ani aún vivía en la casa. Fue ella quien me enseñó qué hacer con los sangrados, igual que me enseñó, en ese entonces, a bailar.

El baile fue, te dirá al final tu madre, volteando la cabeza nuevamente hacia el jardín y reclamándote ese ruido insoportable, lo que me mantuvo, lo que medio me mantuvo, más bien, aquellos años.

Eso y las amigas que hice luego en la escuela. Pero la duda se me había vuelto a meter.

La hermana mediana de tu madre te dirá que ella no se acuerda de ese día, del día que llevó a tu madre a hacerse esos retratos.

Pero, en cambio, se acuerda de que ése fue el año en el que ella conoció a su esposo y que, por eso, porque le daba vergüenza invitarlo a su casa, recuerda que fue el año en que tu madre empezó a pelear con ella todo el tiempo y el año en que tu abuela recogió más perros que nunca. ¿Callejeros?, preguntarás. Sí, callejeros.

¿Los recogía ella? No, claro que no. Aunque seguía mejorando de la espalda, según ella por sus santos, por sus dioses falsos esos, no podía ni levantarse de su silla, te contará tu tía mediana, persignándose al decir lo de esos santos y ofreciéndote, después, un chocolate, un chocolate de esos de los que, por navidad —cada navidad—, habrá de regalarte una bolsa entera. Los recogía Ani; tu abuela le había pedido que, si veía un perro suelto en la calle, se lo llevara a casa.

Por eso Ani, siempre que salía, llevaba un lazo amarrado a la cintura. Pobre mujer, había estado loca y así se seguía viendo, si la veías por la calle, te contará entonces tu tía, mirando sin mirar, como sin atreverse, la cicatriz que atraviesa tu brazo: vestida toda de blanco, tarareando alguna canción de Celia Cruz y con un mecate atado a la cintura. Entonces, por toda la ciudad, por todo el país y te diría que, por todo el mundo, había cientos de familias cuyas perras se llamaban Laika. Pero nosotros, en nuestra casa, teníamos siete: Laika enana, Laika negrita, Laika cochina, Laika pintita, Laika-Laika, Laika segunda y Laika tercera. ¿Cómo podía haber invitado ahí, a esa casa, a tu tío?

A tu abuelo le daba igual porque, en esa última casa, verlo era aún más raro. No pasaba mucho tiempo con nosotros, casi nada, aseverará tu tía insistiéndote en que agarres otro chocolate. A comer, por ejemplo, no volvía nunca. Por eso le daba igual que aquella casa se hubiera convertido en criadero. Pero no sólo por eso me avergonzaba invitar ahí a tu tío, también porque mi madre se había obsesionado con la URSS.

Siempre que llegaba un invitado, a veces incluso antes de saludar, los molía con sus preguntas. Que ¿qué opinaban de ese país? Que ¿qué opinaban de sus bombas? Que ¿qué opinaban de sus crímenes contra la humanidad? Que ¿qué opinaban de sus crímenes contra los animales, especialmente contra los perros?

Lo peor fue, te contará al final tu tía mediana, ofendida porque no quieres otro chocolate, que una de esas veces se peleó a muerte con su padre, con mi abuelo. Aunque eso, creo, fue al año siguiente.

Por algo con Cuba, la URSS, Estados Unidos y unas bombas. Se gritaron, se insultaron, se dejaron de hablar y no volvimos a verlo.

Leerás que ese año, en Londres, se presentó el primer aparato auditivo para sordos con ventilación del molde, doble micrófono magnético y amplificación por compresión; que, en Ginebra, mucho después de haber abandonado su carrera como escritor, Albert Cohen, que por entonces trabajaba como relator en la sede suiza de la ONU, recibió la carta de un editor que, por azares del destino, había leído algunas de sus relatorías, pidiéndole que escribiera una novela, carta a la que Cohen respondió negativamente, aunque el editor y el autor de *Comeclavos* se citaron para desayunar, desayuno en el que dicho editor convenció al ex escritor de ponerse otra vez a escribir, dando así comienzo la escritura de *Bella del señor*, monumental novela que vería la luz seis años después y que, varias décadas más tarde, te cimbraría como un mazo, tras haber cimbrado antes a tu madre; que, en Londres, se conmemoraron veinte años de la muerte de Virginia Woolf, quien, te dirá tu madre años después, fue la escritora que ella más gozó, aunque no fue su escritora favorita, con un congreso, un festival de teatro y la transmisión de una miniserie inspirada en *Los años*, a través de la BBC, televisora que, días después, denunció, mediante la exhibición del primer reportaje documental de la historia, los embarques ilegales de armas que estaban saliendo desde Inglaterra hacia las Bahamas, sede de las operaciones que los Estados Unidos llevaban a cabo contra Cuba; que, en los Estados Unidos, el psicólogo del aprendizaje Charles Ferster y la psiquiatra infantil Miriam K. DeMyer demostraron la eficacia de los Métodos Operantes de Modificación de Conducta para el tratamiento del autismo; que, en Roma, un equipo de médicos liderado por Daniele Petrucci logró, por primera vez en la historia, fecundar óvulos humanos en probeta, suceso que no sólo cambió para siempre el mundo sino que también impidió que fueras hijo único —entre los paridos por tu madre—, pues tu hermano menor habría de ser fecundado de ese modo, es decir, en un popote de vidrio con fondo; que, en Küsnacht, Cantón de Zurich, murió Carl Gustav Jung, uno de los estudiosos del cerebro más importantes de la historia y quien, seguramente, fue el único médico que recogió, por igual, las alabanzas de tu abuelo —por sus descubrimientos en el campo de la psiquiatría—, tu madre —por sus descubrimientos en los campo de la psicología y del psicoanálisis— y tuyas —por sus descubrimientos en los campos del arte y la mitología—, que, en la Ciudad de México, se presentó, ante un auditorio lleno, el primer número de *El Rehilete*, primera revista literaria concebida y llevada a cabo exclusivamente por mujeres, y que, en Sanigallia, falleció Giuseppe Cavalli, gemelo del pintor Emanuele Cavalli, fotógrafo que siempre defendió la idea de que la fotografía, en tanto arte, debía propugnar por la pureza de las líneas, las composiciones sobrias y la predominancia de la luz, pero quien, sobre todo, es recordado por haber sido el mayor enemigo de la fotografía instantánea y de las cámaras Polaroid: en ataques de ira desconectados unos de otros y acaecidos durante una década y media, Cavalli destrozó con un hacha tres cabinas de fotografía y catorce anuncios de cámaras instantáneas.

XVI

1962

Te contará, tu madre, que ese año dejó de ver a su abuelo.

Que tu abuela se peleó a muerte con él y que él, un par de años más tarde —quizá tres, pero no más— murió de un infarto.

Que no, que no pelearon, tu abuela y tu bisabuelo minero, por sus opiniones sobre la Unión Soviética. Que fue por Cuba. Que fue, de hecho, por la persecución cubana contra los santeros.

Y añadirá, entonces, que recuerda que ese día, el día que se pelearon, tu bisabuelo le gritó a tu abuela que se había vuelto loca. Y que ella, tu madre, no ha olvidado nunca las palabras que él gritó antes de irse: "¡cómo puede alguien querer más a unos perros que a sus hijos!".

Lo recuerdo claramente, te contará tu madre, sacando la mirada otra vez hacia el jardín, donde estarán sonando, ya no una sino dos motosierras. Estoy segura de que fueron las últimas palabras que dijo, igual que estoy segura de que le dijo loca varias veces, porque yo, en ese entonces, no dejaba de pensar en eso todo el tiempo, en la locura. De hecho, cada vez que ese tema empezaba a asfixiarme, ponía música y comenzaba a bailar.

Bailaba o abría un libro, sumará tu madre contemplando la ventana, sacudiendo la cabeza y quejándose de ese ruido en el jardín, que, dirá, la está enloqueciendo. Eso dirá, que ese ruido la está enloqueciendo, cambiando el gesto de su rostro y volviendo, luego, a donde estaba: fue el año, eso es lo importante, en que empecé a leer todo el tiempo. Una de las amigas que había hecho en la escuela, la noruega, leía todo el día, a todas horas; fue por eso, por contagio, pero también porque en mi casa nadie más leía, que empecé a leer como una enferma.

Para ser distinta de ellos, para serlo de un modo que sí me era posible. Y es que físicamente, ya te conté, me era imposible. Ya te dije, añadirá justo antes de estallar, que lo único que entonces anhelaba era poder diferenciarme, que mi conducta, que siempre había sido distinta, fuera, además de diferente, voluntariamente diferente. *Un mundo feliz*, *Aurélien*, *Los zarcillos de la viña*, *Santa María de las flores*, *No hay orquídeas para Miss Blandish*, *La señora Dalloway* y *Buenos días, tristeza*, son algunos de los libros que recuerdo.

Libros, todos, que me pasaba la noruega y que a ella le pasaba su mamá, que era escritora y tenía una revista que se llamaba, creo, *El Rehilete*, te contará en el instante previo al estallido, es decir, justo antes de levantarse y gritar, hacia la ventana: ¡no pueden callarse ni un momento… chingada madre… callarse de una vez!

Sonriendo, sacudirás la cabeza, le pedirás a tu madre que se calme —aseverando que, la verdad, el ruido ese, aunque a ti también te está enloqueciendo, no es para tanto— y saldrás hacia el jardín.

En la puerta, convencido de que lo tuyo es mala suerte, de que, otra vez, se habrá escapado ese tema que tanto andas buscando, reirás en silencio.

Le pedirás a tu madre, cuando vuelvas del jardín, que hablen de la locura.

Lo habrás decidido al llegar ante los hombres que estarán partiendo lo que queda del nogal, ese árbol que alguna vez fuera el centro del jardín: voy a decirle que hablemos de eso, de la locura, así, sin más.

Me gustaría hablar de la locura, madre, pero no de la locura de los otros, no de la locura en sí, añadirás sentándote de nuevo en el sillón, donde le confesarás, apenado, que no tuviste valor para pedirle a esos hombres que dejaran lo que hacían, que por eso el ruido sigue ahí, en el jardín.

Más que de la locura, aclararás, alzando el tono de tu voz porque, de golpe, así, como si tú no hubieras dicho nada allá afuera, una tercera motosierra se habrá sumado al concierto; más que de la locura real o irreal de los demás, quisiera hablar de ese miedo tuyo a la locura, madre, intentar meterme ahí, en ese miedo que de algún modo es mi propio miedo y es el miedo de mi abuelo.

Por qué, si no, por qué otra cosa sino por ese miedo, por ese terror a la locura, por esa necesidad a enfrentarla y darle orden, darle orden al vacío, al caos, se dedicó él, mi abuelo, a trabajar con enfermos mentales, comentarás alzando aún más el tono con el que hablas. Y por qué, si no, por qué otra cosa que esa misma necesidad de poner orden, de encontrar orden, de dar orden a los demás, además de a uno mismo, te dedicaste tú a trabajar con deficientes mentales y me dedico yo a esto que hago, ponerle orden a la nada, a personajes que no existen, que ni siquiera son reales.

Sonriendo, entonces, tu madre, tras reclamarte que usaras la palabra *deficientes*, comentará que eso creía estar haciendo. Que eso, lo que tú quieres, hablar de la locura, era lo que pensaba que estaban ustedes dos haciendo. Y, convirtiendo su sonrisa en una risa franca, no, quizá no será franca, quizá será burlona, quizá será una risa afilada, comentará: la locura no se habla, no se agarra así, como si fuera una cosa, no es algo que se pueda ver a contraluz.

La locura hay que rodearla, hay que envolverla, hay que adivinarla, como hacían antes con los átomos, con lo que hay adentro de los átomos, sumará tu madre. Como hacen, todavía hoy, con la partícula de Dios, dirá también, sorprendiéndote, entonces, no con una u otra palabra, sino con aquella referencia.

Así que deja de apurarme y no quieras correr. Vámonos poquito a poco, que esto de estarme descargando, esto de estar dejando en ti mi historia, esto de estártela dejando, me está gustando cada vez más.

Pero ándale, no seas así, regresa afuera y diles que se callen, que me están volviendo loca, comentará al final tu madre.

Entonces, escuchando su risa, te pararás y volverás al jardín.

Leerás que ese año, en París, poco después de que la Sociedad Médica Internacional expandiera los trastornos de ansiedad, apareció el primer Manual Diagnóstico y Estadístico de los Trastornos de Ansiedad, en el cual se propuso el uso generalizado de la acetilcolina, medicamento que sustituyó rápidamente a su predecesor inmediato, el meprobamato, que, a su vez, había sustituido a los medicamentos que se habían usado cada vez más indiscriminada y generalizadamente durante los años anteriores: opioides, daturas, beleño, belladona, barbitúricos, alcanfor y flores de zinc; que, en Nueva York, la compañía Polaroid, Sociedad de Responsabilidad Limitada, presentó su primer cámara instantánea de cuatro objetivos, que no sólo redujo otros cinco segundos el tiempo de revelado y positivado, sino que además imprimiría cuatro retratos, lo que, en términos matemáticos, dividió en cuatro el tiempo de espera, impactando negativamente tanto a la industria de locales de fotografías para documentos oficiales como a la industria de las cabinas fotográficas; que, en Ciudad del Vaticano, el Papa Juan XXIII, quien diría la famosa frase "ni siquiera Jesucristo era capaz de mirar muy lejos en el tiempo" y quien excomulgaría del pasado, del presente y del futuro, es decir, del tiempo, a Fidel Castro, para que "el comandante cubano no siga engañando a los católicos del mundo", fue descubierto, junto con su mayordomo, que conducía un Opel Record bicolor, a la salida de un famoso centro nocturno, tras haber engañado a la guardia de sus dormitorios —escapando, por un instante, de la cárcel de su pasado y su presente, sin prever las consecuencias que acechaban en su futuro— y tras haberle dicho, a ese mismo mayordomo: "nos subimos rápido, aceleras y nos vamos, que nos han cagado", y que, en Tokio, en el Museo Nacional de Tokio, tras una gira de catorce días que los había llevado a Filipinas, Indonesia, India y Japón, Eva Sámano Bishop, la esposa del entonces presidente de México, Adolfo López Mateos, quien también era conocida como Gran Madre Nacional y como Gran Protectora de la Infancia, al girarse abruptamente y apurar el paso para no quedar fuera de la fotografía oficial que debía retratar a los gobernantes de ambos países y a sus familias, tiró al suelo y destrozó una escultura de dos mil doscientos años de antigüedad, considerada una de las diez piezas más importantes del museo.

Entenderás, haciendo un breve recuento de los quince años anteriores, la relación, el matrimonio indisoluble entre la fotografía instantánea, la imagen personal y la ansiedad: entre 1947 y 1962, años dorados de la industria de las cabinas fotográficas y de las cámaras instantáneas, de la explosión de la moda y de la ropa como industria y de la universalización de los trastornos de ansiedad y de los medicamentos para tratar dichos trastornos, a cada nuevo modelo que la compañía Polaroid, Sociedad de Responsabilidad Limitada, lance al mercado, corresponderá una transformación en las líneas y los cortes del vestir y un nuevo medicamento para la ansiedad aparecerá en los consultorios de los médicos y en las farmacias. En otras palabras: los años que mediarán entre la cámara que revelará y positivará en 60 segundos y la que lo hará en 35 segundos, revolución que sólo será comparable con la aparición de las cámaras digitales, serán los mismos años que mediarán entre el meprobamato y la acetilicona, que reducirá el tiempo de respuesta de los medicamentos para la ansiedad de cincuenta minutos a poco menos de veinte.

XVII

1963

Tras agradecer el silencio del jardín, tu madre te dirá que ese año se marchó Ani.

Una mañana, creo que era sábado, se presentó ante nuestra puerta uno de esos locos que se brincaban al jardín de la casa en la que habíamos vivido antes.

Traía un ramo de flores amarillas. No sé qué flores serían, pero recuerdo que eran de ese color. Se las llevaba a Ani, con quien había tenido un romance del que nadie, hasta entonces, había sabido nada. Pocas semanas después, Ani se fue a vivir con él.

Lo recuerdo claramente porque, al irse, Ani se llevó todos sus discos, además del aparato de música, que no creo que fuera suyo. Se acabaron, entonces, la poca alegría de la casa y el baile, dirá tu madre. Aunque eso, el baile, igual habría terminado, pues mi hermana, tu tía de en medio, se fue de casa ese mismo año y ya no había con quién bailar. ¿Se fue sola?, preguntarás. No, con su novio, por supuesto. Mi padre no hubiera dejado que ella se fuera de otro modo.

Después de que ellas, pero, sobre todo, después de que Ani se marchara, como no había ni dónde hacer sonar los discos que me había ido comprando o que mi hermana grande me había ido regalando, no me quedó más refugio que los libros. Por lo menos cuando estaba en la casa, porque afuera mi refugio ya eran mis amigas. Pero en la casa lo único que hacía era leer. Novelas y obras de teatro. *En busca del tiempo perdido, El extranjero, Las uvas de la ira, La espuma de los días, Esperando a Godot* y *La cantante calva.* Ésos son los libros que recuerdo con más cariño, entre los que leí o creo que leí durante aquel año.

Pero entonces, ese mismo año, empecé también a leer otro tipo de libros. Libros que, obviamente, me prestaba la noruega, que se había convertido en mi mejor amiga y a quien, por cierto, en un viaje que hizo a su país, un viaje de varios meses a ese país que aún no conocía, dejó de venirle la regla. Por el tremendo frío o por la oscuridad, nunca supimos. Pero eso es otro asunto. Te decía que empecé a leer otro tipo de libros: *Las habitaciones de atrás* —así se llamaba, entonces, el diario de Ana Frank—, *El segundo sexo* y *Una habitación propia*, por ejemplo.

Mis amigas, añadirá tu madre como si eso fuera consecuencia directa de lo anterior, se convirtieron entonces en lo más importante, en lo único que quería seguir teniendo, entre lo poco que tenía. En lo único que no quería perder, entre todo lo que había en torno mío. Tanto fue así que empecé a enfrentar a tus abuelos, que nunca me dejaban ir de visita a sus casas. No me dejaban ir ni a comer, así que imagina lo que pasó la noche que decidí que no volvería, que me quedaría a dormir en casa de una de ellas.

Que me quería, en realidad, quedar en casa de la noruega, porque quedarme, al final, no pude quedarme. Cuando llamé para decir que no volvería esa noche, tu abuela me pidió, tras fingir darme permiso, hablar con la madre de la noruega. Entonces, esa mujer, cuando colgó, me dijo que mi madre no quería que me quedara, que le había pedido la dirección porque vendría a recogerme.

Cuando sonó el timbre, salí furiosa, lista, por primera vez, para enfrentar a tu abuelo, pues creía que él habría ido a recogerme. Cuál sería mi sorpresa al encontrarme, en la banqueta a tu tío mediano, furioso, aseverando que, por mi culpa, nuestra madre se había vuelto a poner mal.

Me subió al coche a empujones. No hizo otra cosa que gritar, mientras golpeaba el volante con tanta rabia que, a un par de cuadras de casa, lo partió en dos. No aguanté y me bajé. Eché a correr para no seguirlo oyendo y no acabar como el volante.

Él, tu tío, empezó a seguirme, culpándome de aquello que acababa de pasar. Entonces, para dejarlo de escuchar, me metí a un parque, donde un par de muchachos me silbaron y empezaron a alburearme.

Cuando ellos se acercaron, pensé que me harían algo, así que volví a correr y llegué a casa llorando.

Lo que pasó después, la verdad, prefiero no tener que recordarlo.

Lo primero que quiero aclarar, dirá tu tío más querido, es que no recuerdo si él rompió el volante o si así estaba desde antes.

Aunque era una bestia, ¿cómo podría haberlo hecho?, ¿sabes cómo eran los volantes de esos coches? Ni con un marro lo podría haber roto. Esos volantes rompían huesos, rompían cuerpos.

Tu abuelo, mi padre, moriría empotrado en uno de ésos. Pero bueno, lo que recuerdo es que sí, que él, mi hermano, fue a recogerla a esa casa y que, efectivamente, estaba enfurecido. Tu mamá sabía que nuestra madre estaba mal, que desde que Ani se había ido, se había vuelto a poner mal.

Sabía que no debíamos alterarla, que teníamos que tratar de ayudarla en lugar de hacerla pasar corajes. Y es que, sin Ani, ella se había quedado sin su cómplice, sin su secuaz en todo eso de los Orishas, sumará tu tío haciendo una pausa para subir el volumen del aparato de su oído izquierdo. Por eso se enojó tanto mi hermano cuando la encontró así, decepcionada, exagerando, claro, su angustia. Y por eso, creo, aceptó ir a aquella casa.

Lo segundo que quiero aclararte, te dirá tu tío, quien años después te explicará cómo cuidar y cómo mantener segura tu sexualidad, es que lo que siguió fue algo terrible. Por eso tu madre debió decirte que prefería no recordarlo. Espantoso, la verdad es que aquello fue horroroso, con todo y que ellos, por supuesto, con todo y que aquellos dos pendejos se merecían eso y más. Cuando tu madre nos contó qué había pasado, por qué estaba llorando, mi hermano volteó a verme con esos ojos que ponía cuando ardía.

Apurado, salió al patio, azotando la puerta, mientras tu abuela también volteaba a verme y me decía: "vas a hacer lo que él te diga". Mi hermano volvió entonces del patio, cargando un par de barras de metal y las correas de algunos perros. "¡Súbanse al coche!", nos ordenó a mí y a tu madre, al tiempo que tu abuela le decía a ella: "ves lo que sucede por andar en las calles, como si fueras otra de mis perras". "¡Que se suban al coche!", insistió tu tío, empezando, literalmente, a arrastrarnos.

En un instante, añadirá tu tío más cercano, el hombre que pagó el hotel la primera vez que dormiste con alguien, estuvimos ahí, en aquel parque. Y ahí, arrastrándonos a mí y a tu madre nuevamente y señalando a todos los muchachos que veíamos, le preguntaba a ella: ¿fueron ésos?, ¿aquéllos?, ¿ésos de allá? Cuando finalmente ella respondió afirmativamente, es decir, cuando por fin dimos con los culpables, ni siquiera les habló antes de soltar a los perros y ordenarles que atacaran.

Luego, cuando los tuvo sobre el suelo, le ordenó a los perros apartarse y empezó a golpearlos con su barra de metal, embravecido, frenético, mientras los insultaba y me gritaba a mí que lo ayudara, que yo también los golpeara, que no me quedara ahí nomás, mirando. Pero no pude, no me atreví a hacerlo. Entonces tu madre me abrazó o yo la abracé, no estoy seguro.

Lo que recuerdo es que después estábamos de nuevo en el auto, que mi hermano me había ordenado que manejara, aun a pesar de que apenas me estaba enseñando. Y que, camino al ministerio, en el asiento de atrás, él siguió golpeando a esos muchachos, mientras los perros gruñían y ladraban.

En el ministerio, de turno, había una jueza. Cuando tu tío echó ahí a aquellos dos muchachos, ensangrentados, y obligó a tu madre a contar qué había pasado, ella, la jueza, pareció emocionarse.

Antes de irnos, dirá al final tu tío, por absurdo que parezca, la jueza esa le pidió a mi hermano su teléfono.

Leerás que ese año, en la Ciudad de México, el presidente Adolfo López Mateos, quien, tras el accidente de su esposa el año anterior en el Museo Nacional de Tokio se había obsesionado con la antigüedad y el patrimonio, se involucró a tal grado con la construcción del Museo Nacional de Antropología que, tras ver los dibujos que José María Velasco hiciera, más de medio siglo antes, de un enorme monolito en el que él, el famoso pintor, veía a la Chalchiuhtlicue, pidió ser llevado hasta San Miguel Coatlinchán, donde vio, de primera mano, aquel enorme monolito en el que, para entonces, los arqueólogos ya habían reconocido a Tláloc, y anunció, para enorme pesar del pueblo, que conocían al monolito como Piedra de los Tecomates, piedra a la que le atribuían poderes especiales, su decisión innegociable de trasladarla al museo, cuando éste estuviera terminado; que, en Oak Grave, Alabama, un par de semanas después de que diera inicio la época de lluvias, James Clarence Fowler, hermano de Ann Elizabeth Hodges —Hodges era el apellido del esposo de Ann—, la mujer a la que le cayera el meteorito en la cadera, murió tras ser golpeado por un rayo, apenas un par de meses después de que la casa de Arthur Harrison Fowler —hermano menor de Ann y de James—, quien, por suerte, logró llegar a tiempo al refugio que le tocaba ocupar a él y a su familia, fue arrancada de la tierra por el tornado que destrozó el pueblo al que se habían mudado un par de años antes, pues los padres de su esposa les habían regalado doce hectáreas de tierra; que, en Japón, se transmitió la primera emisión nacional de *Astroboy*, con la que dio inicio el anime moderno y por primera vez fue visto por millones de telespectadores aquel niño-robot que, muchos años después, también durante varios años, sería tu caricatura favorita y la fuente más segura de conflictos entre tú y tu madre; que, en Washington, así como en Moscú, se conectaron, por primera vez, los dos aparatos telefónicos de color negro que compondrían aquello que, sin embargo, sería bautizado como línea roja, es decir, aquella línea telefónica directa que conectaría, hacia la primavera, los despachos de los presidentes John F. Kennedy y Nikita Jrushchov; que, en Manchester, los Beatles grabaron, con el sello discográfico Parlophone, *Please Please Me*, su primer disco de estudio, disco que, cuando la carrera del famoso cuarteto toque su fin, seguirá siendo el favorito de tu madre; que, en la Unión Soviética, despegó la nave Vostok 6, en la que viajaba Valentina Tereshkova, la primer mujer cosmonauta de la historia, el mismo día en que, cerca del pueblo de Tírig, en la Cueva del Civil, un grupo de expoliadores franceses encabezados por Odile Arnaux robó media decena de pinturas rupestres, haciéndolas saltar de su recinto a golpes de escoplo, y que, en Chachalacas, Veracruz, el pescador Jesús Alemán Martínez cobró la recompensa ofrecida por el empresario Julio Duarte Villarreal, tras presentar la cabeza de un enorme tiburón toro, apenas un par de horas antes de declarar, ante sus amigos, que el empresario ese era un idiota, pues ahí, en Chachalacas, tiburones de esos había cientos.

XVIII

1964

Tu madre te dirá que ese año terminó de crecerle la nariz. Fue el año en el que, mirándome al espejo, descubrí que mi nariz no sólo era grande, sino que era la nariz de mi madre, de mi hermano mayor y de mi hermano mediano.

Un año, añadirá de mal humor —un mal humor que no sabrás a qué adjudicar, pues habrán pasado varios días desde la última vez que se vieran—, difícil de acotar —sí, tu madre también usará esa palabra: *acotar*— a un recuerdo, aunque ese recuerdo sea tan importante como ese instante en el que vi, en mi nariz, lo que veía en la gente que, durante años, me había obligado a caminar sobre los bordes, sobre la frontera entre la sensatez y la locura.

Por ejemplo, te dirá, ese año también fue en el que peores resultados obtuve en la escuela, el año en el que casi me echan de ahí. ¿Por qué? Porque me daba igual, porque no me importaba estudiar. No soportaba más a aquellas monjas insufribles, que lo único que hacían era compararme con mis hermanas. Y fue el primer año, además, en que viví, en que habité la casa de mis padres sin ellas, sin que mis hermanas estuvieran ahí conmigo.

¿Ves? Podría hablarte de que ese año fue el primero en el que fui hija única. O hablarte de cuánto extrañé a mis hermanas, a las que, debo reconocer, siempre fui muy apegada, sobre todo a la mayor. O hablarte de que ése fue el año en que las monjas, que para colmo adoraban a mi padre, porque era su doctor, porque las curaba, pues, quisieron reprobarme, echarme a la calle. Creo que sabían, que intuían que aunque la escuela y ellas me valían madres, quería seguir estudiando, poder hacer una carrera. O hablarte de eso que sentí cuando vi, en mi nariz, a la gente que me había hecho tanto daño.

Y lo mismo pasa o pasará pues con los años de después, con los que vienen luego de éste. Son años en los que ya no es posible hablar de una cosa, porque además de que me empiezan a pasar demasiadas, se me mezclan. Por ejemplo, si mis hermanas no se hubieran ido, quizá la importancia que tomaron mis amigas habría sido diferente, añadirá aunque le dirás que eso no importa, que intente agarrarse al primer recuerdo que le venga a la cabeza, sin preocuparse de revolverlo con otro o con varios recuerdos, sin preocuparse, pues, de que después emerjan otros.

Bueno, dirá a regañadientes y cada vez de peor humor; incómoda, en realidad y por primera vez con eso que ustedes dos están haciendo. Quizá sea porque la última vez dijo que por fin le estaba gustando, pensarás, antes de que ella insista en las dificultades de ceñirse a un solo asunto y te advierta que, si la dejas revolver, el problema será tuyo. Será tu pedo separar lo que te cuente, tratar de darle lógica, de hallar el hilo entre el estambre —esta metáfora, esta sentencia casi literaria, en los labios enojados de tu madre, esos labios que un par de años antes habrán empezado a temblar cuando calla, cuando está poniendo atención, como si ahí viviera su ansiedad, también habrá de sorprenderte—.

Fue el año del casi. Eso es, digamos eso. Que fue el año en el que casi fui hija única, en el que casi fui echada de la escuela, en el que casi mueren todos los perros de mi madre y en el que casi me arranco la nariz frente al espejo, encerrada en mi cuarto, contemplando en ésta todo aquello que no quería haber sido.

Por las noches, qué locura, sacaba del despacho de tu abuelo unas pinzas y me las colocaba aquí, aplastándome la nariz con la esperanza de deformarla, de hacerla más pequeña o de impedir, cuando menos, que siguiera creciendo.

Digamos, entonces, que fue el año en que dormí con unas pinzas agarradas acá, a esta nariz.

Poco después de que choque su taxi, cuando lo visites en el hospital, tu tío mediano te dirá que aquél fue el año en que tu abuelo dejó a tu abuela.

El año que la dejó temporalmente, claro, añadirá pidiéndote que le coloques otra almohada debajo de la nuca, para poder verte de frente, para estar un tanto más cómodo o, aunque sea, cambiar de posición, porque está harto.

Luego te dirá que, según recuerda, él fue el único que entonces, cuando tu abuelo se marchó a vivir con su cuñada, con la media hermana de tu abuela, se sintió feliz. Tu abuela, en cambio, pareció enfurecer, aunque en el fondo, en las profundidades de sí misma, estaba realmente aliviada. Tu otro tío y tu madre, por su parte, parecían indiferentes, como con casi todo lo que entonces sucedía en la casa.

Fueron apenas unos meses, pero unos meses increíbles. Aunque claro, sin él ahí, sin él revisando, exigiendo y ordenando, la casa se terminó de convertir en un chiquero, en un verdadero tiradero, dirá cuando entre la enfermera para limpiarle las heridas que el choque habrá dejado en su cuerpo. Unos meses maravillosos: como tu abuela fingía estar desolada, me mudé a su cuarto, para dormir con ella y cuidarla.

Hacía años que no me dejaba estar tan cerca, que no sentía que nos encontrábamos de nuevo mi madre y yo así de unidos. Había empezado a trabajar en un laboratorio de fotografía y me habían regalado una cámara instantánea, así que esas noches, cuando se acostaba, cuando por fin conseguía quedarse dormida, la fotografiaba, le hacía retratos. Ya sabes que ella había destruido todas las fotos de la casa. Por eso quería tener imágenes suyas.

Uf... un montón. Muchísimas, insistirá tu tío, pidiendo que le acerques la riñonera que nunca habías visto separada de su cuerpo. Éstas son las que guardé, las únicas que me quedan de esos meses, añadirá pasándote tres fotografías avejentadas de tu abuela en camisón, quien, de pronto, estará dormida ahí, entre tus dedos.

Luego mi padre volvió a casa, pero no entró nunca más en el cuarto de su esposa, donde ella y yo seguimos durmiendo un par de años, dirá tu tío sacando la mirada por la ventana.

No hay más fotos porque tu abuelo las destruyó la primera vez que me internaron.

Leerás que ese año, en los Estados Unidos, el doctor Wilfrid S. Woodman, de especialización cirujano plástico, publicó el primero de varios artículos llamados a revolucionar las operaciones estéticas —el más famoso de los cuales sería aquel en el que propuso sumar, a la técnica de incisiones internas del pabellón nasal, gracias a la cual las cicatrices quedaban ocultas, la de incisión extrema, es decir, un corte en la parte baja de la nariz que permitiría levantar la piel, otorgando acceso a la base del cartílago y al hueso conocido como tabique nasal—, el mismo día que el neurólogo Paul Schmucler, quien había aceptado como paciente a Henry Molaison, publicó varios artículos llamados a revolucionar las operaciones del cerebro

—el más importante de los cuales fue aquel en el que demostró que, cuando le extrajeron a su paciente los lóbulos temporales, le habían lastimado el hipocampo, el giro hipocampal y la amígdala, situación que le provocó una severa amnesia anterógrada, a consecuencia de la cual Molaison, aunque su memoria de trabajo y procedimental estaban intactas, era incapaz de incorporar información a su memoria de largo plazo—; que, en la Ciudad de México, fue inaugurada la segunda sección de la Unidad Habitacional Independencia, con lo que ese sitio, que años después sería el primer hogar de tu madre, tras independizarse de sus padres, y muchos años más tarde sería también el lugar en el que viviría tu primera novia, se convirtió en el espacio habitacional más grande de América Latina —en La linterna, además, el cine que había dentro de aquella Unidad Habitacional, tú y tu novia habrían de embarazarse, semanas antes de que ella decidera abortar y antes, obviamente, de que abortara en el consultorio clandestino de un doctor que, para mayor endogamia espacial, atendería en un departamento de la misma Unidad Habitacional, doctor que les habrá recomendado tu madre—; que, en Cleveland, Ohio, el psicólogo y escritor Bernard Rimland, fundador de la Sociedad Americana de Autismo y padre de un niño diagnosticado con dicho trastorno, se opuso a las afirmaciones de Leo Kanner y a las de Bruno Bettelheim, que llevaban poco más de una década sin ser cuestionadas, argumentando que el autismo era, antes que una condición biológica, una consecuencia del trato maternal o paternal; que, en la Ciudad de México, se inauguró el Museo Nacional de Antropología sobre Paseo de la Reforma, donde, respondiendo a los deseos del entonces presidente de la nación, Adolfo López Mateos, se colocó el monolito de Tláloc, antiguo Dios de la lluvia, piedra de 168 toneladas de peso que semanas antes había sido extraída de San Miguel Coatlinchán y que, al arribar a la Ciudad de México, cargada sobre una plataforma diseñada expresamente para eso, plataforma que era arrastrada por tres tráileres, desató la peor lluvia que la gente de la capital fuera a ver durante el siglo XX, y que, en la ciudad de Buenos Aires, durante el Tercer Congreso Latinoamericano de Enfermedades Mentales, en el que tu abuelo leyó, al medio día de la cuarta jornada de trabajos, la ponencia "¿Es la hidrocaína una opción a la morfina?", se desató una encendida discusión entre neurólogos, psiquiatras, psicoanalistas y psicólogos que se convirtió luego en una gresca y que terminó convirtiéndose en una verdadera batalla campal, batalla campal que precisó la acción de la policía y dejó un saldo de tres psiquiatras, un psicoanalista e, increíblemente, un peronista —quien argumentó que él sólo pasaba por ahí— heridos de gravedad.

XIX

1965

Ese año, te contará tu madre de mejor humor que la tarde anterior pero renuente, aún, a recordar revolviendo, se me fue el sueño.

Aunque ya no sólo tenía una cama, sino dos —la de mi hermana grande y la de tu tía mediana—, dejé de dormir por las noches. Todo empezó la madrugada en la que me despertaron unos ruidos que estallaron en la calle, sin saber si esos ruidos estaban realmente afuera o si estaban dentro de mí.

Gritos, gritos de mujeres y pasos apresurados, gente que corría, que perseguía o era perseguida, añadirá tu madre, a quien el buen humor seguirá insuflando mientras habla, pues hablarte le ayudará a alumbrar aquel recuerdo. Asustada, me acerqué a la ventana, me asomé y descubrí que sí, que los gritos venían de afuera. Eran varias mujeres, varias prostitutas a las que, al parecer, habían estado siguiendo. Y las habían alcanzado justo enfrente de mi casa. Ellas, recuerdo ahora, pedían ayuda.

Estaban ensangrentadas, también esto lo estoy recordando ahora mismo. Pero no salió nadie a ayudarlas, ningún vecino. Luego llegó una camioneta, las subieron a todas y se fueron. La calle, entonces, quedó vacía y silenciosa, como si no hubiera sucedido nada. Eso fue lo que más me aterró, que la calle quedara así como si ahí no hubiera pasado nada. A partir de esa noche empecé a despertarme apenas me dormía. Me espabilaba el silencio, el vacío. No era que no pudiera quedarme dormida, era que me dormía y me despertaba al instante. Y luego no podía volver a dormir.

No ayudaba, además, que mi madre, en esa misma época, hubiera terminado de olvidarse o de renunciar a sus perros, a los que aún le quedaban, ni que les hubiera dicho a ella y a mi padre que quería estudiar medicina, te contará revolviendo a partir de ahí sus recuerdos, por primera vez, sin preocuparse. Tu abuelo se echó a reír, se echó a reír y no dijo nada más. Sólo eso, su risa, burlándose de mí. Y luego el silencio, ese silencio que decía "estás pendeja si crees que una hija de esta casa estudiará, si crees que una mujer de esta casa hará una carrera". Ese silencio también me despertaba por las noches. El vacío, pues, era lo que me despertaba, los vacíos que entonces me asediaban por todas partes.

Esos vacíos eran iguales al abandono de mi infancia, eran lo mismo, añadirá tu madre: esos vacíos eran iguales al abandono y al miedo que había sentido de pequeña, porque eran, en realidad, el abandono y el miedo que, entonces, a esa otra edad, estaban de regreso. Eran, otra vez, el caos y el desorden cercándome, comiéndose mi mundo, ya no el que me tendrían que haber dado, sino el que yo misma me querría haber dado. Y, claro, me despertaba en medio de la noche.

Me espabilaba y no encontraba otra cosa que hacer que ir a la cocina. Ir ahí y comer como una desesperada, comer lo que hubiera, fuera del día que fuera y oliera como oliera. Fue el único año, aquél, en el que no estuve flaca… no, en el que no sólo no estuve flaca, sino que engordé, el año que fui realmente gorda.

No, no. Gorda de verdad. Subí casi veinte kilos, asegurará al final tu madre, antes de reírse un breve instante: la cara me creció de tal manera que, por lo menos, parecía habérseme encogido la nariz.

Entonces, una tarde, ante el espejo, decidí que no tenía por qué vivir con aquella nariz, pero tampoco con aquel sobrepeso. Y menos aún en mitad de aquellos silencios tan terribles.

Tu tío más querido te contará que sí, que es verdad, que tu madre estuvo gorda.

Gorda no, añadirá sonriendo, mientras esperan los papeles del seguro del taxi que su hermano destrozara. Era como si la hubieran hinchado, como si le hubieran metido dentro a otra persona.

Para molestarla, como nunca decía nada, como todo el tiempo se quejaba del silencio, le decía que qué esperaba, si se comía hasta las palabras, si se comía hasta los ruidos de la casa, añadirá tu tío, cambiando el gesto. La verdad, sin embargo, era que ella estaba mal, mal de verdad. Mi padre le había prohibido estudiar una carrera.

Eso, lo de no poder estudiar, la había afectado porque era lo único que ella deseaba de verdad, estudiar e irse de viaje, otra cosa que también le había prohibido tu abuelo, con todo y que la familia de una amiga suya, a la que le decíamos la noruega, se había ofrecido a pagarle el avión a su país, para pasar allá el verano. "¿A qué quieres ir a ese lugar, que está tan lejos?", recuerdo que le pregunté el día que peor la vi, te contará tu tío riéndose, antes de imitar la voz de tu madre y añadir: "porque ahí se le va a una la regla, pendejo".

Eso también obsesionaba a tu madre, igual que a sus amigas: encontrar el modo de dejar de sangrar. No sé qué cosas leían, pero decían que sangrar era lo que las hacía ser vulnerables, lo que hacía que los hombres se impusieran. Cuando le dijo eso a tu abuelo, él decidió recetarla, recetar, por primera vez, a uno de sus hijos con algo que no fueran aspirinas. Luego, claro, le agarró el gusto y se siguió con los demás, sobre todo con tu otro tío.

Acetilicona, eso fue lo que mi padre le mandó a mi hermana. Un medicamento que debía tranquilizarla pero que lo único que consiguió fue hincharla, hacerla engordar hasta dejarla como bolsa llena de agua.

Es increíble la memoria.... acetilicona... que recuerde ese nombre es sorprendente. No me acuerdo, en cambio, qué le recetó, después, a mi hermano.

Si es que en realidad se había tardado, tu abuelo, en medicar a su familia. Había perdido, además, el control sobre sus adicciones.

¿Quería ayudarlos? No, no creo. A tu madre, por ejemplo, quería engordarla.

¿Por qué? Para que no se fuera nunca.

Leerás que ese año, en España, la dictadura de Franco permitió que los ciudadanos de su país leyeran, de forma directa y sin la intromisión de autoridad eclesiástica alguna, el *Evangelio* —la lectura en soledad del resto de la *Biblia* seguiría estando prohibida—; que, en Palestina, el mismo día que en Inglaterra —país que habría auspiciado como ningún otro la fundación de Israel— se celebraron los funerales de Winston Churchill, se creó la Organización para la Liberación de Palestina; que, en Buenos Aires, la Asociación Latinoamericana de Enfermedades Mentales hizo públicos los nombres de los tres psiquiatras y del psicoanalista que, por haber tomado parte de la gresca acaecida en su congreso del año anterior —reyerta que habría iniciado tras la ponencia de un psicoanalista argentino titulada:

"¿Debemos considerar la acumulación de mascotas como un trastorno?"—, quedarían vetados de por vida de las actividades de dicha asociación, entre los cuales estaría el de tu abuelo; que, en Alaska, estalló el gasoducto más largo del continente, dejando cerca de doscientos muertos y destruyendo el talud oeste del monte Daneli, montaña que, para los esquimales, guarda carácter de sagrada, pues sirve de faro para aquellos que llegan desde Siberia; que, en Vietnam del Norte, poco después de que el primer ministro de la Unión Soviética se reuniera con Ho Chi Min y un par de semanas después de que el gobierno de los Estados Unidos anunciara su decisión de no utilizar armas nucleares, comenzaron los bombardeos regulares con napalm sobre pueblos y aldeas civiles, bombardeos que cambiaron la historia de la guerra moderna y de la fotografía de guerra, cuando los diarios del mundo hicieron famosa a Phan Thi Kim Phúc, aquella niña que, acompañada por otros niños que corren detrás suyo, huye de ese combustible gelatinoso que arrasó su país y estuvo a punto, en la fotografía del reportero vietnamita-canadiense Nick Ut, de reducirla, a ella y a los que corrían detrás suyo, a cenizas; que, en Bolivia, Chile, Australia, Japón, China y España tuvieron lugar enormes accidentes mineros, convirtiendo aquél en el año que más mineros murieron en el planeta mientras cumplían con su trabajo; que, en los Estados Unidos, Bob Dylan lanzó *Highway 61 Revisited*, con la versión final de "Like a Rolling Stone", y que, en la Ciudad del Vaticano, meses después de que sus autoridades reconocieran la existencia del Estado de Israel y éste, el Estado de Israel, asegurara el tránsito de católicos por su territorio, el Papa Pablo VI anunció que, tras un estudio concienzudo del Concilio Ecuménico, había descubierto "que el pueblo judío no fue, colectivamente, responsable de la muerte de Dios".

XX

1966

Ése fue el año que me operé la nariz, te contará tu madre.

La noruega me ayudó a encontrar un cirujano que no fuera del entorno de mi padre —en esos años, casi todos los doctores lo conocían o habían oído hablar de él, así que aquello no fue nada fácil—.

Ese doctor me preguntó por qué quería operarme la nariz, si mi nariz no era fea ni estaba chueca. Cuando le dije mis razones, cuando le dije que no quería, que no aguantaba parecerme a mi familia, se puso serio y dijo, lo recuerdo como si ahora lo estuviera escuchando: "es un motivo más que suficiente, quizá el único motivo verdaderamente válido".

Creo que le caí bien a aquel doctor, porque me dijo que entendía mi situación y me prometió no cobrar sus servicios… "aunque tendrás que pagar todo lo demás".Y ya me dirás de dónde iba yo a sacar aquel dinero. La noruega, por supuesto, me propuso dármelo ella, pero no podía aceptar, no podía pensar que nadie más que yo pagara mi nueva nariz. Esa misma noche llamé a tía mayor para contarle aquello y pedirle trabajo, cuidando, por ejemplo, a su hijo. Ella aceptó y me prometió que iría a verme al día siguiente.

Claro que cumplió, tu tía nunca me ha fallado, añadirá tu madre de buen humor, de un humor completamente diferente de aquel con el que un par de días antes te habrá recibido, y sacando la mirada al jardín, donde estará oscureciendo. Quizá tú no lo entiendas, pero la relación de las hermanas es diferente a la que tienen los hermanos. Los hermanos pueden dejarse, olvidarse unos de otros, las hermanas no, las hermanas no podemos alejarnos unas de otras. Por lo mismo que te dije el otro día o más o menos. Nuestra memoria también son nuestros cuerpos, nuestra memoria no son solamente ideas, no compartimos sólo recuerdos, compartimos lo que envuelve esos recuerdos.

Sí, ella llegó al día siguiente, por supuesto. Y aunque al ver la casa, al enterarse de que su hermano mediano no estaba viviendo ahí y al ver que tu abuela había vuelto a derrumbarse entró en una suerte de shock momentáneo, me llevó a nuestro cuarto, me sorprendió con una matrioska que me llevaba de regalo y me pidió que le explicara todo nuevamente, sumará sin dejar de ver, por la ventana, el aguacero que estará comenzando.

Se rio un poco de mí, pero luego me abrazó, me dijo que sí, que claro que iba a darme ese dinero, aunque además de cuidar a su hijo tendría que cuidar a su sobrino, al hijo de la hermana de su esposo. Y me propuso, también, que la ayudara a cocinar los fines de semana.

Me dijo que así, de paso, aprendía a comer sano, te contará al final tu madre, porque eso, que ella empezara a comer sano y que bajara de peso, era la última parte del trato.

Así fue como pude operarme, como bajé de peso y como, además, se transformó mi vida, porque cuidar a aquellos niños lo cambió todo para siempre.

Y pensar que así es la vida, te contará tu tía más grande: eso es lo último que hoy haría.

Comer sano a esta edad, con este cuerpo y con el tiempo que me queda, primero muerta, añadirá embarrando medio aguacate en la tapa de la cemita que pondrá luego en tu plato.

La verdad, esto tu madre no lo sabe, yo quería convencerla, decirle que no hiciera aquello, que no se operara la nariz, pero apenas llegué ahí, apenas entré en esa casa en la que no había entrado en varios años, supe que no podía decirle eso, aseverará poniendo la cemita en tu plato, empezando a deshebrarle el quesillo encima y salivando.

O igual no fue apenas entrar, igual no fue al ver aquel abandono, aquel vacío, las meadas y las mierdas del par de perros que aún quedaban, ni tampoco al enterarme de que mi padre había perdido casi todo en los caballos: uno de los coches, la televisión, el par de radios, los cuadros, los sillones de la sala. Igual fue al ver que mi mamá estaba nuevamente en cama y al enterarme de que mi hermano había sido internado, que mi papá lo había internado en su hospital después de encontrarlo, una madrugada, retratando a su esposa, mientras dormía.

Aunque igual y fue todo aquello junto, sumará tu tía acercándote la lata de chiles y mirando, al mismo tiempo que finge no hacerlo, la cicatriz que sube por tu cuello hasta ocultarse detrás de tu oreja. Pero la cosa es que ahí, cuando por fin me senté con tu madre, en el que había sido mi cuarto, supe que tenía que apoyarla, hacer lo que fuera para que ella se salvara, para que no se hundiera con el resto de esa casa, porque mis padres asumían que ella debía cuidarlos para siempre.

Y mira si al final me salió bien, mira si al final me convino, porque nadie me ha apoyado tanto, a lo largo de toda mi vida, como tu madre, rematará tu tía empezando a devorar su cemita, como sólo devora ella, con un placer que no verás en nadie más.

Eso sí, lo que tu madre, según me cuentas, no te contó, es que también le puse otra condición: que empezara a ir a terapia cuanto antes.

¿Nos comemos otra? ¿Mitad y mitad?

Leerás que ese año, por primera vez desde el inicio de la Segunda Guerra Mundial, es decir, por primera vez en veintisiete años, se vendieron más toallas sanitarias que tampones, en buena medida porque fue ese año cuando las principales marcas reintrodujeron al mercado las compresas femeninas reutilizables; que, en Francia, el médico de origen belga Jean Baptiste Kiesbie publicó el primer artículo científico de la historia que hablaría sobre la acumulación de basura y de objetos sin mayor utilidad como de un síndrome, meses antes de que él mismo, el médico Jean Baptiste Kiesbie, publicara un segundo artículo —artículo que correrá con la misma suerte que el primero, es decir, el silencio y el desinterés absoluto por parte de la comunidad científica internacional— en el que hablaría sobre la acumulación de mascotas —perros y gatos, en particular—, como de otro síndrome; que, en México, el país del orbe en el que más personas mueren anualmente alcanzadas por un rayo, rompiendo todos los records anteriores, murieron de ese modo, es decir, alcanzadas por un relámpago, un total de 244 personas, entre las cuales 172 fueron hombres y 72 fueron mujeres; que, en los Estados Unidos, la Asociación Nacional de Psiquiatría entró en guerra con la Asociación Americana de Psicoterapias, a consecuencia de un artículo publicado por el presidente de la primera, John Milton DeLillo, titulado "Evaluación de la capacidad mental de una Testigo de Jehová", que habría estado inspirado en Mary Lilli White, segunda esposa del entonces presidente de la Asociación Americana de Psicoterapias; que, en Savannah, Georgia, murió Carl Brashear, primer buzo negro del ejército norteamericano, quien habría resultado gravemente herido en el Río Savannah durante las maniobras fallidas de rescate de la bomba de hidrógeno de 3500 kilogramos que, más de una década antes, dejó caer en aquel sitio el bombardero B-47 cuya ala habría chocado con el avión de combate F-86 que lo escoltaba; que, en Moscú, al tiempo que la NASA anunciaba su primer alunizaje controlado, la Real Academia de la Lengua Española aceptaba, en Madrid, tres palabras nuevas —*alunizaje*, *historicismo* y *audiovisual*— y que Michel Foucault, en París, publicaba *Las palabras y las cosas*, se hicieron públicas las primeras fotografías de Venus y el primer videometraje de Marte; que, en algún sitio de Uganda, murió el libertador mexicano Jaimitu Melambutu, quien clamó por las raíces africanas de la Costa Chica de Guerrero y quien trató de fundar, sin mayor suerte, el independentista Partido Negro del Mundo Nuevo, y que, en los Estados Unidos, Martin Richards diseñó el Lenguaje de Programación BCPL, sistema que sería fundamental para el desarrollo posterior de la informática y que años más tarde contribuiría —tanto como las ideas de Alan Turing y sus pruebas— al enloquecimiento del mayor de los hermanos varones de tu madre, quien desaparecería del mundo como figura en estas páginas: sin dejar mayores rastros.

XXI

1967

Ese año cumplí veinte, me fui de casa y estrené esta nariz, te explicará tu madre.

Tu abuela, cuando volví de casa de tu tía, donde estuve un poco más de dos semanas, se me quedó mirando, extrañada, como tratando de entender algo que no acababa de cuadrarle, mientras tu abuelo, mi padre, ni siquiera se dio cuenta.

Veinte años después, exactamente igual que cuando era pequeña, en aquella casa yo seguía siendo invisible, añadirá tu madre. Seguía sin tener cuerpo, sin tener una vida, una vida que no fuera prestada. Para mis padres yo sólo sería alguien, yo sólo tendría un cuerpo y una vida cuando estuviera encargada de cuidarlos.

En esa casa, entendí entonces, no existía en presente, no tenía un presente, aseverará sacando la mirada nuevamente hacia el jardín, donde el aguacero que iniciara hace rato se habrá vuelto una tormenta eléctrica. No tenía presente, era ese pasado que lo había destruido todo —enfermando a mi madre— y era ese futuro en el que debería de cuidarlos —encargándome de los males de mi madre y de las adicciones de mi padre, quien cada vez estaba peor—.

De ahí, entendí también entonces, mis miedos: a la locura, al vacío, al desorden y al caos. Porque no tenía presente, salvo cuando estaba con mis amigas o cuando estaba leyendo; yo no sucedía, nunca había transcurrido en el instante en el que estaba. Quería que eso terminara, quería darme un presente a mí misma. Más que una habitación, un presente propio, eso, me di cuenta, era lo que quería. Y por eso decidí irme de aquella casa, por eso y porque, cuidando a tu primo y a su primo, descubrí que aquello también era lo que deseaba, trabajar con niños chicos, estudiar para hacer eso, sin importar lo que tu abuelo dijera.

Pero el cabrón de tu abuelo, que entonces vivía montado en hidrocaína, se puso mal, enloqueció el día que se lo dije, el día que les dije que me iba de la casa. Primero culpó a mi analista, asegurando que todos esos terapeutas eran charlatanes, luego dijo que iba a matarlo, después amenazó con agredirme a mí y al final se encerró en su despacho, donde estuvo tres o cuatro días, sin salir, jugando con su pistola. Lo sé porque cada vez que me acercaba a la puerta, escuchaba girar el tambor de aquella arma, cuyo sonido reconocía mejor que nadie. Mi madre, en cambio, hizo lo que siempre había hecho: fingir que yo no había dicho nada, hacer como si aquello fuera cualquier cosa, algo que al final no sucedería, un accidente en esa realidad de la que yo formaba parte pero que no podía modificar.

El que peor se puso, sin embargo, fue tu tío mediano, que hacía apenas unos meses había vuelto a la casa, tras haber estado internado. La verdad, te explicará tu madre, esos meses había estado más tranquilo, no había agredido a nadie, no había estallado en casa ni en la calle. Ese día, sin embargo, cuando volvió de su trabajo —no lo aceptaron de vuelta en el laboratorio fotográfico, así que tu abuelo le consiguió un puesto en un laboratorio de cosméticos, trabajando de chofer—, volvió a ser el de siempre y dejó estallar su furia, rompiendo la puerta de mi cuarto a patadas, amenazándome y gritándome que, si me atrevía a marcharme, él me traería de regreso, cuantas veces fuera necesario.

Los únicos que entonces me apoyaron fueron tu tía mayor, a cuya casa me fui aquella misma noche, de madrugada, suplicando que ninguno de los perros se pusiera a ladrar, y tu tío chico, aunque él lo hizo en la distancia, porque un par de meses antes se había ido de la casa, de la colonia, de la ciudad y del país. ¿A dónde? A Inglaterra, a estudiar una maestría en no sé qué, sumará tu madre sonriendo al ver cómo, afuera, los rayos que no dejan de caer iluminan, de tanto en tanto, el jardín.

No, tu tía mediana no me apoyó, aunque tampoco se puso del lado de tus abuelos: como siempre, intentó hacer como que no pasaba nada. Lo suyo siempre fue, siempre ha sido la negación.

Con decirte que, cuando por fin la volví a ver, lo único que me dijo fue: "has engordado".

¡Y había bajado dieciocho kilos!

Está loca, te explicará tu tía mediana, tu madre está loca: ella nunca estuvo gorda.

No, tampoco antes de irse de la casa de mis padres. Nunca estuvo gorda. Si siempre ha vivido preocupada por el peso, sumará justo antes de preguntarte si ya leíste el cuaderno que te dio y de ofrecerte una galleta e insistir, varias veces, en que la agarres.

No puedo creer, además, que te dijera que no me puse de su lado, que no la apoyé cuando decidió irse, insistirá mirando sin pudor alguno la cicatriz que sube por tu brazo —ese brazo cuya mano acepta la galleta— y se pierde bajo la manga de tu playera, antes de bifurcarse en dos: el ramal que baja por tus costillas, cruza tu cadera y desciende por tu pierna, casi hasta el tobillo, y el ramal que asciende sobre el hombro, hacia la clavícula y después hacia tu cuello, donde vuelve a asomarse fuera de tu ropa, para perderse detrás de tu oreja y enraizar entre tu pelo.

¿Qué significó, para ella, que me quedara callada? ¿Crees que fue fácil hacer eso? ¿Eh? Te preguntará tu tía visiblemente molesta, pero sin dejar de ver la cicatriz de tu cuerpo, cicatriz que encogerá su gesto en una expresión que no sabrás si es de pena, compasión o coraje. Para ahuyentar dicha expresión y recuperar la de molestia, entonces, volverá a preguntarte: ¿crees que para mí fue fácil no decir lo que pensaba… lo que realmente pensaba de que mi hermana se fuera a vivir sola, sin casarse? ¿Eso cree ella… que fue fácil no decirle nada, no decirle nada a mis padres, no decirle nada ni siquiera a tu tío mediano, al mejor de mis hermanos? Pues no, no fue nada fácil. Como tampoco fue fácil convencer a mi esposo de apoyarla. Porque eso, parece, no te lo contó, que nosotros la apoyamos con dinero, que invertimos en su tienda, en la tienda que puso para poder sobrevivir.

No, claro que no te dijo nada de eso, nada de esa tienda de la que nadie quiere hablar, que nadie en la familia quiere recordar por lo que luego pasó ahí, te explicará tu tía mediana, preguntándote de nuevo si leíste su cuaderno y ofreciéndote otra galletita —no sabrás si porque quiere alimentarte o porque quiere ver tu cicatriz de nueva cuenta—. No les gusta hablar de esa tienda porque fue ahí delante, a unos cuantos metros, donde sucedió el accidente, donde tu abuelo tuvo su accidente, añadirá cerrando los ojos un instante y persignándose.

Pero yo sí la recuerdo, porque fue mi forma de ayudarla, de apoyar a tu mamá, rematará cuando abra los párpados de nuevo y sus pupilas, como si hubieran sido imantadas, recorran tu cicatriz de nueva cuenta.

¿Te duele?, preguntará entonces tu tía, poniendo cara de santa.

Leerás que ese año, en Düsseldorf, se presentó el auxiliar auditivo retroarticular más moderno e importante de la era de los aparatos de bulbos para sordos, cuya compresión doblaría la de todos los aparatos anteriores y —esto sería lo más innovador— cuya amplificación triplicaría a los audífonos hasta entonces existentes; que, en Lagos, la explosión de un oleoducto que hizo estallar, pocas horas después, un gasoducto recién inaugurado, dejó un total de seis mil civiles muertos, convirtiéndose en la mayor tragedia causada, hasta entonces, por la industria del petróleo y de sus derivados; que, en Buenos Aires, fue publicada *Cien años de soledad*, la novela de Gabriel García Márquez, el escritor colombiano que, para entonces, estaría radicado en México, cuya salida a librerías fue celebrada en casa de Jomi García Ascot y María Luisa Elío, clientes habituales de las comidas que vendía tu madre, quien ese día fue contratada para servir los alimentos, razón por la que, casi cuarenta años después, tras contarle aquella anécdota, el autor colombiano, que para entonces temblaría como una hoja, te dedicaría así aquella novela: "para el hijo de la cocinera, con un abrazo de su mejor comensal"; que, en la Unión Soviética, fue levantada la prohibición que mantenía en el ostracismo la obra de Mijaíl Bulgakov —el autor al que Stalin habría adorado y después habría odiado de manera enfermiza— y se publicó, por primera vez, *El maestro y Margarita*, otro de los últimos libros que tu tío mediano habría de regalarte y el cual, poco después, se convertiría en uno de tus libros sagrados, además de ser uno de los que más veces habrías, tú también, de regalar, convencido de que era la mejor novela humorística del siglo XX; que, en la Ciudad de México, se fundó el Sindicato Único de los Señores del Trueno, agrupación que en su primer año contaría con treinta y cuatro graniceros afiliados, es decir, con treinta y cuatro sobrevivientes o, en otras palabras, treinta y cuatro quemados por la serpiente de fuego, treinta y cuatro chamanes conjuratorios, elegidos todos por la bóveda celeste —mediante el golpe de un rayo— como depositarios del poder de convocatoria sobre la lluvia, el trueno y los relámpagos; que, en los Estados Unidos, se creó la marca de ropa *Made in Yourself*, primer catálogo de prendas, sobre todo suéteres, bufandas, sudaderas y pijamas, tanto para mujeres como para hombres de todas las edades, cuya confección debía terminar en casa el propio cliente, con los materiales y las herramientas que se adquirían en pequeñas y coloridas cajas individuales; que, en el orbe entero, se alcanzó el récord de ventas de toallas sanitarias reutilizables, vendiéndose 643 millones de unidades, y que, en Chachalacas, Veracruz, el día de su boda, mientras la novia y los padrinos se reían y el fotógrafo le pedía que entrara otro poco, hasta que el agua del mar le llegara al ombligo, el pescador Jesús Alemán Martínez fue atacado por un tiburón toro o blanco —nunca se supo con certeza— y murió en el acto.

XXII

1968

Ése fue el primer año en el que estuve realmente viva, dirá tu madre.

Trabajaba y estudiaba como bestia, añadirá tras una pausa, girando el cuerpo entero hacia la ventana para poder mirar la lluvia —el cuello, te parecerá, se le habrá cansado de tanto voltear hacia ese lado—: por lo menos los rayos han parado.

Estudiaba para ser educadora y trabajaba. Al principio, vendiendo comida, apoyando en una escuelita a las maestras y trayendo y llevando niños en el coche que tu tía mayor me estaba vendiendo a plazos. Era una chinga, pero sentía que mi vida, por fin, estaba en mí y en el tiempo en que debía. Además, por primera vez sentí que había algo más dentro de mí, algo diferente al vacío.

Para eso, por supuesto, me ayudó mucho la psicoterapia, dejar los medicamentos y concentrarme en eso que descubrí que traía adentro, eso que, claro, no era otra cosa que yo misma, la mujer que podía ser, en lugar del caos y del temor. Por eso, darme orden, darle orden a mi vida y a mi historia, fue tan importante. No digo que lo sea para todos, pero para mí fue fundamental: ponerle límite al vacío, echarlo para afuera, descubrir, constatar, por fin, que no estaba loca, que la locura me rodeaba pero que no salía de mí.

Estructura contra caos, control en vez de dejarse ir. Así, puesto en palabras, parece una tontería, pero me vale verga. Para mí fue esencial poner en su lugar y entender el desmadre, el descuido, el abandono, las violencias, la locura. Fíjate, uno habla de locura y ésta vuelve a resurgir. Pero es que eso, lo que voy a contarte ahora, también fue importante en aquel año. Para entender que la locura, a veces, te persigue, que se queda imantada a cierta gente, aunque no seas tú, aunque sea esa gente quien está loca, dirá tu madre entrecerrando los párpados, de un modo distinto, de un modo nuevo, como si además de ver en su pasado estuviera buscando algo allá afuera, en el jardín.

Cuando llegué a vivir a la Unidad Habitacional Independencia, en el piso de abajo había una viejita, una señora que estaba loca; esa loquita, que no hablaba con nadie, que no le hacía caso a nadie, a mí me perseguía. No sé por qué razón empezó a hacerlo, pero apenas me veía, empezaba a perseguirme. Una vez, cuando llegué a mi departamento, me la encontré adentro, en la sala, sentada ahí, como si mi casa fuera la suya. Había subido por los balcones, a pesar de que ella vivía en un séptimo piso y yo en el octavo.

Ese día, cuando el susto inicial se me pasó, le pregunté qué quería, por qué me perseguía a mí y a nadie más. "Es que usted tiene mi cara", me dijo, dirá tu madre entrecerrando aún más los párpados y levantándose de un salto: ¡chingada madre… mi computadora está allá afuera!

¡Córrele que mi computadora está debajo de esa enramada!, ordenará apurando ella también sus pasos a la puerta.

¡Como se moje, pierdo todo!

No sé cómo voy a explicárselo, te dirás cuando estés bajo la enredadera.

Cómo voy a decirle que su computadora no encenderá ni de milagro, que se ha empapado, añadirás para ti mismo, volviendo la cabeza hacia la casa, donde el rostro de tu madre será una ventana de ansiedad.

Chingada madre, justo cuando habíamos llegado a la locura, pensarás suplicando, absurdamente, que no se haya mojado por adentro, que, cuando tu madre intente encenderla, lo consiga, que no se hayan perdido, pues, los expedientes de sus pacientes, que no se haya perdido, por lo menos, esa información, la de sus niños, adolescentes y adultos. No quieres ni pensar qué pasaría si se agobia ahora con eso, si se pierde en ese agobio y no quiera seguir con lo que tú y ella estaban justo antes hablando.

Y menos ahora, te dirás sacudiendo la cabeza, levantando los brazos y meneando ambas manos en el aire, como diciéndole a tu madre que eso, lo de su computadora, no parece ser tan grave. De verdad que lo único que no necesitas es que ella, quien por fin ha dejado de pensar, de preocuparse por si es o no posible resumir cada uno de sus años en un solo recuerdo —permitiéndote así seguir imaginando, pretendiendo, creyendo que lo que harás será, antes que un libro, un álbum de imágenes, un libro de polaroids—, te haga a un lado, que se concentre y se pierda, pues, en su trabajo.

Meneando otra vez los brazos en el aire, parecerá que insistes en lo mismo —acá todo está muy bien, no te preocupes— mientras intentas ganar tiempo, mientras piensas qué hacer, cómo salvar esa computadora sin que ella se preocupe o se distraiga. Eso es, te dirás entonces, tengo que decirle que lo único que puede hacer ahora es meterla en arroz, enterrarla en un saco mediano. Que, encenderla así, como está, sería lo mismo que destruirla. Eso, eso es, vas a decirle que debe estar completamente seca, antes de que intente cualquier cosa.

Abrazando la computadora y encorvando el cuerpo para que esta no se moje más, correrás de regreso hacia la casa. O eso, por lo menos, intentarás: correr de vuelta hacia la casa, apurándote.

Pero, apenas andes tres o cuatro pasos, sentirás el golpe en el costado —un golpe como el coletazo de una ballena o el tope de un rinoceronte— y verás el blanco imposible.

Luego, la conciencia momentánea del lugar en el que están todos tus huesos, músculos y nervios.

Y, al final, la sombra que se come todo.

Leerás que ese año, en París, Margarite Yourcenar publicó *Opus nigrum*, novela que tu madre, te contarán años después sus amigas, les habrá regalado a todas —convencida de que era el mejor libro del siglo XX— y que a ti te dará el día que te despida, justo antes de que te vayas a vivir a otro país —esa novela, *Opus nigrum*, te acompañará, poco después, a la oficina del Ayuntamiento de la ciudad de aquel país al que habrás de mudarte, donde, tras maltratarte, el burócrata que debía decidir si te empadronaba o no, sorprendido, te dirá que él está leyendo el mismo libro, para luego preguntarte a qué te dedicas y, después, cuando le digas que eres escritor, contarte que él conoció a Carmen Balcels, porque su padre trabajaba con ella, como chofer, y que, una vez, se la encontró en la calle y ella lo reconoció: "pero si eres el hijo del chofer"—; que, en Durango, en su Segundo Congreso Nacional, el Sindicato Único de los Señores del Trueno dividió a sus agremiados entre graniceros escogidos por el cielo y graniceros escogidos por la tierra, es decir, entre aquellos a los que les había caído un rayo y aquellos por los que había salido un rayo, creando, sin saberlo ni poderlo imaginar, chamanes conjuratorios de primera y chamanes conjuratorios de segunda; que, en la Ciudad de

México, abrieron sus puertas las primeras tres sucursales de la marca de ropa norteamericana *Made in Yourself* —la primera de esas tiendas abrió en un local ubicado en el corazón del barrio de Polanco, la segunda fue inaugurada en un local de la Avenida de los Insurgentes y la tercera se presentó ante el público en un local de la Calle de la Palma, en pleno Centro Histórico de la capital de tu país—; que, en Tel Aviv, Eitan Dzienciarsky, joven médico de origen ruso, se dio cuenta, por primera vez en la historia, de que los cromosomas no se replican de manera exacta, tras la división celular; que, en el orbe entero, se superó, por segunda ocasión, el récord de ventas de toallas sanitarias reutilizables, vendiéndose 652 millones de unidades, cifra que Adelina Ermman, abuela de la famosa niña Greta Thunberg, utilizó, durante un discurso que pronunció ante el parlamento de su país, para aseverar que las mujeres fueron el primer colectivo en el que despertó la conciencia sobre el futuro del planeta; que, en la Unión Soviética, tras años de terribles accidentes, finalmente se terminó de construir, gracias a una nueva e innovadora técnica desarrollada en Inglaterra, técnica que tu tío más cercano aprendería *in situ*, pues se habría marchado a estudiarla a aquel país, la construcción del que, hasta hoy, es el oleoducto más largo del planeta: el Oleoducto Druzhva, y que, en Londres, se montó, por primera vez como obra de teatro, la novela *1984*, ficción distópica que planteó la idea del gran hermano y que crece en torno de una de las frases que el personaje principal repite una y otra vez: "sanity is not statistical", pues antes que una novela política, la obra de George Orwell es una novela sobre los límites de la cordura y la locura.

XXIII

1969

Sentada a los pies de la cama del hospital en el que te estarás recuperando, tu madre te dirá que aquél fue el año más difícil de esa época, pero también el más feliz.

¿Seguro quieres seguir hablando de esto?, te preguntará asegurando al instante que casi se muere de un infarto al ver cómo caías sobre el suelo, fulminado por el relámpago que la cegó un breve instante, que hizo temblar todas las ventanas de la casa y que luego, una milésima de segundo después, la ensordeció.

Para sobrevivir, dirá tu madre, apenas acepte que es en serio que prefieres seguir hablando de su vida que pensar en tus heridas o en tu suerte —no sabrás, aún, si tu suerte es increíble o si es una puta mierda—, me vi obligada a añadir, a los trabajos que hacía, la administración de un gimnasio que había ahí en la Unidad Habitacional Independencia. Y, poco después, me vi obligada a dejar de cocinar, salvo en ocasiones especiales, con todo y que eso me gustaba, aunque no tanto como Tlalticpactli, la escuela en la que seguía trabajando en las mañanas.

Lo del gimnasio, sin embargo, añadirá mientras una enfermera cambia las gasas que cubren tus heridas —esa herida que, aunque parecen varias, es una sola, por más que sus ramales crucen tu cuerpo desde un tobillo hasta un lugar perdido entre tu pelo y desde tu cadera, donde se bifurca, hasta la cara interior de uno de tus codos; esa futura cicatriz que, pasado el tiempo, acabará intrigando a todo el mundo, empezando por ti mismo y por tu madre, a quien algún día además te unirá—, no duró más que unos meses porque tu tía de en medio abrió una tienda en Insurgentes Sur, cerca del monumento a Álvaro Obregón —tener su propia tienda era algo que ella anhelaba y que aún así aprovechó para decir que lo hacía para ayudarme, para que yo tuviera un negocio—.

Eso sí, a la tienda de tu tía le iba tan mal, tenía tan pocos clientes que yo podía estudiar la tarde entera, estudiar o descansar porque, como te dije, además de difícil, aquél fue un año feliz. Y es que dejé nacer mi sexualidad. Algo que no había imaginado ni soñado porque en la casa de mis padres, eso, la sexualidad, no era un tema, no era algo que existiera. Con decirte que la primera vez que me bajó iba caminando por la calle y casi me desmayo. Por suerte, aquel día no estaba sola, iba con la noruega, quien me explicó qué era aquello y qué debía hacer, además de que me dijo que lo mejor eran las toallas reutilizables. Me dijiste que estabas con Ani. ¿Cómo? Que me habías dicho que quien te explicó todo eso, cuando te bajó, fue Ani, no la noruega. ¿En serio? Pues no. Fue así y yo soy la que recuerda, bien o mal pero soy yo, ¿no? Además, estaba hablando de otra cosa.

No es que no hubiera imaginado ni soñado cómo sería mi sexualidad, es que no podía creer que aquello fuera así de increíble, placentero y poderoso, aseverará tu madre, volviendo a donde iba y sonriendo. Por eso, tantas veces, en lugar de estudiar, usé la tienda de tu tía como sitio de descanso: porque apenas y dormía por las noches, pues salía todo el tiempo.

Ese desorden, sin embargo, me otorgaba un orden especial e inesperado. La felicidad, el placer, aunque sea desordenado, ordena algo más profundo.

El sexo, te dirá al final, sonriendo, acabó de poner a raya la locura. Llenó, de cierto modo, una parte de mi vacío, la parte que no podían llenar ni el trabajo ni la terapia.

Si tú supieras todo lo que tu madre besó, tocó y cogió durante ese año, sería a ti a quien le daba un infarto.

Como coneja, con tres novios con los que debía hacer malabares, para que no supieran unos de otros.

Te reirás con tu madre, cuando diga que el sexo era un relámpago en su cuerpo.

Y le dirás, justo después, que no tiene que disculparse, que la entiendes y que, además, estás de acuerdo.

Luego, cuando ella, cambiando el gesto de su rostro, te haga otra pregunta, le dirás que no, que no se siente así ni un poquito, como un relámpago de placer; que el relámpago real no se siente ni un poquito rico.

¿Cómo explicarlo?, te preguntarás entonces en voz alta, cerrando los ojos un instante, abriendo los párpados de nuevo, reacomodando tu cuerpo sobre la cama y mirando fijamente a tu madre. ¿Cómo explicártelo?, insistirás esperando a que salga la enfermera —que habrá vuelto para dejar tus alimentos—, antes que aguardando hallar una respuesta, respuesta que tu mente tiene clara.

No hay placer, pero tampoco dolor, dirás cuando por fin se queden solos nuevamente. Es como sentir, sin la carga emocional que uno pone a las cosas que se sienten; como sentir a secas, sentir y ya, le dirás también a tu madre. Es como ser, un instante, ese sentir, sin ser la persona que siente, la persona que eres. Es como ser sólo energía, como si no fueras, además, la materia que te forma, añadirás para tu madre, quien te estará mirando fijamente.

Pero todo eso está en medio, porque antes y después es diferente. Lo primero fue un empujón, eso fue lo que sentí antes que otra cosa; como si alguien, como si un montón de manos me hubieran aventado, como si un millón de personas me hubieran empujado al mismo tiempo. Recuerdo el chicoteo de mi espalda, de mi cuello y mi cabeza, dirás, como si Dios me hubiera dado un garnuchazo como esos que me dabas tú cuando era niño, pero con su dedo gigante, sumarás sonriendo.

Entonces, en el instante del destello, al mismo tiempo que la luz lo ocultó todo o me ocultó a mí de todo, tuve la certeza, por primera y única vez en mi vida, del sitio exacto en el que estaban todos y cada uno de mis huesos, los grandes y los pequeños, los dientes, las vértebras, las falanges de los dedos. Pero no sólo es que los sintiera, es que los vi, por un instante, en mi mente, azules, eléctricos.

Después vino ese otro instante en que sentí todo sin sentir nada, sumarás. Entonces caí al suelo y ahí, sobre el suelo, es que volví a ser mi cuerpo y mis sentidos, que volví a ser yo de pronto, durante un par de segundos.

Alcé la mirada, alcancé a ver algo así como la sombra del rayo, alejándose, sentí un dolor y un ardor terribles, escuché el rugido y olí los vellos de mi cuerpo.

Eso fue lo último que hubo, antes de esto, de despertar aquí, el olor de mis vellos quemados.

Como cuando prendes un cigarro y te quemas las pestañas.

Leerás que ese año, en Barcelona, se publicó *Conversaciones en La Catedral*, novela con la que el peruano Mario Vargas Llosa alcanzó la fama mundial que tanto había anhelado, mientras paseaba por las calles de su Arequipa natal, ciudad andina en la que, varias décadas después, el doctor que tratará una infección en tu garganta te contará que, un par de años antes, cuando auscultó a Vargas Llosa por un malestar similar, aquel escritor, Varguitas, para sus amigos de infancia, lo reconoció como compañero de juegos escolares y le pidió que se marchara, asegurando que no quería ser atendido por el hijo de un herrero; que, en Zacatecas, Julio Gaspar Gómez Herrera, granicero de veintiséis años, fue alcanzado en tres ocasiones —la primera y la segunda, separadas por catorce días, mientras que la segunda y la tercera, por sesenta y siete— por sendos rayos, motivo por el cual, hacia finales de ese mismo año, fue el orador principal del Tercer Congreso Nacional del Sindicato Único de los Señores del Trueno y el primer agremiado que apoyó la Unificación Nacional de Costos para los servicios prestados por los chamanes conjuradores; que, en París, Claude Levi-Strauss publicó los primeros adelantos del segundo tomo de *Antropología estructural*, adelantos entre los que incluyó una larga anotación al pie del capítulo *El hechicero y su magia*, en la que el famoso antropólogo de origen belga compararía la figura de Sigmund Freud con la de la chamana mexicana María Sabina, asegurando que "sus curas chamanísticas parecen ser un equivalente exacto de las curas del psicoanalista" y que "ambos buscan curar generando una experiencia en el sujeto-paciente, experiencia que no es sino la consecuencia de la reconstrucción de un mito, es decir, de una explicación de su padecimiento"; que, en Acapulco, Guerrero, al tiempo que Luis Buñuel filmaba *La joven*, Orson Welles asistía a la primera y última proyección sobre una playa de *La dama de Shanghai* y Anaïs Nin terminaba de escribir *La novela del futuro* en el estudio de una casa empotrada en La Quebrada, la Asociación Psiquiátrica Mexicana anunció y celebró, al interior del recién inaugurado Centro Internacional de Convenciones, el fin del imperio del psicoanálisis, en nombre de los cada vez más refinados y puntuales medicamentos psicotrópicos; que, a lo largo y a lo ancho de los Estados Unidos, se llevaron a cabo un total de 136 protestas contra las armas nucleares y la guerra de Vietnam, una tercera parte de las cuales terminarían reconvertidas en conciertos, conciertos que darían lugar a largas e increíbles bacanales, y que, en Madrid, el gobierno de Franco, unilateralmente, decidió cerrar la frontera con Gibraltar, el mismo día en el que ahí, en Gibraltar, se estaban casando Yoko Ono y John Lennon, por lo que su luna de miel tuvo que mudarse de escenario y por lo que su famosa fotosecuencia "encamada" fue realizada en algún lugar de Montreal, en vez de, por ejemplo, en algún lugar de Tarifa, el puerto de Cádiz o Algeciras.

XXIV

1970

Tu madre te contará que ese año falleció tu abuelo.

Y te contará, mientras retira las gasas que cubren tu herida, que eso, la muerte de su padre, el accidente en el que él perdió la vida, aconteció a tan sólo algunos metros del "Bazar de las pulguitas".

Así quiso ponerle tu tía mediana a esa tienda en la que vendíamos ropa de una marca gringa. *Made in Yourself,* se llamaba la marca esa que, la mera verdad, era una tomadura de pelo, una porquería. Si por eso nos fue, por eso le fue a tu tía como le fue, sumará mientras limpia tu herida con las esponjas que ha comprado en la farmacia.

Ahí, a algunos metros del "Bazar", sobre Insurgentes, fue donde tu abuelo chocó de frente con un camión de volteo que estaba estacionado, te contará tu madre, empezando a secar esa herida que te cruza, literalmente, de los pies a la cabeza, con un cuidado y una delicadeza que nadie más ha puesto en ella. Yo creo que debió darle un infarto cerebral mientras venía conduciendo, eso he pensado siempre, que por eso perdió el control y se empotró ahí donde murió, con el volante, con una parte del volante enterrado en el pecho. Justo aquí, añadirá apoyando un dedo encima de tu corazón, entre tu esternón y tu pezón izquierdo.

Fue espantoso salir a la calle por el ruido de aquel acciden-te, salir para chismear qué habría pasado y descubrir, primero, que era el coche que tu tío mediano manejaba casi siempre y, después, que el hombre que se estaba desangrando era mi padre, sumará con los ojos enrojecidos de repente y empe-zando a embarrar, sobre tu herida, la pomada que deberás ponerte tres veces al día. Lo más extraño, lo más normal, tam-bién, es que lo primero que sentí no fue una cosa nada más, no fue un solo sentimiento. Fueron una tristeza sin fondo y una calma, una paz igual de insondable —que tu madre utilice esa palabra, *insondable*, volverá a sorprenderte y te hará sonreír a pesar de lo que escuchas—. Era mi padre y aquel instante fue el único, en toda mi vida, en el que me atreví o pude ser capaz de ver lo bueno que él me había dejado. Los instantes de ternura… porque sí, algún instante de ternura hubo.

Aunque ahí, sobre Insurgentes, al recordarlos, también los haya expulsado, olvidado para siempre… aunque se hayan desangrado, como él, como tu abuelo, te contará tu madre arran-cando, con una ternura que no sabías que existía en sus manos, la piel muerta de tu herida, una herida que es, en realidad, la marca de un alumbramiento, la erosión de tu mayor oscuri-dad —eso, por lo menos, te habrás dicho a ti mismo, de eso te habrás convencido tras leer *Lecciones espirituales para los jóvenes samuráis*, el libro de Mishima que tu madre te habrá regalado apenas dejar el hospital—. Esta misma madre que, detenien-do el movimiento de sus dedos, aseverará: aunque igual esos recuerdos podrían haber sido imaginerías, deseos míos que, ante la pérdida y el shock, se materializaron un momento.

Da lo mismo, el asunto es que pensé en lo bueno que él me había dado y en que por fin se había terminado su martirio. Porque tu abuelo llevaba años, quizá toda su vida, viviendo un tormento, tormento que tú y yo conocemos, ese tormento que es estar o creer que estás, vivir o creer que vives sobre la línea que separa la cordura y la locura, el silencio y el ruido eternos. Recuerda que su madre estaba loca, igual que su hermano. Pero además había otra cosa, algo sexual que nunca pudo resolver, por eso no tenía amigos, sólo estudiantes o aprendices, sumará tu madre cubriendo tu herida con gasas limpias.

"No soy capaz de ver unas tijeras, sin sentir, un instante, el impulso de castrarme", escuché decir a tu abuelo una vez, en su estudio, enfrente de Ani. Y fue esa frase la que volví a escuchar ahí, te contará, la que, ante aquel auto, volvió todo real de nueva cuenta. Entonces me tocó avisar a la familia. Volví a la tienda y llamé a tu tía mayor, porque a mi casa, a la que había sido mi casa, no me atreví a marcar.

Obviamente, mi madre, igual que tu tío y tu tía medianos, me culparon a mí, porque, decían —querían pensar, pues— que tu abuelo estaba yendo a buscarme. Por eso no fui al velorio ni al entierro.

Igual, yo ya lo había despedido, rematará tu madre.

Ahí… sobre Insurgentes.

No sólo no entendí, sino que me dio mucho coraje que tu madre no fuera al velorio ni al entierro, te contará tu tía mayor.

Luego, con el paso de los días, tras las primeras semanas, fui entendiendo que hizo eso, otra vez, para salvarse, sumará tu tía, pelando los tomates que ha asado en el comal y señalando con la mirada la jarra con jugo de naranja.

Los cabrones de mis hermanos y mi madre, que me perdone, pero también ella se portó como una desgraciada, te contará levantándose y poniendo a hervir los tomates que ha pelado, como querían culpar a alguien, la culparon a ella. Dijeron que mi padre la extrañaba… como si alguna vez hubiera extrañado a alguien. Que quería saber de ella, que por eso estaba ahí cuando perdió el control del coche.

Era completamente absurdo, como cualquier explicación que se le quiera dar a una coincidencia, cualquier lógica que se le quiera imponer a un accidente. El azar es así. Porque eso, que mi padre chocara en aquel sitio, fue casualidad. Al final, para volver de su trabajo, del último que tuvo, ahí en la sociedad psiquiátrica esa, para ir de ahí hasta su casa tenía por fuerzas que pasar delante de la tienda, tenía que manejar por Insurgentes. ¿Que igual volteó a ver el "Bazar"?, ¿que igual volteaba a ver si estaba ahí tu madre, cada vez que conducía delante? Igual y sí, pero eso es otra cosa, ¿no?

Además, lo que más coraje me dio, añadirá picando los chiles verdes que echará a la olla en donde hierven los tomates, cuando se supo cómo había muerto, cuando quedó claro que lo que lo mató fue el trozo de volante que se empotró en su pecho, rompió un par de costillas, colapsó un pulmón y desgarró su corazón, es que también estuvo claro que eso no habría pasado si el volante no hubiera estado roto desde antes. ¿Y quién lo había partido? ¿Quién había roto ese volante, en un acceso de ira de esos que le daban todo el tiempo? El mismo que había empezado con el cuento de que tu madre era culpable, de que ella era la culpable, para no pensar en lo que él había hecho.

Por suerte, tampoco es que lo de buscar entre nosotros un culpable, eso de tener que tener un responsable, durara tanto, que se iría olvidando, desvaneciendo como tantas otras cosas, sumará batiendo los huevos que echará en la salsa de tomates y chiles que, justo antes, habrá licuado. La tienda, por ejemplo, cerró al mes o mes y medio, tu tío más chico regresó de Inglaterra y entró a la petrolera del país y tu tía mediana se fue de la ciudad, se mudó a Puebla porque de ahí era su esposo, que, ya lo sabes, es primo de mi esposo, quien también empezó entonces a insistir con regresar a su terruño, que es más bien terracería.

Lo más extraño de todo, sin embargo, asegurará revolviendo sin prisa pero sin pausa la salsa roja en la que los huevos se estarán cociendo y atendiendo, además, el comal sobre el que calienta un número indeterminado de tortillas, fue la transformación que experimentó mi madre durante los meses siguientes, cuando sus últimos perros dejaron su lugar a sus primeros canarios.

Fue, literalmente y sin exagerar, como verla acordarse de sí misma, como verla empezar a ser, poquito a poco, la madre que había sido hacía tantos años.

La madre que tu abuela era cuando yo era una niña.

Leerás que ese año, en Cuautla, se aprobaron, durante su Cuarto Congreso Nacional, los tabuladores de costos nacionales para los servicios ofrecidos por los agremiados del Sindicato Único de los Señores del Trueno, tabulador que normaría durante años los trabajos de la mayoría de graniceros del país, es decir, de la mayoría de los chamanes conjuratorios elegidos por el cielo o por la tierra; que, en París, un joven médico de nombre Joachim Leotard, tras leer los artículos que años antes publicara Jean Baptiste Kiesbie sobre la acumulación de basura y de objetos sin utilidad, escribió un nuevo artículo demostrando que dicha conducta es un síndrome, síndrome al que bautizó en honor a Diógenes de Sinope, el filósofo griego que preconizaba una vida austera y de renuncia a las comodidades, como síndrome de Diógenes; que, en Munich, en la Clínica Neuroquirúrgica de Munich, por primera vez en la historia se consiguió llevar a cabo un trasplante exitoso de nervios humanos; que, en la región de Kiev, comenzó la construcción de Prípiat, ciudad que años después debería ser abandonada por el accidente nuclear de la planta de Chernóbil; que, en París, al tiempo que el Concord realizaba su primer vuelo —mientras que, en los Estados Unidos, sería el Boing el que realizaría su primer vuelo—, se colocó el primer marcapasos nuclear, es decir, el primer marcapasos que funcionaría con plutonio; que, en Argentina, la organización guerrillera Montoneros asesinó al exdictador Pedro Eugenio Aramburu, al tiempo que, en Chile, el candidato Salvador Allende triunfó en las elecciones presidenciales y, en Perú, el dictador Velasco concedió una amnistía total para los presos políticos; que, en Tokio, cansado de las humillaciones a las que occidente sometía a su país y de la pérdida de los valores que habían dado sentido a su nación y a la sociedad de la que formaba parte, el escritor Yukio Mishima, a quien acompañarían cuatro miembros de la milicia que él mismo había fundado, tras aceptar que su intentona por inspirar a las Autodefensas de Japón a desconocer la Constitución de 1947 había fallado, se suicidó por seppuku, ritual japonés que forma parte del bushido —código ético de los samuráis— y que implica el desentrañamiento, y que, en Guadalajara, durante el Sexto Congreso de la Asociación Psicoanalítica Mexicana, fundada a mediados de la década de los cincuenta por sus tres primeros agremiados —uno de los cuales será el terapeuta que ayudará a tu madre a reconstruirse—, tu abuelo, invitado especialmente para limar las asperezas entre el medio psiquiátrico y el psicoanalítico, leyó, a manera de ponencia, el adelanto —que él mismo habría traducido— del último libro de Levi-Strauss —aquél en el que igualaría psicoanálisis y chamanismo—, profundizando las asperezas y el encono entre ambos gremios.

Entenderás, haciendo un breve recuento de los años anteriores, que para los escritores del llamado Boom Latinoamericano, así como para muchas de las figuras que ayudaron a encumbrarlo —años después escucharás a un connotado crítico español, amigo y biógrafo de varios de esos escritores y figuras, en la cena de un famoso premio, aseverar que lo malo de la literatura latinoamericana "actual" es que parece estar escrita por albañiles o escritores que no temen hablar como albañiles y no podrás responderle porque te estarás ahogando en carcajadas—, los lectores o mejor dicho el resto de la humanidad no será más que un eco del servicio que el mundo debería prestarles; igual que entenderás, haciendo aquel recuento pero dejando, además, que tu memoria se proyecte más allá, el matrimonio indisoluble entre la necesidad, la lógica del capital y la reconversión de ciertas tradiciones en oficios, la humillación económica, pues, a la que la cultura occidental orilla a las culturas no occidentales, humillación económica que nadie denunciará llevando a cabo un seppuku: entre 1940 y 1970 serán cerca de dieciocho las costumbres o tradiciones que en América Latina se habrán reconvertido en oficios, tal y como sucederá con la conjuración de rayos, tormentas y relámpagos, es decir, con los graniceros o, mejor dicho, con los señores del trueno. Pequeños peligros de la antropología, entenderás: convertir en moda sus descubrimientos, volver apetecible, por ejemplo, un viaje con hongos y meterlo, enclavarlo así en el mercado y en su lógica voraz, en su trituradora siempre acelerada.

XXV

1971

Tu madre te contará que ese año se mudó con dos amigas.
Después de que cerrara la tienda, como además había perdido a los clientes de las comidas y en el gimnasio no quisieron recontratarme, lo mejor fue mudarme con ellas, para compartir gastos y no dejar la escuela.

Las dos escuelas, la que estaba terminando y Tlalticpactli, en donde ya no sólo ayudaba a las maestras, pues al fin me habían dado un grupo, añadirá cuando retire las gasas de la parte de tu herida que se niega a sanar, que se resiste, pues, a cicatrizar. Además ayudaba a mi madre con lo poco que podía —todos los hermanos lo hacíamos—.

Tu abuelo, cuando murió, dejó un montón de deudas. Había perdido hasta su último peso en las apuestas. Y el que no, lo había gastado en sus adicciones, las mismas que al final le impedirían tratar pacientes, hacer, en realidad, cualquier cosa que no fuera ir a la oficina en la que se había vuelto un licenciado, un burócrata de las enfermedades de la mente. Pobre, de pionero a funcionario, de especialista a espécimen, te contará embarrando, sobre la parte de tu herida que aún estará abierta, el último ungüento que el médico ordenara, como si eso, el alumbramiento que te cruza y que te ha

hecho pensar que no, que no quieres hacer un álbum de polaroids, no apestara a cadáver.

Sé que es extraño que quisiera ayudarla, ayudar a esa madre
que no había sido una madre, pero no lo hice porque sintiera
una deuda ni nada parecido; no lo hice por lo que, en general,
la gente hace esas cosas, por mamadas, pues, sentimentales, ni
por falsas cargas en la espalda, por obligatoriedades irreales,
sumará cubriendo con una gasa limpia la parte viva de tu alumbramiento, alumbramiento que te habrá hecho pensar que en
lugar de un álbum de fotos lo que quieres hacer con la historia
de tu madre es una maqueta, algo así como un territorio en el
que habrás de erosionar la oscuridad que no deja brillar su
vida —en la boca de ella, por cierto, palabras como ésas, *mama-
da* o *verga*, suenan naturales, casi orgánicas, lo cual siempre
te ha hecho gracia y ha inoculado en ti un raro sentimiento
de orgullo—. Si la ayudé fue porque, poco después de que tu
abuelo falleciera, ella cambió, se transformó completamente, se
convirtió en una persona que yo nunca había visto.

Fue como si su enfermedad hubiera remitido de repente, como si ella hubiera roto un capullo putrefacto y de ahí
hubiera salido otra persona, una persona que olvidó sus
tonterías religiosas y que de golpe empezó otra vez a escuchar música, a tocar el piano, a cocinar, a pasear en su silla
de ruedas —porque pararse, eso sí, nunca volvió a pararse—.
Cambió tanto que hasta empezó a invitarnos a mí y a mis
amigas, con las que entonces vivía, a comer los domingos a su
casa. Y la pasábamos tan bien en esa casa, aquellos domingos,
que, a veces, si no estaba tu tío mediano, porque él fue el único
al que no cambió la muerte de tu abuelo, nos quedábamos la
tarde entera, asegurará masajeando con cariño inagotable los
músculos que enmarcan esa grieta que es tu herida, como
buscando estimularlos.

Claro que al principio aquel cambio me costó. Ella, en realidad, compartir tiempo con mi madre me costaba. Y es que ni siquiera éramos, no habíamos sido nunca madre e hija. Pero mis amigas me ayudaron. A entenderlo, a comprender el cambio aquel, los motivos detrás de ese cambio. Así como también me ayudó, entonces, la terapia, el proceso que seguía haciendo.

Lo que más me ayudó, sin embargo, fue lo mismo que me había ayudado antes: ver, pensar en la locura, en las ondas que ésta irradia, en los enormes territorios que ensombrece y que confunde. ¿Quiénes habíamos sido víctimas de esas ondas y quién las irradiaba?

No sé si me explico, pero sé que quería hablarte de ellas, de mis amigas, y terminé hablando de esto.

Será por algo.

Tu tío menor te contará que cuando finalmente volvió a México, vivió un tiempo en el departamento de tu madre y sus amigas.

Estaba cerca de la UNAM, donde impartía clases, y aunque me quedaba lejos de mi otro trabajo —recién había entrado a Pemex, la petrolera en la que tiempo después acabaría encargado de la innovación en la construcción de ductos, tanto de gas como de petróleo— no quería buscar otro lugar para vivir.

Nunca había vivido, ni siquiera en Inglaterra, donde compartí casa con diferentes estudiantes, en una casa en la que todo fuera tan divertido, tan libre, tan feliz. Eran tres locas que no sabían hacer otra cosa que pasarla a toda madre. Casi todas las noches había fiestas, en esa casa o en alguna otra, de algún amigo suyo, que eran muchísimos. Hombres o mujeres, daba igual y eso, para mí, también era impresionante, lo poco que aquello importaba, te contará tu tío, intentando modular, otra vez, el volumen de uno de sus aparatos auditivos.

Y lo libre que era el sexo, por supuesto. No sé si lo sepa tu madre, me imagino que sí, pero en esos meses me acosté con esas dos amigas suyas y con otras que conocí en aquellas fiestas. Y nunca hubo problemas, ni con ellas ni con sus parejas, porque además, a veces, había parejas, parejas a las que no les importaba. Tu madre hacía lo mismo. Vivía con una libertad que a mí me enloquecía y que me hacía sentir orgulloso, porque yo, de todos ellos, era el único que sabía de dónde venía ella. Los demás venían de familias liberales, nosotros no. Los demás habían recibido una educación que explicaba cómo eran, nosotros no.

Por ejemplo, me acuerdo de que las amigas de tu madre discutían sobre qué tipo de feminismo era mejor, si tal o cual, si aquél o ese otro. Y yo siempre les decía que el mejor, el único honesto y verdadero, el único real, era el feminismo circunstancial, el feminismo de mi hermana, con lo que, en vez de hacerlas pensar, como quería, las hacía reír a carcajadas. Entonces pretendían explicarme quién era mi hermana, como si yo no la conociera; me decían todo lo que ella había leído, como si yo no lo supiera. No entendían, pues, lo que quería decir, lo importante que era y será siempre la experiencia, más allá de lo demás.

Éramos felices. Por eso, creo, al final me quedé a vivir ahí, en aquel departamento, tanto tiempo. Por la libertad, que iba más allá del sexo y las ideas. Por ejemplo, recuerdo una vez que fuimos a Oaxaca a comer hongos. Una de ellas, una de las amigas de tu madre, la mayor, quien además de trabajar como maestra era fotógrafa, había conseguido el contacto de una chamana famosa. Fue un viaje increíble, pero creo que no me toca a mí contar sus particularidades, sumará tu tío más cercano, sonriendo y llevándose de nuevo una mano al oído izquierdo.

Por cierto, la fotógrafa esa se hizo famosa, rematará para escapar de la historia que recién habrá mencionado y probar, de paso, si se escucha o no a sí mismo. Debe ser la más famosa del país, insistirá como si tú no tuvieras, por azares del destino, una relación propia con ella —o como si nunca hubieras hablado con tu madre de las tensiones entre psicoanálisis, hongos y peyote—.

¿En serio?, te preguntará entonces tu tío, cuando señales la ceiba del jardín y digas que ésa, la que da sombra a las macetas donde crecen seis peyotes, fue un regalo de ella.

Leerás que ese año, en los Estados Unidos, durante la instalación del nuevo lenguaje de programación en las computadoras del Ejército, un par de radares mostraron, sobre el mar de Bering, dos puntos luminosos que tres soldados reconocieron como misiles nucleares, por lo que dos de ellos avisaron a sus superiores, mientras que el tercero dio aviso a su familia, que vivía en Seattle, familia que avisó a sus vecinos, quienes avisaron a sus familiares, que notificaron, a su vez, a sus vecinos, desatando una ola de terror y caos que, al final, se saldaría con el anuncio de una falsa alarma —el programa recién instalado habría corrido, sin que nadie se lo pidiera, la simulación de un ataque nuclear, simulación que habría hecho feliz a Alan Turing—; que, en Estocolmo, el poeta chileno Pablo Neruda recibió el Premio Nobel de Literatura en una ceremonia en la que afirmó que todo lo que sabía de poesía "se lo debo a la gente que me ayudó a cruzar un río vertiginoso, que me enseñó a bailar alrededor del cráneo de una vaca, que me animó a cantar con desconocidos y que me mostró las aguas purificadoras de las más altas regiones mapuches", haciendo sentir orgulloso a Levi-Strauss; que, en Tel Aviv, en la misma calle donde murió, de viejo, el primer francotirador que asesinara a un palestino, la escritora mexicana Rosario Castellanos escuchó, mientras tomaba un baño de sales en su tina, el timbre del teléfono, por lo que salió apurada de la bañera y, camino a contestar aquella llamada que debía estar esperando con urgencia, resbaló sobre el piso recién lustrado de la sala, tirando, en su caída, la lámpara que instantes después la electrocutaría; que, en Argentina, los militares le dieron un golpe militar a los militares que antes habían dado otro golpe militar, constituyendo el primer gobierno militar al cuadrado de la región, al tiempo que, en Uruguay, los tupamaros secuestraron al embajador británico Geoffrey Jackson, a quien mantuvieron cautivo durante meses, por quien cobraron una suma millonaria y cuyo hijo, te dirá tu tío chico años después —lo habría conocido estudiando el doctorado en Inglaterra—, era un cretino que merecía haber sido secuestrado y mantenido en cautiverio para siempre, pues por él nadie habría pagado ni un centavo, y al tiempo, también, que en Chile el presidente Salvador Allende nacionalizó la banca y la minería, enfureciendo a las oligarquías nacionales e internacionales, quienes clamaron venganza y empezaron a trabajar, en nombre de esa venganza, ante los gobiernos de sus países; que, en México, tres meses después de El halconazo y un mes y medio después de que se transmitiera el primer sketch del *Chavo del ocho*, se llevó a cabo el concierto de Avándaro, al que asistieron cerca de 300 mil personas y en el cual se harían famosas las amigas con las que vivía tu madre: una por fotografiar a la encuerada de Avándaro y la otra por ser, precisamente, esa encuerada, y que, en Chachalacas, Veracruz, Julián Alemán Bermejo, el hijo del pescador Jesús Alemán Martínez y de su mujer, Margarita Bermejo López —quien enviudó el mismo día de su boda—, poco después de cumplir los tres años, mostró sus primeros dotes de genio, al leer y memorizar varios libros que había en su escuela.

XXVI

1972

Tu madre te dirá que ese año tu tío le apuntó con la pistola de su padre.

En la calle, justo afuera de Tlalticpactli, donde al fin me habían contratado de tiempo completo pues también por fin me había graduado como maestra.

El vigilante y velador entró a buscarme al salón, diciendo que un hombre me esperaba en la puerta, que le había dicho que era urgente, que por favor me avisara que mi madre se había puesto mal, que tenía que ir al hospital, donde había sido ingresada hacía un par de horas.

Le pedí a mi ayudante que se encargara del grupo y salí corriendo, sin pasar ni por la dirección, añadirá volteando a ver el plástico que cubre tu último tatuaje —desde que el rayo te alcanzara, las sesiones con ella empezaron a espaciarse— e intentado leer lo que éste dice. Ya casi en la puerta, me di cuenta de que no traía mi bolsa, pero decidí que daba igual, que lo importante era salir lo más rápido posible. Así llegué a la calle, donde tu tío mediano me esperaba.

Apenas lo vi, supe que era mentira, que todo era un engaño. "¡Súbete al coche!", me gritó totalmente enloquecido, con esa cara, esos ojos que yo había visto tantas veces, dirá tu madre inclinando la cabeza para intentar, otra vez, leer las palabras escritas bajo el plástico que cubre tu tatuaje —tatuaje que te habrás hecho a un lado de la cicatriz que desciende por tu hombro—. "¡Súbete al coche que ya me dijo nuestro hermano lo que haces en tu casa... lo que eres... no voy a dejarte que seas eso!", gritó de nuevo, sacudiendo en el aire unos papeles, cuando le dije que no, que por supuesto que no iba a subirme.

"¡Si no te subes voy a hacer que las encierren... que encierren a tus dos amigas esas!", gritó completamente fuera de sí, sacudiendo con rabia esos papeles que eran, me dijo, órdenes de aprehensión: se las había dado la mujer del ministerio aquél al que me había llevado la última vez que me había secuestrado su locura. ¿Puedes creerlo?, preguntará indignada, justo antes de atreverse a preguntar, además, qué dice ese tatuaje nuevo que te has hecho, mientras retira, por última vez, la piel muerta de la parte de tu cuerpo que ha terminado de sanar y dice, como queriendo hacerte creer que no le urge tu respuesta: obviamente, a tu tío, le grité que no de nuevo, que no iba a subirme y que se fuera en ese instante, que me dejara en paz de una vez y para siempre.

"Mi señor es el relámpago", es lo que dice, dirás haciendo que tu madre ría contigo un instante y luego, confirmando que finge que aquello le da igual, añadirá: ¿cómo es posible que esa pendeja, que una jueza cualquiera pudiera hacer algo como eso, librar un par de órdenes de aprehensión, nomás porque se le daba su pinche gana? Si este país es una mierda, imagínate lo que era. Pero bueno, como no me asustó ni con sus órdenes, como me reí de él, de esas hojas y de su novia, porque la jueza esa, decía él, era su novia —a veces creo que tu tío en serio lo intentaba, de verdad quería que le gustaran las mujeres—, se puso aún peor.

Abrió la puerta del auto, metió ahí medio cuerpo y salió con la pistola de mi padre en la mano. Me apuntó, me dijo que no estaba jugando, que me subiera de una vez porque no quería tener que usarla —como si fuera, no, creyéndose un malo de película—. Por supuesto, empecé a temblar, me empezó a temblar el cuerpo entero, pero no quería que él me ganara.

No quería que él volviera a intimidarme, que creyera que podía seguirme intimidando. Así que me agarré los ovarios y le dije otra vez que no, que no me iba a subir y que si no se largaba en aquel instante llamaría a la policía, que me tenían hasta la madre él y sus problemas sexuales.

Obviamente, lo que quería decir era mentales, que me tenían hasta la madre sus problemas mentales. Pero lo que salió de mi boca fue esa otra palabra, dirá ella: sexuales.

Entonces, como si hubiera activado un apagador, tu tío calló y los labios empezaron a temblarle.

Luego se dio la vuelta, subió a su coche y se marchó.

Tu tía mediana te dirá que, aunque no sabe qué pasó ese día entre tu madre y su hermano, sabe que fue después de eso que él volvió a internarse.

Que sabe que su hermano más cercano condujo de regreso hasta a su casa y se encerró en el estudio que había sido de su padre, que tu abuela lo escuchó llorando, que entró a ver qué sucedía y se lo encontró con un par de tijeras en las manos.

Entonces, añadirá tu tía porque tu abuela se lo habrá contado alguna vez, él dejó caer las tijeras, se subió los pantalones, salió corriendo de la casa y condujo hasta el mismo hospital en que su padre lo había internado algunos años antes. Ésa fue la mejor decisión que pudo haber tomado, porque después de los meses que pasó en aquel sitio, en los que tampoco sé qué sucedió, mi hermano salió siendo otro.

Era el único al que la muerte de mi padre no había cambiado, pero ahí, después de eso, él también cambió. Se empezó a aceptar como era, dirá tu tía, volviendo la cabeza hacia uno de los dieciséis cristos que hay en las paredes de su sala, persignándose y murmurando: ojalá nuestro Señor pueda perdonarlo. Aunque el Señor, por otra parte, no está en contra de *eso*, dirá tu tía, sin atreverse a utilizar las palabras que debería estar usando. Él no dice que esté bien ni que esté mal, eso es cosa de la curia y sus negocios, ya lo sabes, del dinero y todo lo que ensucia.

Pero te decía que fue como si ahí, en ese manicomio, por primera vez mi hermano se hubiera visto en un espejo, un espejo que le enseñaba lo que había dentro de él… como si ver eso le hubiera quitado la rabia, el coraje que siempre había llevado dentro. Eso fue lo que tu madre nos dijo y lo que, ya sabes, ella ha dicho siempre. Que eso había pasado porque además de medicarlo, lo habían hecho hablar. Yo no sé de eso ni me importa, pero sé que tu tío, eso es lo que me importa, se convirtió en alguien mejor.

Salió siendo otra persona, de verdad, sumará tu tía leyendo lo que dice el tatuaje que baja desde tu hombro y dando, por eso, un respingo. Por ejemplo, fue entonces cuando empezó a leer todo el tiempo y le pidió a mamá que le enseñara a tocar el piano.

La juventud, no la entiendo, se interrumpirá sacudiendo la cabeza y preguntando: ¿cómo pudiste tatuarte eso?

Luego, mientras sigues riendo, preguntará: ¿rezas conmigo?

Leerás que ese año, que también fue bisiesto, se publicó en Tokio, de manera póstuma, *La corrupción de un ángel*, novela que cerró la tetralogía *El mar de la fertilidad*, de Mishima, tetralogía que te llevarás de casa de tu tío mediano cuando, años después, luego de que él sea internado por última ocasión, visites su departamento en busca de alguna identificación que no habrás de encontrar en ese espacio que, para entonces, será una sucursal del Bordo poniente, el mayor basurero de tu país; que, en Roma, Laszlo Toth, armado con un martillo de construcción, atacó la Piedad de Miguel Ángel, asegurando que él era Jesucristo, que María nunca aceptó su muerte de modo tan pasivo y que la historia de su asesinato debía ser, por lo tanto, reescrita y reesculpida; que, en los Estados Unidos, el periódico *Washington Star* publicó sus investigaciones sobre el Proyecto Tuskegee, programa del gobierno norteamericano que durante cuarenta años habría mantenido cautivas, en Macon, Alabama, a cuatrocientas familias de aparceros negros, en su mayoría analfabetas y en su totalidad enfermas de sífilis, suministrándoles únicamente placebos con el fin de estudiar la progresión natural de dicha enfermedad; que los gobiernos de México y China establecieron relaciones diplomáticas, a pesar de las quejas oficiales que el gobierno de Japón hizo llegar a México, relaciones que serían selladas por un intercambio particular de regalos: México envió a China la copia del primer título de propiedad que un ciudadano chino escriturara en dicha nación, además de doce ahuehuetes jóvenes, mientras que China envió a México doce gojis y una réplica perfecta de la pieza de museo que, años antes, Eva Sámano Bishop, entonces primera dama mexicana, destruyera en el Museo Nacional de su país vecino, es decir, de Japón; que, en Chicago, el psicólogo alemán Eric Schopler inauguró el Programa de Tratamiento y Educación para el Autismo y la Comunicación Relacionadas con Niños Discapacitados, currícula que cambiaría para siempre las herramientas con que se provee a los niños autistas para su desenvolvimiento social y al cual, varios años después, asistiría tu madre; que, en Munich, tras encontrar sus diarios uno de sus ayudantes, se descubrió que Walter Jacobi, médico líder del equipo que unos años antes habría logrado el primer trasplante exitoso de nervios humanos, era hijo de su homónimo Walter Jacobi, científico nazi encargado de las investigaciones que buscaban dar con las claves necesarias para el trasplante de cerebros y cuyos trabajos, se comprobaría poco después, el hijo seguiría llevando a cabo en nombre del mismo objetivo; que, en la Luna, tras alunizar en el valle de Taurus-Littrow, luego de bajar del Apolo 17 y después de llevar a cabo su única misión extravehicular, el norteamericano Eugene Cernan se convirtió en el último ser humano que, hasta el día de hoy, ha caminado sobre el suelo del único satélite natural de nuestro planeta, y que, en España, al tiempo que moría Clara Campoamor, icónica impulsora del voto femenino, nacía Letizia Ortiz, reina consorte que, el día que coincidas con ella en una ceremonia literaria tan aburrida como pretensiosa, tras tú decirle que la conociste años atrás, cuando era periodista y vivía en Guadalajara, se llevará el dedo índice a los labios, te invitará al silencio y se marchará, apresurada y nerviosa, dando forma a esta anécdota que hará reír a carcajadas a tu madre.

XXVII

1973

Te dirá, tu madre, que ese año conoció a tu padre.

Por desgracia, añadirá riéndose y agradeciendo haber vuelto a hablar contigo en la sala de su casa, pues no aguantaba más tu cuarto ni tenerte que curar ni lo entrecortadas que se habían vuelto sus pláticas.

No, por desgracia no, nunca podría pensar eso en serio, pues están ustedes. Pero carajo, quién me mandó fijarme en él. Lo he pensado muchas veces, añadirá cambiando el gesto en un instante, tragándose su sonrisa fingida y colocando, en su lugar, esa mueca que hace tiempo no mostraba: esa sonrisa suya que aparece de cabeza.

Venía saliendo de una época difícil, en el tema de los hombres. Me había cansado del sexo libre, había intentado tener una pareja, un fotógrafo de Guanajuato que me presentó mi amiga la fotógrafa pero que resultó ser tan aburrido que, al tiempo que salía con él, empecé a salir con un ingeniero que me había presentado tu tío chico. Él no era tan aburrido, pero se obsesionó conmigo, empezó a dar muestras de que era posesivo y empezó a jalarme, a meterme en una relación patológica, así que un día le dije que, para mí, él no era el único. Otra vez, la enorme hostilidad de la honestidad, pero esta vez salida de mi boca.

Se puso mal, realmente mal, dirá ella, pero lo increíble fue que yo me puse peor. No porque aquello se estuviera acabando, no porque lo quisiera, pues, sino porque a pesar de todo, de mi historia y mis esfuerzos, sentía cariño por un hombre con el que tenía una relación así, que era lo mismo que sentir cariño por una patología. Así que en vez de tratar de salvar aquella relación decidí desaparecerla por completo, alejarme de todo eso que, en realidad, estaba tan cerca de esa otra forma de locura. Como si no hubiera aprendido nada, carajo. Entonces me di cuenta de que buena parte de mis miedos se habían convertido en miedo a estar sola, que por eso, de repente, era capaz de meterme y de aguantar algo como aquello. Y decidí que enfrentaría ese nuevo miedo.

No iba a cerrar los ojos otra vez, como había hecho tantas veces; enfrentaría la soledad, la habitaría, te dirá tu madre, quien, como si algo o alguien le cambiara el canal de la cabeza, girará el cuerpo, alcanzará su bolsa, sacará de ahí un par de recortes de papel, te dará esas hojas arrancadas de dos libros diferentes y te pedirá que las guardes, que no vayas a perderlas, que las conserves en un lugar seguro y el tiempo que haga falta, aseverando que esos dos poemas que, curiosamente, se titulan igual, "Presencia", son los que quiere que leas en su velorio o en su funeral, el día que se muera. Luego, metiendo las manos otra vez adentro de su bolsa, sacará una fotografía, la mirará un breve instante —la sostendrá frente a sus ojos con la mano derecha, mientras su mano izquierda alcanza su cuello y se cuelga de ahí como una araña— y también te la entregará.

Desde aquella época siempre he llevado conmigo esta imagen, añadirá señalando la fotografía que recién te habrá dado y que habría tomado, varios años antes, la lente de su amiga fotógrafa, imagen en la que verás a una anciana de pelo alborotado, vestida con un camisón sucio, presumiendo un calcetín negro y otro blanco, con una mano sobre el regazo y la otra cubriendo, sobando o limpiándole los ojos, sentada en una banca de madera, sobre la cual yacerá apoyado el retrato de otra mujer —cuyas facciones no se alcanzarán a dibujar del todo a consecuencia del reflejo sobre el vidrio— y el retrato minúsculo de un hombre. Para recordarme, dirá tu madre, cuáles son las soledades y locuras que no quiero.

Para eso la cargo conmigo, insistirá arrebatándote la fotografía, devolviéndola a su bolso y, así, como si nada de aquello que recién habrá acontecido hubiera, en realidad, acontecido, cambiará de nueva cuenta el canal de su cabeza, volverá a ponerse entre los labios su sonrisa invertida y, entrecerrando los ojos, enfocará de nuevo su pasado: salía de esa época, de enfrentar mi soledad cuando tu padre apareció. Y por pendeja dejé que me apantallara. Por pendeja vi al exguerrillero, al que hablaba de Guerrero, al hombre bragado y comprometido, en vez de ver al raterillo, al gran fabulador y mentiroso patológico, al hombre herido, inseguro, abandonado.

No, no por pendeja, como tampoco, ya te dije, por desgracia, sumará. Porque en verdad, con tu padre, al principio, durante los primeros años, encontré lo que buscaba, construí, construimos juntos lo que nunca habíamos tenido ninguno. Un amor tranquilo.

Así que no, conocerlo en aquel seminario de marxismo que fue a dar a Tlalticpactli, dirá tu madre antes de decir que, desde ese mismo día, empezaron a salir, no estuvo tan mal, no estuvo mal del todo.

A la semana siguiente, casi se había mudado conmigo. Por amor, pero también porque su casa era un chiquero.

Tu tío mediano te dirá, en el hospital, que conoció a tu padre hasta varios años después.

Tras lo que había pasado con tu madre, añadirá tu tío, cuyo tórax, cuello y cráneo estarán unidos entre sí por una suerte de coraza llena de tornillos, no me atreví a verla ni a buscarla en mucho tiempo.

Me sentía culpable, obviamente, me sentía avergonzado, insistirá varias veces, convaleciendo de la golpiza que le habrán propinado tres choferes de microbús, tras haber insultado y amenazado a uno de ellos, por cerrársele sobre Miguel Ángel de Quevedo. Aunque también me sentía profundamente agradecido con ella, con mi hermana.

Gracias a tu madre, a sus palabras más que a aquel suceso tan penoso de la pistola, había encontrado el coraje, no, más que haberlo encontrado, había dado con la manera de usarlo, de usar todo ese coraje que siempre había traído aquí adentro, para mi bien, en vez de usarlo contra otros, dirá con ese hilo de voz que asomará apenas entre sus labios, con esa hebra frágil de palabras y silencios que habrá de obligarte a acercar tu silla un par de veces a su cama: aunque esto que ves, claro, no es que me dé precisamente la razón, sumará ahogando un par de risas porque eso, reírse, le duele en todo el cuerpo.

Me duele reír, hablar y respirar, aseverará tras un silencio breve y no sabrás si te lo dice porque le duele el cuerpo al reír, al hablar y al respirar o porque le duele, más bien, el contenido, el significado, la verdad que habita dentro de eso que lo ha hecho reír, que lo ha hecho hablar y que lo ha hecho respirar aceleradamente. Por eso, cuando empiece a contarte su experiencia en el encierro, le dirás que no hace falta hablarlo ahí, en ese sitio y ese instante, que ya podrán hablarlo luego, sin saber que ese luego, que ese otro sitio y ese otro momento, no serán fáciles de hallar.

Entonces, él, que también se habrá dado cuenta de lo difícil que está siendo hablar de aquello en ese instante, volverá a sonreír y añadirá, sin que eso venga a cuenta, que lo mejor, cuando volvió a casa de su madre, fue descubrir que aquella casa se había llenado de jaulas, que había jaulas en todas las paredes y sobre la mayoría de los muebles. Y que todas esas jaulas estaban habitadas por canarios, canarios blancos, blancos casi amarillos, amarillos, amarillos casi anaranjados, anaranjados, anaranjados casi mandarina, mandarina, mandarina casi rojos.

Mejor te leo, le dirás entonces sacando de tu mochila uno de los últimos libros que él te habrá regalado: "por primera vez en años, Wenceslao no sabe cómo tratarla. Ya es demasiado viejo como para que pueda volver a aprenderlo alguna vez. La muerte ha servido para demostrar, primero de todo, que ellos, a pesar del conocimiento ocasional, y del afecto ocasional, y de las cópulas ocasionales mediante las cuales procrearon, no dejaron nunca de ser desconocidos.

"Wenceslao no sabe qué otra cosa decir y sale, atraviesa otra vez, después de atravesar otra vez la cortina de cretona descolorida que no ha dejado de sacudirse del todo y que al volver a pasar Wenceslao se sacude con un tumulto otra vez violento, la esfera de claridad pálida proyectando su sombra en la pared y el techo, y se asoma a la puerta.

"El agua, fina y fría, lava incansable el tronco negro del paraíso, que destella". Justo entonces dejarás de leerle, porque se habrá quedado dormido.

Leerás que ese año, en la Ciudad de México, se terminaron de construir las torres de la tercera sección de la Unidad Habitacional Lomas de Plateros, el segundo conjunto de viviendas más grande de América Latina, el sitio en donde vivía tu padre cuando conoció a tu madre y, muchos años después, cuando esa unidad ya no esté ni entre las veinte más grandes del continente, el lugar en donde vivirá tu novia más importante de juventud, de cuyo departamento en llamas tendrás que escapar cargando con sus dos gatas, después de que el novio de su compañera de vivienda —quien además era paciente de tu madre—, tras ser abandonado por aquella amiga de tu novia, le prenda fuego —meses después te impactará que ese muchacho, que te caía tan bien y parecía tan buena persona, se suicidara en la clínica en donde estaba internado contra su voluntad y contra la voluntad de tu madre—; que, en Londres, el actor Derren Nesbitt, de treinta y siete años, fue condenado a doce años de cárcel por haber agredido a su esposa, la también actriz Anne Aubry, con un cinturón de cuero y con el palo de una escoba, dando lugar a la primera condena por violencia doméstica de la Gran Bretaña y Europa; que, en la provincia de Santa Fe, el tornado de San Justo, el más fuerte del que se tenga noticia en Sudamérica, destrozó varias villas y varios pueblos, se cobró la vida de 63 personas y se convirtió en noticia mundial, noticia que, al aparecer en la pantalla de su televisión, en el noticiero recién estrenado de Jacobo Zabludovsky, hará temblar de rabia a tu tía mediana, quien, según te contará años después uno de tus primos, aseveraría: "uy... la de polvo que tendrán que limpiar esas mujeres"; que, en Uruguay, el mismo día que en México se fundó Televisa, la cadena televisora más grande de América Latina, los militares intentaron dar un golpe militar a los militares, siguiendo el ejemplo que poco antes pusiera su país vecino pero fallando en su asonada; que, en Chile, un par de meses antes de que en España el almirante Luis Carrera Blanco volara por los aires de Madrid, impulsado por una bomba puntual y justa, el golpe militar encabezado por Augusto Pinochet derrocó al gobierno democrático de Salvador Allende, quien, presuntamente, se suicidó durante los bombardeos al Palacio de La Moneda;

que, en Düsseldorf, el mismo equipo que presentó el auxiliar auditivo retroarticular T/33, el más moderno durante los años anteriores, presentó el auxiliar auditivo intraauricular TT1, que mejoró en todo al modelo previo, asegurando una autonomía de casi una semana, ofreciendo —por vez primera— opciones de canal y convirtiéndose, apenas unos cuantos años más tarde, en el que tu madre recomendaría a todos sus pacientes y a todos los padres de sus pacientes; que, en Yucatán, tras convertirse en noticia el descubrimiento de varias piezas arqueológicas en el lecho de un cenote, el Instituto Nacional de Antropología e Historia dio a conocer la creación de su primer equipo de buzos arqueólogos, quienes poco después empezaron a recorrer los ríos subterráneos de la península, y que, en Estocolmo, Jan Erik Olsson, mejor conocido como Janne, entró al banco Kreditbanken con el objetivo de asaltarlo, sin saber que la policía lo rodearía y que, viéndose obligado a tomar rehenes, establecería con ellos una relación que daría lugar, después, al denominado Síndrome de Estocolmo —"no me asusta él, me asusta la policía", dirá una de las rehenes, mientras que otra afirmará: "confío plenamente en Janne, viajaría con él por todo el mundo"—.

XXVIII

1974

Tu madre te contará que ese año se inscribió a su primera especialización.

Una de las directoras de Tlalticpactli me mandó llamar, me dijo que se había dado cuenta de que, en los recreos, me acercaba siempre a los niños retraídos, problemáticos o solitarios. Obviamente —no iba a ponerme a contarle mi vida, pues a pesar de que acabaría siendo una de mis amigas más cercanas en ese entonces apenas la conocía y, además, era mi jefa—, era totalmente consciente de aquello y de por qué sucedía, de que era buena reconociendo a los niños diferentes, a los que tenían problemas psicológicos o de aprendizaje. Me había dado cuenta porque los observaba mucho, todo el tiempo, porque ponía sobre ellos una atención y un interés mayor que sobre los demás.

Ella, esa directora, añadirá tu madre, era miembro, un miembro importante del Instituto Mexicano de Audición y Lenguaje, por lo que aquella vez, en su oficina, a pesar de mi silencio, me recomendó que fuera ahí y que me inscribiera, sin perder tiempo, en la especialización que impartían en ese instituto. Podrías hacerte mucho bien, pero sobre todo, me dijo, con estas palabras casi exactas, podrías hacerle mucho bien a montón de niños y de niñas. Por supuesto, salí de ahí emocionada, construyendo en mi cabeza un futuro que apenas un par de horas antes no era más que una intuición.

Lo primero que hice fue ir a buscar a tu padre, que para entonces había entrado a dar clases a Tlalticpactli. De Historia, además de un taller de ajedrez, aclarará tu madre, no porque eso, dar clases, le gustara, sino porque no tenía nada más. Creo que no te dije esto hace rato, pero tu padre, cuando nos conocimos, estaba perdido, había pasado por una época muy dura, así que hacía lo que fuera. Pero bueno, lo fui a buscar a su salón para contarle lo que había hablado con la directora. Me felicitó, yo creo que honestamente, la verdad, se alegró y quedamos de celebrarlo esa noche, lo cual, contado así, suena extraño y un tanto ridículo, ¿no? Ir a celebrar una idea, porque aún no había ido a preguntar ni mucho menos me había inscrito.

Lo que sí te conté hace rato, por cierto, es que tu padre, cuando nos conocimos, era un poco raterillo, ¿no? Pues bueno, esa noche, después de ir a cenar, después de celebrar algo que en realidad no había ni empezado a suceder, cuando volvíamos a casa, sumará tu madre sonriendo, se nos ponchó una llanta sobre Avenida Plateros, que era donde tu padre, aunque prácticamente vivía en mi departamento, seguía teniendo el suyo, un departamento totalmente abandonado y caótico que a mí me asfixiaba, por todas las razones que hemos hablado pero, también, porque así, como aquel departamento, sentía a veces que era el interior de tu padre.

Cuando abrimos la cajuela descubrimos, descubrió él, en realidad, porque yo ya lo sabía, que mi coche no traía llanta de refacción. Pensé, entonces, que iba a enojarse. Pero no, como si aquello no fuera un problema, buscó un coche igual al mío, le abrió la cajuela y se robó la llanta que necesitábamos, como si nada.

Pero bueno, se corregirá tu madre, dejando de sonreír: te estaba contando otra cosa, te estaba contando que a los pocos días fui al Instituto Mexicano de Audición y Lenguaje y me inscribí ahí.

Y un par de meses después empecé a estudiar aquella especialización que volvió a cambiar mi vida.

Tu tía mediana te contará que tu padre le cayó mal apenas conocerlo.

No me pareció, ni aun sabiendo que a tu abuela le había caído bien, alguien que tuviera que ver con mi hermana, añadirá tu tía tras advertirte que, si quieres seguir platicando con ella, te tapes el tatuaje.

A tu madre la deslumbró que dizque había sido guerrillero, hazme el favor. Y es que en nuestra casa no hablábamos de eso, no existía la política, a menos que estuviera el abuelo, tu bisabuelo. Pero tampoco lo dejaban a él hablar mucho de eso. Y como tu madre quería todo lo que fuera diferente a lo que habíamos sido nosotros, se dejó embaucar por tu papá, quien, no voy a mentirte, lo pongo a Él de testigo, con los años me cayó un poco mejor, te contará ella mirando el techo de su sala un instante y preguntándote, otra vez, si ya leíste el cuaderno que te dio.

Déjame ponerte un par de ejemplos, dos ejemplos de lo que a mí me hacía pensar, en ese entonces, que tu padre no sería una buena pareja. Lo primero es que ellos dos, tu madre y tu padre, tenían un amigo escritor que estaba enamorado de tu madre. Y es que era amigo de ella desde antes de que él apareciera y, aunque tu padre sabía aquello, lo del enamoramiento, se hizo íntimo suyo, tanto que empezaron a trabajar juntos en el guion de una película basada, creo, en un libro que aquel hombre había publicado… un libro que se llamaba *El infierno de todos tan temido*… imagínate si ese nombre se me podría olvidar… imposible.

Honestamente, qué nombre más feo… ¿no? ¿O te gustó y te lo quieres tatuar? Antes de que le puedas responder, de que le puedas decir que, en efecto, aquél te parece un título tatuable —igual que el resto del libro, que conoces y consideras una de las mayores obras desconocidas de la literatura de tu país—, ella seguirá: ¿por qué te tatuaste eso? ¿No ves que es una falta de respeto? Una falta de respeto a tu cuerpo, aclarará tu tía, que por lo menos se reirá contigo cuando te eches a reír y, avergonzada —o arrepentida, imposible saberlo— tomará el bowl de cristal que tiene enfrente y volverá a ofrecerte un chocolate, al tiempo que regresará a donde estaba: aun sabiendo todo eso, tu padre, me lo contó tu madre, lo citaba a él, al enamorado de tu madre, en casa de ella. ¡Y luego no se aparecía, la dejaba sola con él!

No te digo que la estuviera exponiendo o, más bien, no te digo que le estuviera, en el fondo, haciendo algo a tu madre, no quiero que te confundas, te digo esto para que veas lo que tu padre era capaz de hacerse a sí mismo, lo que quería que pasara para lastimarse. Eso, por lo menos, pensé cuando ella me contó aquella situación, que cómo podía ser buena pareja alguien así de autodestructivo. Y es que eso es lo que él me pareció, un ser autodestructivo, porque esas cosas, además, las hizo muchísimas veces.

El otro ejemplo que te quería poner no sé si es un ejemplo, pero también creo que te lo tengo que decir, porque soy la única que lo sabe. Y es que el día que sucedió, tu madre me llamó para contármelo, aseverará tu tía desenvolviendo otro chocolate, convencida de que así no podrás negarte.

La primera vez que tu padre le propuso matrimonio, mi hermana le dijo que no, que no quería casarse ni con él ni con ningún otro hombre.

Pero con el que no quería casarse era con él, porque algo debía intuir, aunque estuviera deslumbrada.

Leerás que ese año, en la Provincia de Xian, un campesino desesperado por las consecuencias de la sequía y la falta de agua, empezó a cavar un pozo que, sin embargo, abandonó al metro y medio de profundidad, pues dio con dos cabezas de terracota roja y con las puntas de metal de varias flechas, descubriendo así los famosos Guerreros de Terracota, esos dos mil soldados de tamaño natural que constituirían uno de los mayores hallazgos arqueológicos de la historia; que, en la Ciudad de México, como tantos otros exiliados de la dictadura de Augusto Pinochet, se asentó Hortensia Bussi, esposa de Salvador Allende, con la parte de su familia que no habría de exiliarse en Cuba —años después, tu madre se convertiría en terapeuta de lenguaje de un par de miembros de dicha familia y en amiga íntima de otra de las mujeres de esa estirpe—; que, en los Estados Unidos, el mismo día que se recibieron las primeras imágenes que la sonda Pionner 10 envió desde la órbita de Júpiter, la Asociación Estadounidense de Psiquiatría retiró la homosexualidad de la lista de enfermedades *DSM-II*, noticia que tu tío de en medio, como te contará él mismo años después, leyó en una de las publicaciones que seguían llegando a casa de sus padres, aunque tu abuelo había muerto hacía tiempo, y dijo, en voz bajita: "ojalá hubieras vivido para leerlo, papá"; que, en Alemania Occidental, el gobierno finalmente prohibió la vieja costumbre, legalizada por el gobierno prusiano en 1926, que permitía a los ciudadanos secuestrar niños gitanos para criarlos como miembros de familias no gitanas; que, en Filipinas, veintinueve años después del fin de la Segunda Guerra Mundial, Hiroo Onoda, el último soldado del Ejército Imperial Japonés que participara del conflicto, se rindió y entregó sus armas —una espada, un fusil tipo 99 Arisaka, 500 cartuchos y una docena de granadas—, tras haber permanecido escondido en la selva, asesinando a cerca de cuarenta pescadores y campesinos y personificando diversos tiroteos con las fuerzas locales del orden durante aquellos veintinueve años —entre las pertenencias que Onoda entregó había un ejemplar de *Lecciones espirituales para los jóvenes samuráis*, de Mishima, ejemplar que presuntamente le habría facilitado Yoshimi Taniguchi, comandante de su regimiento que se habría vuelto librero en Manila—; que, en Munich, falló el primer intento de trasplante de nervios no anatómico de la historia, es decir, el primer intento de trasplante de células nerviosas, un par de meses antes del nacimiento, en la Unión Soviética, de Valery Spiridonov, quien será, años después, el primer ser humano que busque trasplantar su propia cabeza a otro cuerpo, a consecuencia de la atrofia Werdnig-Hoffman, enfermedad rara y fatal que Spiridonov padecía desde su nacimiento; que, en la India, en el marco del proyecto Buda Sonriente, el gobierno de aquel país detonó su primera bomba nuclear, convirtiéndose así en el sexto país que contaría con poder atómico, y que, en Chachalacas, Veracruz, poco después de cumplir seis años, Julián Alemán Bermejo resolvió, ante las autoridades más altas de la Secretaría de Educación Pública de su estado, dos ecuaciones complejas, dejando anonadados a todos los presentes, quienes decidieron enviar a aquel niño que hacía poco también había quedado huérfano de madre a la UNAM.

XXIX

1975

Tu madre te explicará que ese año fue uno de los centros de su vida.

Te sorprenderá, entonces, la idea que acaba de expresar, sin darse cuenta: que en una vida puede haber no uno sino varios centros. Y que así recuerde la suya.

Ese año decidí, aunque siempre había querido lo contrario, creo que por miedo a reproducir el vacío en el que había vivido, tener hijos. Así que en verano dejé a tu padre, quien entonces decía que no quería más hijos.

Él aseguraba que le bastaba con tu hermano mayor —a quien había tenido años antes—, aunque no lo trataba como a un hijo. Lo tenían, tu padre y su madre, abandonado, te explicará ella. Me recordaba muchísimo a mí misma, de niña, porque él también estaba así como hecho a un lado, como apartado. Cargaba, no lo voy a olvidar nunca, colgada del cuello con un lazo, la llave de su casa, de la casa de su madre. Y tenía cinco o seis años, siete cuando mucho.

Tu hermano fue el primer niño que no traté únicamente como un paciente, el primero que traté como algo más, en el sentido del vínculo, digo. Y ese trato, ese vínculo que establecí con él, aunque al principio fue realmente complicado porque me odiaba, porque me veía con coraje, porque quién sabe qué le habrían contado, fue fundamental —tanto que, cuando dejé a tu padre, seguí viéndolo a él—. Fundamental para entender que sí, que yo podía tener hijos y no ser con ellos como habían sido conmigo los adultos de mi infancia. Porque tu abuela, para entonces, había cambiado, pero eso no borraba lo que yo había vivido.

Eso, por un lado, marcó ese año, mientras que por el otro lo que lo marcó fue que ya estaba estudiando lo que había querido estudiar siempre, que había encontrado, pues, lo que deseaba, lo que necesitaba. Y, desde muy pronto, desde el primer semestre, creo, empecé a trabajar con niños sordos y con problemas de lenguaje, lo cual me hacía sentir realmente bien. Pero además, estudiando ahí, estudiando aquella especialidad conocí a las que luego serían mis amigas para el resto de la vida, además de mis socias, en el consultorio, primero, y, después, cuando por fin nos atrevimos a poner algo propio, una escuela nuestra, añadirá tu madre volviendo la cabeza hacia el jardín, señalando hacia afuera con los ojos y desviando sus palabras: son los mismos que perdieron a sus hijos, ¿no? Esos que cantan deben ser los mismos pajaritos, ¿verdad?

¿Qué estaba diciendo?, preguntará tu madre defraudada y ofendida —defraudada de que no sean los mismos pajaritos y ofendida de que tú te rías de ella— después de hacer aquellas preguntas. Ah, sí, eso. Te estaba explicando que puedo decir que ese año fue un centro en mi vida porque decidí que quería hijos, porque encontré mi verdadera vocación y porque me di cuenta de que, aun separándome de tu padre, nada rompería el vínculo que había establecido con tu hermano, con quien, sin embargo, además de identificarme —una vez, por ejemplo, al abrir su lonchera, me encontré un sándwich podrido, y no es que llevara ahí muchos días, sino que eso le mandaba su madre—, también me diferenciaba.

En el sentido de que lo veía, además de rodeado por el caos y el descuido absolutos, desbaratado, deshilado por adentro; eso, ese interior frágil, confuso y enneblinado —*enneblinado*, repetirás para ti, en silencio, pensando que tu madre no sólo usa palabras que, de tanto en tanto, te sorprenden, sino que, además, de tanto en tanto crea algunas como ésa, preciosas y precisas—, ese estarse desbaratado me angustiaba y asustaba. Pero no sólo porque me recordara a mí misma, añadirá sacando la mirada nuevamente hacia el jardín: porque no sabía si sería capaz de ayudarlo, de mostrarle cómo podría reconstruirse, de indicarle el camino para escapar de la locura.

¿Ves? No es necesario que fuerces el tema para que éste vuelva una y otra vez, porque además de todo eso, en tu hermano también veía algo que veía en mi hermano mediano y en mi padre, la posibilidad de la violencia, de la violencia contra los demás y contra ellos mismos, el extremo de esa violencia, el fin de esa locura… ay… Espera… dejé de oír… se me taparon los oídos, aseverará tu madre cerrando los ojos y llevándose las manos a las orejas de tal modo que te obligará a preguntar, nervioso, si está bien y, poco después: ¿por qué?

Para dejar de oírme, genio, ¿para qué más? Chingada verga, ¿te das cuenta? Qué cosa más triste, te explicará abriendo y cerrando la quijada. Siempre me dio miedo que uno de ellos se matara, que uno de ellos se suicidara.

Y espero haberme muerto, cuando ellos o ustedes, cuando tu hermano o tú lo hagan, cuando se maten.

Para no verlo, evidentemente. Para negarlo. Negar, negar, negar.

Evitar que el caos regrese a mí.

Le explicarás a tu madre que, a últimas fechas, no habrás pensado en suicidarte.

"La muerte es un hábito colectivo del que no participo", le recordarás que escribió Nicanor Parra. Además, bromearás luego, yo ya traigo aquí mi parte muerta.

Mi cacho muerto, insistirás levantando el brazo teatralmente para que tu cicatriz se intuya entera. Entonces, tú y tu madre volverán a reírse un breve instante. Hasta que vuelvas a abrir la boca y digas: aunque no creas, si veo llover, algo me llama desde afuera.

Tras tus palabras, ella se reirá de nueva cuenta mientras que tú aprovecharás para explicarle que ese caos del que ella habla es el que sientes que ha marcado tu vida y es también la oscuridad que quieres apartar de la de ella, para contarla, pero que para eso, asegurarás, en el momento exacto en el que ella dejará de sonreír y cerrará los párpados, necesitas agarrarlo, sostener el caos ese entre tus manos.

Ves... ¿por qué cierras los ojos? Justo a eso... justo a esto me refiero, le explicarás: a que nosotros, tú y yo, por ejemplo, siempre cerramos los ojos ante el caos —por más que queramos dotarlo de sentido, por más que creamos que podemos ordenar el de los locos, el de los disminuidos o el de los seres que no existen—, ante cualquier cosa que pueda traer consigo algún tipo de desorden. Y no hablo nada más de emociones o de cosas importantes, madre, hablo también de cosas prácticas. Hablo de tonterías, incluso: los documentos personales, los procesos bancarios, las facturas de hacienda, añadirás en el instante en que tu madre te interrumpirá.

Hay quienes guardan documentos y papeles para ser y hay quienes los guardamos para no ser, aseverará ella, abriendo otra vez los párpados. Hay quienes heredan y guardan objetos y hay quienes heredamos y guardamos temores —¿o crees que nunca he pensado en esas similitudes?, ¿que no he pensado que no es casualidad que mi abuelo tuviera un padre y un hermano locos, que yo tuviera algo muy parecido y que tú, bueno, ya me entiendes, ya lo sabes, algo similar, también, pero que además hayamos hecho, que hagamos lo que hacemos?—.

El silencio que se abrirá entonces entre ustedes —mientras tu piensas: es más complejo, madre, mucho más complejo, según he leído y algún día te diré… él tenía seres que habían dejado el mundo, tú, seres que no estaban aquí enteramente, y yo seres que no estuvieron nunca— durará un par de minutos y no terminará hasta que ella te sorprenda con una pregunta que te dejará aún más extraviado: ¿por qué crees que mi música favorita es el fado? ¿Cómo?, preguntarás esperando que ella te dé una nueva explicación.

Pero ella, en vez de responderte, sacará su teléfono, manipulará la pantalla, pondrá *play* y reproducirá ese fado que has escuchado tantas veces en tu vida —en tu casa de infancia, en el auto, de camino a cualquier parte, en tu hogar de juventud, en la casa en que tu madre vivirá tras divorciarse de tu padre y en la casa en la que luego vivirá con su novia—.

¿Sabías que era la canción favorita de Leonard Cohen?, te preguntará tu madre, en mitad de la canción.

Luego escucharán esa canción una y otra vez, hasta que la hermana de Nicanor Parra se interponga.

Leerás que ese año, en Argentina, comenzó el Operativo Independencia, operativo de contrainsurgencia que desató diversos combates, actos de represión, persecuciones, levantones y desapariciones de miembros de las organizaciones guerrilleras Ejército Revolucionario del Pueblo y Montoneros, además de partidos políticos, sindicatos y organizaciones estudiantiles; que, en Nepal, la montañista japonesa Junko Tabei se convirtió en la primera mujer que alcanzó la cima del monte Everest, donde dejó, a manera de recuerdo, un ejemplar del libro de

Yukio Mishima, *Lecciones espirituales para los jóvenes samuráis*;
que, en España, la dictadura franquista llevó a cabo los últimos
fusilamientos de su historia, fusilamientos en los que serán ase-
sinados tres miembros del Frente Revolucionario Antifascista
y Patriota y dos miembros de Euskadi Ta Askatasuna; que, en
los Estados Unidos, el sello discográfico Columbia, de la mano
de su productor Bob Johnston, lanzó al mercado el álbum
The Best of Leonard Cohen, la primera recopilación histórica
del músico canadiense y, muy probablemente, su disco más
importante —dentro del cual, además, pueden encontrarse las
versiones de "Sisters of Mercy", "The Partisan" y "Who by
Fire" que, años después, cantarías tantas veces con tu madre—,
el mismo día que el neurólogo Richard Kensington, que
había heredado de su mentor al paciente Henry Molaison,
publicó un artículo aseverando que dicho sujeto, además
de amnesia anterógrada, sufría de amnesia retrógrada pero
no de memoria episódica, demostrando que los recuerdos
de un ser humano estaban mediados, al menos en parte, por
áreas cerebrales diferentes; que, en Hungría, el inventor Ernö
Rubik obtuvo la hoja de patente de su invento más famoso, el
cubo Rubik, cubo que llenará cientos de horas de tu infancia
y la de tus hermanos —después de que tu madre se los regale— y que obsesionará a tu hermano mayor a tal punto que,
según reconocerá tiempo después, habrá sido el objeto que lo
llevó a estudiar diseño industrial; que, en Nueva York, falleció
Hannah Arendt, filósofa y teórica política que ya ha aparecido en estas páginas, durante el juicio de Adolf Eichmann,
y cuyos libros *La condición humana* y *Pensar, querer, juzgar* te
regalaría tu madre poco antes de ingresar a la universidad; que,
en Connecticut, Hans Peter Kraus entregó a la Universidad
de Yale, a manera de donación, el presunto único ejemplar del
Manuscrito Voynich, es decir, del mayor enigma escrito sobre la

tierra; que, en la estratosfera, los Estados Unidos y la Unión Soviética llevaron a cabo su primera misión conjunta, la misión Apolo-Soyuz, que consistió en el acoplamiento de dos naves espaciales, tras el cual los capitanes Thomas Sttaford y Alekséi Leónov sellaron ese momento histórico con un fuerte apretón de manos, y que, en París, el escritor George Perec inició la escritura del libro más sobrevalorado de la historia de la literatura del siglo XX: *La vida instrucciones de uso*.

XXX

1976

Ese año volví con tu padre.

Por tu hermano, aclarará inmediatamente tu madre, dejando su teléfono a un lado. Eso, por lo menos, me digo a veces. Que fue por él, porque sentía que sin mí no podría con la vida.

Siempre pensé que él, tu hermano, quería que yo fuera su madre. Que por eso a veces se alejaba de mí y otras veces parecía detestarme. Que estaba enojado porque no era quien quería, porque yo no era quien él quería que fuera. Pero ahora, la verdad, pienso que quizá fue, que siempre ha sido al revés, añadirá tu madre, levantándose para echar a andar hacia la puerta del jardín.

Cuando los dos, cuando tú y ella estén en el jardín, contemplando los cadáveres de abeja que tapizan el suelo y tras insistir en que cada día se mueren más —la novia de tu madre, en su momento, habrá querido ser, además de ceramista, apicultora—, ella asegurará: igual y era yo, tal vez siempre fui yo la que quiso que él fuera mi hijo, que tu hermano fuera mi hijo biológico. Y, tal vez, era yo quien se alejaba, quien, a veces, se enojaba porque no era, porque él nunca fue quien yo quería, quien querría que hubiera sido. El silencio, entonces, volverá a meterse dentro de la boca de tu madre, mientras va por la escoba que yace recargada entre dos jaulas.

La cosa, aclarará al tiempo que sus brazos barren los cadáveres de las abejas, es que volví con tu padre por tu hermano, perdonándole a él, a tu padre, que fuera eso que él era. Perdonándole, incluso, que se hubiera vuelto, en aquel tiempo, un miserable. Porque entonces ya habían puesto, él y tus tíos, la fundición, así que dinero tenía suficiente. Pero aún así siempre se negó a pagar las terapias de tu hermano. Y es que eso sí, una de mis condiciones para volver fue que tu hermano se mudara a vivir con nosotros y que hiciera terapia.

Poco después, tras haber vuelto y mudarnos, ya no sólo en la práctica, a vivir juntos, tu padre me dedicó uno de aquellos actos miserables, añadirá ella, que ha llenado el recogedor con cadáveres de abeja, cadáveres que parecerán cáscaras secas y que echará dentro de las jaulas de los canarios, jaulas que, te darás cuenta entonces, se han multiplicado a últimas fechas. Estaba por terminar la especialización y quería montar un consultorio, por eso le pedí dinero. Pero se negó, me dijo que no creía que fuera necesario.

No lo dejé por el mismo motivo por el que habíamos regresado, pero la verdad es que entonces debí mandarlo derechito a la chingada, directito a chingar a su madre, con quien, por cierto, comíamos cada quince días.

Vieja de mierda, tu abuela, frígida y amargada, qué bueno que nunca cupo en nuestras vidas.

Tú tío más chico te aclarará la historia de la vez que tu hermano casi muere.

Tus padres nos habían invitado a mí y a mi pareja a pasar el fin de semana en Tepoztlán, a la casa de unos amigos suyos a la que ellos iban a menudo y en donde siempre había más invitados.

En esa época, ellos tenían muchísimos amigos. Sobre todo amigos de tu madre, amigos que tu padre heredó, porque él había llegado con apenas un par de cuates, añadirá tu tío: parejas abiertas y normales, parejas a todo dar, la mera verdad, con quienes era muy fácil pasarla a toda madre, aunque se bebía mucho... se bebía y se consumían muchas drogas.

Aquellas parejas eran tan buena onda y era tan sencillo pasarla bien a su lado que hasta tu abuela se divertía cuando estaba con ellos y ellas. Imagínate cuánto habría cambiado mi madre que esas parejas, de tanto en tanto, la invitaban a comer o le pedían que ella las invitara a su casa, de donde todos salían cargando una jaula llena de canarios, canarios a los que tu abuela recomendaba bautizar con el nombre de algún pariente muerto.

Aquel fin de semana no fue diferente porque, además de todo, la amiga fotógrafa de tu mamá, de quien, por cierto, yo seguía enamorado y seguiría enamorado muchos años, por lo menos hasta que conocí a tu tía, que así como la ves, así más rellenita, en su momento estaba espectacular —por cierto, no le cuentes que yo te lo conté, pero el domingo pasado, ahí afuera, en el jardín, el jardinero la vio de espaldas y le dijo: "caray, señora, ahora sí ya tiene cuerpo de luchadora retirada"—, llevó varios peyotes.

Los había cosechado en Real de Catorce, a donde había ido a fotografiar la marcha anual de los huicholes, que venían volviendo del mar y celebraban las fiestas de la montaña sagrada, aclarará tu tío intentando parecer experto en aquel tema del que, sabrás de sobra, no sabía ni sabe nada. En la noche, casi todos los invitados, además de los anfitriones, comieron esa madre que, por suerte, yo me rehusé a comer, no porque no tuviera ganas, sino porque la pareja con la que iba era un poco especial y no le pareció una buena idea.

Entonces, cuando ya todos estaban hasta arriba, cuando cada uno andaba en lo suyo; unos por allá, entre las plantas, otros tirados en el pasto, viendo las estrellas, como si no las hubieran visto nunca, y otros más, como tu mamá, buscando alacranes y arañas porque decían que eran capaces de escuchar sus pisadas, decidí ir a nadar.

Y fue ahí, en el agua, en el fondo de la alberca, donde vi a tu hermano, que en ese entonces debía tener siete u ocho años.

Me tiré sin desvestirme y lo saqué de ahí, ya medio ido, pero por suerte no totalmente.

Mi pareja, que era doctora, lo terminó después de reanimar.

Leerás que ese año, que también será bisiesto, en Tel Aviv, el equipo de científicos que heredó las investigaciones de Eitan Dzienciarsky sobre la replicación de cromosomas durante la división celular, descubrió que aquello que impedía que dicha replicación fuera exacta era sólo una parte del cromosoma, aunque no sabrían, entonces, cuál; que, en Chachalacas, Veracruz, tras volver por primera vez a su terruño, habiéndose licenciado como físico aun a pesar de no haber cumplido los nueve años, Julián Alemán Bermejo anunciaría que la física no le gustaba, por lo que mejor estudiaría medicina; que, en el planeta entero, por primera vez en la historia se registró un decrecimiento en la población mundial de abejas, y que, en algún lugar de Argentina, el periodista y escritor Rodolfo Walsh, creador, como ya se dijo en estas páginas, de la novela de no ficción y quien será —años después de que tu tío el mediano te regale *¿Quién mató a Rosendo?* y *Caso Satanowsky*, dos de sus mejores libros— una de las figuras esenciales de tu universo literario, le escribió a su hija Vicki, militante de la organización Montoneros que fue asesinada por la dictadura que derrocó a Isabel Martínez de Perón, la siguiente carta: "La noticia de tu muerte me llegó hoy a las tres de la tarde. Estábamos en reunión cuando empezaron a transmitir el comunicado. Escuché tu nombre, mal pronunciado, y tardé un segundo en asimilarlo. Maquinalmente empecé a santiguarme como cuando era chico. No terminé con ese gesto. El mundo estuvo parado un segundo. Después le dije a Marina y Pablo: 'era mi hija'. Suspendí la reunión. Estoy aturdido. Muchas veces lo temía. Pensaba que era excesiva suerte no ser golpeado, cuando tantos otros padres son golpeados. Sí, tuve miedo por vos, como vos por mí, aunque no lo decíamos. Ahora el miedo es aflicción. Sé muy bien por qué cosas has vivido, combatido. Estoy orgulloso de esas cosas. Me quisiste, te quise. El día que te mataron cumpliste 26 años. Los últimos fueron muy duros para vos. Me gustaría verte sonreír una vez más. No podré despedirme, vos sabés por qué. Nosotros morimos perseguidos, en la oscuridad. El verdadero cementerio es la memoria. Ahí te guardo, te acuno, te celebro y quizás te envidio, querida mía. Hablé con tu mamá. Está orgullosa en su dolor, segura de haber entendido tu corta, dura, maravillosa vida. Anoche tuve una pesadilla torrencial, en la que había una columna de fuego, poderosa pero contenida en sus límites, que brotaba de alguna profundidad. Hoy en el tren un hombre me decía: 'Sufro mucho. Quisiera acostarme a dormir y despertarme dentro de un año'. Hablaba por él pero también por mí''.

XXXI

1977

Te dirá, tu madre, que ese año se quedó embarazada.

Tu padre, que había roto con el mundo que había habitado antes porque en aquella época andaba en lo del cine, volvió a buscar a sus amigos de Guerrero, sumará pelando una papaya.

Por interés, obviamente, porque se le había metido en la cabeza filmar un documental sobre unos pueblos de la sierra con la pareja de la que entonces era mi mejor amiga, la veracruzana que conocí estudiando la especialidad y con quien viví cuando tu padre y yo nos separamos, te dirá cortando en trozos la papaya que se cena cada noche. Por eso y no por otra cosa, él había vuelto a buscar a aquellas amistades.

Aunque habíamos dicho que sí, que queríamos intentarlo, que deseábamos embarazarnos, fue en aquel sitio perdido de la sierra, como a dos o tres horas de Chilpancingo y tras un velorio, una fiesta y una borrachera descomunales —habíamos pasado a ese pueblo cuando veníamos de regreso de Acapulco, a donde habíamos ido de luna de miel, luna de miel que nos habían regalado los amigos—, cuando decidí, sin preguntarle nada a tu padre, dejar el anticonceptivo que usaba y coger así, a pelo, como dijo el otro día tu hermano chico.

Sonriendo mientras devora su cena, tu madre añadirá: bastó con eso... si es que fue increíble, me quedé embarazada a la primera. Creo, de hecho, que es lo único que has conseguido hacer a la primera, porque todo lo demás, seamos honestos, te ha costado tus esfuerzos. Cuando estuve segura, más o menos mes y medio después de aquella noche, antes de contárselo a tu padre, se lo conté a la veracruzana, que se emocionó tanto como yo y que después de abrazarme me dijo que mejor iría a visitar a su pareja, para ver si así conseguía empatarme y podíamos, entonces, amamantar y criar juntas a dos niños en vez de a uno.

Aquello me dio risa, porque claro, aún faltaban muchos años para que yo pudiera entender, dimensionar, en realidad, lo que implicaba que ella hubiera dicho empatarme, dirá tu madre, enigmática. Luego, por la noche —en esa época, tu padre volvía tarde del Centro Universitario de Estudios Cinematográficos, donde también estudiaba la pareja de la veracruzana—, se lo conté a él, que la verdad reaccionó emocionado. Y la tercera persona a la que se lo dijimos, a la mañana siguiente, fue a tu hermano, quien debía tener ocho o nueve años.

Obviamente, tu hermano no reaccionó nada emocionado. Todo lo contrario. Volteó a ver a tu padre, clavó en él la mirada y aseveró: "ojalá fueras una planta para poder mearte y cagarte". Después se echó a correr a su cuarto y se encerró. Y claro, como siempre que lloraba, empezó a dolerle la cabeza. Uno de esos dolores que le daban y que normalmente sólo terminaban cuando vomitaba.

Aquel día también llamé a mis hermanas y a tu tío más chico para contarles, igual que a mi madre, que para mi sorpresa fue la más emocionada.

Eso sí, aunque ella había cambiado, la pobre no entendía, nunca se entendió ni entendió al mundo.

Me dijo que, si eras hombre, podía ponerte el nombre de tu abuelo.

Tu tía mayor te dirá que lo primero que sintió fue coraje. Yo había parido a tus tres primos, me había dejado la piel, la cadera y la cabeza, sumará recalentando los huevos ahogados del desayuno, para almorzarlos mientras comienza a picar los ingredientes de la comida. Y la vagina ni te cuento, porque tus primos nacieron gigantescos y de partos naturales. La más chiquita, tu prima, fue un bodoquito de cuatro kilos ochocientos. ¿Sabes lo que es parir una criatura de esas dimensiones? Obviamente que no. Como obviamente no era por eso, porque el coño de tu madre fuera a hacerse mierda, que me enojó escuchar que estaba embarazada.

Me enojó porque ella, mi hermana, había sido la única que se había atrevido a hacer su vida tal y como había querido. Y apenas estaba sacando adelante su consultorio y su carrera, sumará sirviéndote un plato enorme de recalentado y pidiéndote que la ayudes con la comida —quitándole, pues, al pollo sus pellejos—. Ésa es la piel, baboso, te dije los pellejos, añadirá antes de seguir: me dio miedo que fueras a arruinar esa vida que le había costado tanto trabajo. Bueno, no tú, la cosa esa que eras. Me dio miedo y coraje pensar que la maternidad podría tumbarle todo, más porque tu padre no parecía que fuera a ayudar mucho.

Si de por sí andaba así como perdido, ya ves, sin saber muy bien ni qué quería —no me acuerdo si entonces andaba en lo del cine, lo de la foto o lo de la arquitectura, además de los negocios... y es que, para criticar tanto el dinero, a tu padre le encantaba—, cómo iba a centrarse contigo. Pero no me mal entiendas, a mí tu padre me caía realmente bien, me hacía reír mucho, aunque no sé si adrede o sin querer. Y me gustaba, sobre todo, cómo trataba a mi madre. Con ella fue con quien él se llevó siempre mejor de la familia. Yo creo que porque ellos compartían algo así como una herida incurable, como un tajo que no cierra, como una frustración secreta que, aunque ahí está todo el tiempo, cada vez que te levantas y te acuestas, no se puede ver, dirá tu tía más graciosa, sorprendiéndote con ese aventurarse en las profundidades del alma y regañándote, otra vez, por lo que estás haciéndole a su pollo.

¿Nunca has limpiado un pollo o qué te pasa?, te preguntará recogiendo tu plato y el suyo y poniendo a sofreír los ingredientes que acaba de picar. Eso era, eso fue lo que entonces me hizo molestarme, pero claro, ese coraje no se lo dejé ver a tu madre, jamás le habría hecho algo así. Porque además, eso sí, estaba segura de que sería una madre espectacular, lo cual, sin embargo, me hacía temer aún más que se dejara a sí misma. Por suerte, podemos decir que eso no pasó, añadirá vertiendo el caldo sobre el sofrito y empezando a desmigar la piedra de pipián.

Tu madre no se abandonó, no dejó su vida, su carrera, su trabajo ni estando embarazada ni después, cuando empezaste a enfermar. Y eso que lo otro, lo de tu padre, sí que pasó, aunque a medias. Es decir, no es que él no la ayudara pero es que no era muy capaz de ayudar. No tenía, como diría tu propia madre, cariño intuitivo. Tenía cariño pero estorbativo, aseverará tu tía haciéndote reír y pensar que eso, las palabras inesperadas y asertivas de tu madre, son cosa de familia, que se las pegaron o que se las pegó ella a los demás, como esferas a un árbol.

Las que más me impresionaron, igual, fueron las amigas de tu madre, mujeres que eran como ella y que yo nunca había visto, sobre todo la veracruzana. Fue como si el embarazo fuera de todas, como si fueran una manada.

Luego, cuando naciste, fue lo mismo, parecía que tenías varias madres.

Leerás que ese año, a consecuencia de la dictadura argentina, México recibió a cientos de miles de exiliados, entre quienes vendrían incontables psicoanalistas, hombres y mujeres que cambiarían los derroteros de dicha disciplina en tu país para siempre y para bien, pues allá, en el país sudamericano, como quizá sólo sucedía en Europa, dicha disciplina había alcanzado un alto nivel de desarrollo; que, en Argentina, el terror desatado por la dictadura encabezada por el genocida Jorge Rafael Videla desapareció al escritor y periodista Rodolfo Walsh, militante de las FAP y Montoneros, quien no habría aceptado exiliarse ni siquiera en el peor momento de las masacres contra militantes de las organizaciones mencionadas —mientras depositaba las copias de su *Carta abierta de un escritor a la Junta Militar* en los buzones de Buenos Aires, Walsh sería levantado y desaparecido de la tierra—; que, en París, el ya no tan joven médico Joachim Leotard —cuyo hermano menor, Benjamin Leotard, patentaría poco después la medicina que años más tarde acabaría con la migrañas de tu hermano mayor— publicó un nuevo artículo, demostrando que la conducta que empuja al sujeto a acumular mascotas es también un síndrome, síndrome al que propondría bautizar en honor de Noé, el barquero que Dios usó durante el gran diluvio para salvar a sus animales, como síndrome de Noé —síndrome que, sin embargo, a diferencia del de Diógenes, no será reconocido hasta muchos años después y cuyo diagnóstico le será robado por la historia a Leotard—; que, en los Estados Unidos, se estrenó *Star Wars*, que sería la película favorita de tu hermano mayor y, mucho tiempo después, de tu hermano menor; que, en México, se alcanzó el récord de venta de aves en cautiverio, vendiéndose un total de tres millones cuatrocientos mil ejemplares, entre los cuales los canarios, con sus casi seiscientas cincuenta especies, ocuparían el primer lugar, seguidos aunque no tan de cerca por los pericos y, en un lejano tercer lugar, las palomas mensajeras; que, en Birmingham, los psiquiatras Susan Folster y Michael Rutter realizaron sus primeros estudios en gemelos, estudios que a la postre les permitieron demostrar las bases genéticas del autismo, sentar nuevos precedentes y trastocar para siempre las teorías sobre el tema; que, en Roma, el futbolista profesional de la Lazio Luciano Re Cecconi, tras rentar un disfraz de atracador y un arma de utilería en una tienda que proveía a teatros y a productoras cinematográficas, entró gritando y amenazando a todos los presentes en la joyería de su mejor amigo, Bruno Tabocchini, quien, sin contemplación alguna, sacó un arma real de debajo del mostrador y acribilló al falso ladrón, es decir, a su mejor amigo, que murió en el acto, y que, tras treinta y ocho años, los gobiernos de México y España reanudaron relaciones diplomáticas, suceso que se celebró con dos regalos: México entregó a España un par de filmes del acervo de Luis Buñuel, mientras que España entregó a México un timbre postal dedicado a la Conquista de América.

XXXII

1978

Ese año naciste, te contará tu madre.

Naciste y muchas de las cosas que creía superadas reaparecieron de repente, si no para quedarse sí para joderme un muy buen tiempo.

Por primera vez en varios años, por ejemplo, volví a sentirme diferente, distinta al resto de la gente. Y no me refiero a que estuviera embarazada, obviamente, me refiero a cosas que me impuso el embarazo. Pero no me mal entiendas, no digo que tú me las hicieras.

Como al cuarto o quinto mes se me abrió la hernia hiatal que luego nunca cerraría y que, me tardé un montón de tiempo en comprender, fue el primer motivo de aquel sentirme diferente del que te hablo, porque dejé de comer lo que comían los demás, sumará tu madre llevándose ambas manos a la parte alta del vientre. Y, con mi historial, no comer lo mismo que los otros, comer siempre algo distinto, me llevó a meterme en mi armario de temores.

Los últimos meses del embarazo, en los que para colmo tenía que alimentar y que cuidar a una pareja de canarios que tu abuela nos regaló apenas se enteró de que te estaba esperando —unos canarios que decidieron procrear al mismo tiempo que nosotros, con el mal tino de que, a la hembra, cuando quiso poner sus huevos, uno de éstos se le quedó atorado y murió ahí en su jaula, piando, no, gritando como si en vez de un animal fuera un ser humano—, fueron meses complicados, meses en los que sentía que el caos volvía a crecer dentro de mí. Por suerte nunca dejé el consultorio ni la escuela. Y digo por suerte porque sin el orden que ahí hallaba, aunque no fuera mío, no sé qué habría pasado.

Pero ya te dije que no quiero que me malentiendas, no estoy diciendo que tú, que entonces terminabas de crecer dentro de mí, fueras ese caos que sentía que iba creciendo. Al contrario, añadirá tu madre: lo que digo es que ese vacío, ese borde de locura, crecía ahí porque me daba miedo no poder contigo, no poder protegerte de este mundo de locura al que, de pronto me di cuenta, había elegido traerte. ¡Bienvenido a este mundo de monstruos!, soñé una noche que te decía, que te gritaba, de hecho, viéndote a los ojos, apenas parirte. Estaba aterrada, sentía un miedo hondo y profundo, un miedo terrible a que fuera a echarte a perder o a que llegaras ya echado a perder, enfermo, por ejemplo, o que vinieras descompuesto.

Tenía tanto miedo que, cuando pensaba en el futuro, me subía la presión. No podía ni pensar en el día siguiente, en el mañana, entre otras cosas, porque había perdido mi espacio de terapia. Por eso, como se me había vuelto costumbre, por eso y porque con tu padre, obviamente, no podía hablar de esos temas —tu padre, ya va siendo hora de que sepas, no tiene, nunca tuvo inconsciente, para él las cosas son como las cosas son y nada más, así que andarles dando vueltas no es tratar de entender sino perder el tiempo, quizá por eso es feliz viviendo en España—, me refugié en mis amigas y en el trabajo. En mis niños de la escuela y en mis pacientes, a quienes muy convenientemente y como creo que ya te dije atendía en el departamento que había junto al nuestro.

Por suerte, apenas naciste, apenas terminé de pujar y escuché tu primer ruido, que por supuesto fue un quejido y no un llanto, se me olvidó todo aquello, todo ese miedo, te contará sonriéndote con esa sonrisa que ella sólo utiliza de vez en cuando pero que, sin embargo, será la sonrisa que tú habrás de imaginar cada vez que imagines su sonrisa. Ahí, en el hospital, el futuro que no me había atrevido a ver borró de golpe las sombras que arrastraba mi pasado. O eso quise creer.

Sí, era diferente, era distinta y toda esa diferencia sería para ti, para dártela a ti. La felicidad, así, esa felicidad que sentí ahí, en aquel momento, era el mejor antídoto contra cualquier forma de locura, asegurará tu madre que pensó entonces o que de eso quiso convencerse.

Luego, apenas nos separó la enfermera, giré el cuerpo hacia un lado y vomité sobre el pecho de tu padre, porque la hernia no aguantó un segundo más.

Cierro los ojos y lo veo, un líquido negro y viscoso.

Sonriendo, le recordarás a tu madre que ese líquido, que ese vómito lo has visto algunas veces.

La última, poco antes de la muerte de tu tío mediano, cuando él escapó de casa de su hermana para intentar cumplir su promesa de asesinar a la doctora que, un año antes, lo había internado por demencia, le contarás sin dejar de sonreír.

La penúltima, sobre el mostrador del Ministerio Público de Tecualiapan, porque la policía habrá detenido injustamente a tu hermano menor —a la salida o a la entrada de un Oxxo, no lo recuerdas—, acusándolo, a él y a tres de sus amigos, de haber asaltado un par de tiendas y de haber abusado de una empleada, empleada que, horas después, dirá que a ellos, a tu hermano y sus amigos, no los había visto nunca en su vida, que ellos no le habían hecho nada.

La antepenúltima, añadirás sin dejar de sonreír un solo instante, en el restaurante que quedará a espaldas de su casa, cuando en la mesa de junto a la de ustedes, un viejo extrañamente parecido a su padre, es decir, a tu abuelo, se asfixie con un huevo duro y muera ahí, en un instante, sin que nadie, ni los meseros ni los hijos ni los nietos de aquel viejo ni ustedes sepan cómo ayudarlo. Pero la vez que más habrá de impresionarte, la vez que más hondo te marcará ese vómito oscuro y pestilente será en el Cañón del Zopilote, tras la muerte de la amiga colombiana de tu madre, cuando el auto, el asfalto y el acotamiento de la carretera queden marcados por la bilis de su hernia, sobre la que después se pararán varias abejas. No, no eran moscas, eran abejas, insistirás cuando ella diga lo contrario.

Dejando de sonreír, insistirás por segunda vez en que aquéllas eran abejas y le dirás a tu madre que ya que están en modo aclarativo, hay un par de cosas, entre aquello que ella acaba de contarte, que querrías que también fuera aclarado, un par de cosas que ella ha mencionado así nomás como pasando por encima pero que deseas que desarrolle. Por eso, lavando los platos sobre los que habrán desayunado, escucharás que dirá: los atendía, a mis pacientes, ahí al lado, porque la veracruzana y yo habíamos rentado ese departamento para poner el consultorio que compartíamos.

Y: había perdido mi espacio de terapia porque Alberto, así se llamaba mi primer analista, el que me había desmedicado —*desmedicado*, he ahí otra palabra asertiva y poderosa de tu madre—, quien me había ayudado a irme de casa de mis padres y me había guiado durante aquellos años que serían fundamentales, había muerto.

Poco después de que me hubiera embarazado, te contará al final tu madre. ¿Cómo? De un infarto masivo y fulminante.

Le atascaron el corazón las palabras que le escupíamos los otros.

Leerás que ese año, en Düsseldorf, fue presentado el primer modelo de auxiliar auditivo intraauricular de la historia, el modelo TT100, cuyo audífono, gracias a la tecnología de su micrófono Electro-Fet y a sus respuestas frecuenciales —más amplias en un menor espacio—, fue el primero que podría ser colocado dentro del canal auditivo, aparato que, a partir de entonces, sería el preferido de tu madre y el que ella recomendaría a todos sus pacientes y a todos los padres de todos sus pacientes; que, en la Ciudad de México, Paulina Lavalle López, adolescente que había nacido ciega y que había descubierto su oído absoluto a una edad increíblemente temprana —escuchando los ladridos de los perros del criadero de sus padres—, fue reconocida por *El libro Guinness de los récords* como la persona que más cantos de aves podía reconocer en el mundo: un total de novecientos treinta y nueve; que, en Londres, David Bowie lanzó al mercado su álbum *Heroes*, cuyas canciones, años después, cantarías a todas horas con tu hermano mayor, con tu hermano menor y con tu madre, con quienes, además, irías muchísimos años después al último concierto que David Bowie daría en la Ciudad de México y que sería, además, el último concierto al que fueran en familia; que, en California, se conectaron los primeros nodos de ARPAnet, que con el tiempo se convirtió en el primer conjunto descentralizado de redes de comunicación interconectadas, es decir, Internet; que, en el planeta, por segunda vez en la historia, decreció la población de abejas y, por primera vez, los huevos duros superaron a los huesos de pollo como la onceava causa de asfixia entre seres humanos; que, en los Estados Unidos, el término autismo infantil fue añadido al Manual Estadístico de Trastornos Mentales, lo que dio pie a que los médicos lo diagnosticaran de manera diferenciada de la esquizofrenia; que, en Heidelberg, el artista Gunther von Häagens —heredero del imperio Häagen-Dazs— creó la plastinación, método de preservación de material biológico que utilizaría para la creación de sus esculturas-cadáveres, sobre las que tu madre, años después, aseveraría "no tienen ningún mérito, no entrañan pensamiento metafórico alguno", antes de rematar, sonriendo: "podrían ser piezas hechas por tu padre", y que se apagaron cuatro de las estrellas más importantes en la galaxia de tu madre: la escritora Anaïs Nin, la soprano María Callas, la pedagoga Rosa Clotilde Sabatini y el psicoanalista Donald Winnicott, aunque este último, ahora que recuerdas lo que leíste, quizá muriera algunos años antes.

Querrás recordar algo de ese primer año con tu madre pero, obviamente, no serás capaz de hacerlo. A tu memoria vendrán tan sólo sensaciones, seguramente inventadas, reconstruidas por tu sistema límbico —esa suma de memoria involuntaria, hambre, atención básica, emociones e instintos— a partir de tus anhelos, así como de las palabras que otros habrían dicho en tu presencia.

Creerás, entonces, recordar su voz, su canto, su boca murmurando, su cuerpo desnudo ante una pared de vidrios color ámbar; sus senos hinchados, enormes, alimentándote casi a cualquier hora; sus manos, los anillos de sus dedos y las uñas de esas manos y esos dedos, que no crees haber visto mal cortadas ni sin pintar en toda tu vida. Rosa oscuro, ése será el color que tu sistema límbico elegirá para engañar a tu memoria, cuando intentes recordar las manos de tu madre, quien te dirá que empezó a pintarse las uñas muchos años más tarde.

Recordarás, además, que una vez leíste un libro de Olga Tokarczuk, *Un lugar llamado antaño*, en el que la narradora aseveraba: "Misia, como todo ser humano, nació fragmentada, incompleta, a pedazos. Todo era partes independientes: la mirada, el oído, el entendimiento, el sentimiento, la intuición y las sensaciones. Su pequeño cuerpo se hallaba dominado por impulsos y por instintos. Todo el futuro de Misia debía consistir en recomponer aquella vida y en permitir, posteriormente, su descomposición".

Y recordarás, entonces, que al leer ese fragmento y al subrayarlo, además de tu emoción también estabas mostrando tu desacuerdo. Porque aunque efectivamente sería Misia quien debería, algún día, descomponer aquella vida, su recomposición, es decir, su primera unificación no había sido sólo cosa suya, también había sido cosa de Genowefa, la madre de Misia.

XXXIII

1979

Tu madre te dirá que ese año temió por tu hermano.

Si los celos, cierto tipo de celos, son normales en los hermanos mayores, imagínate cómo se las gastó tu hermano, que estaba mal desde que había escuchado que yo estaba embarazada.

Poco antes de parir, una noche en que él y yo, después de cenar, nos quedamos ante la mesa un largo rato —él dibujaba, yo leía—, me levanté para ir al baño, no me acuerdo, la verdad, si a vomitar o a cagar, y cuando volví, al sentarme me clavé un chingo de agujas y alfileres en las nalgas y en la espalda: tu hermano había retacado aquella silla de mimbre.

Cuando lo hablamos, me dijo que no quería hacerme daño, que quería clavarte a ti esas agujas y esos alfileres, dirá tu madre cambiando el gesto de su rostro y el tono con el que habla, como si de repente estuviera en otro sitio. Mira, nunca te he contado esto, pero te lo voy a contar, confesará bajando la voz tras un momento de silencio y tras volver de ese lugar al que parecería haberse marchado, luego de entrecerrar los párpados de nuevo —como si ese sitio al que se estuviera retirado la esperara ahí, del otro lado de la sala en que se encuentran, como si tuviera, ella, otro mundo además de éste—.

Aunque yo había visto que tu hermano era agresivo contigo y había también hablado de eso con su terapeuta, Lali Souza —una argentina que era extraordinaria—, ustedes dormían juntos en la recámara de al lado a la nuestra, tu hermano en su cama de *La guerra de las galaxias* —esa película, más que gustarle, lo obsesionaba— y tú en tu cunita. Un día, como a las nueve de la noche, entré en aquel cuarto inesperadamente y lo encontré a él paradito junto a tu lecho, con las manitas aquí, te dirá llevándose las manos a la garganta, por lo que no sabrás si su voz se ha roto por el dolor que le causa el recuerdo o por cómo se ha apretado el cuello.

Me dio terror, hijo. Me acerqué apurada a donde estaban y me coloqué en medio, sin saber muy bien qué hacer pero sintiendo, en el fondo de mí, que sí, que la oscuridad había vuelto, que mis miedos eran correctos y que era culpa mía, añadirá abriendo los párpados para dejar la oscuridad de la que habla, oscuridad que, pensarás entonces, reside en ese otro mundo suyo. Él, tu hermano, me sonrió y se tumbó en su camita, asegurando que jugaba a ser Darth Vader.

Pero tú tenías el cuello rojo y yo sabía, entendía lo que acaba de sentir, porque tenía toda una vida viviendo con eso, con esa violencia, con ese caos que te envuelve y te confunde. ¿Con ese caos, esa oscuridad que uno aprende a ordenar, a guardar en un lugar distinto a éste?, preguntarás sin detenerte a pensar lo que preguntas y haciendo que tu madre abra los ojos como faros. ¿De qué mierda estás hablando?, te cuestionará entonces antes de decirte que no seas pendejo y que no la hagas bolas. Que la dejes, pues, seguir con lo que te estaba contando.

Te volví a acostar, dejé la puerta entreabierta y salí temblando a la sala para llamar a Lali. "Lali, acabo de ver esto", le dije, "no sé si me lo pude imaginar o si lo estoy exagerando, pero estoy asustada". Lali, entonces, como buena psicoanalista argentina y ortodoxa que era, pero, a la vez, como la mujer cuidadosa y cariñosa que también era, me dijo: "mirá, vos no podés negar las cosas que mirás, te aconsejaría que, para que no se le haga daño a ninguno de los chicos, lo regresés al pequeño a tu recámara, un tiempo".

Nunca te lo había contado porque no le veía el caso. Tú no lo recuerdas y él era un niño, tu hermano era un niño de diez u once años, dirá tu madre cerrando y abriendo los párpados de nuevo, es decir, marchándose un instante y volviendo, una y otra vez, de aquel otro lugar y de ése que ustedes dos estarán a punto de dejar.

La cosa no era tanto aquello que había sucedido como el miedo que eso despertó de nuevo en mí, añadirá ella al final, levantándose.

Me duelen la espalda, el cuello y la cabeza.

Sí me lo habías contado, le dirás a tu madre.

Me lo contaste hace años, cuando te dije que en terapia había hablado de que sentía que alguien me había lastimado cuando era chico. ¿Te duelen mucho?

Ven, siéntate aquí, si quieres puedo darte un masaje en la espalda y el cuello, mientras me sigues contando, le dirás a tu madre. No le dirás, en cambio, lo que te llevó a hablar de ese tema, de la certeza de haber sido lastimado o haber sufrido algún tipo de abuso cuando eras chico, como tampoco le habrás dicho nunca que, al igual que tu abuelo y que tu tío, cada vez que ves unas tijeras, tu mente siente el impulso de castrarte. Y que, cuando eso pasa, haces lo que ella hizo hace rato: cierras los ojos, buscas desterrar aquello a ese otro universo.

Por un instante, una milésima de segundo, apenas, pensarás, por primera vez en tu vida, mientras tu madre se sienta a tu lado, de espaldas a ti, que ese universo, ese lugar que está del otro lado de los párpados, es lo que compartes con ella y con tu abuelo. Pues qué bruta por habértelo contado, dirá entonces tu madre, rescatándote del pensamiento en el que estabas: igual de bruta que al decírtelo hoy, añadirá, eructando una risa que parecerá y no la suya, al tiempo que tus manos empezarán a recorrer sus hombros, de las clavículas al cuello, una y otra vez. No sé cuánto tiempo me habré tardado en volverte a sacar de mi cuarto, sumará tu madre, quien nunca, en todas las pláticas que habrán de tener, se referirá a ese espacio como el cuarto de ella y de tu padre.

Me convertí en un objeto vigilante, en una cosa que debía estar todo el tiempo en guardia. Como cuando era pequeña, pero ahora para ti, añadirá mientras se desabrocha la camisa y corre hacia sus brazos los tirantes de su sostén, para que puedas sobar mejor la tensión que le agarra los músculos y los tendones. No es que temiera que tu hermano fuera a hacerte algo, no quiero que pienses eso, que parezca que él quería lastimarte de verdad, mi miedo no era ése. No. Mi miedo era que te pudiera pasar algo en general, cualquier cosa, que fuera a sucederte algo terrible o algo que no fuera tan terrible pero que te dejara alguna marca imborrable.

Mi miedo era que se te fuera a meter algo en el cuerpo, alguna cosa que después no te pudieras sacar, te dirá revolviendo, como casi nunca hace, temas y sentimientos, justo antes de cerrar otra vez los párpados y guardar silencio un nuevo instante, inclinando la cabeza hacia un lado y hacia el otro, como probando la nueva elasticidad de su espalda y sus hombros. Lástima que con el estreñimiento no me puedas ayudar, que no puedas masajearme el colon o la cola, añadirá eructando una carcajada y haciéndote reír también a ti, que estarás pensando que conoces las palabras que ella se llevó a ese otro lugar suyo: me daba miedo, me aterraba que el caos se te fuera a meter.

Entonces, al abrir los párpados, como si supiera que tú sabes, dirá esas palabras que pensaste. Lo sabía, estaba seguro de que dirías eso, responderás aunque no añadirás que sus esfuerzos fueron vanos, que ese caos que ella temía —quizá, precisamente, por sus esfuerzos— se te metió y ha vivido adentro tuyo toda tu vida, que, como objeto vigilante, ella deja mucho que desear; y es que el caos puede engendrar de la sobrevigilancia tanto como del abandono.

Eso tampoco se lo dirás porque, como ella habrá dicho instantes antes, no verás el caso. Pero la cosa es que su miedo traería muy pronto al caos de regreso.

Y que ese caos reinaría sin oposición, apenas se manifieste tu enfermedad.

Leerás que ese año, que fue proclamado como el Año Internacional del Niño por la ONU, al sur del Golfo de México explotó el pozo Ixtoc I provocando la fuga de un millón de barriles de petróleo, la mayor pérdida de combustible fósil de la historia humana, pérdida que aceleró el ascenso de tu tío chico en el organigrama de la petrolera de tu país pues sus estudios y tesis sobre extracción y distribución de crudo encontrarían cientos de adeptos; que, en los Estados Unidos, el mismo día que la Universidad de Yale anunció que había terminado de microfilmar el *Manuscrito Voynich* y que consideraba establecer un premio económico para aquél que lograra descifrar su contenido, Rita O'Connor y Emma L. Black dieron a conocer la cura de un paciente que habría sido ingresado por cálculos renales mediante una terapia consistente en ondas de choque, es decir, en aquello que, para la mecánica de fluidos, es una onda de presión que viaja más rápido que la velocidad del sonido en el mismo medio en el que se propaga la onda; que, en la Ciudad de México, Paulina López Lavalle fue despojada del Récord Guinness a la persona que más cantos de aves podía reconocer en el mundo, pues en Agra, Alisha Singh Kaur demostró que era capaz de reconocer ciento trece cantos más que Paulina; que, en Perth, cerca de las cinco de la tarde del 11 de julio, Skylab, la primera estación espacial que habría de desplomarse sobre la tierra, azotó sus setenta y cinco toneladas sobre el suelo del desierto, dando lugar a la primera multa contra basura espacial, multa que obligó a la NASA a pagar la increíble cantidad de cuatrocientos dólares, y que, en Madrid, el jurado del Premio Cervantes decidió otorgar dicho galardón, *ex aequo*, al argentino Jorge Luis Borges y a un poeta español, gallego, al parecer, de nombre Gerardo Diego, recordado por unos cuantos y releído, por supuesto, por uno, quizá por dos lectores jóvenes, en una demostración de lo desprejuiciada que es la varita de medir y la visión de futuro de la Real Academia de la Lengua Española.

Querrás recordar algo sobre tu madre durante aquel segundo año que viviste a su lado, pero no serás, otra vez, capaz de hacerlo. A tu memoria vendrán imágenes impostadas, sembradas, seguramente, por tu sistema límbico —que, para entonces, además de memoria involuntaria, hambre, atención básica, emociones e instintos te habrá dado esbozos de personalidad y de conducta— o por las palabras que otros habrán sembrado en ti de forma involuntaria.

Creerás, entonces, recordar su cuerpo y el de tu padre en esa cama a la que suplicarás ser pasado cada noche; sus calzones, colados por las medias que envolvían su cuerpo, el cuerpo de tu madre, desde arriba del ombligo hasta los dedos de los pies; el olor de sus axilas y el de su saliva, el de la crema que se untaba todas las noches, sentada a los pies de esa cama a la que no conseguirás casi nunca que te lleven, el de los aceites que se embarraba en el rostro y el de los labiales con los que pintaba su boca: morado oscuro, casi ultravioleta, ése será el color que tu incipiente memoria elegirá para engañarte porque tu madre nunca habrá usado ese color.

Recordarás, eso sí, cuando vuelvas a escucharlos, cuando escuches la banda sonora de la película *Hasta el fin del mundo*, que tu madre te cantaba fados una y otra vez, fados que nada tenían que ver con la maternidad ni la niñez, lo cual no importaba porque ni tu madre ni tú hablaban portugués, así que lo importante era el sentimiento que esa música, años después, seguiría inoculando en tu cuerpo —en el centro de tu pecho, más que en tus oídos o en tu mente; en tu esternón, por debajo, pues, de ese hueso que apenas reconozca dos o tres acordes destemplará tu cuerpo entero—.

XXXIV

1980

Ése fue el año, te contará tu madre, que apareció tu enfermedad.

Empezó como empiezan las cosas a esa edad, con una fiebre antes de acostarte. Una fiebre y varios quejidos, quejidos que después, hacia la noche, se volvieron un llanto terco. Un llanto que un par de horas más tarde, de madrugada, eran alaridos acompañados de una diarrea que no habría de terminar y a la que luego se sumaría el vómito. Te preparé una tina y te sumergí ahí adentro, mientras tu padre trataba, sin conseguirlo, de llamar al pediatra y daba vueltas por la casa, añadirá tu madre llevándose las manos al vientre: me duele aquí, toda esta parte. Hace tiempo que no estaba tan estreñida.

Creo, de hecho, que no había estado así desde que me diagnosticaron… no… qué estoy diciendo, desde los años en que casi te perdemos. Cuando por fin amaneció, salimos volando al hospital, porque la fiebre no cedía y vomitabas hasta el suero. Tu padre manejaba como loco, lo sé, más que porque recuerde la velocidad, porque recuerdo la mano izquierda de tu hermano, que iba sentado adelante y que apretaba, con sus deditos tensos, al borde del asiento. Yo iba en la parte de atrás, abrazándote y hablándote al oído mientras llorabas, porque no dejaste de llorar de ni un solo instante.

Cuando por fin llegamos, en la puerta de urgencias ya estaban tu pediatra y mi hermano chico, esperándonos. Así que nos metimos en aquel edificio que olía a cloro y que, según yo, brillaba como nunca había visto brillar ningún otro lugar, con tu pediatra, al tiempo que tu tío se llevaba a tu hermano, no recuerdo si a la escuela o a su casa —la verdad es que eso no podría asegurarlo, que no puedo acordarme porque quizá nunca lo supe, a dónde se fueron ellos—, sumará echando atrás la espalda y arqueando la columna. No vas a creerlo pero creo que la espalda y el cuello me duelen a consecuencia del estreñimiento. Me pasaba lo mismo de niña. De pequeña, cagar en días seguidos era casi un milagro. ¿Te imaginas? Vivía estreñida y en las crisis me empezaban a doler la espalda y la cadera. Aunque ahora no me duele la cadera.

Igualito, ya te dije, que cuando me diagnosticaron y que cuando tú estuviste peor, lo cual no puede ser casualidad, te contará dejando aparecer entre sus labios su sonrisa invertida, su emoción vuelta de cabeza. Primero, pensaron que aquello debía ser una infección bacteriana, pero no hubo antibiótico que te ayudara. Luego te trataron como si hubieras agarrado algún virus, pero además de que tampoco mejoraste, los estudios dijeron que no, que en tu cuerpo no se había metido ningún virus. Empezaron, entonces, a pensar que podía ser algún tipo de alergia. Y digo que pensaron, en plural, porque a tu pediatra se le habían sumado un par de especialistas.

Al final, después de una semana o un poquito más, descubrieron que era un desorden autoinmune, una enfermedad realmente rara que no tenía tratamiento específico, por lo que tuvimos que intentar un montón de cosas, afirmará tu madre, que justo entonces se levantará otra vez del sillón: me duele demasiado... no creo que sea normal... igual tendría que ir al baño..., no salir de ahí hasta cagar aunque sea un poco.

Sonriendo — esa palabra, *cagar*, será la única que te resultará extraña en boca de tu madre—, verás cómo ella se encamina al baño, donde, justo antes de cerrar, gritará: ¡ahora es la mierda la que te ha robado el tema... porque ya estaba de camino a la locura!

Tu sonrisa, divertida, cómplice, se volverá entonces carcajada, al tiempo que te dices: esta vez ni lo advertí.

Los canarios, indiferentes, empezarán a cantar en sus jaulas.

Tu tío más chico te contará que sí, que su hermana lo pasó realmente mal.

Lo peor, sin embargo, no fue no saber qué era aquello que tenías, sumará tu tío más cercano tumbado en su cama, pues un par de días antes le habrán destrozado tres piedras renales en una tina de ondas de choque.

Lo peor, para mi hermana, fue saber lo que tenías, saber que no existía tratamiento específico y saber, además, que se trataba de algo autoinmune porque, aunque entonces se sabía poco sobre los males autoinmunes, se sabía o se pensaba que eran hereditarios. Y ya sabes que en la familia, males autoinmunes tenemos todos, desde tu abuela hasta mis hijas.

Fueron meses jodidos, realmente jodidos para ella y tu padre, aunque ella también tuvo que cargar con la inutilidad de él, que estaba completamente ido, que se había convertido en un fantasma, uno de esos fantasmas que tu madre ha dicho, desde niña, que puede ver. Pero eso es otra cosa. Te decía que, como tu madre siempre ha dicho, apenas se supo qué era lo que tenías y qué podía hacerte, tu padre entró en un coma de vigilia. Estaba ahí pero no estaba. Iba y venía como un espectro, pidiendo, para colmo, que le ayudaran con sus cosas.

Era incapaz de resolver asunto alguno, mientras que ella, tu madre, no sólo tenía que resolver lo que se iba presentando, sino que además seguía, siguió siempre resolviendo los asuntos de su casa, de tu hermano mayor, de la escuela en la que trabajaba y de su consultorio, porque ya sabes, no iba a dejar a sus pacientes, no iba a abandonar ni a sus sorditos ni a sus muditos ni mucho menos a sus mensos... que me escuchara, que me oyera diciendo esto, eh, diciéndoles así a sus pacientes. Me revienta los cálculos a golpes. Lo cual, la verdad, saldría más barato. ¿Sabes cuánto cuesta que te metan a esa tina?

Por cierto, ¿te cuento algo? Pero prométeme que no se lo dirás jamás a nadie. Antes de esa tina me pasaba dos o tres días orinando un lodito espeso y duro, una arenita de cristales que me dejaba postrado en casa. Y ahí estaba, tratando de dormir, cuando escuché un ruido realmente extraño. Te hablo de algo que pasó hace un montón de tiempo. Era tu primo, que no sabía que estaba en casa y removía las cosas de tu tía, de su madrastra. Escondido, vi lo que hacía: mezclaba las cremas de ella con grasa. Con grasa que traía en un sartén.

En serio, no se lo vayas a contar a nadie, insistirá tu tío, cuyo niño interior parecería inmortal: mucho menos a tu madre, que me mata, que diría que estoy loco por dejar que eso pasara, como si la loca no fuera tu tía, por gastarse mi dinero en cremas que no sirven.

Pero decía que fue increíble que tu madre no se volviera loca. Y es que era impresionante todo lo que hacía, porque una cosa era cuando estabas internado y otra cuando estabas en casa.

Aunque tenía ayuda de un montón de amigas, ella no paraba, simplemente no paraba.

Leerás que ese año, que también fue bisiesto, en las inmediaciones de la Ciudad de México, tras un incendio que habría iniciado luego de caerle un rayo encima, ardió, hasta consumirse, el Árbol de la Noche Triste, ahuehuete bajo el cual Hernán Cortés lloraría su derrota; que, en Ginebra, en el Instituto de Biología Nuclear —el mismo en el que, poco después, se descubriría que la nitroglicerina puede utilizarse para aliviar la hipertensión y el estreñimiento—, un grupo compuesto por tres doctoras y un par de doctores que habrían de llevarse el crédito, se produjeron los primeros interferones artificiales de la historia, gracias a los cuales cambió para siempre el combate contra los virus y ciertos tipos de tumores; que, en Beacon, Nueva York, Paul Geidel, quien sesenta y ocho años antes había sido condenado a prisión injustamente pues ningún perito psiquiátrico lo había examinado, fue puesto en libertad, convirtiéndose en el hombre libre que mayor tiempo habría pasado encarcelado —lo primero que Geidel hizo fue pedir trabajo como jardinero en la prisión que recién había dejado—; que, en Chuschi, Ayacucho, Sendero Luminoso llevó a cabo su primer atentado, tras once años de dictadura militar; que, en Yucatán, los buzos arqueólogos del INAH, a quienes se habían sumado los primeros espeleólogos submarinos de dicha institución, presentaron las piezas mayas más importantes que hasta entonces se hubieran encontrado bajo el agua, así como la primera carta de navegación para los ríos sumergidos de la península; que, en Estados Unidos, el mismo día que en Japón Toru Iwatani lanzó *Pacman* a los mercados, se estrenó *El imperio contraataca*, segunda película de la serie de la *Guerra de las galaxias* y nueva favorita de tu hermano mayor; que se apagaron otras tres estrellas en la galaxia de tu madre: el psicólogo suizo Jean Piaget, el ex Beatle John Lennon y la escritora chilena María Luisa Bombal —ojalá esta vez recuerdes bien lo que leíste y no falles de nuevo con las fechas, te dirás—, y que Julián Alemán Bermejo, apenas cumplir los doce años, terminó la carrera de medicina, decidiendo —influenciado, según dicen, por su terapeuta— estudiar la especialización en psiquiatría.

Querrás recordar algo de tu madre durante ése, tu tercer año de vida, el cual habrás pasado casi por completo en hospitales. Entonces, en algún lugar de tu cabeza, tu memoria lanzará hacia ti —hacia el revés de tus sentidos—, como si se tratara de una sonda interestelar, la Interiorix I, una primera sensación —el frío en esos hospitales— y las imágenes del recuerdo que gravita más cerca de tu origen.

Recordarás, entonces, el cuerpo de tu madre, la visión, en realidad, del cuerpo de tu madre, en un primer plano, detrás del cual está el cuerpo de tu padre, como una sombra, como la sombra de ese cuerpo que es, en realidad, la imagen de ese otro cuerpo que está, según recuerdas, al otro lado de un vidrio, pegado, pues, a ese vidrio que hace de ventana falsa entre la habitación donde te encuentras y esa otra habitación donde ella, tu madre, pasaba los días y las noches.

Luego, cuando Interiorix I deje de transmitir, recordarás que hace un par de años, cuando tu madre fue internada a consecuencia de sus males intestinales, cuando la llevaste de urgencia al hospital que estaba más cerca de su casa, ella te contó el argumento del único cuento que habría deseado escribir. Es la historia, te dijo, de una madre que, cuando su hijo cumple un año, se da cuenta de que ha dejado de crecer.

Después, al mes siguiente, tu madre te contó en aquel mismo hospital en el que estuvo internada, esa madre se da cuenta de que su hijo tiene el tamaño que tenía cuando cumplió los once meses. Luego, cuando cumple catorce meses, se encoge hasta tener el tamaño que tenía cuando cumplió diez meses. Y, así, te contó al final tu madre, hasta cumplir los dos años y terminar, por fin, de desaparecer.

XXXV

1981

Tu madre te dirá que fue el peor y el mejor año de su vida. El año que más tiempo pasaste en hospitales pero también el año en que finalmente encontré el tratamiento que permitió llevarte a casa, dirá una vez que haya vuelto a la sala. Nada de nada, ni siquiera una bolita y ni con la nitroglicerina... traigo la mierda atorada, añadirá antes de sentarse nuevamente en su sillón. El año en que me vi obligada a pedir el favor más grande de mi vida, con todo y que no creo que haya nada que odie tanto como eso, pero también el año que conocí a tu exmadrastra, gracias, aunque indirectamente, a aquel favor.

El año que empezaste a mejorar poquito a poco y a comer de nueva cuenta. Puras legumbres, sobre todo frijoles y habas, además de arroz y papa, pero por lo menos ya no debíamos alimentarte por la vena, insistirá cambiando de posición una y otra vez sobre el sillón, porque no hallará cómo estar cómoda. El año que más tiempo, más angustias y más amor te dediqué, pero también el año en que consolidé mi consultorio y mi posición en Tlactilpactli.

¿Más tiempo, más angustias y más amor o más obsesión?, preguntarás casi sin darte cuenta. Qué bien chingas con eso.

———————————— 197 ————————————

Eres tú el que está obsesionado con esa supuesta obsesión mía. Pero, como siempre, me da igual. No vas a distraerme. Te decía que, aclarará tu madre – quien seguirá removiéndose como lombriz, tocándose el bajo vientre con las manos y tratando de ocultar los gestos de dolor que pronto habrán de desbordarla—, la consolidación del consultorio se debió también al esfuerzo de la veracruzana —que, además de su mejor amiga, fue tu segunda madre—, a la confianza que depositó en mí aquella otra amiga que me había convencido de estudiar la especialización —quien empezó a derivarme pacientes— y a que tu pediatra —él, por ejemplo, le recomendó a una de las mujeres del clan Allende (sí, tu madre dirá *clan*), cuya hija tenía problemas de lenguaje, que llevara a esa niña conmigo, para que la evaluara y de ser necesario la tomara en terapia— comenzó también a mandarme un montón de niños.

Por cierto, en esa época, cuando ya estabas en casa y sólo íbamos al hospital de tanto en tanto, me costaba una enormidad soltarte, no sostenerte en brazos, no tenerte cerca, dirá tratando de ocultar, de nueva cuenta, el dolor que obviamente está sintiendo en las tripas, porque creía que el caos, el desorden, la locura, después de todo aquello que habías vivido, te vigilaban, que te acechaban y que yo era la única barrera, añadirá sin hacer caso a tu menear de un lado al otro la cabeza. Fue entonces, cuando le hablé de aquello a tu pediatra, que él se me quedó viendo a los ojos y dijo: "la verdad, lo que tú deberías hacer es volver a embarazarte".

Ignorando tu carcajada y las palabras que saldrán luego de tu boca: ves, te estoy diciendo, ella dirá: aunque claro, no fue nada más por eso, pues desde que había decidido tener hijos, mi idea era no tener tan sólo uno. Así que ése fue el año en el que reviviste, en el que recuperé a tu tío mediano, en el que me embaracé de tu hermano chico y en el que disfruté, por una vez, el embarazo, resumirá tu madre levantándose otra vez.

Y fue, además, el año que empecé a estudiar la maestría en psicoanálisis, empujada por Lali Souza, dirá al final tu madre, apoyándose en el mueble en donde está su colección de cajas, porque sus piernas amenazan con tirarla. ¿Quieres que vayamos al doctor?

No, no es para tanto. Pero voy a tumbarme un momento, a ver si así la caca se acomoda.

Tu tío mediano te dirá que ese año arregló las cosas con tu madre.

No fue difícil porque ella, cuando me atreví a reaparecer —pedir perdón hubiera sido ridículo: ¿cómo puede pedirse perdón por lo que has o no has hecho toda una vida?—, estaba preocupada por una sola cosa, tu salud.

Era impresionante. Lo que trabajaba, lo que estudiaba, lo que cargaba —porque tu padre, la verdad, más que de carga, era una bestia de pastoreo— y lo que te cuidaba, dirá tu tío en casa de tu tía de en medio, a donde él se habrá mudado tras negarse, rotundamente, a ingresar en el psiquiátrico al que habría querido enviarlo su doctora.

Y aún así ella encontraba tiempo para investigar, añadirá tu tío abriendo el frasco de la quinta medicina que tomará ante tu presencia. ¿Investigar? Sí, investigar, porque fue tu madre la que encontró el tratamiento, el protocolo ese que al final te sacó a ti adelante. Lo encontró en una revista, si no recuerdo mal. Y luego consiguió, a través de los padres de uno de sus estudiantes, que te inscribieran a ese mismo protocolo.

Como no era en México y como no podías viajar, mi hermana también consiguió, a través de alguien de la escuela en la que aún seguía dando clases, que un avión de no sé qué empresa o de qué cosa del gobierno te trajera una caja de aquella medicina que estaba en pruebas, sumará mirando la férula que cubre tu nariz y disculpándose contigo, otra vez. Perdón por haberte hecho eso, no sabes lo mal que me siento de verte así, lastimado por mi culpa. Perdón perdón perdón, repetirá después, convirtiéndose de golpe en un niño pequeño y golpeándose el cráneo con las manos vueltas puños.

Luego, cuando finalmente se calme y tú también te tranquilices —te resultará imposible impedir que aquellas explosiones te recuerden la golpiza que te puso el día que acabó de enloquecer—, te dirá, estallando en carcajadas, que tu madre, al parecer, tenía tiempo hasta para divertirse, porque si no cómo quedó embarazada.

Cuando termine de reír, tu tío, en cuya casa —te habrá tocado desmontarla dos o tres semanas antes— darás con la imagen de ese caos del que tu madre te habrá hablado tantas veces, dirá que él —cuando se refiera a sí mismo, usará el nombre de tu abuelo— también habría querido divertirse con tu padre.

Entonces las risas de tu tío serán estridentes. Escuchándolo, sentirás un dolor agudo, un dolor que no serás capaz de ubicar aunque sabrás que está ahí, en lo más hondo de tu cuerpo.

Sin dejarlo de ver, recordarás el laberinto de basura que era su departamento, la vereda que llevaba de la entrada hasta su cuarto.

Y el rincón en que dormía, cercado de papeles y documentos de tu abuelo, embarrados de caca.

Leerás que ese año, en la Ciudad del Vaticano, al tiempo que la policía británica detenía a Peter Sutcliff, convencida de que había dado con el famoso destripador de Yorkshire, el ciudadano turco Ali Agcha atentó, sobre la plaza de San Pedro, contra

Juan Pablo II, quien fue herido en una mano, una pierna y el abdomen —esta última bala laceró sus tripas y fue la que puso en riesgo su vida, aunque Dios intervino en forma de morfina, quirófano y doctores, salvándolo de la muerte—; que, en Oxford, la psiquiatra Lorna Wing —esposa de Phillip Senancour, quien muchos años antes habría sido el mayor defensor de la idea de que la hospitalización psiquiátrica debía ser voluntaria y nunca impuesta, idea que marcaría los últimos años de tu tío mediano— retomó los estudios y los trabajos de Hans Asperger y, basándose en éstos, utilizó, por primera vez, el término Síndrome de Asperger para diferenciar a dicho mal de los trastornos autistas; que, en Bavaria, la Biblioteca Estatal anunció que uno de sus bibliotecarios de incunables había encontrado una partitura de Mozart de la que no se sabía nada, partitura que fue descrita como "una sinfonía preciosa e invaluable de tres movimientos en F-mayor", que al parecer había sido compuesta por el músico de Salzburgo a la edad de nueve años —cuando vivía en Londres— y que motivaría una de las últimas ensoñaciones de tu abuela: tocar el piano para el famoso músico de Salzburgo, con quien ella, seguramente, ya se veía en algún otro universo, y que, en los Estados Unidos, la revista *Morbidity and Mortality Weekly Report*, dio a conocer la existencia de cinco casos de neumonía por *pneumocystis jirovecii* entre homosexuales de California, reporte que fue el primer anuncio de la historia sobre el sida.

Querrás recordar un momento de ese año, el cuarto de tu vida con tu madre —un año que también habrás recibido en hospitales, aunque lo habrás despedido en casa, donde el frío no habría de acabarse—. Entonces, en alguna región de tu cerebro, tus recuerdos lanzarán hacia tu presente, como si se trataran de otra sonda espacial, la Interiorix II, las imágenes del recuerdo que gravita en torno de esa luna que es tu madre.

Recordarás, entonces, la ropa que cubría el cuerpo de tu madre, las telas, en realidad, que la envolvían. Las botas de cuero café, los pantalones de mezclilla, los cinturones bordados, las camisas de botones y de colores siempre primarios, los chalecos de los días de calor, los suéteres tejidos de los días de más frío, los lentes de pasta —enormes, sobre su nariz o colgando encima de su pecho, atados a una cadena delgada, casi imperceptible— y los chinos, su pelo como una selva de rizos ingobernable.

Luego, cuando Interiorix II deje por fin de transmitir, recordarás que hace algún tiempo, cuando tú y tu madre pusieron en pausa la historia de su vida —una vida que, curiosamente, ahora que te la cuentas, confirma que es una historia con varios, con múltiples centros— porque ella te habría dicho que eso no le estaba haciendo bien y que estaba harta, sentada enfrente de ti durante el primer cumpleaños de su última nieta —la hija de tu hermano chico, que será su gran amor final—, te dijo, de repente: me ha venido la segunda parte de mi cuento, el que te dije que podría haber escrito.

Días después de que ese niño termina de encogerse, de que su hijo desaparece, la madre entra en su cuarto, se sienta sobre la alfombra y, contemplando la cama, empieza a llorar. Entonces el niño vuelve a estar ahí, durmiendo. Y es del tamaño del que tendría que haber sido.

Emocionada, la madre se seca las lágrimas con el dorso de una mano, pero el hijo desaparece. Ella vuelve a llorar y, cuando sus ojos yacen anegados, el niño está otra vez ahí: sólo puede verlo a través de sus lágrimas.

XXXVI

1982

Tu madre te dirá que ese año nació tu hermano chico.

Te lo dirá de madrugada, camino al hospital, no porque quiera seguirte hablando de su vida, pensarás, sino porque le sirve para pensar en otra cosa.

En algo que no sea ese dolor que la llevó a levantarse, caminar hasta el teléfono, marcarte y pedirte —ella, que nunca quiere pedir nada— que fueras a su casa, que la llevaras por favor al hospital, porque el dolor que sentía no era normal.

Había sido un embarazo feliz y tranquilo, como casi todo lo demás en aquella época, sobre todo a partir de que tú empezaste a estar bien, añadirá sacando la mirada hacia la calle y preguntándote si no serías capaz de conducir un poco más aprisa. Pero al final tu hermano decidió ponérmela difícil: justo antes de que empezara los trabajos del parto, se sentó y no hubo forma de voltearlo.

Por más que lo intentaron tu pediatra, la partera y un par de enfermeras, por más que hicimos circo, maroma y teatro, tu hermano no movió las nalgas y no hubo más remedio que traerlo a este mundo, desde el otro, vía cesárea, añadirá en el instante en el que tú detendrás el coche ante la puerta de urgencias, bajarás apurado y repitiendo: cállate, madre, no es hora de hablar, abrirás la puerta de su lado y la ayudarás a caminar hasta el interior de aquel hospital, al mismo tiempo que, en el silencio de tu mente, te preguntarás: ¿desde el otro?, ¿a qué otro mundo te refieres?

Me acostaron, me pusieron la vía aquí, sobre el codo... luego me cubrieron el rostro con un bozal de hule y dijeron... dijeron que contara hasta veinte... pero no debí llegar ni a cinco, aseverará tu madre gastando las fuerzas que le quedan, mientras tú le gritas a ella que en serio no es hora de eso y luego le gritas al mundo que por favor alguien los ayude. Justo entonces dos enfermeras correrán hacia ustedes, tomarán en brazos a tu madre —que estará pálida, lacia como jerga empapada—, anunciarán que no les quedan sillas y se la llevarán en volandas, al tiempo que tú, mirándolas, le recriminarás al silencio de tu mente estarse preguntando aquello de los dos mundos justo ahora y, por eso mismo, lo silenciarás, silenciarás al silencio de tu mente con la misma rabia y decisión con la que habrías querido callar a tu madre.

Apurado, asustado en realidad, llenarás los papeles que otra enfermera te entregará y empezarás, maniáticamente, a preguntar dónde está ella, a dónde se han llevado a tu madre, quien, recordarás entonces, mientras las enfermeras la alzaban agarrándola cada una de una axila, te dijo algo así como que, mucho después, cuando finalmente despertó, tu hermano estaba ahí, con ella y con tu padre.

Y él, honestamente, era mucho más bonito de lo que habías sido tú, porque no estaba hinchado, recordarás o creerás recordar, no estarás seguro, que también alcanzó a decirte mientras desaparecía por un pasillo. Reirás, entonces, un segundo, justo antes de que una tercera enfermera te pida por favor que la acompañes.

Su madre se desmayó poco después de entrar, te dirá esa enfermera: por suerte la pudimos reanimar y la bajaron para hacerle algunas pruebas, añadirá esa enfermera a la que te darán ganas de abrazar y de besar.

No le puedo decir mucho, pero vendrá pronto la doctora, así que por favor espere aquí, que también traerán acá a su madre, dirá ella al final.

Y esperarás, entonces, sentado, impaciente, convencido de que el tiempo ha descarrilado.

Una caca atorada, madre, una caca mal atravesada.

Casi muero del susto y no era más que eso, le dirás a tu madre, horas después, cuando finalmente la devuelvan al cubículo en donde la habrás estado esperando.

Gritabas, te retorcías como si te estuvieran matando y no tenías más que eso, querrás seguirle contando, pero tu madre habrá de interrumpirte: ni me lo digas, ya no me digas más que no te puedes imaginar lo que ahora siento, la vergüenza que siento, pendejo.

Y mejor deberías irte, porque me pusieron un enema y no sabes cómo huelen, a lo que apestan mis pedos, estos pedos que no puedo controlar, te dirá tu madre evitando verte a los ojos. Pero eso sí, no era sólo una caca atravesada, hijo de puta. Sí… te dije hijo de puta. Y si quiero lo repito: hijo de puta. Aunque la puta sea yo. Tengo todo el intestino impactado, eso dijo la doctora.

Es decir, que no es una sino un chingo de cacas mal acomodadas, interrumpirás a tu madre, convencido de que ella, de que lo que ella necesita es relajarse, reírse un poco de sí misma y de la situación en que se encuentra, porque tú también hablaste hace apenas un momento con la doctora. Y sabrás por eso, por haber hablado con esa doctora, que no es cualquier cosa la que tiene así a tu madre, que no es normal, según te explicaron, que con todo y los enemas y la solución que le han metido por el ano, ella no consiga evacuar.

Lo importante sería que pudieras sacar algo más que unos pedos, madre, asegurarás en el instante en que uno de esos pedos suene diferente, suene a algo más que a aire saliendo y ella diga: ay, antes de gritar: salte, sal de aquí inmediatamente o te juro que te mato. Obediente, dejarás aquel cubículo de tela pero no te irás muy lejos, porque no te sentirás tranquilo de dejarla ahí sola. Desde el lugar en el que habrás entonces de pararte, observándola a través de un vano abierto entre dos telas, la verás intentar levantarse, conseguirlo de milagro, tambalear, cerrar los párpados, cagarse, intentar volver a la cama y resbalar sobre su mierda.

Apurado, entrarás corriendo otra vez en el espacio del que te habrá echado hace un momento, mientras ella te suplica nuevamente que te vayas, pero también, con la mirada, que la ayudes. Lo importante es que has cagado, madre, que has cagado y que eso era lo urgente, lo que tenía preocupada a la doctora, dirás alzándola del suelo, cargándola en brazos y recostándola en su cama, sin importarte que tus brazos, tus manos y tu pecho queden embarrados.

Justo entonces entrará una enfermera y pedirá que te apartes, que la dejes hacer a ella. Sorprendido, en lugar de correr a limpiarte, esperarás junto a tu madre. Y contemplarás, enternecido, como desnuda su cuerpo la enfermera, cómo limpia ese cuerpo que no has visto desnudo en miles de años, cómo tu madre te mira sonriendo y, después, riendo a carcajadas.

Al final —la enfermera se habrá marchado instantes antes y la doctora todavía no habrá vuelto—, tu madre volverá a reírse a carcajadas y dirá: la verdad, hubiera preferido que hoy también fuera cesárea.

Sólo entonces, tras carcajearte con ella, le dirás que vas al baño, a limpiarte.

Leerás que ese año, en Huautla de Jiménez, Oaxaca, hizo su última aparición pública María Sabina, la curandera y chamana que, entonces, declaró estar "hasta la madre" de toda "esa gente que viene a visitarme y de sus estúpidas preguntas" y quien también aseveró que, a partir de ese día y para siempre, los únicos que podrían visitarla serían sus familiares o los miembros del Sindicato Único de los Señores del Trueno; que, en Düsseldorf, fue presentado el segundo modelo de auxiliar auditivo intraauricular de la historia, el modelo TT200, cuyo audífono, además de contar con la tecnología del micrófono Electro-Fet y de ser el primero que podría colocarse dentro del canal auditivo, contaba con una nueva tecnología de mitigación de sonidos residuales, llamada CCV, tecnología que eliminó, por ejemplo, el ruido del aire, por lo que se convirtió, poco después, en el auricular preferido de tu madre y sus pacientes; que, en Florencia, el estudiante de filosofía Mínimo Modonessi encontró por azar —todo en su vida era un milagro— un manuscrito desconocido de Carlo Michelsteadter, en el que el viejo filósofo, pintor, dibujante y poeta austrohúngaro proponía que la Medusa estaba inspirada en la idea de la madre enferma y vieja, cuya visión sería la única capaz de convertir al hombre en piedra, y que, en California, un grupo de científicos liderados por John D. Williams, en la Universidad de Stanford, afirmó haber detectado, por primera vez en la historia, un monopolo magnético, es decir, una partícula elemental —hasta entonces hipotética— constituida por un solo polo magnético, lo cual equivaldría a una carga magnética en el campo magnético, tal y como ocurre con la carga eléctrica, en el campo eléctrico.

Intentando recordar alguna imagen de ese año, el quinto año al lado de tu madre, estallará en tu hipotálamo, con la potencia de una bomba nuclear, la imagen de una herida, un corte largo como tajo de machete, suturada con hilo negro, un hilo grueso como el pelo de la crin de un caballo, sobre el cual tu madre habrá de embarrar una pomada cuyo color no quedará registrado en tu memoria, pero cuya textura y olor vivirán ahí para siempre.

La onda expansiva de esa bomba será tal que, cada vez que ese olor —un olor herbal y ácido, casi fermentado— y esa textura —una textura pegajosa y fría, casi impermeable— tropiecen con tu cuerpo, conseguirán, en un instante, poner todos tus sentidos de cabeza. Y harán, entonces, que veas a tu madre semi recostada en su cama, con tu hermano recién nacido adosado a alguno de sus pechos y con alguna de sus manos sobando, acariciando, curando la marca de la cesárea que habría traído al mundo a ese niño que de golpe te desplazó del centro del planeta, pero que también puso fin a aquel frío que no quería irse.

Luego, cuando la onda expansiva te libere —siempre habrá, al final, de liberarte—, recordarás que una vez leíste, en *La mujer helada*, de Annie Ernaux: "Cómo hablar de esa noche. Horror no, pero de lirismo nada, ni poesía de las entrañas desgarradas. Me dolía, y esa imbécil de la comadrona, y yo como un animal hecha un ovillo, con la lengua de fuera, prefería la oscuridad a cualquier leve luz, sabía que no iba a ver compasión en sus ojos, no puede hacer nada por mí. Recorrido de las mismas imágenes durante seis horas, no es nada variada la experiencia del sufrimiento".

Y también: "Dos caballos me descuartizan las caderas interminablemente. Una puerta que rehúsa abrirse. Una sola idea clara, y fija, las reinas daban a luz sentadas y tenían razón, sueño con una gran silla retrete, estoy segura de que saldría solo. Ese dolor, desde la mitad de la noche, claro está, el niño ha desaparecido en el oleaje. No ha habido silla retrete sino una especie de tablón duro con los proyectores dirigidos hacia mí y las órdenes que vienen del otro lado de mi vientre".

XXXVII

1983

Tu madre te explicará que ese año volvió a separarse de tu padre.

No nos aguantábamos después de haber cargado tus enfermedades y luego el nacimiento de tu hermano... además ahí estaban las noches en vela y los días retacados de trabajo, añadirá tu madre, recuperándose en su cama.

Tu padre quería que dejara alguno de mis trabajos, Tlalticpactli o el consultorio, pero yo, que nunca había gozado tanto como con eso, con lo que entonces tenía, con mis tres hijos y mis trabajos —había empezado a atender niños que también eran diferentes, pero al revés, superdotados, decían entonces—, tenía otros planes, planes que a él lo enfurecieron, sumará ella, con quien no habrás podido hablar —hablar de esto, de su vida— durante un tiempo. Había decidido, junto con la veracruzana, una colombiana y tu tía, la hermana de tu padre, poner una escuela.

Una escuela para niños con problemas de aprendizaje. Sordos, mudos y con capacidades diferentes, aunque entonces no se les decía así a esos niños que queríamos ayudar. Pero, además, había decidido estudiar, seguir estudiando para poder ejercer como psicoanalista, añadirá tu madre, con quien querrás hablar también de esa nueva idea que se te ha metido en la cabeza: que estabas viéndolo todo al revés. Eso fue, creo, lo que acabó de enloquecer a tu padre, que una noche, en mitad de uno de sus arranques de coraje, arranques que a mí me divertían porque arranques de verdad, arranques peligrosos, había vivido demasiados en mi vida, me dijo que ya no me quería, que ya no estaba enamorado.

Le ayudé a hacer sus maletas, faltaba más, esa misma noche lo ayudé a llenar sus maletas a condición, claro, de que tu hermano mayor no se marchara, de que él también se quedara a vivir en el departamento, te explicará, porque él no tenía por qué pagar las locuras de tu padre, quien en el fondo lo que no podía tolerar era que yo supiera, ni siquiera era que le diera coraje que gozara, no, lo que no podía aguantar era que supiera, que tuviera claro qué quería, añadirá evitando que precipites lo que habías pensado que querías decirle hoy, es decir, lo del nuevo centro de la historia de tu madre, porque querrás saber a dónde va: lo que a tu padre le pasaba, en el fondo, era que no tenía ni idea de qué quería hacer con su vida.

La fundición seguía ahí, pero era sólo un trabajo, una forma de darse una vida privilegiada, porque a él, que siempre renegó de los privilegios, la verdad es que los privilegios le encantaban, sobre todo si alguien más se los prestaba. Había dejado el cine y la fotografía y había, estaba empezando con la escultura, que era algo así como la última bala que le quedaba en la recámara. Por eso también andaba enloquecido. Pero no vayas a confundirte. Obviamente, acá, cuando digo enloquecido, lo digo de manera figurada. Ya querría tu padre haber estado loco, ya querría haber tenido el valor que hace falta para enloquecer. No, tu padre de loco no tenía, nunca ha tenido nada; aunque le gusta, eso sí, el personaje ese que finge estar loco. Y en este tema, lo sabes bien, soy una experta.

A ver, te explicará tu madre, tras pedirte que le acerques la jarra con agua —por prescripción deberá beber cinco litros diarios hasta que sus intestinos se hayan relajado—, los locos no se vuelven locos de repente, como hacen los que quieren estar locos, los que juegan, los que fingen haber sido alcanzados por la locura. No, los locos están locos desde el principio. Somos los demás los que nos damos cuenta de repente, por un acto particular, de que ellos están locos.

Los que se vuelven locos de repente, lo que son es egoístas, inconscientes o cobardes, todo lo que hace falta, pues, para enojarte porque alguien a quien quieres sepa qué quiere, rematará ella cuando tú ya no aguantes más y estés a punto de lanzarte.

Por suerte, lo que tenía en mi vida era demasiado como para caerme por tan poco, lanzará justo antes de que te sueltes.

Le explicarás a tu madre que no están logrando lo que querías, lo que tú y ella querían hacer con su historia, pero que al fin sabes cómo hacerlo.

Que, su vida, su relato, pues, le explicarás, se había ido, no diluyendo, pero sí dispersando, que ella misma se había estado dispersando, bueno, más que ella, algo así como su entorno, pero que eso, en realidad, no está mal, que eso es, de hecho, lo mejor.

Que eso, su dispersión, además de ser lo mejor y lo que quieren, es una forma de dispersión diferente a la dispersión en la que uno piensa cuando piensa en la dispersión; que es, extrañamente, la única forma de concisión si uno piensa, si uno acepta que en las historias no hay un solo centro. Que los centros son infinitos, porque pueden ser el todo.

Pero mejor lo digo de otro modo, dirás reconociendo que no estarás logrando explicarte: imagina que todo aquello que había antes ya no está porque lo que ahora está eres sólo tú, madre. El centro es, añadirás, la mujer que se ha hecho a sí misma y que lucha por y para eso, seguirse haciendo a sí misma: en lugar de lo que hace, quién lo hace, tratarás de explicar cuando veas a tu madre tomar las medicinas que le habrán recetado los doctores. De hecho, el dispersarte de tu entorno, es el mejor reflejo de que lograste aquello que querías: arrancarte de una familia, de una historia en la que no tenías ningún papel.

Lo que haremos con tu historia será que tu historia, toda tu historia sea el centro, sumarás emocionado: que la mujer que nació invisible se volverá una mujer cuya luz invisibilizará todo aquello que colocaron, que colocaste tú misma a su lado, por lo mismo que tú dijiste antes: que puede haber no uno sino varios centros, que tu vida ha sido así, que toda tú eres varios, es decir, un solo centro enorme. Pero no quiero que me malentiendas, no digo que invisibilizas, que invisibilizaremos a los otros ni a lo que acá es materia literaria, es decir, el caos, la diferencia, el miedo, la locura: todos ésos son los centros que serán uno. No, no pongas esa cara, madre, no te preocupes, esto no te toca a ti, hacerlo será sólo cosa mía, ubicar esos centros, amasarlos en uno es lo que yo tendré que hacer, aunque divagues, aunque sueltes u olvides cosas.

Sonriendo, tu madre dirá que si eso es lo que te angustia no tienes por qué preocuparte, pues pronto, ya verás, volverán los años de sentir que la locura, el caos, la diferencia vuelven, los años en los que dejará que otros, incluida su familia, a la que ella dará forma, así como sus amigas más cercanas, tratarán de sepultarla bajo su propia falta de cordura. No, no me estás entendiendo, le explicarás hablando mientras piensas: eso no es lo que me angustia. Lo que me angustia es haber pensado que sólo había un centro. O no, ni siquiera, haber pensado que había varios centros pero que no todos eran tú. Lo que me molesta es haber metido acá mis propios miedos, haber mencionado mi temor a la locura, como si este libro no fuera sólo sobre ti, como si yo también cupiera —yo o cualquiera que no seas tú—, cuando no soy más que otro ser en el margen, más que otra superficie reflectante.

Eso no es lo que deseaba, como tampoco es lo que pediste cuando aceptaste, cuando, en realidad, me hiciste creer que era yo quien quería hacer esto con tu historia, escribirte, resumir con un recuerdo cada uno de tus años. Sólo habrá un personaje y ése serás tú, sólo puede haber un centro múltiple, madre, y ésa debes de ser tú, sólo hay un ojo de huracán, madre, y ése serás tú. Luego guardarás silencio un instante y ambos sonreirán con la boca para abajo. El silencio, sin embargo, resultará intolerable. Por eso explicarás: no sirvió pensar esto como un álbum de fotos, pero tampoco como una maqueta sobre la cual erosionar la oscuridad.

Ahora sé qué es lo que tengo que hacer para que nadie más te ensombrezca ni te empañe, para que nadie más ensombrezca ni empañe la sangre de esta historia. Serás, en estas páginas, un monopolo magnético, madre. Mi propia partícula elemental de una sola carga.

Riendo, tu madre aseverará que cada vez estás más loco, pero no le darás importancia porque creerás, estarás seguro de que habrás dado con lo que quieres —con lo que quieren—: una historia cuya tensión tenga un solo polo, un polo que pueda estar en varios sitios.

Un libro de una sola carga, ni positiva ni negativa, sino materna.

Una historia de carga materna.

Leerás que ese año, en los Estados Unidos —el mismo día en que murió Frank M. Burnet, cuyos trabajos sobre las células linfoides autorreactivas que se destruyen a sí mismas fue esencial para la comprensión posterior de las enfermedades autoinmunes—, falleció de aparentes causas naturales Ham, el primer homínido en viajar al espacio —piloteando la nave Mercury, propulsada por oxígeno líquido y cuyas palancas funcionaban con luces de colores y golosinas, a manera de premios— y quien, tras lograr dicha proeza, recibió como regalo final y último una vida de confinamiento en el zoológico de Miami; que, en el Instituto Pasteur, en París, Charlie Dauguet descubrió partículas similares a las del retrovirus HTLV que Robert Gallo descubriera apenas tres años antes, partículas que, al comparar bajo un microscopio electrónico, demostraron ser únicas, lo que llevó a Dauguet a catalogar su descubrimiento como un nuevo rotavirus, el virus causante del sida; que, en la Ciudad de México, el mismo día que en España se eliminó formalmente el uso del garrote vil del código penal, se fundó, en la clandestinidad, el Ejército Zapatista de Liberación Nacional, apenas una semana antes de que el presidente de la Asociación Psiquiátrica Mexicana acusara al presidente de la Asociación Psicoanalítica Mexicana de chamanismo, y que, influenciado por su terapeuta una vez más, Julián Alemán Bermejo, a la edad de quince años y tras haberse graduado y haber empezado a trabajar como psiquiatra, decidirá estudiar filosofía y neurología.

Intentando recordar algún suceso de ese año, estallará entre tu hipotálamo y tu imaginación la primera bomba nuclear lanzada por aquella otra potencia armada de tu infancia, una bomba cuya onda expansiva te mostrará la siguiente secuencia: tu padre haciendo su maleta, tu padre yendo al baño a buscar algo, tu cuerpo intentando meterse en aquella maleta, tu madre sacándote de ahí, enfurecida, tu padre atravesando el pasillo de cristales como el ámbar, tu padre en el pasillo y, después, en el elevador del edificio.

Luego, cuando la onda expansiva deje en paz al mundo y a tu memoria, verás tu cuerpo regresando a su refugio antinuclear y a tu madre azotando la puerta de aquel refugio, con tu hermano entre los brazos; la escucharás a ella llamando a sus amigas y la seguirás después a la cocina, a donde entrará aseverando que eso, haber sobrevivido a ese estallido, hay que celebrarlo. Entonces la verás sacar de la despensa un tarro de harina, una bolsa de azúcar y un litro de aceite. ¿Quién quiere hacer donas conmigo?, esas palabras: ¿quién quiere hacer donas conmigo?, serán las primeras, las más antiguas que habrás de recordar que ella dirigiera especialmente hacia ti.

XXXVIII

1984

Tu madre te contará que ese año tu tío mayor terminó de romper con el mundo. No es que sucediera algo extraordinario, por lo menos, no algo que me contaran. Pero de tu tío más grande, ya lo sabes, me había alejado o, más bien, nunca había acabado de acercarme.

Aun así, por increíble que parezca, fui la única que no se dijo sorprendida, cuando se supo que lo había dejado todo —con todo quiero decir su familia, su trabajo, sus investigaciones, sus computadoras y el robot que, al parecer, estaba construyendo— y se había marchado a las estepas de Siberia, porque se había obsesionado con un libro antiguo que, decía, sólo él podía entender, te contará tu monopolo, es decir, tu madre.

La gente suele creer que la locura empieza con algo, que siempre hay un hecho, un suceso sorprendente, creo que ya te lo dije: una alegría imposible o un dolor intolerable. Creen, pues, que el loco, que la locura deriva de un instante concreto, sumará enderezando la espalda sobre su cama, mientras tú le masajeas los tobillos. Pero ya te dije también que no es así, que no es que se aparezca enfrente de ellos un demonio o un ángel, que no es que se les muera un hijo o una hija, que no es que la locura sea un virus o un litro de aceite hirviendo que cae encima tuyo.

Al contrario de lo que la gente suele creer, quien enloquece, enloquece de forma lógica, totalmente normal, casi, podría decirse, sin darse cuenta, sin que haya una sino múltiples, chingos de razones, añadirá mientras empiezas a sobarle los pies, deformados por esos dos juanetes que, desde hace años, le impedirán ponerse, comprarse los zapatos que le gustan y la condenarán a usar esas chanclas abiertas que tanto odia y que la hacen parecer velociraptor. Así pasó con tu tío grande: se volvió loco de modo progresivo, de modo, curiosamente, invisible, imperceptible para los que aún lo seguían viendo, pero evidente, elocuente —*elocuente*, otra palabra con la que tu madre, al usarla ahí, en esa frase, habrá de sorprenderte— para mí, que había dejado de verlo hacía tanto.

Lo mismo que había pasado con tu abuelo y lo que pasaría, años después, con tu tío mediano, afirmará justo antes de pedirte que por favor mejor le sobes las pantorrillas. Hablo de esto con total seguridad porque ya sabes que me había obsesionado desde niña y, por eso, porque era una obsesión, fue que entendí que aquel que se vuelve loco es, precisamente, el que nunca le temió a la locura, aquel que nunca la enfrentó, que no intuyó que se acercaba, que no la vio rodearlo ni asfixiarlo, insistirá diciéndote que mejor le sobes más arriba, tras las rodillas.

Y no te digo todo esto como experta, no te lo digo como profesional, no te lo digo, pues, como psicoanalista. Te lo digo como pariente y como amiga de un chingo de locos y de locas, insistirá sonriendo porque sabe que sobarle las rodillas te incomoda, que no te atreverás a ir más arriba de esa frontera que son sus rótulas, ni aún después de haberla cargado desnuda, humillada, sucia.

La locura de tu tío, te lo apuesto, debió empezar una noche cualquiera, una noche en la que no pudo dormir. Luego, a la noche siguiente, bajó a trabajar y empezó a ver, de madrugada, lo que no podía ver de día.

El resto es bastante obvio: se fue diluyendo la luz y fue engordando la oscuridad.

Tu tía mayor te contará que para ella fue terrible.

A diferencia de tu madre, yo lo quería, adoraba a mi hermano, sumará tu tía más divertida camino de la taquería. Éramos casi de la edad, habíamos crecido juntos.

Yo vi cómo empezaba su pasión por las máquinas y por la inteligencia artificial, estuve ahí cuando desarmó el microscopio de papá, en su examen de titulación y cuando ganó su primer premio importante sobre lenguajes de programación, como él estuvo conmigo, a su manera, cada vez que lo necesité, te contará el mayor de los seres que ese monopolio que es tu madre atrajo siempre, atravesando una última calle, quejándose del sol, cansada.

Tu madre, en cambio, nunca lo había querido o, más bien, nunca había sido cercana a él, como tampoco él a ella. Eran muchos los años que los separaban y, para colmo, él era un hombre antiguo y ella una mujer moderna. No había forma de empatarlos, añadirá sonriendo como una adolescente al empujar la puerta de la taquería. Por eso, pero también porque ella tenía encima su propia vida, con ustedes tres en casa, con la separación de tu padre —que, aunque decía que no la afectaba, la afectaba—, con su trabajo, con sus estudios y con el proyecto de su escuela.

Por eso a ella pareció no importarle, por eso no le importó, en realidad, que un día él se quebrara, que de pronto, sin habernos dado ni un aviso, ni una mínima advertencia, a tu tío se le pirara y luego él se pirara a ese lugar donde, decía, encontraría las claves que buscaba, las claves que usaría para entender eso que nadie más había podido, te contará parándose de puntas, alargando el cuerpo, asomando la cabeza por encima de la barra para oler mejor el trompo de carne y aseverando, emocionada y salivando: me comería tres docenas. Pero a mí, la verdad, me hizo mierda, que él no volviera me hizo mierda. Porque imagínate, aún hoy no sabemos qué pasó, no sabemos si está vivo, con todo y que entonces movimos tierra, mar y cielo, con todo y que tus tíos, mi hermano chico, el esposo de tu tía y el mío fueron a buscarlo.

Con todo y que nunca hemos dejado de buscarlo, insistirá sonriéndole al mesero que se acercará a saludarla y al que le pedirá siete tacos árabes para ella y otros cuatro para ti, aseverando que si no te los acabas ella los remata. Con todo y que, te decía, nunca hemos parado. Tus primos, por ejemplo, durante estos últimos años, también han ido a buscarlo. Pero nunca hemos conseguido encontrar nada, aseverará bañando en salsa sus tacos y cambiando el gesto de su rostro. ¿Sabes lo duro que es que un hermano esté perdido, que alguien a quieres no aparezca? Es como tener un recuerdo que está vivo pero al mismo tiempo está muerto.

Como saber que van a amputarte una pierna, aseverará tu tía golpeando la suya con la mano y embarrándose salsa en el pantalón, pero verla todos los días, porque cada mañana, antes de la amputación, los doctores te dicen que la operación se ha pospuesto, que, otra vez, habrá que esperar un poco más, te contará tu tía empezando a devorar su pirámide de tacos.

¿A que están buenos? ¿Verdad que sí? Son los mejores árabes de toda la ciudad, sin duda. El secreto es la salsa, no esta salsa picante sino la salsa que le ponen a la carne, con la que la curan, por eso son mis favoritos.

Por eso y porque eran los que más le gustaban a ese tío tuyo que tú ya ni conociste.

Leerás que ese año, que también fue bisiesto, en Tel Aviv, Yael Dzienciarsky, la nieta de Eitan Dzienciarsky y quien acabaría liderando al mismo equipo de científicos que encabezara su abuelo, descubrió, en las instalaciones del ejercito de su país, que los telómeros son los culpables de que los cromosomas no se repliquen de manera exacta, tras la división celular; que, en la Ciudad de México, poco después de una terrible explosión en las instalaciones de Petróleos Mexicanos de San Juan Ixhuatepec —explosión que hará perder su trabajo a tu tío más cercano y que se escuchará por toda la ciudad—, Paulina López Lavalle —cuyo oído absoluto se volvería aún más preciso tras el accidente de San Juanico— recobró el Récord Guinness a la persona que más cantos de aves podía reconocer en el mundo, pues demostró ser capaz de identificar seis cantos más que Alisha Singh Kaur, quien, días después, avergonzada, se quitaría la vida en Agra, y que, en los Estados Unidos, al mismo tiempo que iniciaban las primeras conversaciones de la historia para el desarme de las potencias nucleares, Brenda King, mujer estéril de veintiocho años de edad, dio a luz tras la primera implantación exitosa de un óvulo fertilizado dentro del útero de otra mujer.

Buscando entre los recuerdos de ese año, recordarás una tarde en la que tu madre, la veracruzana, la colombiana y la hermana de tu padre destaparán una botella que, al abrirse, sonará como un balazo y gritarán, se abrazarán y festejarán. Ese recuerdo, sin embargo, por más que escarbes y que dejes, también, que tu imaginación lo cebe y lo engorde, no te entregará, no te devolverá imagen alguna. Será, pues, un recuerdo sonoro, un mero estallido de voces y ruidos.

Recordarás, entonces, que la voz de tu madre dirá algo de una escuela, que la voz de la veracruzana dirá algo parecido a lo que habría dicho tu madre, que la voz de la colombiana dirá algo sobre el futuro, que la voz de la hermana de tu padre dirá algo sobre el presente, que los hijos de todas gritarán y reirán —reirán mucho—, que tu hermano grande dirá algo sobre los adultos, que tu hermano chico intentará, él también, balbucear algo y que tú no dirás nada, que los escucharás a todos sin saber que lo haces para poder, algún día, recordar aquel momento, para recrear aquella felicidad transparente.

Luego, cuando ese estrépito de voces, cuando ese escándalo venido desde lejos se apacigüe y, finalmente, guarde silencio, recordarás que no eres más que otra carga magnética de ese monopolo que es tu madre, que hace tiempo, cuando tu madre despertó tras la primera operación que le hicieron en las tripas, te vio a los ojos y te dijo: he soñado con una fiesta, luego alguien destapaba una botella y, entonces, sin quererlo ni desearlo, soñé con la tercera parte de mi cuento, de ese cuento que una vez te dije que podría haber escrito, si supiera cómo hacerlo.

Después de haberlo visto a través de sus lágrimas, es decir, después de que la madre entiende que sólo puede ver a su hijo cuando llora, ella descubre que, tras haber llorado, las imágenes que ha visto quedan impresas, adheridas sobre las superficies que luego observa.

Así es como descubre que las paredes de su casa, que antes eran blancas, de golpe son como un mural, como un tapiz que muestra escenas repetidas.

Pinturas rupestres que le muestran, a ella, la vida que podría haber tenido su hijo.

XXXIX

1985

Tu madre te dirá que ese año al fin abrió completa su escuela.

Fue el año, pues, en que el Colegio de Pedagogía Psicológica y Lingüística Neuronal empezó a funcionar a plenitud y también el año en el que murió tu abuela, te dirá convenciéndote después de que le sobes las rodillas nuevamente.

Digo a plenitud porque el primer año sólo había abierto lo que después sería el Anexo, la escuela para niños sordos, mudos y con capacidades diferentes —no puedo, nunca he podido decirlo así, sin sentir que estoy, que estamos engañándonos—. Pero ese segundo año abrimos la licenciatura, añadirá sonriendo, pidiéndote que no seas tonto y rogándote que te atrevas a sobarle los muslos.

Como te negarás, como le dirás que está loca, que no vas a masajearle esa parte de las piernas, tu madre se reirá, te mostrará el libro de Michelsteadter que está leyendo por tu culpa, te dirá que hace tiempo que tú ya eres de piedra y volverá a cubrirse con su manta. Es horrible, pero la verdad es que para que abriera la licenciatura, que pensábamos abrir más adelante, fue fundamental que tu abuela, quien entonces vivía en Puebla con tu tía mediana, se muriera. Y digo que fue fundamental porque, cuando murió, resultó que nos había dejado herencia.

Una herencia inesperada pero importante y de la que tomé una parte, una tercera o una cuarta parte, no lo recuerdo exactamente, para invertirla en el Colegio, aunque del resto de ese dinero no quise saber nada más, añadirá sobándose el cuello, porque tampoco es que quisiera deberle tanto a tu abuela, ni aun estando muerta. Una cosa era habernos reencontrado y otra empezar a depender de una mujer que, durante su vida, nunca me había dado nada o casi nada, más bien todo lo contrario. Además, como mi hermana grande necesitaba de verdad aquella herencia, se la cedí, igual que hizo tu tío más chico.

Su esposo, que siempre había sido depresivo —yo creo, de hecho, que era maníaco-depresivo—, había caído en una depresión animal y no quería, no podía, más bien, trabajar. Así que tu tía, esto ya lo hemos hablado, tuvo que ponerse a trabajar como una bestia. En lo que fuera, porque no tenía carrera. Sobre todo, vendiendo productos de limpieza, en una de esas típicas pirámides que van incentivando a las vendedoras para que luego sean coordinadoras de vendedoras y después coordinadoras de coordinadoras. Tus primos estaban en la prepa y fue gracias a esa herencia que pudieron seguir estudiando. Por eso tengo claro que aquélla no sólo fue una buena decisión sino que fue la mejor que podía haber tomado.

Tu tío mediano, en cambio, utilizó el dinero para acabar de pagar su departamento y comprar un par de taxis, porque hacía poco lo habían estafado. ¿Quién? Un hombre con el que había tenido una relación tormentosa y por el que se había mudado a Estados Unidos, cuando acabó de aceptar su homosexualidad, para lo cual, por cierto, fue fundamental, según él mismo me dijo años después, *Alexis o el tratado del inútil combate*, el libro de Marguerite Yourcenar que yo le regalé y que debió ser el que acabó de convertirlo en el lector que él sería al final.

Tu tía mediana, por su parte, con todo y que el dinero le sobraba porque a su esposo le iba realmente bien, con todo, además, de que hablaba a diario con nuestra hermana, es decir, con todo y que sabía por lo que ella estaba pasando, donó su parte a la Iglesia. Lo peor es que nos dijo que lo hacía en nombre de tu abuela, para pedir perdón por sus locuras de la época aquella en que creyó en los Orishas, para salvarla, pues, para salvar o para comprar, más bien, el alma de su madre.

Vaya que gastó, tu tía mediana, en comprarle el cielo a tu abuela, porque hubieras visto el velorio, el funeral y las misas que organizó. Como si hubiera muerto una madre ejemplar, dirá ella sacudiendo la cabeza. Tu tía mediana siempre fue así, todo lo que yo observé ella decidió no verlo nunca, todo lo que yo señalé ella eligió, prefirió negarlo siempre.

Es increíble, ya lo ves. Incluso muerta, mi madre acaba arrastrándome. Y acaba pareciendo, su muerte, más importante que aquello del Colegio, que era lo que quería contarte de ese año.

Que ese año fui feliz porque pudimos abrir, antes de lo planeado, la primera licenciatura del Colegio.

Tu tía mediana te dirá que aquello no fue así.

Que tu abuela ya había pedido perdón y que si eso hubiera querido, le habría dejado el dinero a la iglesia ella misma, sumará hablando en voz baja porque no querrá que se despierte tu tío mediano.

Igual que, si eso hubiera querido, le habría dejado todo a su hija mayor. Pero eso no fue lo que hizo, porque tu abuela, como yo, entendía que era su culpa, que era culpa de tu otra tía la situación en la que estaba. Nosotras, tu abuela y yo, le habíamos advertido que pensara bien lo que quería, mucho antes de casarse, porque tu abuelo había dicho que su esposo, que entonces era su pretendiente, era un hombre inestable.

No sé por qué te habrá dicho eso tu madre. O, más bien, creo que sí sé. Aquéllos fueron los únicos años en los que ella y yo nos alejamos, en los que estuvimos enojadas, añadirá bajando aún más la voz porque arriba, en el segundo piso de su casa se ha escuchado un ruido inesperado y podría ser tu tío mediano, que tras su último colapso llegó a vivir ahí. No sabes cómo se pone si algo lo despierta de su siesta, sumará justo antes de decirte: nos enojamos, tu madre y yo, por dos asuntos diferentes, aunque iguales.

El primero, aseverará susurrando, fue porque un día, por teléfono, después de que ella me contara que seguía preparándote comidas especiales, aun a pesar de que ya te habían dado de alta hacía tiempo, le dije que estaba exagerando, que no llevaba bien que te hubieran dado de alta, que te estaba sobreprotegiendo y que eso, la sobreprotección, te haría daño. Y mira, está claro quién tenía razón, dirá señalando tu tatuaje y forzando una sonrisa. Ya te imaginarás cómo tomó tu madre mis palabras. Enfureció, me insultó como nunca había hecho —y ya ves qué fácil se le dan a ella los insultos— y me colgó.

El segundo asunto que la hizo enfurecer, asegurará tu tía mediana, cuyos hijos, años después, en su velorio, presumirán no haberla visto nunca sin maquillaje, no haberla visto pues despintada ni en la peor parte de su enfermedad, explotó el día que fui al DF a pedirle perdón por lo que le había dicho al teléfono, así de absurdo e increíble fue aquello. Estábamos sentadas en la sala y le pregunté, sin ninguna segunda intención, por qué no había fotos en su casa, por qué no había retratos ni recuerdos de ustedes, de ella o de tu padre, por ejemplo.

Lo tomó fatal, me dijo que yo nunca había entendido nada y me pidió que me marchara, me dejó, pues, otra vez con las palabras en la boca, te dirá desviando la mirada, nuevamente, a tu tatuaje, guardando silencio un instante, buscando valor y atreviéndose, al final, a contarte: tu primo me dijo que hay un sitio, aquí cerquita, en el centro, donde te pueden quitar eso.

Me dijo que le aseguraron que no duele porque te lo borran con un láser, rematará bajando la mirada.

Y aunque creo que no es barato, te lo regalo, digamos que por San Valentín.

Pero antes dime si ya leíste las historias que junté en mi cuaderno.

Leerás que ese año, en Connecticut, investigadores de la Universidad de Yale hicieron públicos tres anuncios: que nadie había cobrado el premio establecido para quien proveyera información sobre el *Manuscrito Voynich*, que, según sus últimos estudios, éste podría haber sido redactado hacia el año 1250 y que, desgraciadamente —para los intereses de aquella universidad—, parecía ser cierto que existían otros dos ejemplares originales del manuscrito, ejemplares cuyo paradero permanecía desconocido, y que, en Huautla de Jiménez, Oaxaca, murió, en condiciones de pobreza extrema, María Sabina, la última curandera y chamana que conocería, a profundidad, las palabras de los hongos, días después de declarar que "no debió dejarse engañar por tantos antropólogos y licenciados de tres al cuarto" y, curiosamente, apenas una semana antes del secuestro, en el extremo opuesto de México, del agente de la DEA Enrique Camarena Salazar, secuestro con el que inició la mal llamada guerra contra las drogas.

Escarbando en tus recuerdos de ese año, además de un terremoto, una escuela en ruinas y un salón de clases improvisado, encontrarás tres instantes unidos por un hilo apenas perceptible: ella, tu madre, después de haberte bañado, secando tu cuerpo con las palmas de sus manos, luego, con un par de toallas y, al final, con el secador de pelo que usaba todas las mañanas, hasta quemarte, sin quererlo, un trozo de cadera, trozo que después sería una cicatriz, esa cicatriz que la huella del rayo atraviesa por el medio.

El segundo instante te mostrará a tu madre en la puerta de la cabina insonorizada en la que ella y un profesor de su Colegio habrían de meterte, a pesar de que dijiste que no era necesario, que escuchabas lo mismo que cualquier otro pequeño: en tu cabeza, unos audífonos enormes y, cada tanto, el pitido que debes acusar alzando un brazo o el otro, según el oído que escuche aquel "tiii" que a veces era un "tiiiiii" y a veces sólo un "ti". En el tercer instante recordarás a tu madre aseverando, entre risas, mientras atrapa tu nariz entre sus dedos: "ojalá que no crezca... que no crezca jamás o por lo menos no como a ellos... odiaría tener que ocultarte, tener que emparedarte". Esa última palabra, *emparedarte*, te hará recordar, a pesar de que estarás recordando eso otro, el final del cuento que tu madre no habría nunca de escribir, ese final que te contó apenas un par de días antes de que por fin dieran comienzo sus curaciones.

Recordarás, entonces, que tu madre dijo: poco después de que esa mujer renuncia a todo para poder contemplar aquel tapiz que muestra la vida que su hijo podría haber tenido, comprende que esas escenas, cada vez que las observa, pierden nitidez, se van borrando, esfumando como si fueran humedades que seca el sol. Desesperada, la madre quiere preservarlas, pero lo único que logra, al arrancar aquel tapiz, es descubrir que no hay paredes, que más allá de las imágenes no hay nada.

XL

1986

Tu padre volvió a casa ese año, confesará tu madre.

Había sufrido un accidente y necesitaba, cuando por fin lo dieron de alta, atenciones primarias, atenciones y cuidados que obviamente no podía darse a sí mismo.

Y ni hablar de que se los fuera a dar su madre, tu otra abuela, que no sabía ni decir salud cuando uno estornudaba. Si por eso a ella se le murieron tantos hijos, de pequeños y, después, ni tan pequeños. Pero ya dije que ella no cabe en mi vida. Por eso le ofrecí venir a casa, en lo que se recuperaba. Puedes quedarte en la sala y podemos contratar una enfermera, una especialista que sepa hacer las curaciones que necesitas, le dije, porque eso sí, yo no pensaba hacerle aquellas curaciones.

Si tu padre se moría, literalmente, con un resfriado, imagina cómo estaría después de haber perdido un huevo. Si de milagro no había perdido ambos, de milagro no había perdido la verga, aunque visto lo visto, igual le habría, no, igual nos habría ido mejor como familia, te confesará tu madre eructando una de esas risas que estallan en su garganta de manera intempestiva. Por milímetros, cuando el idiota de tu tío soltó el enorme termo y la gota de hierro atravesó a tu padre como si fuera mantequilla, por milímetros lo castró sólo a medias.

Aunque claro, te confesará dejando de reírse y esbozando otra vez esa sonrisa de cabeza que es tan suya y que es como el lento irse apagando de una alegría momentánea, el huevo que le quedó debía ser el dominante: una vez, mientras la enfermera lo curaba, entré en la sala —donde tenía varios expedientes y un par de casos clínicos— y me encontré con que tu padre la tenía parada, tenía la verga parada mientras le curaban la herida, mientras le limpiaban las costuras de su huevo fantasma, como después empezaríamos a decirle. La verdad me eché a reír, me dio una risa incontrolable porque aquella imagen era realmente patética.

Además, no podía enojarme. Le había dicho que volviera a la casa pero no le había dicho, obviamente, que eso quisiera decir que estuviéramos volviendo, que fuéramos pareja otra vez, que era lo que tu padre hubiera deseado escuchar porque llevaba medio año pidiéndome que volviéramos, que lo intentáramos de nuevo. Pero la verdad es que yo estaba concentrada en otras cosas. En mi trabajo, en ustedes, en el grupo de amigas que había hecho y en recuperar los años que sentía que había perdido al lado de tu padre.

Así que le había dejado claro que no podía pasar de la sala, que aquello era un favor porque era el padre de mis hijos, no porque fuera algo mío. Además, en ese tiempo yo había conocido a alguien más, alguien que estaba en una situación muy parecida a la mía y que, por desgracia, como yo, tampoco supo cómo resolverla. Y es que la verdad él fue uno de los grandes amores de mi vida, aunque fue un amor complicado porque era hermano de uno de mis pacientes, te confesará tu madre mudando el gesto y dejando en el aire el puro rumor de una alegría, de un secreto guardado a cal y canto.

Eso sí, lo mejor que nos dejó aquella semi castración fue que la enfermera, después de que tu padre se curara, siguió

viniendo a casa para ayudarme a cuidarlos. Y es que aunque mis amigas y yo nos dividíamos sus atenciones, las de todos nuestros hijos, no tenía tiempo para nada.

Lo peor, en cambio, fue que tu padre ya no se marcharía.

Tu tío más chico te confesará que se rio mucho de tu padre.

Y te confesará, también, que se enojó mucho con tu madre cuando tu padre volvió a casa, porque sabía, porque intuía que no habría forma de sacarlo, que se quedaría ahí enquistado, como hizo.

Cuando estuvo curado, te confesará tu tío más querido, tu padre, que no podía volver al cuarto de tu madre pero que no quería seguir durmiendo en la sala, se mudó al cuarto de tu hermano, le quitó el cuarto a tu hermano grande, quien, no me preguntes por qué, seguía viviendo con ustedes y tu madre. Su plan, estoy seguro, aunque él no lo tuviera así de claro o no, por lo menos, como diría tu madre, de manera consciente, era irse acercando a tu madre de a poquito, añadirá manipulando una vez más el aparato de su oído izquierdo.

Y tu madre, nomás por no tener que ocuparse de ese asunto, lo dejó como dejó que tantas otras cosas sucedieran durante ese año del que aquí estamos hablando, confesará tu tío: ella, que siempre había vivido en guardia, parecía de repente ser la guardiana de otra cosa. Y es que apenas tenía tiempo de dormir y alimentarse, con todo el trabajo que tenía y todo lo que hacía por ustedes. Era como si de pronto todo aquello que ella había creído que podía dañarla, pudiera dañarlos a ustedes tres, no, no sólo a ustedes tres, también a los hijos de sus amigas y a sus pacientes.

Me acuerdo, de hecho, que tu madre me lo dijo a las claras un día que yo le estaba hablando de mis hijos, de mi separación y de mi expareja: todo lo que me había mantenido en pie

de guerra, atenta a mi entorno, protegiendo mi interior, me mantiene ahora vigilante, al acecho, lista para atacar a aquel o a aquello que se atreva a acechar a nuestros niños. Eso también decía tu madre siempre: nuestros niños, casi nunca decía mis niños. Para ella y para sus amigas, que se rotaban, según recuerdo, para ser madres de ustedes un día a la semana y poder ser todo lo demás que además eran, ustedes eran los hijos de todas. De la veracruzana, la colombiana, la noruega, que había reaparecido, la fotógrafa y una ceramista que era cuñada de la noruega y que se había acercado a tu madre luego de hacerle un favor, porque ella también había tenido una hija enferma.

Te lo digo de verdad, sumará tu tío —saludando con la mano a su esposa y a sus hijas, que recién habrán llegado a su casa—: nunca entendí cómo era que ella podía dirigir una escuela, tener tantos pacientes, seguir estudiando y ser la madre que era. Organizarles, por ejemplo, esas fiestas que entonces les hacía en cada cumpleaños. Eran festejos con chingos de invitados, comida y regalos para todos esos invitados. ¡Regalos para los niños invitados, hazme el chingado favor! Como si no hubiera sido siempre al revés. Seguro no lo recuerdas, pero tu madre les hacía verdaderos festivales de cumpleaños.

Por eso, cuando me dijo que aquella enfermera que había estado yendo a curar a tu padre se quedaría a cuidarlos, me dio un montón de gusto, pues pensé que tu madre al fin podría pensar de nuevo en ella —aunque también pensé, la verdad, que mi hermana estaba haciendo lo mismo que había hecho mi padre con sus pacientes, reciclarlos, y que era verdad, además, que lo que antes la obsesionaba había quedado relegado, había sido pospuesto en nombre de lo que ustedes requerían—.

Eso sí, confesará tu tío, lo que no podía cambiar era lo que tu madre era en esencia. No pasó mucho tiempo antes de que aquella enfermera se convirtiera en algo así como otra

hija suya. Con ella, de hecho, empezó tu madre a hacer aquello que después ya no sabría detener: adoptar hijas ahí donde la vida se las fuera presentando.

Pero estábamos hablando de tu padre, a quien yo no le creía que quisiera volver con mi hermana por amor. Me sorprendía mucho que él quisiera volver con ella justo cuando quería dedicarse por completo a la escultura.

Quería dejar su negocio y para eso necesitaba un suelo firme.

Leerás que ese año, que fue declarado año mundial de la paz pues el primer desarme nuclear de la historia parecía una realidad, en Cabo Cañaveral, Florida, el transbordador espacial Challenger, que debía transmitir —apenas llegar al espacio— las primeras imágenes de la Tierra hacia los confines del universo, sufrió un desperfecto, estalló y se desintegró unos cuantos segundos después de haber despegado, el mismo día que Arthur Milner publicó los resultados de su estudio del primado de repetición de Henry Molaison, en el que demostró que la memoria de habilidades y el primado de repetición se sustentan bajo estructuras neuronales diferentes a las de los recuerdos de hechos y episodios, y que, en el planeta, por tercera ocasión en la historia, decreció la población de abejas, sobre todo de abejas domésticas, pues la mayoría de sus hábitats naturales, a consecuencia de la acción del ser humano, fueron invadidos por la abeja africana, que convirtió a la doméstica en su presa.

Recordarás, buscando en tu memoria —memoria que, para ese año, habrá montado en tu hipotálamo un carrete paralelo al del presente, un carrete de escenas sueltas, dispersas e inconexas que sin embargo volverán a ti según las llames—:

la explosión de un cohete en la pantalla de la televisión de tu casa; tu padre acampando en la sala de esa misma casa; tu hermano mayor volviendo a dormir contigo y tu hermano menor; las amigas de tu madre invitándolos, alimentándolos, teniéndolos incluso más tiempo que antes en sus casas; la pecera de tu hermano mayor, donde vivía una boa que, en público, se llamará Guadalupe y, en privado, es decir, entre tú y tus hermanos, se llamará Padre; la inauguración del mundial de futbol de ese año, que será en tu país; el gol de Maradona con la mano y el de Negrete, de media tijera, contra los belgas; un salón de lámina —sustituto de aquel otro salón improvisado de un año antes— en mitad del patio de tu escuela; el rostro y las manos de la vieja chilena del departamento trescientos dos, quien, cuando tu madre, la veracruzana, la colombiana y la ceramista tengan más trabajo del que comúnmente tenían, los cuidará a ti, a tu hermano chico y al resto de hijos de las amigas de tu madre, hijos que, de alguna forma, serán también hermanos tuyos.

Esas últimas imágenes, esos últimos recuerdos congelados te harán recordar también, mientras recuerdas a esos otros hermanos tuyos y a esas otras madres tuyas —entre las cuales, tu favorita siempre fue la veracruzana—, que alguna vez leíste, en "La luz de un nuevo día", cuento de Hebe Uhart que aparece en el volumen titulado de ese mismo modo, es decir, *La luz de un nuevo día*: "Doña Herminia recibía en su casa a todas las personas que necesitaban ayuda. Desde que sus hijos eran pequeños, había tenido siempre una familia paralela a la propia. Cuando tenía los hijos chicos, antes de que éstos comieran, comían un plato de sopa en la cocina cuatro chicos silenciosos, que hablaban sólo si se les preguntaba algo y con voz entrecortada, en un tono inaudible, como para hablar junto al oído".

XLI

1987

Tu madre te dirá que ese año volvió con tu padre.

Sonriendo, sumará que, apenas se repuso de lo del huevo fantasma, él le pidió quedarse en casa un poco más de tiempo pues en su departamento estaba uno de sus hermanos, que recién se había separado.

Como vi que les hacía bien tenerlo ahí, le dije que sí. Pero claro, nunca imaginé que esa noche, cuando volviera del consultorio, lo encontraría instalado en el cuarto de tu hermano mayor, a quien, muy a su manera, tu padre había vuelto a desplazar, enviándolo al cuarto que tu hermano chico y tú ocupaban, a la camita, en realidad, que salía de debajo de la litera.

No quería pelear —en mi casa, ya sabes, no debía haber gritos—, así que no le dije nada, aunque le exigí que, sin importar que aquello fuera temporal —porque creía, de verdad, que aquello sería sólo algo temporal—, sumará tu madre descubriéndose las piernas nuevamente y pidiéndote, también de nuevo, que no seas así y por favor le sobes los muslos, lo mínimo que podía hacer era comprarle a tu hermano mayor una cama, cama que por supuesto tu padre no compró. Y no por miserable, curiosamente, sino porque sus planes eran otros, como pronto descubrí.

Me duelen mucho, de verdad, esto de llevar tanto tiempo tumbada, esto de caminar sólo de aquí a la regadera hace que me ardan, te dirá pasándose una mano por los muslos. ¿Qué te cuesta sobármelos un poquito nada más? Cuando el rayo, te limpié la herida sin quejarme, te chantajeará riendo y aseverando: ni que fuera la medusa, por lo que habrás de responderle: no es lo mismo, diga lo que diga el pendejo ese —esto lo escupirás señalando el libro de Michaelsteadter que le has prestado a tu madre— no pienso acercarme a esa zona de tu cuerpo. ¿Cómo que no es lo mismo? ¿Por qué no sería lo mismo? De ahí, de esa zona saliste tú, pendejo. Y no te estoy pidiendo que te vuelvas a meter. Pero está bien, déjalo… a fin de cuentas, es mi culpa. Es culpa mía que no veas mi cuerpo como el cuerpo de una madre sino como el de cualquier mujer, aseverará cubriéndose las piernas otra vez.

¿De qué estás hablando?, le preguntarás sorprendido al ver que ha cerrado los párpados y no los ha vuelto a abrir pero preguntándote, también, en el silencio de tu mente si ha vuelto eso que creías haber dejado apartado: sí, te responderás entonces, ahí está, se está yendo ahí otra vez. Uno de mis errores, lo sé, fue creer que debía separarnos, separar nuestros cuerpos cuando tú y tu hermano —tu hermano chico, que con tu hermano grande la historia ha sido otra— empezaron a crecer, dirá abriendo los ojos. Y, sonriendo para abajo, añadirá que no tiene sentido hablar de eso, que no es, además, lo que te estaba diciendo. Que, lo que te estaba diciendo, era esto otro: poco después, cuando volví de un viaje de trabajo a los Estados Unidos, entendí cuál era el plan de tu padre y por qué no había comprado otra cama.

Poco a poco, se había ido acercando —físicamente, porque para él las cosas eran sólo eso, asuntos físicos, como si las personas no fuéramos nada más que nuestros cuerpos—: me había ido acorralando, constriñendo como boa. De la calle a la sala, de la sala al cuarto de tu hermano y de ese cuarto al mío. Y es que cuando llegué de aquel viaje, tu padre se había mudado a mi cuarto, se había instalado ahí como si nada, como si nunca se hubiera marchado.

Lo peor es que me dio por reír, que me dio una risa descontrolada encontrarlo ahí, en mi cama, dormido como si cualquier cosa. Me dio risa y también me dio, la verdad, algo de gusto. Quizá, ya te dije, porque a ustedes los veía contentos, te dirá tu madre justo antes de decirte que está agotada y de susurrar, tocándose el pecho: a fin de cuentas, podía envolverme afuera, pero no aquí adentro.

Antes, sin embargo, de que le preguntes a qué se refiere, volverá a aparcar ese otro tema, añadiendo: aunque quizá fue porque así podía escapar de aquella relación con el hermano de mi paciente, que se había vuelto una bomba de tiempo, dirá insistiendo en su cansancio y sugiriendo parar.

Dejarlo por hoy, dirá entonces, antes de añadir: porque así podía alejar ese otro caos que me acechaba.

Tu tío mediano te dirá que en esos años volvió a alejarse de tu madre.

Que no pelearon, que no volverían a pelear —o eso cree— pero que decidió alejarse de ella justo por eso, tras volver de los Estados Unidos: para no pelear con ella.

Y es que tu madre, sumará tu tío mediano, un día que fuimos a comer, el día que le conté por qué mi relación había acabado mal, cómo había terminado, me salió con un rollo insoportable sobre tu abuela. Decía que no podría tener nunca una relación sana si no entendía, como ya había entendido otras cosas, que mi mamá había descompuesto mis relaciones con los otros.

Yo quería agradecerle que antes de irme de México me hubiera regalado un libro bellísimo y quería, además, contarle qué había pasado y cómo estaba, porque la muerte de tu abuela casi no nos había dejado hablar de otras cosas. Ella, sin embargo, en vez de escucharme, en lugar de dejarme contarle lo que había vivido, se puso a hablar de aquello, dirá tu tío en la sala de la casa de su hermana, tu tía mediana.

Que mi madre, me dijo entonces, había descalibrado —*descalibrado*, otra de esas palabras de ella, pensarás, al mismo tiempo que piensas: qué cabrona— mi manera de relacionarme con los demás, porque no había puesto límites entre ella y yo, porque no había dejado que nuestros cuerpos se separaran. Para no pelear, claro, dejé que hablara, añadirá tu tío mirando el reloj que hay en la pared y preguntándote, como si tú pudieras saber eso, si es hora de sus medicinas. Y aunque no tendrás ni idea, le dirás que no lo crees, que, si fuera hora, tu tía habría bajado y traído ya esas medicinas: ella ya estaría aquí, diciéndote que no debes dejar pasar ni una toma.

Riéndose, él te dirá: dejé que tu madre hablara y le di la razón, sin pensar mucho en qué decía. Luego me contó que tu padre y ella habían vuelto o que estaban por volver, que al Colegio le estaba yendo realmente bien y que a ella le faltaba poco para acabar su especialización en psicoanálisis. Después terminamos de comer, nos despedimos y me fui de ahí seguro, convencido de que lo mejor era alejarme un tiempo de ella, aunque eso implicara alejarme de ustedes, a quienes les había agarrado un amor enorme.

Sobre todo a ti, te lo digo porque es verdad. Me daba ternura lo frágil que eras, lo delgadito que estabas creciendo. Fue por eso que empecé a recogerte para ir a alguna feria, a algún museo o al estadio, cuando jugaba la UNAM contra el Poli —así, además, evitaba verla a ella o a tu padre—. A ti, sin embargo, desde ese entonces, lo que te gustaba más era dar vueltas en el taxi, sin rumbo alguno.

Luego el tiempo fue borrando el recuerdo de aquella comida y el coraje se me fue deslavando. Pero eso ya pasó después, dirá al final tu tío, volviendo a ver el reloj de la pared.

Así que, según entiendo, si aún entiendo algo, eso todavía no puedo contártelo.

Ni eso ni cómo empezamos, tú y yo, a visitar librerías.

Leerás que ese año, en Yucatán —tras haberse publicado y haberse hecho famosa la primera carta de navegación de los ríos subterráneos de la península—, se formaron los primeros grupos de buzos exploradores no gubernamentales, es decir, los primeros que descendieron y exploraron dichos sistemas interconectados como mero pasatiempo —conquistada la superficie del planeta, el ser humano buscaría conquistar aquello que yacía escondido bajo la tierra—, y que Julián Alemán Bermejo, hasta entonces el único paciente famoso de tu madre, poco después de cumplir los dieciocho años se graduó como filósofo y neurólogo y publicó su primer libro: *Fronteras de la imaginación y la locura*.

Recordarás que ese año, Padre, la boa, escapó de su pecera, que tú y tu hermano mayor la buscaron por toda la casa y que, finalmente, la encontraron tendida en la cama de tu hermano chico, acostada cual larga era junto a su cuerpo regordete; que, en los Estados Unidos, un político cuyo rostro no conseguirás evocar se suicidó en un acto público, ante cientos de personas, y aunque no sabrás, por más que intentes recordarlo, por qué hizo aquello, recordarás a toda esa gente que gritaba y corría de un lado a otro, sin sentido, como aves atrapadas dentro de una jaula; que, en la sala de su departamento, tu madre, tras poner música cubana, te dio tu primera clase de baile, clase que reprobaste vergonzosamente, por lo que te retiraste frustrado a un rincón, mientras ella y tu hermano mayor bailaban cual pareja de concurso; que un barco, un barco enorme —gigantesco, en tu memoria— se hundió en un río o en las aguas de un lago o en el mar frente a las costas de China —que fue en China lo recordarás, extrañamente, con seguridad insospechada— mientras sus pasajeros, desesperados, se lanzaban al agua; que, sentado a la mesa, cobraste conciencia de que tu madre comía menos que los otros; que, en casa de la veracruzana, por primera vez robaste —un lápiz de treinta centímetros de largo, gordo como una zanahoria y lleno de personajes de *La guerra de las galaxias*—; que, una noche cualquiera, tu padre, borracho, se entercó en conducir su auto y que tu madre, furiosa, fuera de sí, convertida en alguien que nunca habías visto, golpeó con el puño el parabrisas, dejando ahí la marca física de su estallido emocional —una araña de patas como hilos transparentes y desiguales que vivió en aquel vidrio durante años—; que, en la cocina, después de que sacaras un litro de leche del refrigerador, tu padre te regañó por dejar abierta la puerta y te dijo algo que entonces te pareció incomprensible, aunque te asustó lo suficiente como para no volver a dejar abierta esa puerta: dice el periódico que se ha abierto un hoyo en la capa de ozono, un hoyo en el cielo, si no tenemos cuidado, perderemos el aire y moriremos asfixiados, y que, una tarde, tu madre y la enfermera que para entonces era estudiante del colegio de tu madre volvieron a casa riendo emocionadas, celebrando que habían inundado —tras romper un par de tuberías— la casa de la mujer para la que antes había trabajado aquella exenfermera.

XLII

1988

Tu madre te contará que ese año perdió el rostro una vecina.

Habíamos empezado a ir, algunos fines de semana, a una casa que rentábamos en Cuernavaca, sumará en el ascensor —en el auto te convenció de aprovechar ese par de horas, pues no se han visto desde que sobrevinieran sus cansancios—. Una casa que estaba en realidad sobre la carretera de Cuernavaca a Tepoztlán.

Lo normal era que fuéramos tu padre, tú, tu hermano chico y yo, porque tu hermano grande estaba terminando la preparatoria y, con el pretexto de estudiar, se quedaba a pasar casi todos los fines de semana con sus amigos —lo cual, honestamente, era normal y era lo que yo siempre había deseado porque a él toda la vida le costó trabajo hacer amigos, no, hacerlos no, mantenerlos—, sumará en la sala de espera del doctor.

Ese año y los que siguieron fueron años realmente buenos para tu hermano grande, aunque también fueron los años en los que empezó a enfrentarse a tu padre. En realidad, aquellos años fueron buenos para toda la familia. Para ti, para tu hermano chico, para tu padre, que dejó la fundición y se comprometió de lleno con la escultura, y para mí, que empezaba a tener un reconocimiento profesional que me enorgullecía, que dirigía el Colegio y que sacaba adelante a niños y a adolescentes con problemas cada vez más complejos, te contará aguardando, cada vez más impaciente, a que la llame la enfermera. Si cierro los ojos y recuerdo, puedo decir que aquéllos fueron los únicos años en los que todo funcionó.

¿Cómo… qué dijiste?, preguntarás entonces. Estaba hablando de Cuernavaca, dirá tu madre, con quien habrás vuelto al doctor porque cada día está más cansada y porque en vez de sentirse mejor, como habían pronosticado los doctores, hay noches en que no aguanta las tripas. Fue durante una de las idas a esa casa, la veracruzana, por cierto, no tardó en rentar otra casa ahí mismo, aunque entonces no le di importancia, como no se la daba al hecho de que cada vez hiciera más cosas como las que yo hacía —tú, que sabrás lo que tu madre intenta sugerir, callarás la respuesta que brinca dentro de tu boca: eso, la verdad, tiene dos formas de verse, es decir, tú también hacías todo lo que hacía ella—, fue durante una de las idas a esa casa, te decía, en la que, por cierto, tu hermano chico aprendió a nadar y en la que tú rescataste a la ceramista, que no sabía nadar y un día se estaba ahogando, que pasó lo de aquella vecina que perdió el rostro.

No, madre, no te pregunté que qué decías por eso de la vecina, te lo decía por aquello otro que dijiste, lo de que si cierras los ojos recuerdas, lo de que si cierras los ojos puedes ver. ¿Yo dije eso?, preguntará sorprendida. Era una forma de hablar, seguro. ¿Qué otra cosa podría ser? No me distraigas que me pierdo. Y peor si estoy nerviosa, como ahora, añadirá restándole importancia a sus palabras, antes de seguir: fue durante una de esas idas a Cuernavaca, decía, que tu hermano chico entró en la casa, blanco como un jabón recién sacado de su empaque, cruzó la sala temblando y se sentó en el sillón en el que yo estaba leyendo un libro que me había regalado una de las Allende —un libro de una poeta chilena que se llama Elvira Hernández— y aseveró: allá afuera hay una niña sin cara.

Lo dijo así, con una calma terrible y hablando en voz baja, tan bajita que apenas lo escuché la primera vez que aseveró: allá afuera hay una niña sin cara. Poco después entraste tú gritando. Fue entonces que tu padre y yo salimos al área común de aquellas casas, donde el perro de otro vecino, un animal enorme y siempre amenazante, se había escapado de su encierro y había atacado a esa niña, que debía tener tu edad, te contará tomándose el vientre porque ha sentido una fuerte punzada y volviendo la cabeza a la enfermera: le había arrancado parte de la piel, además de la nariz y un trozo de boca.

La pobre niña gritaba enloquecida, mientras sus padres se apuraban a meterla en su coche. Por su parte, los dueños del perro suplicaban perdón y se ofrecían a ayudar en todo lo que fuera necesario. Y tu padre, sin decir nada a nadie, sin decirme ni siquiera algo a mí, se dirigió a donde habían vuelto a encerrar a aquel perro, tras sacar de nuestro coche una barra de metal. Aún no terminaba el revuelo cuando él, luego de golpearlo, ahorcó al perro con la barra y con la rabia de sus brazos. Esa noche, claro, nadie pudo dormir.

¿No te parece increíble? Te cuento que ese año, que ése y los años que siguieron fueron los mejores y termino contándote que tu padre ahorcó a un perro. Pero es que es verdad que más allá de sus arranques aquélla fue una época muy buena, una época en la que estábamos seguros y en la que funcionábamos como familia y no como apariencia, añadirá tu madre atravesando a la enfermera con la mirada.

Dos o tres semanas más tarde, cuando los dueños del perro perdonaron a tu padre, añadirá justo antes de que la llame la enfermera pronunciando mal sus apellidos, volvimos a aquella casa, donde lo primero que hicimos fue ir a visitar a la familia de la niña que había sido atacada.

Su rostro había sido totalmente reconstruido, aseverará tu madre levantándose y dirigiéndose hacia la puerta del consultorio.

Tu tía mayor te contará que las coincidencias pueden ser horribles.

Que recuerda, perfectamente, el día que tu madre le contó la historia de esa niña a la que había atacado un perro porque fue el mismo fin de semana que ella perdió a un amigo de su nieto, en Chachalacas, Veracruz.

En esa época aún no hablábamos a diario, pero sí por lo menos cada dos o tres días, te contará tu tía más divertida interrumpiéndose —otra cosa que ella hará como nadie, interrumpirse en mitad de algo y empezar a hablar de otra cosa— para ensalzar a su hermana, que a pesar de tener tanto trabajo siempre hallaba tiempo para hablarle.

Tu madre me había llamado para contarme aquello de la niña, sin imaginar lo que yo tenía para contarle, insistirá embarrando mantequilla a los bolillos que apenas habrá acabado de partir y que habrá de desmigar luego con tres dedos vueltos garras y una maestría apabullante. Y es que ese mismo fin de semana habíamos llevado a tu primo, bueno, a tu sobrino, en realidad, a la playa, porque era su cumpleaños. Lo habíamos llevado tu tío y yo, pues tus primos habían tenido que viajar a la ciudad por un asunto con la madre de mi nuera.

A mí me gustaba aquella playa en Veracruz porque era la primera que había conocido, la playa a la que nos llevaba tu bisabuelo. Por eso quise llevar ahí a tu sobrino y a sus amigos, por eso y porque era una playa solitaria, limpia y de aguas tranquilas, sumará embarrando a cada una de aquellas mitades de bolillo que la tendrán salivando una cucharada sopera de frijoles refritos. El segundo día que pasamos en aquella playa, sin embargo, mientras veía que los niños jugaban en el agua —ni siquiera muy adentro, aunque quizás un poco, pero sólo porque no había nada de olas ese día—, la poca gente que había sobre la arena empezó a levantarse de sus sitios y a gritar.

Aunque no entendía qué pasaba, porque había dejado mis lentes en el hotel y porque empecé, de golpe, a ponerme muy nerviosa, apenas comenzó la gente a dar de gritos me levanté y corrí hacia la orilla, seguida de cerca por tu tío, que les gritaba a aquellos niños que venían con nosotros que se salieran, que volvieran a la playa cuanto antes, añadirá deshebrando quesillo encima de cada uno de los panes embadurnados con frijoles. Pero ya no dio tiempo de nada, en un instante nos rebasó por un lado un salvavidas que se metió al agua mientras la gente gritaba enloquecida y yo veía el chapoteo.

Primero volvió con tu sobrino y uno de sus amigos, que lloraban y gritaban aterrados. Sólo entonces volvió a meterse y regresó, después, con el otro niño a nuestro cargo, al que había mordido el tiburón que todos habían visto antes que yo, te contará metiendo al horno los molletes que recién habrá terminado y empezando a preparar un pico de gallo.

Se murió, pobrecito, en la ambulancia, desangrado porque lo había mordido en una pierna, cortándole la femoral, además de que las tripas le asomaban, pues también le había mordido la barriga.

Es un recuerdo espantoso. Y seguro que es peor para los niños, para ellos y para los padres del muertito.

Recordarás que ese año la veracruzana te regaló una playera del equipo de futbol al que le ibas, que la noruega te regaló el edredón de plumas color azul celeste gracias al cual despertarías sudando cientos de madrugadas, que la fotógrafa —cuya hija habrá muerto apenas un par de semanas antes, tras una enfermedad fugaz— te regaló una cámara de fotografías instantáneas que tú, a tu vez, le regalaste al hijo de la veracruzana, que la colombiana te regaló una caja de chocolates de su país —chocolates en cuyo interior encontrarías la imagen de un animal cada vez que te comieras una tableta— y que la ceramista te regaló su colección de timbres postales; que, en la radio del coche, todas las mañanas, camino de la escuela, las voces que ahí hablaban hablarían de un fraude escandaloso, del fraude que habría hecho llorar a tus padres y a los amigos de tus padres con los que estabas el día de dicho robo electoral; que conociste el horror, en forma de trescientos veintisiete puntos de sutura —el número, que la madre de la niña que habría de ser reconstruida tras ser atacada por un perro le dijo a tu madre en tu presencia no habrías nunca de olvidarlo— atravesando un rostro que bien podría haber sido una pelota de beisbol destazada; que, en Colombia, de donde era una de las amigas más cercanas de tu madre, aquella que se encargaba de cuidarlos los jueves, estalló una bomba en un edificio que se llamaba Mónaco, matando, entre otros, al cuñado de esa amiga de tu madre, de esa madre tuya de los jueves; que, en la Unión Soviética, eligieron presidente a un hombre con un lunar enorme en la cabeza, un lunar de un color que nunca antes habías visto y que a tu madre le daba grima —esa palabra, *grima*, que nunca habías escuchado, usó entonces ella—; que, en la escuela, tu maestra, una chilena exiliada, les explicó qué era la probabilidad, dándoles un par de ejemplos que no olvidarías nunca: es más probable, dijo ella, ganar la lotería que ser atacado por un tiburón, así como es más probable encontrarse una moneda de oro por la calle que morir a consecuencia del golpe de un rayo, y que, varios años después, recordando aquel año, recordarías que alguna vez leíste, en *Los trabajos y los días*, el libro de la poeta chilena Elvira Hernández que tanto le gustaba a tu madre: "En la raíz de todo está mi madre / como un manto tejido bajo tierra / un sombrío huerto de hierbajos tósigos / un vuelo de mariposillas terrosas. / Los años han contribuido a su alacrán / círculos que ciñen mis días / a sus caricias púas y cruces / rastrillándome el cerebro. / Es tierra que espera por mí / tras haberme soltado la jauría / de células que me prohíjan. / Tantas noches que quise cortar mi cuello / aserruchar mis cervicales / descuartizar mis imágenes / pero a cambio me contenté / con restregar plumas / llorar tinta y otros mendrugos / y seguir ese dictado —una vez más— / meticuloso de las venas".

XLIII

1989

Tu madre te contará que ese año se mudaron de casa.

Pasábamos por una época tan buena, tu padre y yo, que decidimos comprar un terreno y construir algo a nuestro gusto. Pero teníamos que ahorrar, sumará antes de entrar en los vestidores del laboratorio ante los cuales te habrá convencido, otra vez, de aprovechar aquel otro momento.

Para eso, para que él, que había empezado a vender sus primeras esculturas —piezas figurativas, torsos de madera y bronce, sobre todo de mujeres, meros ejercicios, la verdad—, y yo —que entonces había empezado a ver pacientes adultos—, pudiéramos ahorrar, una amiga arquitecta, una muy buena amiga a cuyos hijos, que tenían unos problemas bestiales de lectoescritura, atendía sin cobrarle, nos propuso prestarnos la casa que había sido de su padre, quien había muerto apenas unos cuantos meses antes.

Al principio, obviamente, no quise aceptar aquella casa prestada porque nunca me había gustado que me hicieran favores, que la gente pensara que tenía que ayudarme, que yo diera esa imagen, la de una mujer que necesitaba ayuda, pero tu padre, que en eso siempre fue distinto, que siempre supo recibir así sin dar nada a cambio, que siempre pensó que a él el mundo le debía mil favores, me convenció de que lo hiciéramos, recordándome que yo llevaba años atendiendo a los hijos de la arquitecta sin cobrarle, te contará tras desvestirse y ponerse la bata de tela azul —una bata que será casi de papel— que poco antes le habrán entregado. Tu padre me convenció diciéndome que viera aquello no como un favor sino como un intercambio.

Cuando lo vi así, aunque se trataba de una permuta que me seguía pareciendo sumamente injusta, pude aceptar aquella casa a la que nos mudamos a mediados de año. Un día después de la fiesta de despedida que nos organizaron en el departamento de la chilena, aquella vieja que vivía en el trescientos dos y que de tanto en tanto los cuidaba. En esa despedida, todos, casi todos, en realidad, nos regalaron una cantidad insospechada de cariño —digo casi porque la veracruzana no asistió, no fue a la despedida según porque su hija más pequeña había enfermado—, aseverará tu madre cuando la voz del radiólogo se escuche a través de la puerta. La verdad, sin embargo, es que fue por ese entonces que los problemas entre ella y yo se descubrieron como problemas, pues antes habían permanecido mudos. La verdad, pues, es que ella no pudo aguantarse el coraje que le dio que la arquitecta nos prestara aquella casa a nosotros.

Recuerdo, como si hubiera sido ayer, su coraje cuando le dije que sí a la arquitecta, la rabia que no pudo ocultar y la llevó a decir, enfrente de mí: "yo no me hubiera hecho tanto del rogar". Aunque casi todo el mundo, incluidas nuestras amigas más cercanas, me decían que ella traía pique conmigo, aquélla fue la primera vez que pensé que igual y era verdad, que era verdad que ella vivía compitiendo, a pesar de tantos años, de tanto amor, de tanto cariño, de tantos momentos de ayudarnos, de tantas situaciones de decir y ser, pero también de actuar y aparentar ser las amigas más cercanas, te contará dirigiéndose a la sala donde la aguarda la máquina que habrá de envolverla como un capullo. Era complicado y eran demasiadas las complicidades, por eso preferí, durante años, no darle importancia a esas rabietas suyas… y es que antes ya había habido muchas otras —de nueva cuenta callarás aquello que brinca dentro de tu boca: ¿no había también rabietas tuyas, madre? ¿Era una relación tensa por un lado o era tensa por los dos? ¿No había, inconscientemente, algo más que una amistad?—.

Pero bueno, la cosa es que nos mudamos y que en aquella casa, la verdad, ustedes fueron realmente felices. Había un jardín enorme y compramos, apenas instalarnos, un par de perros preciosos, añadirá recostándose en esa máquina que habrá de hacer las placas que su médico ha pedido y que, muy probablemente, será la culpable de que aquello que brinca en tu boca se quede ahí —¿no había algo así como una suerte de enamoramiento?, ¿no puede ser, por ejemplo, que ella estuviera enojada de que te fueras lejos y tú, por tu parte, lo estuvieras de irte lejos?—.

¿Por qué me ves así?, preguntará entonces tu madre, que apenas escucharte decir: ¿yo?, ¿cómo?, ¿cómo te estoy mirando?, continuará, sacudiendo la cabeza: la verdad, te lo digo claro, es que en esa casa fuimos realmente felices, porque además era tan grande que cupieron el taller de tu padre y mi consultorio. Y te parecerá una tontería pero para mí, que mis pacientes pudieran esperar en un jardín y no en un pasillo, era un gozo.

Eso sí, lo mejor de todo fue que nos ahorramos el dinero de la renta y que, con ese dinero, pudimos construir nuestra casa, la casa que diseñaría tu primo apenas se graduara de la universidad, rematará antes de que salgas.

¿Qué primo? El hijo grande de tu tía más grande, ese primo, responderá tu madre gritando mientras abandonas aquella habitación en la que habrán de tomografiarla.

Tu tío más chico te contará que no está de acuerdo con tu madre.

Que ella, según él, no fue tan feliz en esa época en la que se mudaron, porque fue también la época en la que ella empezó a cargar sola con todo.

Tu padre, sumará tu tío más querido, se metió de lleno a la escultura sin importarle ayudar o no a su familia, en lo económico. Así que tu madre tenía que pagar las colegiaturas de ustedes tres, los gastos de la casa —aunque no pagaban renta, era una casa enorme y mantenerla costaba un dineral—, los seguros, las vacaciones… absolutamente todo.

Y para colmo tu padre empezó a viajar a simposios de escultura, sobre todo a hacer esculturas en nieve, te contará tu tío más cercano. ¿Y quién crees que pagaba esos viajes? Tu madre o algún amigo de tu madre, cualquiera al que él le sacara algún dinero prestado, porque entonces eso también se le hizo a él costumbre: pedir prestado, aunque supiera que no pagaría lo que pedía. Si hasta a mí me tocó patrocinarle alguno de esos viajes… no… no sólo alguno, varios de esos viajes.

Además, aquélla también fue la época en la que tu madre se empezó a alejar de la veracruzana. O la época en la que ella, más bien, la veracruzana, empezó a alejarse de tu madre. Yo la conocía mejor que nadie porque habíamos tenido algo, porque hacía años habíamos salido un tiempo. Y sabía mejor que los demás que ella, aunque adoraba a tu madre, la adoraba de una forma extraña, igual que tu madre la adoraba a ella. Se lo dije un montón de veces, pero mi hermana, que tampoco es que quisiera a la veracruzana de una forma común, ya te dije, nunca me escuchó. No era normal, le decía, que si una se compraba un coche rojo, la otra se comprara un coche rojo, que si la otra se metía a estudiar psicoanálisis, la primera se metiera, también, a estudiar eso…

Y es que era de chiste, si mi hermana se enchinaba el pelo, la veracruzana se hacía base, si la veracruzana se pintaba las uñas de verde, tu madre se las pintaba de un verde aún más chillón, insistirá tu tío. Si la veracruzana hasta se consiguió un esposo cineasta, en la época en la que tu padre andaba en eso, que se llamaba igual que él. Era una relación incomprensible, de verdad.

¿Qué te decía cuando se lo decías?, preguntarás feliz de que al fin salgan de tu boca esas palabras. Tu madre, ya lo sabes, se bloquea cuando alguien dice algo que la alcanza, que se asoma a ese mundo que sólo ella debe ver, ése que ella tiene dentro y que nadie más debe tocar, porque podría descolocarlo. Debe ser algo que arrastra de la infancia, porque se dio como la hierba, solita. Y eso no es lo mejor para las amistades.

En fin, que fueron años duros para ella, diga lo que diga, porque además fue la época en que recogió a su segunda hija, la hija de una amiga suya, periodista, creo, que no podía más con su madre.

¿No te acuerdas de que ella, aquella muchacha que te digo, llegó a vivir con ustedes?

Recordarás que ese año, en la casa a la que tú y tu familia se mudaron, tu madre y sus amigas escondieron, para ti y para todos esos hermanos tuyos que eran sus hijos —cuyos padres, por cierto, aparecerán en tu memoria como imágenes sin contenido, siluetas huecas, agujeros en la realidad—, ciento ochenta huevos de pascua —la cifra, por alguna razón, la recordarás exacta, aunque también es posible que tus recuerdos quieran engañarte—; que, en la pantalla de la televisión, cientos de personas, muchas más, muchísimas más de ciento ochenta, sin exageración de tus recuerdos, destruyeron y tumbaron un muro que, te dijeron, dividía en dos Berlín, dividiendo también en dos cientos de miles de familias; que, una tarde cualquiera, en el jardín de tu casa conociste el terror, cuando un paciente de tu madre, que esperaba su sesión, te persiguió y te lanzó un mojón de mierda que te golpeó en la cabeza, mientras el niño aquel reía enloquecido, fuera de sí, como encantado; que, en la sala de la casa de la fotógrafa, una tarde cualquiera, las mujeres que conformaban tu familia amplificada hablaron a los gritos de algo que no habrías de comprender pero que no habrías tampoco de olvidar, sobre todo porque ellas, todas tus madres, sin excepción alguna, coincidieron en que aquélla —la noticia de que en España un doctor, el urólogo y cirujano Aurelio Usón, habría llevado a cabo el primer cambio integral de sexo a una mujer— era una noticia que cambiaría al mundo para siempre; que, tras varios días de dolores de cabeza a consecuencia de un golpe muy fuerte, tal vez el más fuerte que hasta entonces hubieras sufrido, te metieron en un tubo que habría de ver el interior de tu cerebro —un tubo que, curiosamente, estaría dentro del mismo espacio, aunque no sería el mismo tubo, en el que años después meterían a tu madre para ver el interior de sus entrañas—; que, sentado a la mesa tomaste conciencia, por vez primera, de que tu madre no se comía enteras las tortillas, que les quitaba la piel y que, con eso, con ese lado casi impalpable y famélico, hacía sus tacos; que, en el taxi de tu tío mediano, fuiste por primera vez a una librería de viejo, donde tu tío te regaló *Momo*, el primero de los libros que habría de regalarte; que, en Japón, Nintendo, esa marca que por entonces era dueña plenipotenciaria de tu imaginación y tus anhelos, lanzó al mercado su primer consola portátil, el *Game Boy*, consola que por más que habrías de suplicarle a tu madre nunca obtendrías, y que, ante la puerta del consultorio de tu madre, conociste al primer escritor de tu vida, el paciente de tu madre que, ese día, le había regalado su segundo libro: *Umbrales de la imaginación y la locura, una teoría benjaminiana.*

XLIV

1990

Ese año conocimos el sureste, dirá tu madre.

El conflicto con la veracruzana —que había escalado y a veces ya era frontal, aunque aún no había estallado—, tras reelegirme directora del Colegio, hizo imposible que vacacionáramos juntas las familias que hasta entonces siempre habíamos hecho eso, añadirá en la sala de espera de ese doctor con el que no habrían querido regresar.

Nadie, ninguna de las demás, ni tu tía, la hermana de tu padre, ni la colombiana querían que ella, aunque en teoría le tocaba, fuera directora del Colegio, dirá tu madre abrazando el enorme sobre dentro del cual están los estudios de su tórax y su abdomen —mientras tú vuelves a pensar y a dejar dentro de tu boca: si era en teoría, igual también tendría que haber sido en realidad—. Por una razón, básicamente: se había vuelto una huevona. Apenas y se paraba a dar sus clases, apenas y pasaba a su oficina. Además, se había vuelto conflictiva, sobre todo con las alumnas de la licenciatura, a quienes trataba de manera realmente grosera.

Ése, madre, fue el verdadero divorcio de mi infancia, la única ruptura que en serio partió algo, te dirás en el silencio de tu mente y mordiéndote la lengua mientras tu madre continúa: por primera vez desde que ustedes nacieran, cada una de nosotras, cada una de esas mujeres que hacíamos casi todo juntas decidió vacacionar por su lado, vacacionar sin negociar con las otras, sumará cerrando los párpados para irse, dos o tres segundos, a ese otro lugar en el que al parecer también guarda sus heridas y dolores. Es como el silencio de mi mente, pensarás emocionado y asustado, convencido de que esa revelación instantánea e inesperada te permitirá, en algún momento, volver a hablar con ella de la locura.

La veracruzana se fue a Centroamérica; la colombiana a Francia, Italia y Alemania, pues a su esposo le estaba yendo muy bien de dinero; la fotógrafa aprovechó, creo, para irse a hacer retratos al noroeste del país, con los yaquis o con los tarahumaras; la ceramista, por su parte, se quedó en la ciudad pues se estaba divorciando y los abogados la estaban exprimiendo, y nosotros, ya te dije, nos fuimos a Chiapas y a la península de Yucatán, retomará el hilo tu madre despegando las manos del sobre que carga y sonriendo tras descubrir que el sudor de sus dedos marcó el papel —en el silencio de tu mente, entonces, el dolor que primero fue de ella: su manada, que antes era de cuarenta, de golpe era de seis—.

Como no cabíamos en el coche, pero tampoco nos alcanzó para irnos en avión, además de que queríamos visitar varios sitios arqueológicos, tu tío chico nos prestó su camioneta, donde cupimos a la perfección: tu padre y yo adelante, tu hermano grande y la hija de la periodista en la segunda fila y tú y tu hermano chico en la última, dirá tu madre, cuyos pies, para sorpresa de tus ojos, empezarán a bailar ansiosos sobre la alfombra de aquella sala de espera en la que, justo entonces, la enfermera sacará la cabeza de su pecera y dirá, para ti y para tu madre, que siente mucho la espera, que el doctor tuvo una operación de emergencia pero que no tarda en subir y atenderlos. El primer lugar que visitamos fue Villahermosa, Tabasco, que debe ser uno de los sitios más feos de la tierra, pero claro, tu padre estaba terco con las cabezas olmecas. No le importaban ni el calor ni los mosquitos que, sobre todo en el Parque de la Venta, nos devoraron.

De ahí fuimos a Chiapas, a Palenque, donde pasamos unos días extraordinarios en la selva y en las ruinas, porque el arqueólogo encargado del sitio era padre de una de las alumnas del Colegio y no sólo nos paseó por las pirámides, sino que nos dejó entrar en las excavaciones que estaban en proceso. Lo malo, sin embargo, fue que tu padre, de la nada, decidió que aquel hombre —que con él, para colmo, había sido el colmo de generoso— lo que quería era llevarme a la cama, así que al final nos fuimos rumbo a la península con él furioso, aseverará tu madre, cuyos ojos, para sorpresa tuya, se habrán humedecido.

¿Tanto te molestaban sus celos? Soltando una carcajada, ella te dirá que no seas ridículo, que cómo va a estar llorando por tu padre, que él, después de tantos años e incluso entonces, lo ha entendido con el tiempo, le daba exactamente igual. Que más que una pareja, que más que un amor, él era un dique, un muro que le ayudaba a contener el caos del mundo, el caos al que ella temió siempre. Que, si está llorando —y habría que ver, dirá también, si estoy llorando—, es porque está asustada, atemorizada por lo que el doctor pueda decirle.

Le pedirás entonces que no se adelante a los sucesos, cuando la enfermera finalmente les diga que ya está, que pasen para que tu madre pueda cambiarse en ese vestidor al que, sin darte cuenta, sin darse cuenta ni tú ni tu madre, entrarás con ella, para ayudarla a desvestirse.

Ese vestidor en el que volverás a verla semidesnuda, sin una crisis de por medio, después de tantos años y sin convertirte en estatua.

Le dirás a tu madre, observando su desnudez, que no consigues entender aquello que dijo de los cuerpos, lo del tuyo y el suyo.

Que no entiendes, en realidad, eso que hizo hace tantos años ni lo que trató de explicarte hace algún tiempo, en su casa, cuando te habló del día que decidió poner, entre ella y tú, una barrera.

Se lo dirás mientras sostienes su ropa entre las manos y ella trata, torpemente, con esa torpeza que tarde o temprano alcanza a todos los viejos y que más que una forma de torpeza es una forma de temor, de miedo a la caída, a golpearse y desarmarse: fue, seguramente, lo más injusto que hiciste con nosotros, con mi hermano chico y conmigo.

Entonces, cuando sus ojos vuelvan a empañarse —no, a empañarse no, que nunca te habrá gustado esa palabra para eso que estará sucediendo, que nunca te habrá gustado esa palabra para hablar de unos ojos que están a punto de llorar—: cuando sus ojos vuelvan a aguarse, te interrumpirás, la abrazarás y, en voz baja, recitarás los versos que habrás escrito para ella, hace unos días —después de haberla visto llorar de miedo, antes de entrar en el capullo aquel que habría de cartografiar sus nueve metros de intestinos—: "mi madre lloraba / con mis ojos / yo lloro con / los ojos de mi madre / todo lo que puedo / cuando me esfuerzo / reclamarle a ella / es sobre su vida / nunca es sobre la mía / ¿acaso es eso / una buena madre?

Sonriendo y despegando su cuerpo del tuyo, te dirá que qué bueno que nunca has querido ser poeta, porque eso que acabas de recitar es horroroso, verdaderamente lamentable. No te escapes por la fácil, dirás entonces, volviendo a lo injusto que crees que fue que les prohibiera a ti y a tu hermano su cuerpo, porque además lo que quería, lo que buscaba al hacer eso, según te dijo, no habrá implicado sino su opuesto, su contrario exacto. Habernos arrancado de tu piel, haber renunciado tú a la nuestra, sexualizó mucho más lo que no querías que se sexualizara, madre. ¿Por qué, si no, durante años, nuestras novias fueron copias tuyas?

Por suerte, en ese instante, antes de que tú puedas seguir con aquello que estarás ahí diciendo, sonarán varios golpes en la puerta de ese vestidor en el que ella y tú estarán encerrados y en el que ella, finalmente, habrá logrado enfundarse la bata que le habrá dado la enfermera.

Luego sonará la voz del médico, aseverando "ya pueden pasar al consultorio", consultorio al que tú y tu madre habrán de dirigirse apurados, confundidos y en silencio.

Silencio que sólo habrá de terminar cuando el doctor les pregunté cómo están.

Recordarás que ese año la hija de la colombiana te regaló un trozo del muro de Berlín que había traído de Alemania, que el hijo de la veracruzana te regaló una ocarina de barro guatemalteca y que tu padre te trajo, de su primer viaje a Carrara, la primera camiseta falsa de las docenas de camisetas falsas de equipos de futbol que habría de traerte durante los años siguientes; que tu padre y uno de sus mejores amigos, el sin nariz, se pelearon y llegaron casi a las manos tras discutir, borrachos, si Octavio Paz, poeta y ensayista cuyo nombre apenas habías oído alguna vez, merecía o no el Premio Nobel que recién le había sido entregado, mientras tu tío mediano, que estaría aquel día en tu casa, murmuraba: "Dales la vuelta, / cógelas del rabo (chillen, putas), / azótalas, / dales azúcar en la boca a las rejegas, / ínflalas, globos, pínchalas, / sórbeles sangre y tuétanos, / sécalas, / cápalas, / písalas, gallo galante, / tuérceles el gaznate, cocinero, / desplúmalas, / destrípalas, toro, / buey, arrástralas, / hazlas, poeta, / haz que se traguen todas sus palabras"; que viste o creíste que viste o estás seguro de que viste, en un rincón del enorme jardín de la casa que le habían prestado a tu familia, a tu hermano mayor besándose con la segunda hija que tu madre recogiera, con la hija, pues, de su amiga periodista, quien al final se cubrió el rostro y se fue de aquel rincón llorando; que en la pantalla de la televisión de tu casa el hombre de los audífonos enormes que daba las noticias cada noche se interrumpió cuando estaba contando la noticia del suicidio en grupo de una secta de Tijuana, la secta evangélica El templo del medio día, cuyos miembros habrían ingerido alcohol industrial en cantidades industriales, para poner en directo a su reportera en Israel, quien gritaba enloquecida, fuera de sí, presa de un frenesí que no recuerdas haber vuelto a contemplar: "nuclear... Jacobo... es un ataque nuclear... está confirmado... la tercera Guerra Mundial ha comenzado"; que comprendiste el terror que el fin del mundo podía inocular dentro de ti tras aquella falsa alarma que atendiste ante el televisor y que, además de traerte tus primeros insomnios, habría de convertirte en experto, en estudioso obsesivo de las bombas nucleares y de las posibilidades de una extinción masiva y repentina que, además de al resto de seres humanos, se podía llevar a tu madre; que, en un artículo del periódico que tus padres leían los fines de semana, leíste que, según un estudio de la Sociedad Alemana de Oftalmología, las mujeres lloran entre treinta y cuarenta veces al año, mientras que los hombres, en promedio, lo hacen entre siete y diecisiete veces; que tu madre celebró, durante la comida de un día cualquiera y abriendo una botella de vino, una circular de la Unicef en la que dicho organismo recomendaba la inclusión de los niños con trastorno autista en los procesos normales de aprendizaje; que tu madre abrazaba, bailaba y tocaba a todos los hijos e hijas suyos, menos a los hijos que hubieran salido de su vientre, es decir, que fuiste consciente por primera vez de la barrera física que habría puesto tu madre de repente y que sentiste, por eso, porque de pronto tu cuerpo y el suyo parecían haber quedado vedados el uno para el otro, que algo malo, algo realmente malo debía de pasarle a tu cuerpo; que, en Italia, en la final de la copa del mundo, el árbitro, que para colmo era de tu país, le robó el campeonato a Argentina, equipo al que le ibas, encarnando la que hasta entonces sería la mayor trampa a la que hubieras asistido y la trampa que, a partir de entonces, tu mente habría de mostrarte cada vez que alguien dijera esa palabra, *trampa*, en tu presencia, y que la costumbre de tu madre de comer poco, lo mínimo indispensable, se le volvió una obsesión, obsesión que la haría vivir siempre a dieta.

XLV

1991

Ése fue el año que murió la colombiana, dirá tu madre.

Estábamos en Acapulco, en una casa que había rentado tu tío más chico, cuando entraste al cuarto que ocupábamos tu padre y yo, mientras hacíamos la siesta.

"Te hablan por teléfono", dijiste despertándome, aseverará tu madre con los ojos aguados, aunque no sabrás si es por esto que te cuenta o por aquello que hace apenas un momento sentenciara su doctor. "Te hablan por teléfono", insististe mientras yo abría los ojos e intentaba espabilarme. Detrás de ti, en la pared, no sé por qué recuerdo eso, había una cuija devorando un alacrán.

Apurada, cuando finalmente comprendí en dónde estaba y qué habías dicho, cuando entendí que tenía que haber pasado algo porque nadie tenía el teléfono de aquella casa y si alguien me había encontrado ahí era porque de verdad me había buscado, insistirá tu madre, como insistió instantes antes en seguir hablando de su vida, tras salir del consultorio del doctor, me levanté de la cama y eché a correr, sumará buscando el boleto del estacionamiento. Corrí por el pasillo, la escalera, la terraza y la sala, hasta alzar el auricular y escuchar la voz de la veracruzana, que lloraba a moco tendido, mientras trataba de articular algo comprensible.

La colombiana, que vivía en Camino al desierto de los Leones, bajaba por Avenida Toluca cuando se encontró con un embotellamiento ante el cual frenó y empezó, como el resto de los autos, a avanzar poquito a poco, metro a metro, a vuelta de rueda, dirá tu madre apretando con las manos el volante con tal fuerza que sus nudillos cambiarán de color y sus ojos dejarán caer un par de lágrimas, lágrimas que te aclararán que ella no llora por lo que acaban de decirle sino por la colombiana. Entonces escuchó un claxon detrás suyo, una bocina que sonaba cada vez más cerca: el alarido del camión de volteo que bajaba desbocado porque había perdido los frenos, como después iba a saberse.

En el instante que ella tuvo para reaccionar, después de ver en el retrovisor aquella mole inmensa que se acercaba hacia su coche como avalancha de metal, la colombiana se quitó el cinturón de seguridad, se lanzó encima del asiento del copiloto, donde venía sentada su hija grande, le quitó a ella el cinturón, abrió su puerta y la salvó lanzándola al asfalto, un segundo antes del impacto que convirtió su coche en acordeón, porque además lo aplastó contra el pesero que avanzaba enfrente suyo, aseverará tu madre volviendo la cabeza hacia ti y revisando, con los ojos, que traigas puesto el cinturón. Murió ahí, en el instante del impacto, atravesada por dos fierros, me dijo la veracruzana al final, mientras llorábamos.

Mis recuerdos de las horas que siguieron son extraños, te lo digo porque he vuelto a ellos un montón de veces tratando en vano de ordenarlos, de darles sentido. Son como recuerdos sin su piel, sin su silueta, sin sus límites, como recuerdos licuados. Recuerdo que caí al suelo, que no pude levantarme, que me arrastré, que le grité a tu padre, que les grité a ustedes. Luego no recuerdo nada más hasta la carretera: El Cañón del Zopilote, un accidente, el silencio que sólo era cada tanto herido por mis sollozos o los suyos, los tuyos y los de tu hermano chico, porque tu hermano grande no estaba.

Y recuerdo que, poco antes de llegar a Cuernavaca, justo antes de pedirle a tu padre que parara, que orillara el coche, que tenía que bajarme, empecé a vomitar. Vomité ahí, sobre tu padre, luego por todo el coche, después a un lado de la carretera, sobre el acotamiento, y finalmente entre unos matorrales, justo al lado de un panal de abejas. Nunca había vomitado así, por la tristeza, por la impotencia. A partir de ahí los recuerdos recobran sus contornos y todo vuelve a estar claro.

Llegamos justo a tiempo del velorio, justo a tiempo de ese momento que, curiosamente, es para todos menos para el muerto, a menos que él o ella, es decir, el muerto o la muerta hayan pedido algo específico.

Pero ella, la colombiana, no había pedido nada, dirá volteándote a ver y diciendo que no olvides lo que ella te pidió, que ya te dijo lo que quiere.

Que no vayas a olvidar los poemas que leerás en su velorio.

Le dirás, a tu madre, que no piense en eso.

Que no vas a olvidar esos poemas, por supuesto, que, de hecho, los has memorizado, pero que por favor no piense en eso, que falta un montón de tiempo, que el doctor también les dijo eso.

Sí, le dirás a tu madre, dijo que es grave pero también que estamos a tiempo. Y dijo que podíamos buscar otra opinión, que entendería si buscábamos otra opinión. Qué tal que esa otra opinión nos dice que él está equivocado, que lo que tienes es otra cosa, no sé, algo autoinmune, alguna cosa de ésas que tiene toda tu familia, que tienes tú y que tengo yo, una de esas cosas en las que sólo cree quien las padece.

Tras un instante de silencio, un silencio sin fondo al interior del cual serán tus ojos los que se agüen de repente, tu madre te preguntará: ¿en serio te los sabes? Te costará, entonces, entender a qué se refiere ella, quien volverá a preguntarte, ayudándote de paso a dar con la respuesta que estarás buscando: ¿en serio te aprendiste esos poemas? Cerrando los párpados y sonriendo para que ella no vea que estás a punto de llorar, recitarás: "¿Qué va a quedar de mí cuando me muera / sino esta llave ilesa de agonía, / estas pocas palabras con que el día, / dejó cenizas de su sombra fiera? / ¿Qué va a quedar de mí cuando me hiera / esa daga final? Acaso mía / será la noche fúnebre y vacía / que vuelva a ser de pronto primavera. / No quedará el trabajo, ni la pena / de creer y de amar. El tiempo abierto, / semejante a los mares y al desierto, / ha de borrar de la confusa arena / todo lo que me salva o encadena. / Más si alguien vive yo estaré despierto".

Y luego: "Algún día lo sabré. Este cuerpo que ha sido / Mi albergue, mi prisión, mi hospital, es mi tumba. / Esto que uní alrededor de un ansia, / De un dolor, de un recuerdo, / Desertará buscando el agua, la hoja, / La espora original y aún lo inerte, la piedra. / Este nudo que fui (inextricable / De cóleras, traiciones, esperanzas, / Vislumbres repentinos, abandonos, / Hambre, gritos de miedo y desamparo, / Y alegría fulgiendo en las tinieblas / Y palabras y amor y amor y amores) / Lo cortarán los años. / Nadie verá la destrucción. Ninguno / Recogerá la página inconclusa. / Entre ᵔo de actos / Dispersos, aventados al azar, no habrá uno ᵔan aparte como a perla preciosa. / Y sin embar- ᵔte, hijo, / Amigo, antepasado, / No hay ᵔunque yo olvide y aunque yo me ᵔestás, donde tu vides, / Perma-

Tras otro silencio aún más profundo que el primero, otro silencio que tampoco tendrá fondo y dentro del cual tú no te atreverás a abrir los ojos, ella dirá, antes de que tú te atrevas a decir alguna de las mil y una cosas que habrás pensado que podrías decir entonces —que pequeña, casi impalpable es la frontera entre los males autoinmunes y los imaginarios, por ejemplo—: primero lees el de Castellanos y después el de Pacheco, no vayas a leerlos así como ahora los dijiste, que los quiero al revés.

¿No te parece que el de él es menos negro que el de ella? Sonriendo, dirás: no te hagas ilusiones, madre, en serio que aún te falta mucho tiempo, faltan muchos años para que dejes de chingarnos, para que al fin dejes al mundo en paz. El silencio, sin embargo, volverá a instalarse entre ustedes.

Entre otras cosas, porque no querrás decir ni mala hierba nunca muere ni ningún otro lugar común de esos que arrastran las noticias dolorosas, ninguna de esas expresiones que erosionan la expresividad.

Fue el velorio más triste del mundo, el de la colombiana, dirá entonces tu madre, pero después de un largo rato.

Y es que, además del suyo, fue el de la manada en la que los criamos, sumará tras otro rato.

Y luego: no sé si quiero seguir hablando de mi vida.

Recordarás que ese año la muerte dejó de serte extraña, algo que sólo estaba allá afuera, en el mundo, para volverse algo que estaría dentro de ti, un pedazo más de ti, tras el velorio de la amiga colombiana de tu madre; que, en la pantalla de tu televisión, como en el resto de pantallas de tu país y América Latina, se pudo ver, por primera vez, un canal de los Estados Unidos, lo que multiplicó el número de caricaturas q tú y tu hermano menor podían ver por las tardes, a pes que tu madre enfurecía y criticaría que eso, un canal gringo, se pudiera ver en su país; que tu hermano chico, un jueves por la noche —recordarás el día porque era el día que tocaba cenar eso—, casi se ahoga con el queso de un mollete, que se hincó sobre el suelo, con la boca abierta, intentando jalar aire y que tuviste que brincar encima de él, meter tu mano dentro de su cuerpo, como si estuvieras metiendo la mano en la boca de la muerte, que alargaste los dedos y alcanzaste el comienzo de su esófago, que tomaste la punta de una hebra de leche cuajada, tiraste de ella como si estuvieras jalando el estambre de su vida y sacaste un trozo enorme de mollete; que tu madre, cuando tú y tu hermano chico cenaban molletes, hacía dos para sí misma, aunque, al final, cuando se sentaban a la mesa, arrancaba el queso de esos dos molletes, limpiaba con una cuchara el exceso de frijoles, tiraba a la basura el pan y los frijoles y cenaba, tan sólo, el trozo deforme de queso; que, en Irak, en medio de una guerra que fue la primera que tú entendiste como eso, una guerra, dos bombas inteligentes del ejército de los Estados Unidos destruyeron, por error, un refugio civil subterráneo, asesinando a cientos de inocentes y haciéndote pensar que no hay manera de que los inocentes sobrevivan en las guerras, por lo que, en una guerra, podría morir tu madre; que, en una de las revistas a las que estaba suscrita tu madre, leíste que, en Israel —en Tel Aviv, para ser exactos— un grupo de científicos habría anunciado que, si se pudieran controlar los telómeros durante la duplicación celular, asegurando así la replicación exacta de los cromosomas, se daría con la fuente de la eterna juventud; que, una mañana, entrando al baño para bañarte y prepararte para irte a la escuela, te encontraste, cubiertos nada más por una toalla, a tu hermano mayor y a la hija de la periodista, abrazados y besándose, por lo que cerraste la puerta y volviste corriendo a tu cuarto; que, en California, un videoaficionado que paseaba por la calle filmó un acto que habría de impactarte tanto como aquellas escenas del refugio destrozado en Irak: una turba de policías golpearía, patearía y seguiría lastimando, hasta hartarse, al taxista negro Rodney King, y que tu tío mediano, en una comida con tu madre, aseguraría que su paciente Julián Alemán Bermejo era un ensayista de verdad y que su último libro, *Límenes de la mente: creatividad y enfermedad*, era realmente estupendo.

XLVI

1992

Ese año, te explicará tu madre, se volvió a partir nuestra manada, aunque por dentro.

Habíamos ido otra vez a la península de Yucatán, porque queríamos visitar las zonas arqueológicas en las que no habíamos estado todavía, pero también para llevarlos a conocer algún cenote.

Él, tu hermano mayor, igual que tu hermana, se tuvieron que quedar en la ciudad porque habían reprobado un montón de materias y las tenían que presentar en extraordinarios, sumará tu madre, que estará de mal humor pues estará conectada a la vía que enchufa su sistema a la quimioterapia con la que recién habrá iniciado —te costará entender, de hecho, que haya propuesto volver a hablar de su vida ahí—.

Ella, tu hermana, lo entendió bastante bien. Pero tu hermano, que para colmo había perdido un par de años y dependía de aquellos exámenes para ingresar a la universidad, ni lo entendió ni quiso resignarse, te explicará recargando la cabeza en el respaldo del sillón donde la sientan, convencidos de que así está más cómoda, mientras su cuerpo es invadido por esa forma diluida de la muerte —siempre creíste que aquel líquido incoloro sería verde, pensarás al tiempo que te dices:

tampoco es tan raro, en realidad, que quiera hablar aquí, que necesite agarrarse a su vida en este sitio— que, sin embargo, debería otorgarle vida.

Tu hermano grande quería venir al viaje, porque otra vez andaba sin amigos. Y es que a él le costaba mucho trabajo mantener a sus amigos porque ante ellos siempre construía tales mundos de mentira que, después, era imposible sostenerlos. Era, tu hermano mayor, en ese entonces, un digno hijo de tu padre, igual que luego lo serían tu hermano chico y tú, aunque tú, no sé muy bien cómo lo logras, eres el rey de esos malabares, eres capaz de mantener en pie la imaginería que te propongas —imaginería, hacía tiempo que tu madre no te sorprendía con una palabra de ésas—. Por eso, a diferencia de ellos dos, de tus hermanos, es que tú no has cambiado, sumará tu madre, que no sólo estará de mal humor, que estará, en realidad, enconada contra todo y contra todos.

Pero la cosa es que cuando volvimos de aquel viaje, de aquellos días estupendos en la selva y los cenotes —ahí conocimos, por cierto, aunque no me acuerdo cómo exactamente, la comunidad aquella en la que casi todos eran sordos—, cuando volvimos, pues, tras aquellos últimos días tan feos en los que nos alcanzó un huracán —por cierto, ahora que lo pienso, esa vez, en el embarcadero, un rayo cayó apenas a unos metros de tu cuerpo, así que eso de atraerlos ya lo traías desde entonces—, cuando volvimos, te decía, a la casa antes de lo planeado, encontramos todo destrozado porque tu hermano y tu hermana habían organizado una fiesta gigantesca, te explicará en el momento en el que la enfermera —como un fantasma— entre a preguntar si todo está bien. Pero lo peor no eran los destrozos, lo peor fue que nos los encontramos, a tu hermano y a tu hermana, en nuestra cama, cogiendo. Y acá perdonarás que me interrumpa, pero antes de seguir tengo que contarte otra cosa: desde que empecé con esta mierda, dirá señalando con los ojos la manguera, he vuelto a ver a los fantasmas de mi infancia.

Así como lo escuchas, los que veía cuando era niña, en la casa de enfrente de mi primera casa. En fin, que ya lo dije y que vuelvo a lo otro: me puse realmente mal, sobre todo porque tu hermano era mayor de edad y tu hermana aún no lo era, pero también por la traición y porque, de algún modo, ellos eran familia, aunque no fueran familia sanguínea. Eran familia ampliada. Tu padre, eso sí, se puso peor, como un orangután al que le hubieran mancillado su rama. Gritaba, puteaba y amenazaba con golpearlos. Entonces, antes de que yo pudiera reaccionar, les dijo que no podían seguir viviendo ahí, que no le interesaba qué hicieran o a dónde se marcharan, pero que se largaran esa misma tarde, tras recoger el desmadrito de su fiesta.

Asustados, tus hermanos se vistieron y bajaron a recoger el tiradero, convencidos, creo, de que serían perdonados, pero no iban a serlo, no… ni por tu padre ni por mí, te explicará tu madre cuando vuelva la enfermera a retirarle la vía de la vena. Yo me senté en la cama a llorar y tu padre se puso aún peor, me gritó que así, llorando, no arreglaría nada. Nunca pudo con el llanto, ni con el mío ni con el de nadie que no fuera él mismo, lo rebasaba, lo desarmaba, en realidad.

Entonces, mientras él gritaba y yo lloraba, me di cuenta, entendí que tu padre, más que un dique, más que una contención al caos era en realidad el caos que yo necesitaba, mi propio caos domesticado, la burbuja de caos que yo podía o que creía que podía controlar, te explicará pidiéndote que la ayudes a pararse.

Entendí de golpe que por eso estaba con él, que por eso lo aguantaba. Porque era la locura contenida, aquella a la que yo podía dar orden, como hacía con mis pacientes y mis niños con problemas, aseverará tu madre.

Y perdón si me he desviado, pero no tengo tan clara la cabeza, por la mierda ésta con la que me están envenenando.

Igual es culpa mía. Te dije que quería hablar de esto, que prefería hacerlo ahora.

No en otra vida, exacto.

Tu tío más chico te explicará que fue con él con quien tu hermano se mudó.

Al principio, un par de semanas o un mes, igual un mes y medio, como mucho, porque al final tu hermano grande decidió irse a vivir con su otra madre, con quien no había vivido desde niño.

De algún modo era lo normal, aunque no quería decir que fuera lo mejor, porque su madre era, digámoslo así, peculiar, sumará tu tío más cercano. Por eso ahí tampoco duró tanto. La convivencia, según recuerdo que él mismo me dijo, les resultó imposible a él y a su madre. Así que acabó viviendo en casa de un amigo suyo, cuyos padres lo aceptaron porque tu hermano, la verdad, con todo y sus fantasías, era un muchacho divertido y bastante independiente.

Bueno, por eso y porque el padre de aquella familia, que era psiquiatra, un psiquiatra bastante reconocido —creo que esto tu hermano no lo supo nunca—, era amigo de tu madre, amigo y colega, pues compartían varios pacientes. Pacientes a los que ella veía en terapia y a los que él medicaba. ¿Te imaginas lo que habría dicho tu abuelo? ¿Te imaginas cómo habría reaccionado al saber que acabarían trabajando juntos un psiquiatra y una psicoanalista? Se volvería a morir, asegurará tu tío, sonriendo y aplaudiendo con ese aplauso que es tan suyo y que es tan suave que no hace ningún ruido.

La otra vez te dije, si no recuerdo mal, que en esos años tu madre cargaba económicamente con todo, pues bien, ese día, si dije eso, me quedé corto. Y es que tu madre, además de lo económico, cargaba todo lo emocional, porque en eso tu padre tampoco la ayudaba. Ya sabes cómo es él, que puede ser muy profundo en ciertas cosas pero muy plano, planito en serio, en otras. Te lo digo así porque sé que eres inteligente, que lo conoces y lo sabes, porque sé que no va a molestarte. Pero es así y así fue entonces, cuando tu hermano se fue a vivir a casa de sus amigos, tu madre fue su único soporte emocional. Él, tu hermano, podría decirte esto mismo.

Y es que tu madre era el apoyo emocional de todo el mundo, no nada más de su familia. Lo mismo que hizo con tu hermano, por ejemplo, lo hizo con la hija de la periodista, a quien le consiguió donde mudarse, aunque ahora no recuerdo a donde fue que ella se fue. Y lo mismo hizo, poco después, con mi hija, que por entonces acabó viviendo con ustedes. Era increíble, tu madre, en esas cosas. Parecía que su vida no era sino envolver y proteger a aquel que daba la impresión de estar perdido, extraviado, asustado, añadirá tu tío sonriendo: por eso siempre he dicho que tiene alma de perrera. Aunque si me escucha me descuartiza.

No puedes ser la madre de todo el mundo, recuerdo que le dije cuando mi hija se fue a vivir con ustedes, porque al principio, cuando tu prima me dijo que se iría a vivir a su casa, no lo tomé muy bien que digamos. Luego, como siempre, bastó una llamada de tu madre para que lo entendiera, para que comprendiera que aquello era lo mejor que nos podía pasar a todos.

Ni quiero ni voy a ser la madre de tu hija, recuerdo que me dijo tu madre, voy a ser su amiga, eso es lo que ella necesita ahora de mí, no que sea su tía. Voy a ser su amiga,

así que no puedo ser su madre, me dijo varias veces, durante aquella llamada.

Así fue como tu prima se fue a vivir con ustedes.

Recordarás que ese año te perdiste en la selva con tu hermano
menor, que confundiste los gritos de los monos aulladores con
rugidos de jaguar y que una serpiente se enroscó en el brazo
de tu hermano, deteniendo un segundo tu corazón y el suyo,
pero que entonces, de la nada, apareció un hombre que, con
un machetazo certero, partió en dos esa serpiente sin tocar la
piel de tu hermano; que, aquel hombre, los llevó después —a ti,
a tu hermano y a tus padres— hasta su comunidad, en la que
casi todos eran sordomudos y en la que la mayoría de los
hombres se dedicaba a guiar turistas por los ríos subterráneos de la península, aprovechando que, bajo el agua, no hacían
falta los sonidos, le explicarían ellos a tu madre, quien se reiría
a carcajadas sorprendiéndote pues no habías imaginado que,
en el lenguaje de señas, existiera el humor; que, en los Estados
Unidos, ante un auditorio abarrotado, un hombre vestido de
negro que dejaría atónito a su público y a las cámaras de la
televisión, una de las cuales grabó aquel acto que tú después
verías en la pantalla de tu casa, presentó el primer teléfono
con pantalla de la historia, es decir, el primer aparato que hizo
posibles las videollamadas, lo cual, por alguna razón que nunca
habrás de comprender, te generó una ilusión enorme; que, frente
al espejo, te sorprendió descubrir que a pesar de tu cortísima
edad te habían salido varios brotes de canas, al parecer por
un asunto autoinmune; que, en Ayacucho, la banda terrorista
Sendero Luminoso, el mismo día que asesinó a María Elena
Moyano, alcaldesa de Villa El Salvador, puso una bomba en el
centro de aquella ciudad, segando la vida de dos policías y
destrozando la única escultura de metal que, hasta entonces, tu

teníamos una relación de adolescentes ni cogíamos desde hacía años ni es que yo fuera una santa, honestamente —de tanto en tanto, además de con un maestro del Colegio, me acostaba con aquel hermano del paciente al que ya había dado de alta—. Además, ya te dije que no era amor lo que me mantenía al lado de tu padre, confesará echando la cabeza hacia atrás y guardando silencio un breve instante, porque recién habrá sentido el golpe de ese veneno saludable latiéndole en la sangre, mordiéndole las venas.

Por cierto, ¿has vuelto a ver esos fantasmas de tu infancia?, le preguntarás porque de golpe te habrás acordado de eso. No, no he vuelto a verlos, no ahí donde los vi el otro día, no con los ojos abiertos, pues, te responderá sonriendo para volver después, cuando emerja de ese otro silencio en que se habrá sumido, a donde estaba: lo mejor fue lo que le dije y la cara que puso cuando escuchó: vas a tener que rasurarte, que raparte los huevitos, perdón, el huevito que te queda... ¿te imaginas qué solito va a sentirse? ¿Te haces una idea de lo chiquito que se te va a ver el pito? Eructando una carcajada, uno de esos graznidos que le salen cuando se hace reír a sí misma, tu madre tratará de controlar los espasmos de su vientre y su tórax, porque reírse, quién sabe por qué, cuando está conectada al *chunche* ese —así dirá, al *chunche* ese—, hace que le arda incluso más la melcocha que le meten en el cuerpo —eso también dirá: *melcocha*—.

La verdad, sin embargo, añadirá cuando haya recuperado el control sobre su cuerpo y sus humores, es que claro que aquello me enojó, no me afectó emocionalmente, pero me molestó. No, obviamente, que él tuviera ladillas, sino que me lo hubiera dicho así, como queriéndome joder. Porque lo único que tu padre tenía entonces que tenerme era respeto. A fin de cuentas vivía de mí y gracias a mí no había enloquecido,

aunque yo, ya te lo dije, también sacara de su no enloquecimiento una ganancia personal o familiar.

Recuerdo que fue así como esa noche se lo conté a la ceramista, que entonces, con la colombiana muerta, con la veracruzana cada vez más lejos, con la noruega repatriada, con la
fotógrafa casi siempre de viaje y con los velos que siempre
hubo en las conversaciones con mis hermanas, se había convertido en mi mejor confidente.

De hecho, confesará tu madre, en esa época la ceramista
se convirtió en mucho más que en mi confidente, se volvió,
en realidad, mi amiga más cercana, mi amiga más querida.

Pero de ella ya hablaremos luego.

Tu tía mediana te confesará que ese año le diagnosticaron sjögren.

Había dejado de llorar, es decir, de secretar lágrimas, además de que cada vez tenía menos saliva. Por eso fue que fui
a ver varios doctores, hasta que uno, un internista de primera, me dijo que era sjögren.

Ese mismo internista me dijo que no debía preocuparme, que me ayudaría a estar bien, a aguantar el mayor tiempo
posible sin que los síntomas empeoraran demasiado, sumará
tu tía sacando de su bolso un par de frascos. Mira, ésta es mi
saliva sustituta, échate tantito en la boca para que veas qué se
siente, anda, no seas miedoso.

Obediente, meterás en tu boca su gotero, dejarás caer sobre
tu lengua una carga de aquel líquido y sentirás como si una
vaca te hubiera metido la lengua. Entonces escupirás sobre el
suelo pulido de casa de tu tía, quien no podrá dejarse de reír
de modo estruendoso ni aun sabiendo que tu tío mediano
está arriba y que eso, sus carcajadas, podrían sobresaltarlo y
hacerlo bajar a la sala, con lo que cuesta convencerlo de que
suba y se meta en su cuarto.

Tanto tatuaje, tanto presumir tu cicatriz y casi vomitas. De verdad que no aguantas nada, pensé que serías un poco más hombre, aseverará sin dejarse de reír. Arrebatándote el frasco de las manos se echará un par de goteros, te verá a los ojos fijamente y hablando con la boca retacada de aquella saliva falsa dejará que salgan, chapoteando, sus palabras: ya ves que no era para tanto, ni la primera vez que la probé hice un drama como el tuyo. Luego, con la saliva de vaca esa en la boca, tu tía habrá de confesarte: por suerte, el doctor que te digo me cumplió… bueno, él y mi Señor.

Porque la verdad es que ya van un montón de años y ahí la llevo, ni tanto que queme al santo, ni tanto que no lo alumbre. Aunque no es que yo sea una santa, que pecados hemos cometido todos, ¿no? En realidad, lo peor de esta enfermedad, hasta ahora, quiero decir, fue el día que me dijeron qué tenía, aquel primer día y aquel primer año, en realidad, porque anduve así como no siendo yo del todo, como siendo otra persona.

Por ejemplo, me alejé de la gente que más quería, no sé si por vergüenza o por pereza o por lo que ellos fueran a pensar, confesará tu tía. Y de eso sí que me arrepiento, por eso sí que he pedido perdón un montón de veces. Sobre todo por haberme alejado de tu madre, que aunque decía que todo iba bien, yo sabía que eso no podía ser cierto.

Tu padre, igual no lo recuerdas, aunque yo creo que sí, empezó a pasar cada vez más tiempo de viaje, porque además de los simposios en nieve empezó a ir a los de acero y de madera, te confesará ella.

Y eso, que un hombre no esté en su casa, nunca es bueno.

Recordarás que ese año tu tío mediano te regaló una bolsa de terciopelo negro al interior de la cual había seis piedras de lectura, seis cristales toscos como conchas que, te confesó, habían pertenecido a tu abuelo; que, en Hamburgo, durante un torneo de tenis, la tenista yugoslava Mónica Seles, en mitad de su partido de cuartos de final contra Magdalena Maleeva, fue apuñalada en la espalda por un fanático —nunca se sabría si era un fanático del juego o político, pues el conflicto en Yugoslavia recién había estallado— que saltó de las tribunas a la cancha, se abalanzó sobre su cuerpo y clavó, bajo su omóplato, el cuchillo que desgarró la carne y la carrera más prometedora de la historia del tenis; que, en un pequeño pueblo de Morelos, sostuviste tu primera relación sexual, de forma totalmente inesperada porque habías ido a visitar a una amiga con la que querías acostarte pero acabaste durmiendo con su hermana mayor; que, una tarde, aquella mujer que había sido enfermera, hija de tu madre y una de las primeras graduadas del Colegio, volvió a tu casa, feliz, para contarles que estaba embarazada; que, en Quito, la selección Mexicana de futbol perdió la final de la Copa América ante su similar de Argentina, a consecuencia de la distracción de la defensa en un saque de banda y tras haber jugado, por primera y última vez en la historia, un futbol ilusionante, congruente con el ser de tu nación: agazapado, corto, al contrataque, peleón y esperanzado; que, en el periódico que recibían tus padres, leíste que, en Connecticut, el director de la biblioteca de Yale anunció que por fin habían encontrado el segundo manuscrito original del *Manuscrito Voynich*, gracias al cual —a sus ilustraciones, específicamente— podían aseverar que dicho libro había sido escrito hacia el año 1500 y no hacia el año 1250 —como se había pensado hasta entonces— y que su equipo de investigadores no cejaría hasta dar con el tercer original —original que, se sospechaba, estaba en algún lugar de las estepas siberianas—, para poder desentrañar así el significado de aquel texto que, al parecer, era un manual botánico, astronómico o lingüístico, un manual que escondía un saber importantísimo; que, una mañana, apenas despertar, viste sobre tu almohada un ramillete de cabellos que te hizo temer lo peor, que te convenció encogiéndote el estómago de que seguro tenías cáncer porque las personas con cáncer perdían el cabello —no sabías, entonces, que lo que tira el cabello es la medicina—; que el mundo, tal y como se conocía, sería transformado para siempre tras la primera gran socialización de Internet, a través de las conexiones telefónicas de gran escala, socialización que tuvo lugar al mismo tiempo que Linux fue distribuido comercialmente, que se lanzó al mercado la primera versión de Windows NT y que AOL ofreció acceso general a Usenet; que tu relación con la música, como la de la mayoría de tus amigos y amigas, se revolucionó cuando aparecieron los canales de videos musicales MTV Latinoamérica y Telehit; que, en Waco, Texas, el FBI cercó e irrumpió en el recinto de la Secta de los Davidianos de la Rama, lo que dejó un total de 75 muertos, entre quienes se encontraba David Koresh, líder y profeta último de dicha secta, que fue una de las últimas que llamaron tu atención, y que tu tío de en medio, en una de las pocas librerías de viejo de la avenida Álvaro Obregón que aceptaba visitar, te regaló —habrá entrado en ese período en el que sólo leería autores argentinos— *Extracción de la piedra de la locura*, de Alejandra Pizarnik, libro que te hizo temer, por primera vez en tu vida, aquello que tanto temiera tu madre: "Te deseas otra. La otra que eres se desea otra. ¿Qué pasa en la verde alameda? Pasa que no es verde y ni siquiera es alameda. Y ahora juegas a ser esclava para ocultar tu corona ¿otorgada por quién? ¿quién te ha ungido? ¿quién te ha consagrado? El invisible pueblo de la memoria más vieja. Perdida por propio designio, has renunciado a tu reino por las cenizas. Quien te hace doler te recuerda antiguos homenajes. No obstante, lloras funestamente y evocas tu locura y hasta quisieras extraerla de ti como si fuese una piedra, a ella, tu solo privilegio".

XLVIII

1994

Ese año nos mudamos otra vez de casa, dirá tu madre.

Tras cinco años de esfuerzos, frenazos, acelerones y trabajos de construcción que a veces eran constantes y otras esporádicos, conseguimos terminar la casa que queríamos.

Una casa que crecía alrededor de la chimenea, porque eso me hacía pensar en todo lo que no tuve de niña... fuego, calor de hogar, los hijos reunidos con sus padres y la chingada, añadirá tu madre distraída, paseándose por uno de los pasillos de la tienda que su amiga ceramista habrá decidido que era la mejor, tras consultar con un montón de gente.

Aquellos acelerones y frenazos no sólo tenían que ver con el dinero, también con que tu padre estuviera o no en México... a veces pienso que ése fue otro de los motivos que me hizo aguantarlo, quedarme con él aquellos años. Que tu padre se encargaba de la construcción, los albañiles y los materiales porque tu primo vivía en Puebla y nomás nos había hecho los planos generales. No había, pues, un arquitecto que llevara la obra, te dirá en el instante en el que al fin habrá de atreverse a tomar una peluca.

Pero no sólo porque él fuera un buen maestro de obras, también porque cada vez pasaba menos tiempo con nosotros y eso, en cierto modo, me resultaba cómodo, sumará probándose una segunda peluca, que habrá arrancado de otra cabeza de unicel y que también descartará en un instante: muy formal, ¿no? ¿No es demasiado evidente? Sí, demasiado parecida a mi pelo. ¿Qué estaba diciendo? Eso, que aguantaba a tu padre porque era mi caos amaestrado, el caos que podía controlar, la latencia de ese caos, quiero decir, de esa amenaza sin la que yo no podía ni sabía cómo vivir. No voy a engañarte ni a engañarme, menos a estas alturas y menos aún sabiendo lo que sé, lo que sabemos de mi enfermedad, quiero decir, aseverará revolviendo temas y probándose una tercera peluca. Piensa, por ejemplo, en su violencia. Aunque igual a ti no te tocó, a ti nunca te pegó como a tus hermanos porque nunca dejó de verte como un niño enfermo y frágil, el hijo que no hacía falta romper porque ya estaba roto. Piensa en eso y piensa esto otro: si tu padre era esa violencia, si él era ese caos incontrolable, esa locura desatada, yo no tenía que serlo, no tenía que convertirme en todo eso ni recurrir a esa parte de mí que sé que ahí está, que aquí ha estado siempre, asegurará tu madre cerrando los ojos.

Mi vida, lo entendí hace un montón de años, aunque no tantos como hubiera deseado, ha sido mantener a raya el caos, la locura de los otros, pero también encapsular el que me habita, añadirá tu madre, descartando una cuarta peluca. La locura que me habita igual que habitaba a mi padre, a mi madre y a dos de mis hermanos, aunque su latencia estaba en todos. Igual que está en ustedes. Nosotros somos la frontera, el umbral, asegurará ella y tú, que tanto habías querido escuchar eso, por eso mismo, porque de pronto acabarás de escucharlo, no podrás más que quedarte en silencio. Por eso aguanté a tu padre y por eso, cuando nos mudamos otra vez de casa, lo hicimos fingiendo, representando ser una pareja que ya no éramos. Y es que ya no éramos nada... ¡ésta! ¡Ésta es la peluca que quiero!

¿A poco no se me ve bien?, preguntará tu madre sonriendo y haciéndote sonreír también a ti, aún a pesar de que no podrás más que pensar en lo anterior, pues se habrá echado encima una melena morada, casi violeta. Fíjate qué impresionante: cuando finalmente nos mudamos, tu padre intentó encender la chimenea y no funcionó, así que nunca más volvió a intentarlo. Dijo "esta chimenea no sirve" y ahí quedó la cosa... ya sabes que para él los esfuerzos eran gigantescos o no eran. Años después, sin embargo, la ceramista, un día que me estaba esperando, decidió encender un par de leños y la chimenea funcionó a la perfección.

Si es que en esa casa, desde el primer día, los símbolos nos escupían a la cara, sumará tu madre cuando se pruebe la segunda peluca que también, al final, habrá de comprar, sonriendo como no habría sonreído en mucho tiempo, por lo que compartirás su alegría y dejarás, también al fin, de pensar en aquello que dijo de ser una frontera o un umbral.

Pocos días después de la mudanza, de noche, cuando fuimos a acostarnos, tu padre se tumbó en la cama y la cabecera hizo crac, se partió en dos. No, no por la mitad, que tampoco es que los símbolos sean así de obvios, así de pueriles.

La verdad, aquella casa me hablaba, dirá llevando a la caja las pelucas que ha elegido y buscando en su bolsa su cartera.

¿A ti te ha hablado alguna casa?

Tu tío chico te dirá que tu madre le cambió la vida a su hija aquel año.

Después de irse a vivir con ustedes, no sólo cambió sino que se ubicó, entendió quién era y qué quería... si hasta decidió estudiar lo mismo que tu madre, inscribirse en su escuela.

Por cierto, cómo de claro tendría tu madre que seguiría recogiendo hijas que, la casa a la que entonces se mudaron, tenía un cuarto extra, sumará tu tío más cercano sentado en las sillas desvencijadas del Ministerio 12 de Puebla, donde estarán esperando que liberen a tu tío de en medio, pues la noche anterior se habrá escapado de la casa de su hermana, armado con una pistola que nunca sabrán de dónde sacó.

Si no hubiera pruebas de su demencia, no creo que lo soltaran, por suerte, tu madre se aseguró de que le hicieran mil exámenes... por otro lado, ¿te imaginas a mi hermana ayer, saliendo a perseguirlo? La verdad es que, imaginármelos, a mi hermano fuera de sí, corriendo por la calle y aseverando que mataría a esa doctora por querer encerrarlo y por decir que estaba loco, y a mi hermana, pobre, con la boca reseca —qué asco que probaras su saliva—, que no puede ni sudar, tratando de alcanzarlo, me da risa, añadirá tu tío más querido, olvidándose así de tu madre, de lo que te estaba pues contando.

Lo que no me da risa es lo rápido que tu tío ha acabado de perder la cabeza por completo, pinches cosas autoinmunes, pinche genética de quinta que tenemos. Igualito que mi tío, el hermano de tu abuelo. Porque eso mismo decía mi padre de él, lo que dicen los exámenes que le mandó hacer tu madre a mi hermano, que no es demencia ni es Alzheimer, que tiene el cerebro lleno de cavidades, de vacíos que quién sabe desde cuándo están ahí, pero que cada vez son más y cada vez, también, son más hondos y grandes. ¿Te imaginas? ¿Imaginas lo que debe ser tener llena de hoyos la cabeza?

Igual por eso nunca se reía, cuando era niño. Igual por eso no entendía mis chistes, aunque entonces mi otro hermano también tendría que haber tenido un coral en el cerebro, dirá tu tío riéndose de nuevo. Igual se perdió ahí, en su cerebro, en esos laberintos improbables y no allá en Siberia, insistirá forzando una sonrisa, cuando por fin los llame el licenciado al que le habrían mostrado los papeles de tu tío mediano, el mismo licenciado que al principio no habría entendido nada, porque esos papeles, los que ustedes le dieron, estaban a un nombre diferente del que ellos conocían, creían que era el de tú tío, pues él, tu tío mediano, llevaba en la cartera, al ser detenido, las identificaciones de tu abuelo —su credencial del hospital y su licencia de conducir—.

Van a entregárnoslo pero no quieren, obviamente, que suceda otra vez, que vuelva a salir armado a la calle, que vuelva a presentarse en el asilo de esas monjas, resumirá tu tío entregándote las credenciales que le habrán quitado a tu tío de en medio, credenciales en las que verás, por primera vez, el rostro de tu abuelo, ese rostro que, inesperadamente, te hará agradecer, sin tener claro a quién o qué o por qué estás agradeciendo, no tener esa nariz, tener la enorme y deforme nariz de tu abuela materna.

Estos pendejos creen que es costumbre, que tu tía se levanta en las mañanas, le entrega una pistola a tu tío, le da un juego de llaves y le dice que la pase bien, que encuentre a la doctora que busca, dirá sonriendo, otra vez, cuando la puerta que permanece cerrada a cal y canto finalmente se abra y por ahí salga tu tío de en medio.

Ése no puede ser mi tío, será lo primero que pensarás cuando lo veas aparecer en aquel vano y voltees a ver a tu otro tío, cuyo rostro, desfigurado, te hará pensar que él está pensando eso mismo: ése no puede ser mi hermano.

Y es que tu tío mediano, a quien habrías visto hace apenas un par de semanas, en aquel tiempo habría envejecido treinta años.

Es mi padre, dirá tu tío, tropezando con el tiempo al avanzar un par de pasos.

Recordarás que ese año, en Chiapas, el Ejército Zapatista de Liberación Nacional se alzó en armas contra el gobierno, cambiando para siempre la historia de tu país, el mismo día que entró en vigor el Tratado de Libre Comercio para América del Norte; que, los refrigeradores de todas las casas que conocías, a diferencia de la tuya, se llenaron de productos gringos, alimentos precocinados que tu madre prohibió terminantemente y a los cuales, obviamente, te hiciste adicto, antes por esa prohibición que por el gusto; que, una mañana, llorando de rabia, tu madre te contó que aquella enfermera, aquella hija suya que además fue la primer graduada del Colegio, había perdido a su hijo durante el parto, parto tras el cual, para colmo, quedó inválida por culpa de un doctor de mierda y un sistema de salud aún peor; que, en Nevada, el cráter Sedán, resultado de la prueba nuclear de Sedán, la más grande que hasta entonces se hubiera realizado y cuya lluvia radioactiva contaminó a más norteamericanos que cualquier otro evento nuclear, fue incluido en el Registro Nacional de Lugares Históricos y de Interés Turístico de aquel país; que empezaste a comer como nunca lo habías hecho, de manera voraz, casi desesperada, cada vez que visitabas la casa de alguno de tus amigos, sobre todo la de aquél que tenía un segundo refrigerador retacado de hot dogs, hamburguesas y burritos congelados; que, en Lomas Taurinas, Tijuana, el candidato del Partido Revolucionario Institucional a la presidencia fue asesinado de dos balazos —el primero le abrió un hoyo como mina en la cabeza, desparramándole el cerebro, mientras que, el segundo, destrozó sus vísceras tras impactarlo en el abdomen—; que, en una de las revistas a las que estaba suscrita tu madre, leíste que el doctor australiano Gustav Joseph Nossal, hermano de Leopold Joseph Nossal —el químico que habría de patentar las lágrimas y la saliva artificiales—, descubrió, tras retomar los trabajos de Frank M. Burnet, que las células T y B autorreactivas, en circunstancias críticas, se inactivaban impidiendo la respuesta inmune, descubrimiento que sería esencial para sentar las bases del futuro de los tratamiento de las enfermedades autoinmunes; que, en Seattle, Washington, tres días después de haberse disparado con la escopeta que le destrozó el cráneo, fue encontrado el cuerpo de Kurt Cobain, el primer y único músico de grunge que tu madre escucharía contigo; que, en la cocina, al día siguiente de que tu padre regresara de uno de sus viajes, estalló la olla exprés, bañando todo con frijoles, instantes antes de que tu madre entrara ahí corriendo, se riera de un modo que tú no la habías oído reír y, tomando del fregadero los platos que apenas había lavado, empezara a lanzarlos contra la estufa; que, en Chery, cantón de Friburgo, cuarenta y ocho seguidores de la secta Orden del Templo Solar se volaron los sesos apenas un par de días después de que otros veintiún seguidores de esa misma secta se suicidaran con tranquilizantes en Selvan, cantón de Valais, y cinco días después de que, en algún sitio de Quebec, su líder, Joseph di Mambro, asesinara al bebé de tres meses Emmanuel Dutoit, acusándolo de ser el anticristo y clavándole una estaca de madera en el centro del pecho; que tu madre te pagó, por primera vez, por ayudarle a estudiar matemáticas y física a uno de sus pacientes, y que, un par de días después de mudarse, ayudaste a tu madre a acomodar sus libros y hojeaste su ejemplar de *El segundo sexo*, ejemplar que aún conservas y en el que te sorprendieron la cantidad de subrayados y anotaciones.

Entenderás que tu madre fue una pila de platos estallando, una canción de Nirvana, un cráter nuclear, quien renunció a su reino por tus cenizas, una enfermedad que fue una medicina, un cristal tosco como una concha, la serpiente enrollada

en el brazo, una boca llena de hambre, un refugio subterráneo, un manuscrito intraducible, un bidón de alcohol industrial, esa capa de polvo que se acumula sobre los hombros y
el encantamiento de un rostro destrozado.

XLIX

1995

Te contará, tu madre, que ese año aparecieron sus mareos.

Tu padre había organizado un simposio de escultura en Zacatecas, uno de los pocos que hizo en México, apoyado por la hija de la periodista, que entonces trabajaba en un museo de por allá.

Yo no quería ir porque no tenía ningunas ganas de viajar con tu padre. Después de la casa que habíamos construido, no teníamos mucho más que compartir. Además, tenía más trabajo que nunca y debía preparar una ponencia para un congreso en la Universidad de Carolina del Norte, el congreso más importante que había sobre autismo, añadirá cerrando la puerta del auto y presumiéndote su peluca color vino.

Al final, sin embargo, como tu hermano chico y tú se ilusionaron con aquel viaje, me tocó acompañarlos… ni modo de dejarlos solos con su padre, con quien nunca habían viajado así. Tú estabas en la prepa, no me preocupabas, pero tu hermano chico apenas tenía doce o trece años, te contará bajando la ventana y dejando que el aire que le escupe la lateral del Anillo Periférico revuelva su nueva melena. Por eso me tocó ir con ustedes y fingir que éramos una familia como cualquier otra y aguantar no a un escultor sino a veinte.

A veinte escultores con sus egos de puercoespines y sus esposas edecanes, publirrelacionistas o, en los mejores casos, imagínate, simbióticas. Y es que resulta que, en ese viaje, en ese simposio me di cuenta de que los escultores viajaban con sus esposas, todos menos tu padre, por supuesto. Y esto no lo digo como queja, obviamente, sumará bajando la visera y mirándose en el espejo. Lo digo con la sorpresa que sentí, una y otra vez, en aquellos desayunos en donde todos nos juntábamos. ¿No tenían nada que hacer? Esas mujeres, ¿no tenían vida propia? ¿Podían pasarse un mes así, de acompañantes de esos hombres? ¿No se suponía que aquél era un medio preparado, culto, supuestamente intelectual?

No, claro que no. Los escultores, a fin de cuentas, están a un peldaño, en la cadena evolutiva, del orangután. Un peldaño por debajo, claro está, aseverará eructando una carcajada que también te hará reír a ti, más porque hacía tiempo que no la escuchabas tan contenta que porque te haga especial gracia lo que ha dicho. Pero me estoy yendo por las ramas, como si yo también fuera un simio, se corregirá levantando la visera nuevamente y volviendo la cabeza hacia ti: cuando evidentemente con este pelo soy la Monalisa. Y esta Monalisa quería hablarte del mareo, de los mareos que primero fueron malestar, malestar que no comenté con tu padre porque eso, el malestar, era otra cosa que él no podía entender, a menos, claro, que fuera el suyo.

Deja tú el infierno que fueron tus hospitalizaciones con su inseguridad, con el terror que le infundían las cosas médicas, hubo una vez, cuando jugabas con tu triciclo en el departamento, que te caíste —no sé cómo, pero fuiste a dar contra la esquina de un baúl— y te partiste en dos la ceja. ¿Qué hizo tu padre? Se puso histérico, gritaba enloquecido porque él, cuando las emociones eran demasiado fuertes, perdía el control, si por eso siempre he dicho que un hombre violento no es más que un hombre débil.

Pero otra vez volví a desviarme y no quería hacer eso. La cosa es que estaba presionada, que me obsesionaba aquella ponencia, que me había dado gripa y que, tal vez sea hora de aceptarlo, tampoco es que comiera como debía. Ya sabes, en esa época rayaba con hambre el paso de los días, afirmará tu madre sorprendiéndote, pues no podrás creer que esté reconociendo aquello. Así llegó la mañana en la que, mientras me estaba bañando, me asaltó un mareo terrible.

Un mareo espantoso al que le siguieron varios calambres que me hicieron perder piso, te contará tu madre: me fui de lado e intenté agarrarme del tubo de las toallas, pero ya no pude y caí al suelo.

Me encontraron ustedes, tu hermano chico y tú, mucho después.

Tu tío mediano te contará que tu madre, ese año, dejó otra vez de hablarle.

Que él le dijo que tenía un problema y que ella dejó por eso de hablarle, aunque no te contará, tu tío de en medio, ni cuál problema era ése ni qué le respondió ella.

No te contará, pues, nada más sobre ese tema, sobre su último distanciamiento con su hermana porque no podrá decirte nada hilado, porque no podrá, aquélla, que será la última vez que tú lo veas, mantener un tema de conversación más que un instante, más que unas cuantas frases, como si él no fuera él sino un niño pequeño, varios niños pequeños, en realidad.

Entonces, tras compartir un silencio que para ti durará dos o tres vidas, tu tío abrirá las compuertas de su cerebro como mina a cielo abierto y soltará un tsunami de historias inconexas, desconectadas entre sí y de sí mismas, desconectadas además de su interior, del interior de tu tío, como si fueran, aquellas historias, no sólo su reflejo sino tu tío en sí mismo: ese ser que entonces ya estará desconectado de sí y del mundo: dicen que soy hijo de mí, pero no entiendo por qué.

Acá el calor dura sólo en esa esquina, en las otras tres no hay ventanas. Dicen que robo, que me meto a restaurantes y me robo los cubiertos, que a veces también robo manteles. Esta silla no es mía, parece mía, pero no; ayer sí era mía, como la cama, que mañana ya no es mía. Dicen que te ataqué, que te grité y que te golpeé en una calle, afuera de una librería. No me dejan tener libros, pero tampoco quiero porque no me acuerdo cómo se usa lo que hay adentro, te contará señalando el par de libros —*Nada se opone a la noche* y *La edad de hierro*— que estarán sobre la cómoda en la que habrá, además, un cenicero pegado a la madera.

Dicen que le apunté a una monja con un arma, que amenacé con que quería asesinarla. Asesinar, eso es matar a alguien, ¿verdad? Dicen que mi madre no está viva, que no duerme aquí. Que estrellé adrede mi taxi, que choqué con un pesero, que el chofer me había insultado y que intenté atropellarlo. Que mi casa es un basurero, que no es mi casa, que yo no tengo casa. Que tampoco tengo canarios, que no tendría que preocuparme por ellos.

Pobres canarios, tienen hambre. Siempre tienen hambre, eso dice mi mamá. Por eso les dejo alpiste escondido y municiones también, para que coman las antenas. ¿Tienes señal? En esa esquina hay señal, en las otras no, pero ahí también hay calor, en esa esquina, por las antenas, te contará tu tío de en medio.

Dicen que mi hijo no es cierto, que no es verdad, que no tengo ningún hijo. Pero yo lo amamanté apenas ayer, ¿te acuerdas?, te preguntará al final, sonriendo.

Poco después, se quedará dormido y tú te marcharás, encogido.

Recordarás que, en Corpus Christi, Texas, la presidenta de su club de fans, Yolanda Saldívar, asesinó a balazos a la cantante, reina del tex-mex y emperatriz de la cumbia, Selena, última de las artistas que hizo bailar a tu madre como si fuera adolescente y hasta que, un día, bailando "Bidi bidi bom bom", tropezó y cayó al suelo, acusando un mareo repentino; que, en Zacatecas, rompiste el récord de ingesta de gorditas en un famoso local de esa ciudad, por lo que te ganaste el derecho a comer gratis durante toda esa semana, semana en la que, por primera vez en tu vida, tras discutir con un desconocido en plena calle, te gritaron, pretendiendo insultarte pero ofendiendo únicamente a tu madre: "gordo de mierda"; que, en Oklahoma City, Oklahoma, Timothy McVeigh llevó a cabo uno de los mayores ataques terroristas en los Estados Unidos, colocando la bomba que destrozó el edificio federal Alfred P. Murray, bajo cuyos escombros murieron ciento sesenta y ocho personas y resultaron heridas otras setecientas; que, una mañana cualquiera, el rostro de tu madre se desfiguró ante el periódico, no, ante el periódico no, ante una de las revistas especializadas a las que estaba suscrita y en la que leyó un artículo que acusaba a Hanz Asperger de haber colaborado con los nazis cuando —durante la Segunda Guerra Mundial— era oficial médico del ejército austriaco y servía en la ocupación de Croacia, enviando niños a la clínica Spiegelgrund, que participaba de los programas de exterminio y eutanasia infantil del Tercer Reich; que, en Culpeper, Virginia, el Superman de tu infancia videograbada, no el de tu infancia impresa en papel, Christopher Reeve, sufrió un accidente ecuestre, accidente que lo dejaría paralítico el resto de su vida; que, una noche, llorando de rabia, tu madre te contó que aquella enfermera que había sido tu hermana y la primer graduada de su Colegio, incapaz de sobrellevar la pérdida de su hijo y la movilidad de sus piernas, se había quitado la vida, lanzándose desde el octavo piso de una de las torres de la Unidad Habitacional Independencia —desde el departamento que antes había sido de tu madre y en el que ella vivía entonces—; que tu madre te regaló tu primera computadora, provista con el sistema operativo Windows 95, sistema que, entre otras cosas, te descubrió el navegador Internet Explorer en el que buscarías —éstas dos serían tus primeras búsquedas en esa ventana que cambiaría tu relación con el mundo— el alarmante decrecimiento de la población de abejas y el crecimiento del agujero de la capa de ozono—; que, en El Palacio de los Deportes, en uno de los últimos conciertos que dio el grupo Caifanes, sufriste tu primer pálida de mariguana y cerveza, por lo que, acurrucado en tu asiento y pensando en tu madre, que te había dicho que aquel grupo era lamentable y que mejor oyeras cumbias, dormiste o trataste de dormir dos terceras partes de aquel espectáculo con el que tanto habías soñado; que, en Srebrenica, tropas del ejército serbio llevaron a cabo la masacre de ocho mil civiles bosnios entre los que había miles de niños y ancianos, suceso que te impactó tanto como veinte días antes te impactara la masacre de Aguas Blancas, en la que la policía de Guerrero asesinó, durante un mitin político en Atoyac de Álvarez, a cerca de veinte campesinos indefensos, y que, sentado en la sala, viste a tu madre entrar en casa, sangrando, después de que un paciente le enterrara unas tijeras en un brazo.

L

1996

Aquél fue el peor año de mis mareos, dirá tu madre.

Tuve mareos de un mes y un mes y medio, alguno duró hasta dos meses. Pero lo peor fueron los doctores y sus estudios, porque sabía, de alguna forma sabía que aquello no era un asunto físico —eso es, hablemos de lo que no es físico, pensarás en el silencio de tu mente—.

Estaba convencida de que se trataba de algo emocional, que aquello que estaba viviendo, los mareos, los zumbidos, los dolores de cabeza eran creaciones de mi mente, aseverará tu madre subiendo el vidrio del coche e interrumpiéndose de pronto —no, no te interrumpas, no dejes a un lado las creaciones de tu mente, añadirás en el silencio de tu cabeza—. ¿Sabes qué me gustaría? Me gustaría ir al Museo Nacional de Antropología... pero no un día de éstos, no el próximo sábado o la semana siguiente.

Me gustaría ir ahorita que igual estamos cerca. ¿O tienes algo mejor que hacer? ¿No puedes cumplirle ese deseo a tu madre moribunda? No estás moribunda, madre. Y estabas diciéndome otra cosa, asegurarás en balde. Qué mejor lugar para estrenar estas pelucas, dirá ella volviendo la cabeza hacia ti, que sentirás encima su mirada, en el segundo exacto en que pondrás la direccional, otearás el espejo y comenzarás a orillarte para tomar la próxima salida que te ofrezca el Anillo Periférico, es decir, la salida que de golpe se habrá vuelto la que tu madre necesita.

No es casualidad que el peor año de mis mareos también fuera el que más trabajo tuve. No, más trabajo no, más presión. Y no digo presión por el trabajo, quiero ser lo más clara posible, digo presión por otra cosa… por el reconocimiento, asegurará tu madre, incapaz de ocultar la sonrisa que de golpe se le habrá dibujado entre los labios apenas comprenda que estás conduciendo con dirección hacia el museo. El reconocimiento a mi trabajo, la verdad, siempre me colocó en un lugar que no sabía cómo ocupar, en un sitió que rehuí toda mi vida porque ese reconocimiento era, de alguna manera, una forma de exposición. Exposición de mí, de la persona que había crecido sin ser vista, sin ser mirada y, por eso mismo, con miedo, terror a ser de pronto observada —qué bueno que no la interrumpí, que la dejé llegar solita, pensarás en el silencio de tu mente—.

Cuando era chica, esto igual debí contártelo hace tiempo, pero apenas ahora lo recuerdo —y qué mejor, la verdad, porque no me acuerdo exactamente de qué edad habré tenido—, leí o alguien me leyó —seguramente tu tía grande, que era quien más siempre me leía entonces— un libro que, estoy casi segura, se llamaba *Marijuana y Sifo*, añadirá cambiándose la peluca que traía puesta por aquella otra que también habrá comprado, justo cuando contemple en la distancia, solitario e imponente, el Tláloc que se alza ante el museo como frontera entre dos tiempos, como umbral entre dos mundos, como los párpados o los oídos de aquel sitio. En ese libro, la niña aquella, la Marijuana, se hacía pequeña para que nadie la observara cuando no quería ser vista, afirmará tu madre cerrando los ojos un momento. Creo que soy un poco como ella… fue tanto el tiempo que nadie me vio que no ser vista se volvió, de algún modo, una forma de habitar, de estar en ese mundo al que nadie más puede acceder. Sólo que yo, en lugar de hacerme pequeñita, para poder esconderme, para que nadie me observara, me mareaba. No puedo creer que hasta ahora me acuerde de ese libro.

¿Por qué no puedes creerlo? Si no me acordé cuando hablamos de mi infancia, debí acordarme cuando hablamos de las fotos, de por qué no había fotografías en nuestra casa. Y no digo en mi casa de la infancia, digo en la nuestra, en nuestras casas, aclarará cuando vuelvas a orillar el auto para entrar en la vereda que conduce al estacionamiento del museo y, sorprendido, voltees la cabeza y claves, un instante, tus ojos en los suyos. ¿Qué? ¿Sí me acordé? ¿Hablamos ya del cuento ese? Tu sorpresa, entonces, será la de tu madre, cuando le digas que, de lo que no han hablado, es de eso de las fotografías, de la ausencia de fotografías en sus casas y en sus vidas.

¿Cómo puedes decir eso? De eso sí que me acuerdo. Eres tú el que no parece recordarlo. ¿Para qué estamos entonces haciendo esto?, te preguntará abriendo la puerta de su lado y bajando al estacionamiento, enojada. Lo recuerdo claramente. Lo hablamos y te dije que tenía más que ver con eso de no ser vista, de no dejar ninguna huella, no dejar pistas detrás, que con lo de mis padres. Los recuerdos, siempre lo he pensado, es mejor llevarlos dentro del cuerpo, en ese otro mundo al que sólo puede entrar uno.

Pero igual no estaba hablando de eso, estábamos hablando del mareo y de que ése fue el peor año de todos, insistirá escapando nuevamente. Por lo del trabajo pero, sobre todo, por lo del reconocimiento. Aunque también, claro, está lo de tu padre, lo de no terminar con él a tiempo, quiero decir, no cortar de tajo y en su momento aquella relación que ya estaba muerta y acabada.

Si mejoré, si salí de aquellas crisis espantosas fue gracias, otra vez, a la terapia. A la que había empezado con mi segundo analista, que fue aún más importante que el primero. A la terapia, a mis pacientes, a mis hijos y a la ceramista, que entonces me cuidó como nadie me había cuidado nunca.

Y, claro, también gracias a tu padre, a que él pasara cada vez más tiempo fuera, dirá tu madre: a lo que sus ausencias me hicieron decidir.

Eso sí, los mareos ya no se fueron.

Tu tía más grande te dirá que ese año le diagnosticaron lupus.

El lupus puede atacar la piel, algunos órganos o las articulaciones. A mí me dio en aquéllas, sumará tu tía mayor en la sala de su hermana, tras el velorio de tu tío mediano.

Estoy segura, por cierto, de que tu abuela debió tener lo mismo, aunque siempre creímos que lo de ella había sido artritis, sumará mientras esperan a los demás para salir hacia la iglesia. Aunque igual y lo de ella sí que era artritis, porque mira, a mí esto del lupus no me ha tumbado ni me ha dejado inválida ni me ha quitado el apetito.

Igual por eso, porque acababa de recibir aquel diagnóstico, cuando tu madre me contó de sus mareos, de esos mareos que antes le daban todo el tiempo, le dije que viniera a Puebla un fin de semana, para ver al internista que nos había diagnosticado a mí y a tu tía. Se lo decía por no dejar y vaya que me llevé una sorpresa, porque ella, mi hermanita, que siempre se burlaba de que nos atendiéramos con médicos de pueblo, me pidió que le sacara una cita y vino ese mismo fin de semana.

Entonces, como no habíamos hecho en un montón de años, tu madre y yo platicamos durante horas, tardes y noches enteras. Cosas que el teléfono, por alguna razón, no permite que se hablen, añadirá levantando de la mesa, ante la que estarán tú y ella sentados, la urna de metal que contendrá los restos de tu tío, reducido a sus cenizas. Hubieras visto a tu madre el otro día, cuando nos lo entregaron. Mucho hacerse la más fuerte, mucho repetir que no lo había querido, que no le tenía mayor estima y apenas lo pusieron en sus manos, se echó a llorar como una niña. "No pesa nada", dijo: "no pesa y está tibio", repitió y empezó a sollozar. Entonces quiso avanzar hacia tu tío más chico y hacia mí, pero por poco cae al suelo. "Estoy mareada", nos dijo, asegurará tu tía dejando la urna otra vez sobre la mesa.

Y es que eso, sus mareos, aunque diga que aparecieron de repente, habían estado ahí desde hacía años, desde que ella era niña. Igual que seguirían estando luego, aunque ni antes ni después serían tan fuertes y violentos como fueron en esa época. Así que no, no sólo le había dicho que viniera a Puebla para llevarla con el doctor que nos veía a mí y a tu tía, también se lo había dicho para verla, platicar y descubrir qué andaba cargando, pues en ella, como en nadie más, la salud o la falta de salud siempre fueron consecuencia de lo que anduviera cargando, asegurará tomando un par de chocolates del *bowl* de cristal de su hermana —que estará al lado de tu tío de en medio— y pelándolos con una habilidad que podría poner en entredicho el mal de sus articulaciones. Estando con tu madre, como siempre, descubrí qué era lo que mi hermana estaba cargando: había decidido separarse de tu padre, pero no sabía cómo decirlo.

No a él, eso no le importaba. Ni siquiera a ustedes, que además ya estaban grandes y habían vivido la separación de su manada, aclarará tu tía desvistiendo otro par de chocolates —con la velocidad con la que uno abre un pistache— y dejando caer sobre la mesa sus envoltorios. Lo que tu madre no sabía cómo manejar, lo que le pesaba, lo que estaba somatizando era cómo decirle aquello a sus pacientes, que siempre fueron lo más importante. Eso y cómo decírselo a la familia, a tus primos y a tus tíos, que eran casi sus pacientes, con respecto a sus asuntos de pareja.

El resto de la gente, el resto del mundo, el qué dirán, pues, le daba exactamente igual —salvo la veracruzana, con quien cada vez estaba peor y quien, sabía tu madre, sentiría como victoria que su matrimonio hubiera durado más que el de tu madre—. Pero tus primos y tus tíos, al igual que sus pacientes, la angustiaban porque la hacían sentir, creo, en falta, aunque fuera una falta absurda.

Ya lo sabes, añadirá tu tía más grande despellejando otros dos chocolates y sorprendiéndote, como tantas otras veces, con la naturalidad de sus aciertos: a todos ellos les había dado consejos, si por eso los psicoanalistas se aferran a la familia, no porque crean en ésta, sino porque hablan demasiado y porque creen que creen en ésta.

En la escalera, entonces, para coraje tuyo, se escucharán los pasos de alguien que ahí viene bajando, alguien que dentro de nada estará también frente a esa mesa ante la cual están tu tía y tú.

¿Sabías que tu madre los guardaba?, te preguntará señalando los envoltorios de plástico y cambiando de tema.

Cuando era niña y eran de metal, tu madre coleccionaba envoltorios.

Recordarás que ese año, en la sede de la Organización Europea para la Investigación Nuclear, en Meyrin, un grupo de científicos de diversos países anunciaron que habían conseguido, por primera vez en la historia, aislar nueve antiátomos de hidrógeno, suceso que significó el primer logro real en la obtención de antimateria; que pasaste casi todos los fines de semana en casa de tu amigo sinaloense para escapar de los mareos que tendrían postrada a tu madre en su cama, quien no habría de levantarse más que para ir al consultorio, sentarse ahí durante horas y recibir a sus pacientes y quien, durante aquellos fines de semana, como tu padre no habría de estar casi nunca, sería cuidada por su amiga ceramista, quien sería, por entonces, la mujer a la que habrías de querer más, aparte de tu madre y de la veracruzana, a quien tú no dejarías de ver ni de querer como a otra madre y de quien nunca acabarías de creer lo que dijeran, aunque fuera tu madre o alguno de tus tíos quienes lo hicieran; que, en una de las revistas que recibía tu madre, leíste que, en Tel Aviv, un grupo de científicos liderados por Yael Dzienciarsky anunció que había controlado por primera vez los telómeros de un ratón durante la duplicación de sus células, deteniendo así la pérdida de información de los cromosomas y consiguiendo, de golpe, detener el envejecimiento de dicho animal; que, en París, el presidente de la República Francesa, Jaques Chirac, anunció el fin definitivo de las pruebas nucleares de su país, que se convirtió así en la primera potencia en poner un alto a la carrera de las bombas, el mismo día que, en Palestina, los servicios secretos israelíes asesinaron a Yuhya Ayyash, con quien no tendrías que tener ninguna relación, pero la tendrías: su sobrina segunda sería tu compañera en la facultad a la que entonces ingresaste; que, la mañana de un día en que tu madre no estaba en casa, urgido por encontrar algo de dinero, porque debías pagar un viaje de campo de la universidad, encontraste, en una de las cajas que tu madre coleccionaba, cientos de papeles de metal, rectángulos que por un lado eran color plata y por el otro presumían distintos tonos galvanizados: azul, verde, amarillo, dorado, naranja, rojo, café, violeta, morado, gris y blanco, además de cientos de recuerdos que tu madre habría ido guardando en esas cajas que por alguna extraña razón nunca habías abierto, a pesar de que llenaban todas las superficies de tu casa: cartas de pacientes —escritas o dibujadas—, anillos, semillas de colores, agujas —que podrían ser de Vudú o que te harían pensar en eso—, invitaciones personalizadas a cumpleaños —en la mejor conservada, la de tu cumpleaños numero siete, junto a tu nombre, verías el dibujo de un cañón cuya bala sale disparada sin fuerza, rebotando impotente sobre el suelo—, ojos de muñecas, botones de otra era, milagritos, *pins* de congresos nacionales y extranjeros, pasadores, ligas para el pelo, picos de canario, paladares para dentaduras —el tuyo y el de tu hermano chico—, monedas viejas, pepitas sucias —seguramente de las minas donde su abuelo, tu bisabuelo, debía haber trabajado— y, en la caja más grande, los libros de Julián Alemán Bermejo, uno de sus pacientes más queridos; que, en tu país, por primera vez en la historia, se aplicó el horario de verano, por lo que todos, incluido tú, que no entendías cómo funcionaba, es decir, que no sabías si te habían robado o regalado una hora, tuvieron que cambiar sus relojes para aprovechar un poco más de sol y, según palabras del gobierno, ahorrar energía; que, en el Instituto Roslin de Edimburgo, el tiempo de la humanidad y el del resto de especies cambió su reloj para siempre tras anunciarse que los trabajos de los científicos Ian Wilmot y Keith Campbell habían dado lugar al nacimiento de la oveja Dolly, primer animal clonado a partir de una célula adulta; que tu madre te pegó en la cabeza, por última vez y con más fuerza que nunca, después de que le dijeras que la clonación era una maravilla, que lo pensara, si quería, desde su propia perspectiva, que gracias a ésta ya no habría más mongolitos; que te impresionaron los funerales de

Estado que en Vietnam le dedicaron a uno de los generales que habían vencido al ejército estadounidense, funerales que buscaste en Internet, y que te obsesionaste con *Dinos cómo sobrevivir a nuestra locura*, de Kenzaburo Oé, apenas supiste que ese libro existía, gracias al ensayo de Julián Alemán Bermejo: *Imaginar o habitar la metáfora: locura fértil o caso clínico*.

LI

1997

Tu madre te contará que ese año aprendió a vivir con sus mareos.

No es que aprendiera a evitarlos pero, cuando cumplí cincuenta años, aprendí a vivir con ellos, a dejar que me habitaran unos días para después echarlos poco a poco.

¿Echarlos? Exactamente, echarlos, repetirá tu madre: ¿qué es lo que no entiendes? ¿Qué otras cosas has estado echando de tu cuerpo?, preguntarás entonces, de golpe: ¿dónde queda eso que echas? ¿En qué lugar?, insistirás pero tu madre sacudirá la cabeza, te dirá que no estés chingando y volverá a eso que quería contarte.

Eso de aprender a convivir con el mareo tuvo que ver con aceptar que tu padre y yo no éramos nada, que no quería seguir fingiendo, afirmará en el enorme vestíbulo del Museo Nacional de Antropología. Con entender, pues, que no era casualidad que aquellos mareos hubieran aparecido justo cuando estaba empezando a decidir hacerlo a él un lado, sacar a tu padre de mi vida. Es decir, quitar esa barrera que había puesto entre el caos y yo, entre la locura y tu madre.

El mareo era el caos que regresaba, el caos volviendo a apoderarse, intentando, en realidad, apoderarse de mi cuerpo y de mi mente. El miedo que le tuve siempre, por ejemplo, a la violencia, a convertirme en algo de aquello que temía porque yo misma me puedo convertir en eso, en esa violencia que, como tantas otras cosas, es un pasillo a la locura. Acuérdate de las veces que estallé, de todas esas veces que dejé acercarse a mí y a ustedes la locura, por estallar, por no medir el peligro. La vez del parabrisas, por ejemplo. Pero también la de los platos, la del camión o la de las llantas de aquel coche que solía estacionarse en nuestra puerta, te recordará encaminándose, sin negociarlo, hacia la sala de los Mayas.

Y como no está negociando, como te quedará claro que ese día habla como quiere y de lo que quiere, no la interrumpirás con las palabras que te saltan en la lengua y la dejarás que se adentre sola en ese tema que estabas esperando: siempre he creído, no, igual y siempre es exagerado, pero sí ahora, que es lo importante, aseverará bajo la enorme fuente del museo, que la violencia es una respuesta ante el peligro que entraña la locura. Una respuesta masculina, porque nosotras, las mujeres, que también tenemos ésa, contamos con otras. La peor de todas es la que llamo congestión emocional. Perderse, ahogarse en el silencio en vez del grito. Y es que el silencio es lo peor, por todo lo que genera, lo que nos hace somatizar y aquello que recicla cuando una se vuelve madre. Pero dejemos la teoría, pensemos en nosotros, en mí, que tengo tres hijos a los que mi silencio, a los que esa congestión emocional, de alguna forma y contra lo que quise, convirtió en machos.

Ustedes tres se esfuerzan, da igual que uno lo haga más que los demás, por no ser machos, pero los tres lo son, asegurará tu madre cerrando otra vez los párpados y recuperando la sonrisa de cabeza de sus labios. ¿Por qué? En buena medida porque además del esperpéntico ejemplo de su padre, de sus violencias físicas y emocionales, les transmití mis violencias asfixiadas, mis somatizaciones, pensando que así inocularía otras violencias. Pero claro, el silencio, esa forma de violencia velada y autoinfligida es, en realidad, la que gesta las demás formas de violencia. Además, para colmo, me preocupé demasiado porque tuvieran todo. Y así también se recicla el machismo. Dar en vez de fomentar, recibir sin necesitar. Con hijos hombres, que con mujeres la cosa es diferente. Lo aprendí con los años, con las hijas que he ido recogiendo, añadirá abriendo los ojos y mirándote con una mirada diferente.

Porque por eso también las recogí. ¿O qué pensabas? ¿Creías que sólo estaba sublimándolas? ¿Que buscaba niñas, muchachas que sufrían, que temían al caos y a la locura nada más porque me recordaban a mí misma, a la niña y a la muchacha extraviada y sola que había sido? Tu madre no es tan pendeja, no es tan básica, aseverará clavando en ti sus ojos —mientras tú repites, en el silencio de tu mente, aquella otra palabra: *sublimándolas*—, esos ojos que has visto un millón de veces y que habrán de alarmarte, porque no serán sus ojos, igual que ella no estará siendo ella desde hace un par de horas.

¡Ahí están!, exclamará entonces, señalando un grupo de niños, antes de que puedas preguntarle si está bien, si no quiere descansar, si no prefiere irse a casa, aunque no hayan visto nada. Ese programa lo hice yo, te contará tu madre sin dejar de ver al grupo de infantes compuesto por pequeños y pequeñas con capacidades diferentes: el programa de guías especiales de este museo lo hice yo y quería saber si aún seguía funcionando.

De hecho, no quería nada más, así que ya podemos irnos. Eso quiero, en realidad, irme, irnos de aquí pues no me estoy sintiendo bien. Me empezó el zumbido hace rato, no sé por qué aunque igual podría ser por lo que he estado recordando. Nos vamos, claro, si eso prefieres, nos vamos. Pero ¿no fue idea de la veracruzana ese programa?

Cómo dices pendejadas. A la veracruzana, por favor, responderá tu madre molesta, pero sin darte mucha bola —tú estarás, sin embargo, convencido de tener razón y de haber dado con otra zona oscura de esa relación que nunca acabarás de comprender—.

Por lo que hemos estado platicando, igual por eso, por lo que he estado recordando están a punto de volverme los mareos. Por acordarme del año en que decidí dejar a tu padre. ¿O no hablábamos de eso?

Es que no me siento bien, insistirá tu madre, a quien habrás de decirle que, por favor, no se preocupe, que de verdad si eso quiere, se pueden ir en un instante.

No hemos visto la pieza que ellas encontraron, eso también quería, ¿no? Ver la que mis sordas descubrieron sumergida. ¿O no veníamos a eso?

Ya ni sé a qué veníamos, madre. Pero da igual, en serio.

Voy por el coche, no quiero que camines.

Espérame en el Tláloc.

No, no quiero que te vayas.

Espera a que me sienta un poco mejor, te pedirá.

Cuéntame algo, lo que sea, háblame mientras se me pasa el malestar, mientras estoy acá, añadirá cerrando los ojos, buscando cómo volver a estar bien.

¿Buscando dónde, madre? Acá, en este otro lugar, en esta calma. Pero no me hagas hablar, por favor. Escucharte, eso me hará bien, seguir también aquí. Anda, lo que sea, cuéntame lo que sea, cualquier cosa. ¿Sabes lo que son los rayos dormidos?

Rayos durmientes, se llaman en realidad... no, en realidad no, le dirás, quería decir también, porque los rayos esos se llaman de ambos modos, dormidos y durmientes. Son un tipo de rayo que cae en una noche de tormenta, sobre un árbol, pero en lugar de incendiarlo, se esconde dentro de su tronco, porque sabe que, con la tormenta, con tanta agua, no podrá hacer arder al bosque ni al árbol ni a una rama.

De algún modo, le contarás a tu madre, son rayos que tienen conciencia de sí y de lo que deben hacer. Por eso pueden arder dentro del árbol durante horas, hasta que la tormenta ha pasado, hasta que la humedad, en realidad, ha cedido. Entonces salen del tronco desatando el incendio... ¿estás mejor? ¿Te estás sintiendo mejor?, le preguntarás un par de veces, cuando abra los ojos y diga: ¿por qué me cuentas esto? ¿Qué quieres decirme? Nada, madre, no te estoy queriendo decir nada. No, no es verdad. Sí te estoy queriendo decir algo, pero sólo porque tú querías que hablara.

¿Qué? ¿Qué me estás diciendo? Que a veces creo que la locura es como esos rayos, que algunos de nosotros llevamos dentro uno de esos rayos, pues. Y que no los debemos dejar salir cuando no es hora de que salgan, porque eso es enloquecer, prenderle fuego al mundo. Pero que, si logramos controlarlos, mantenerlos dentro, también pueden ayudarnos, alumbrar otros espacios, otros lugares, otros mundos que, si no, se mantendrían en penumbras.

Sonriendo, tu madre volverá a cerrar los ojos y te dirá que no te cree que le estés diciendo eso nada más porque ella te pidió que le hablaras. Entonces se reirá como hace tiempo no lo hacía —con los labios para arriba—, apretará tus manos y asegurará que está mejor.

Mucho mejor, en realidad, pero igual no creo que pueda caminar mucho. Así que vete por el coche y yo me voy al Tláloc, apenas pueda.

Mientras me quedo aquí, alumbrando ese otro lugar en donde estoy, rematará cerrando los ojos.

Eso, voy por el coche, dirás entonces, sonriendo.

Tu tía mediana te contará que ese año tu madre recogió a su última hija.

Recogió a su última hija y decidió, por fin, que ella y tu padre tenían que separarse, algo que yo tenía claro desde hacía un muy buen tiempo.

Porque quizá yo no sea tan educada como ella, quizá no tenga una carrera, pero sé cómo funciona un matrimonio, sumará tu tía tras la última misa de tu tío mediano, justo antes de decirte que él te dejó un par de cajas. Y un matrimonio no funciona si el hombre y la mujer no están juntos.

No sé por qué tu padre habrá escogido eso de irse todo el tiempo en vez de agarrarse los huevos, su huevito, añadirá tu tía de en medio pidiendo perdón por las palabras que acaba de pronunciar y persignándose. No lo sé ni me interesa, porque tampoco es que él fuera mi moneda favorita. Pero sí sé, estoy segura de que sé por qué tu madre dejó pasar el tiempo, por qué no se separó antes de ese esposo al que no quería como se debe querer al esposo que a una le ha tocado.

Es muy sencillo, en realidad, sumará tu tía apoyándose en tu brazo antes de cruzar la avenida para avanzar el resto del camino a la sombra, pues el sol le hace daño y los doctores le han prohibido exponerse. A tu madre, por su edad, le daba miedo, no quedarse sola, obvio, porque siempre había estado, de alguna forma, sola, ni tampoco quedarse sin amor, porque ella siempre tuvo, desde que se convirtió en una mujer, amor por todas partes y en un montón de formas. No, lo que a tu madre le daba miedo era perder el respeto de los demás, el de la sociedad, el que se pierde en un divorcio, te contará acelerando el paso, agachándose a recoger del suelo un destello que parecerá una moneda y sorprendiéndote con lo poco que se puede conocer a una hermana.

¡Qué asco!, gritará despegando del suelo los dedos que pretendían recoger un premio que, al final, será un escupitajo, escupitajo que verás estirarse, tensarse y romperse entre la piel de tu tía y el cemento, conteniendo la risa que habría hecho que ella, muy probablemente, te odiara para siempre. Esto me pasa por pendeja, exclamará persignándose de nuevo, aunque ya no por la palabra que ha dicho sino por haberse dejado llevar por la codicia. Esto pasa por pecar, aunque uno peque un instante. Pero ¿qué estaba diciendo? Ah, sí, lo del respeto. Y es que eso era lo que mi hermana temía entonces, perder la respetabilidad y convertirse en el objeto de la compasión de los demás, porque ya sabes que tu madre, mi hermana, si algo no tolera es la compasión. Si no sabe ni pedir ayuda... deja pedirla... recibirla, aunque una se la ofrezca.

Tu madre, como no cree en nada más que en esta vida, como no cree en nada más que en sí misma y su trabajo, como cree estar convencida de que no le importan nada que no sean sus pacientes, sus estudiantes, sus amigas, las familias de sus amigas y su familia, sus hijos y las hijas que anduvo recogiendo —¿por qué, si no, justo entonces, aun sabiendo que iba a divorciarse, recogió a esa última hija suya, su favorita, además, la que más quiso y la que más quiere todavía, en esa clínica de belleza a la que iba de tanto en tanto?—, temía la compasión porque sabía que ésa era, que siempre es una muerte social, muerte que la aterraba y que intentó evitar todo el tiempo que pudo, insistirá tu tía doblando la esquina.

Enojado, aunque ya no sabrás si es porque ella conoce tan mal a su hermana o porque se atreva a hablar así de tu madre delante tuyo, cuando estén ante la puerta de su casa le contarás una historia que, asegurarás, escuchaste aunque se te ocurrirá en ese instante, una historia sobre una mujer que tocó un gargajo en la calle y cuyos dedos, días después, se llenaron de lepra, enfermedad que, con el paso de los días, se extendió al resto de su cuerpo. Incluso inventarás estadísticas: aunque la gente cree que está erradicada, en nuestro país un dos por ciento de gente padece lepra.

Tu tía no volverá a su sala, donde tú la estarás esperando, hasta no haberse lavado las manos varias veces. Entonces le dirás que no sabes si eso es suficiente, que igual debería conseguir agua bendita, exceso, claro, que la hará enojar y comprender que te estabas riendo de ella, por lo que no querrá seguir hablando contigo.

Para eso, para no seguir hablando contigo, insistirá en aquello de que tu tío mediano te dejó un par de cajas, cajas que estarán en el desván y que preferiría que te llevaras.

Por eso te irás de casa de tu tía con dos cajas y diciéndole: por cierto, tía, finalmente leí tu cuaderno.

Lo siento mucho, pero no sirven para nada. No son cuentos ni relatos.

La verdad, no son nada.

Recordarás que ese año el eterno candidato presidencial de tu país, Cuauhtémoc Cárdenas, reconvertido en candidato al gobierno de la capital, ganó las elecciones e hizo llorar a tu madre de alegría, en casa, primero, y después sobre la plancha del Zócalo, donde ella habría de saludar a uno de los hijos de aquel candidato, quien la abrazó y la levantó por los aires con una confianza que habría de sorprenderte y asustarte, pues no sabías que, años atrás, aquel muchacho hubiera sido su paciente; que, en el periódico que tus padres recibían los fines de semana y que tú habías empezado a comprar todos los días, leíste la historia de un grupo de mujeres sordas que, en Yucatán, hartas de que cualquier turista, cualquier ciudadano de la región y, sobre todo, de que sus esposos sordomudos recorrieran libremente los ríos sobre los cuales se sostenía el suelo que ellas siempre habían trabajado y defendido, decidieron aprender a bucear y formar el primer equipo de guías mujeres de la península, equipo que muy pronto recibió el patrocinio de una institución educativa de la Ciudad de México, institución en la que tu madre fungía como consejera; que tus amigos, el nuevo grupo de amigos que hiciste apenas ingresar en la Universidad, la mayoría de los cuales habrían participado contigo en el Intergaláctico de Chiapas del año anterior y habrían prestado sus cuerpos a la Caravana Ricardo Pozas —caravana a la que tu madre apoyó consiguiendo cientos de insumos escolares—, se partió en dos tras la victoria electoral en la Ciudad de México de Cuauhtémoc Cárdenas; que, en Atlanta, el mismo día que la neuróloga de origen japonés Yoko Sat-o publicó un artículo sobre sus trabajos con Henry Molaison —artículo en el que demostró que los recuerdos a largo plazo no son unitarios y que pueden diferenciarse, según se trate, de recuerdos declarativos o no declarativos— y que en Japón estalló una planta de deshechos nucleares que contaminó a cerca de cuarenta trabajadores, se emitió la primera transmisión de CNN en español, conglomerado de noticias que, en palabras de la amiga fotógrafa de tu madre, se convirtió "en la piedra angular de la hegemonía visual del imperio sobre los territorios en eterna reinvensión del subcontinente latinoamericano"; que, poco después de escuchar a la Comandanta Ramona en la UNAM, asististe, en Zacatecas, ciudad a la que, al parecer, el destino y el patrocinio de tu madre estaban empeñados en llevarte, al Congreso Internacional de la Lengua Española, evento en el que te diste cuenta de que varios de los escritores a los que habías admirado no eran más que políticos y en el que también te diste cuenta de lo absurda, innecesaria, patética y criminal que resultaba la existencia de una Academia de la

Lengua; que, en Kioto, se firmó el Protocolo de Kioto Sobre el Cambio Climático tras un discurso del escritor Kenzaburo Oé, quien empezó dicho discurso hablando de la relación particular que su hijo con hidrocefalia mantenía con las abejas y de la preocupación que sentía, cuando no encontraba ni una de éstas en su jardín; que tu madre aceptó, por primera vez en su vida, tras dudarlo mucho tiempo y discutirlo con su amiga ceramista y con ustedes, fungir como perito experto en el juicio de custodia de un par de gemelos autistas; que, en Estados Unidos, el presidente Bill Clinton pidió disculpas formales a los ocho sobrevivientes del experimento Tuskegee, durante el cual el gobierno de aquel país habría engañado a 400 familias enfermas de sífilis; que, en Japón, fueron hospitalizados seiscientos ochenta niños, víctimas de ataques epilépticos fotosensitivos, tras presenciar el capítulo "Denno Senshi Porygon" de la caricatura *Pokemon* y convulsionar ante sus televisores, y que, recordando aquel año, al pensar en el discurso de Kenzaburo Oé, volverás a leer, en *Dinos cómo sobrevivir a nuestra locura*: "Cuando quiero mirar nuestro mundo con los dos ojos, lo que percibo son dos mundos superpuestos: uno luminoso y claro, sorprendentemente nítido; el otro impreciso y sutilmente sombrío".

LII

1998

Ese año me rehíce una vez más, te dirá tu madre. Y es que fue el año que le dije a tu padre que dejáramos de hacernos pendejos. Que aquello, que aquella relación estaba terminada, que estaba muerta y que nomás nos hacía falta enterrarla.

Pensé, la verdad, que él se sentiría aliviado, que estaría totalmente de acuerdo. Pero se puso a llorar como niño, incomprensiblemente, añadirá tu madre, casi un mes después de aquella última vez que hablaran de su vida, el día, pues, de las pelucas y el museo.

"¿Y yo voy a hacer?", me preguntó. Eso fue lo primero que tu padre pronunció después de que le dijera que no quedaba nada entre nosotros. ¿Puedes creerlo? "¿Y yo qué voy a hacer?" Pues haz lo que tú quieras, por favor, ése es precisamente el asunto, que cada uno siga a partir de ahora como quiera y con quien quiera, te dirá que entonces le dijo ella, quien tras aquellas semanas —la primera de las cuales la pasará internada— estará realmente mejor.

Por mí puedes acabar de irte del país o irte con alguna de las viejas de tu séquito, de tus alumnas, de las viudas esas que creen que pueden aprender algo de ti... ay, qué horror, pensar en esas mujeres que también tropezaron con tu padre me da asco. Y más asco me da contar lo que estoy a punto de confesarte, pero a estas alturas qué más da. Lo segundo que tu padre me dijo fue que si no podíamos tener una relación abierta. Así como lo escuchas, como si no hubiera sido eso, de hecho, lo que teníamos, lo que para él habíamos tenido desde hacía años, aunque sin decirlo, claro, sin declararlo y sin que fuera abierta hacia ambos lados. Sin que fuera justa, pues.

Me reí en su cara, por supuesto, porque no podía creer que hubiera dicho eso, que lo hubiera dicho, además, llorando... así, sin dignidad alguna, sumará tu madre. ¿Qué seguía? ¿Suplicar? Por favor. Éramos un par de señores de más de cincuenta años. Habíamos tenido momentos plenos, momentos buenos, momentos regulares, momentos malos y, sobre todo, más aún durante aquellos últimos años, momentos huecos, vacíos, momentos en los que mi vida y la suya no habían confluido. ¿Cómo podía entonces decir eso? ¿Por qué quería una relación abierta o cerrada o como fuera? ¿Qué temía? Me dio coraje ver en él esa inseguridad, esa debilidad y ese miedo, ese miedo que era, a fin de cuentas, la síntesis de él, de un hombre que es valiente porque vive a la sombra de sus miedos, porque no tiene con qué alumbrarlos, aseverará sonriendo y demostrándote que, en el museo, a pesar de todo, acusó de recibido.

¿Podemos hacer el amor una última vez?, eso me preguntó al final, cuando entendió que no había vuelta atrás, que estaba decidida, que no quedaba nada más entre nosotros salvo el pasado y los pedazos de presente o de futuro que ahí hubieran arraigado: ustedes, nuestros hijos, por ejemplo, ciertos amigos, ciertas historias compartidas. Entonces sí que me reí. Por favor, ¿sabes cuándo fue la ultima vez que hicimos el amor? Yo tampoco. Cuando uno se levanta de la mesa de una relación, no hay por qué dejar propina, asegurará tu madre que le dijo a tu padre, riendo a carcajadas, carcajadas que no te costará imaginar porque es así como ella ha puesto fin a tantas discusiones en su vida.

No sé, obviamente, qué habrá sentido él cuando por fin dejó la casa pero puedo decirte que yo experimenté una suerte de revelación maravillosa: mi contención, la barrera que le había puesto al caos, al peligro de la locura durante aquellos años, no había sido él, no había sido tu padre, había sido el cariño, el amor que sentía por ustedes, por mis hijas y por mis pacientes. Por eso había aparcado mi vida de pareja.

Y haberlo hecho, haberla aparcado, había valido la pena porque había descubierto que el afecto era la herramienta con la que podía rescatar y rescatarme de la locura, porque había descubierto que mi vida, aunque me parecía demasiado pensada, demasiado cerebral, siempre había girado en torno de las emociones. Y ya sabes... las emociones son como los rayos, ¿no?

Desde ahí podía rehacerme, además, desde ahí podía reconstruir esa otra parte que había dejado aparcada, apoyándome, claro, en lo que ya había construido, sumará tu madre. Y desde ahí podía impedir que se abusara otra vez de mí.

Porque sí, con todo y todo, tu padre abusó de mí. Y cuando caigo en la cuenta de un abuso, aunque sea tarde, puedo ser implacable.

El abuso es, a fin de cuentas, lo peor que se le puede hacer a un ser humano.

Tu tío chico te confesará, pasándote la pala, que tu madre siempre odió el abuso.

Por eso me costó tanto entender que no mandara a la chingada desde antes a tu padre, aunque entiendo que no lo hizo porque para ella, aquellos años, sólo importaban ustedes, la infancia y la adolescencia de sus hijos.

Es difícil de explicar, la verdad, pero ella y yo, tu madre y yo crecimos en una casa en la que lo peor de todo eran los abusos, una casa en la que los padres apenas te veían y en la que los hermanos mayores te pasaban por encima. Una casa en la que importaban más los locos que los cuerdos, las cosas que las personas, añadirá tu tío más cercano, sosteniendo esa cubeta que estarán llenando de tierra y hablando como si tú no tuvieras idea de lo que dice. Una casa en la que tu madre y yo, aunque sobre todo ella e incluso en los juegos, éramos una cosa, un juguete.

Con tu madre y conmigo, los demás, no jugaban a algo, jugaban a que fuéramos ese algo. Y eso debió quedársele adentro, lo digo porque eso que me dices que te dijo también me lo había dicho a mí, hace ya algunos años, después de que me dijo por qué acabó tan mal con la veracruzana, que fue otra persona que, durante años, abusó de mi hermana tanto como abusó de ella tu padre —al escuchar esta sentencia, las palabras que tantas veces han brincado dentro de tu boca estarán listas para interceder por la veracruzana: abusaron las dos, tío, dirás entonces, pero justo en ese instante verás una serpiente y brincarás fuera del hoyo—. Es de agua, asegurará tu tío antes de atraparla, meterla en la cubeta, sonreír y continuar: el cabrón de tu padre, cuando terminaron, me debía un dineral, dineral que yo le había prestado para comprar no me acuerdo ni qué piedras.

¿Te pagó?, preguntarás golpeando el fondo del hoyo y exclamando, al mismo tiempo: ya llegamos a la piedra. No, claro que nunca me pagó. Como tampoco le pagó, ni le va a pagar jamás a tu madre todos esos años que ella lo mantuvo, dirá recostando, con ternura, el cadáver de su perro sobre el fondo del hoyo. Pero da igual, porque sé que a tu madre eso le da lo mismo, con todo y que para ella ese tema, el financiero, nunca haya sido fácil. De algún modo, añadirá, lo que tu madre hizo, pero esto no se lo vayas a decir, por lo menos no le digas que fui yo quien te lo dijo, fue pagarle un sueldo a su esposo, un sueldo por ser padre, aseverará pidiéndote que lo acompañes a la casa, antes de devolver al hoyo las paladas que recién sacaron de ahí. Tu madre temía, estoy seguro, que crecieran en el vacío en el que ella y yo habíamos crecido.

Luego, dentro de su casa, tu tío guardará la serpiente en la bolsa de tu tía, te indicará que lo acompañes otra vez afuera y seguirá: el otro día, por ejemplo, tu madre me dijo que lo único que ella no quiere, a pesar de que goza como nadie más su soledad, es morir sola, sumará señalando, al mismo tiempo, la distancia, donde su esposa va camino de su bolsa. Creo que porque así es como ella sintió que llegó al mundo. Si por eso las hijas que ha ido recogiendo, da lo mismo si intentaron suicidarse, si acababan de abortar, si habían dejado la escuela, lo que tenían en común era esa soledad, ese ser hijas de unos padres que no sabían o no querían verlas, insistirá tu tío sin dejar de ver a su esposa, mientras se frota las manos y recalibra, otra vez, el volumen de uno de sus aparatos auditivos.

A todas ellas, incluida mi hija, tu madre, que no fue quien las parió, fue quien les otorgó otra médula espinal, la que les dio una estructura diferente, la que las rescató y les enseñó cómo vivir sus vidas de manera radicalmente distinta. Pero esto, lo de la médula, no es que yo lo haya pensado, me lo dijo un día tu prima, así que tampoco vayas a contarlo, te pedirá tu tío en el instante en que tu tía grite aterrorizada.

Poco después, tras reírse un buen rato, recibir los insultos de tu tía y encajar los golpes que ella les dará con el primer palo que encuentre en aquella casa de montaña que han rentado, él dirá: ni siquiera sé por qué te estaba diciendo esto… ¿de qué estábamos hablando?

Ah, sí, del abuso. De que mi hermana nunca ha podido soportarlo y que eso también nos ha enseñado a los demás, seamos sus familiares, sus amigos o sus pacientes. Por eso la avergüenza tanto todo lo de tu padre.

Por eso lo aguantó, porque no quería que nadie supiera que él abusó de ella, que en la vida de tu madre hubo un abuso diferente al de su infancia.

¡Pues a mí me enseñó que nada desnuda tanto los abusos como las bromas, pendejos!, gritará tu tía, furiosa.

Óyela nomás, dirá al final tu tío, sonriendo.

Recordarás que ese año tu país lo recibió arrastrando la tragedia de Acteal, matanza perpetrada por un grupo de paramilitares al servicio del gobierno federal, paramilitares que ingresaron a aquel pueblo del municipio de Chenalhó, en el estado de Chiapas —donde masacraron a cuarenta y cinco tzotziles indefensos, miembros de la organización civil Las Abejas, que se hallaban orando al interior de una pequeña iglesia y entre quienes había niños, mujeres, mujeres embarazadas y ancianos indefensos—, armados hasta los dientes; que, en San Cristóbal de las Casas, Chiapas, tras haber pasado casi una semana en Chenalhó, en el campamento de desplazados de Polhó, donde habrías querido arrancarte del cuerpo y las entrañas la tensión y el miedo que habías cargado durante los siete días previos, todo fue a peor, pues atestiguaste el linchamientos de un hombre, linchamiento que te regaló tu primer crisis de ansiedad y que, por primera vez, te hizo sentir la fuerza, el poder del rayo que heredaras de tu madre; que, en Seúl, así como en Taiwán, la secta Chen Tao —última que habría de interesarte— anunció que el primer día de julio de aquel año, a las 00.01 horas, en el canal 18 de todos los televisores del planeta, se podría ver, en vivo y a todo color, al Dios

Yahvé anunciando el comienzo del fin del mundo —último anuncio o promesa o acto que habría, también, de obsesionarte—; que, una tarde cualquiera, el teléfono de tu casa sonó y sonó hasta que, harto, contestaste, sólo para escuchar, del otro lado de aquella línea que no debían tener los pacientes de tu madre, la voz de una mujer que te decía su nombre, te prometía que era paciente de tu madre y te suplicaba que, por favor, se la comunicaras, por lo que, subiendo las escaleras, le gritaste a tu madre que la llamaba esa mujer y ella, tu madre, convencida de que habías dicho que la había llamado y no que la llamaba, gritó: "esa tonta me tiene harta… pobrecita, no es su culpa, pero es una tarada y una encimosa", en el instante mismo en que ponías el teléfono en su mano, entrecerrabas los ojos y ella pelaba los dientes, jalando aire a través de éstos, al entender que había sido escuchada; que, en Internet, leíste que, en Connecticut, los encargados de la biblioteca de Yale habían aseverado que, gracias a los resultados de la prueba de carbono 14 que le habían aplicado a sus dos ejemplares, podían aseverar que los pergaminos sobre los cuales había sido escrito el *Manuscrito Voynich* habían sido fabricados entre 1404 y 1411, además de que, gracias a los últimos estudios de sus expertos, también podían anunciar que dicho manuscrito era de origen mesoamericano y que, ciertamente, era un tratado sobre lenguaje, aunque al parecer no versaba sobre ningún lenguaje humano conocido —por desgracia, los encargados de la biblioteca también dijeron que, para tener certeza plena sobre eso último, haría falta encontrar el tercer ejemplar, ejemplar que, según sus últimas pesquisas, habría dejado las estepas de Siberia y se encontraría en algún lugar de España—; que, en una playa del Pacífico mexicano, al interior de un restaurante japonés, compitiendo con uno de tus amigos mas cercanos y en contra de la opinión de tu novia, te comiste ochenta y dos piezas de sushi, antes de salir a la playa y vomitar sobre la arena, convencido de que la muerte había llegado; que, en las selvas de Camboya, murió de un presunto ataque al corazón y escondido como si fuera una presa el genocida Pol Pot, máximo dirigente de los Jemeres Rojos y sujeto de la obsesión que te tomará cuando tu madre te regale *La eliminación*, el libro de Rithy Pahn sobre los Jemeres Rojos que devorarás porque ese tema, como el de los funerales de Estado vietnamitas, no dejará de apasionarte hasta mucho más tarde, y en el que leíste: "Cuando mi madre llegó al hospital, su hija de dieciséis años acababa de morir. Aún estaba sobre una tabla. El cuerpo tibio. Apacible. Los piojos descendían de la cabeza hacia los hombros y los brazos, en busca de otro ser humano de sangre caliente. Mi madre se acercó, se sentó junto a su querida hija, inteligente y tan amada. No dijo ni una palabra. Desde aquel momento ya no volvió a pronunciar ni una sola palabra. Sin embargo, tuvo un gesto ancestral, magnífico en su sencillez, un gesto de los campos de su infancia. Despiojó a su hija muerta".

LIII

Ese año, te revelará tu madre, empezó lo de la ceramista.

Ella, me queda claro, llevaba mucho tiempo comportándose de un modo diferente a como una se comporta con una amiga. Un modo, digamos, más tenso o, mejor dicho, más tirante.

No creas que me resulta fácil hablar de esto contigo. Sé que el mundo ha cambiado pero yo soy de ese mundo de antes, aunque también, creo, quiero pensar, soy de este otro mundo, de este mundo que tantas hemos ayudado para que sea como es, aunque tengamos las raíces encajadas, enterradas allá atrás, en aquel otro mundo que es el pasado, te revelará tu madre, sorprendiéndote otra vez con esa imagen que acaba de lanzar y con cómo se parece, ésta, a la imagen de sus dos mundos.

Me cuesta, pero quiero hablarlo, sé que es hora de hablarlo. De cualquier modo, sabes de sobra qué pasó, aunque lo sabes por haber sido testigo, no porque entiendas lo que había dentro del hueso, no porque comprendas qué y cómo se sentía. Vamos a ver, no quise decir tenso ni tirante, quise decir que ella, la ceramista, llevaba tiempo comportándose de un modo distinto, de un modo más necesitado pero también mas generoso; de un modo, pues, más amoroso, te revelará sentada en el equipal de esa casa que tu tío habrá rentado para que ella, su hermana, respirara el aire de los cerros, así como para pasar la navidad con las familias de sus otras dos hermanas. Con ella, además, compartía cosas que no había compartido con ninguna otra mujer, añadirá tu madre mientras piensas: ¿segura?, ¿con ninguna?, ¿ni con la veracruzana? Y mira que amigas he tenido a montones. Pero con ella, con la ceramista, compartía algo más, algo profundo y a la vez exterior, como si compartiéramos la esencia, la médula espinal y la piel. Pero me estoy adelantando porque, en verdad, hablarlo me incomoda… no, no me incomoda, me desubica, me recoloca, insistirá sonriendo nerviosa, abrazándose a sí misma y enfocando la mirada en algún lugar del horizonte, donde el sol se acerca a los cerros lentamente. Mira, profundo y al mismo tiempo superficial: el sol poniéndose. Luego te pedirá perdón por esa acotación y seguirá: no era sólo que ella hubiera estado conmigo en mis años más difíciles ni que yo hubiera estado con ella en los suyos, cuando su esposo le quitó a sus hijas, por ejemplo. Era que, aun sin estar una junto a la otra, en aquellos momentos complicados, pero también en todos los demás, estuvimos siempre juntas.

Ella, me di cuenta cuando por fin dejé a tu padre, cuando los mareos me abandonaron o aprendí a vivir con ellos, cuando comprendí o acepté que mi barrera no había sido su locura controlable sino mi afecto, ocupaba partes de mí, territorios de mi mente y de mi cuerpo que nadie más había ocupado ni nadie más ocuparía, te revelará tu madre con los ojos destemplados, con los iris gordos pues el sol ha terminado de ponerse. Ella siempre estuvo en ese otro lugar donde también estaba aquella primera amiga que hice siendo niña. Pero te estaba hablando de otra cosa, otra vez. De que ella estaba aquí, como descubrí un día al despertar de un sueño que ni siquiera recordaba, pero que había despertado algo en mi sistema, de un modo que nadie más había estado, un modo más limpio, sin forma alguna de peligro o de abuso.

Un par de días después de ese sueño, de ese día, fuimos al concierto de un pianista que era amigo suyo, sumará con los ojos acostumbrados a esa semi penumbra que los habrá rodeado y una sonrisa como un tajo en carne viva. No recuerdo nada del concierto, pero recuerdo que, a diferencia del resto de las veces que habíamos hecho cosas juntas, aquélla me sentía como si hubiera llegado, por primera vez, a un país remoto e ignoto, te revelará sacudiéndote con esa última palabra, *ignoto*, aunque ya no tendrías que sorprenderte con las cosas que ella dice.

Como si hubiera llegado abrupta, intempestivamente a una tierra extranjera, una tierra donde el idioma, a pesar de ser extraño, me resultaba conocido, aseverará tu madre negándose a encender la luz y diciéndote, tras un breve silencio: al final, esto lo entiendes, porque también lo has vivido, no hablo de otra cosa que de ese darse cuenta de que aquella que creías que era tu amiga es, en realidad, tu pareja.

Por eso lo que recuerdo no es el concierto sino que, durante todo aquel concierto, miré su mano izquierda, que reposaba sobre sus piernas. Su mano y su brazo, el brazo que conectaba aquella mano con ese cuerpo que, de pronto, me hacía vibrar.

Que no, no quiero encender la luz, insistirá y entenderás que hablar de eso le resulta más sencillo si lo hace así, en penumbras. No te imaginas cuánto dudé, yo, que había tenido un sinfín de relaciones, si debía o no tocar aquella mano.

Casi al final del concierto, por suerte, me valió madres y me atreví. Estiré el brazo y la acaricié. Y lo que sentí, lo que sentimos sin voltear a vernos sí que se parece a eso que sentiste el día del rayo.

Por cierto, hablando de ese otro rayo y de aquello que dijiste cuando me contaste lo que sentiste, creo que el de la playa, del que te hablé hace tanto, igual venía por mí y no por ti.

Pero, una vez más, estaba hablando de algo más: de que, luego, tras un par de minutos que fueron horas, ella volteó a mirarme, sonriendo.

Y mis ojos contemplaron, sobre un mundo empañado, un mundo nítido.

Tu tío más chico te revelará que él siempre lo supo.

No que a tu madre le gustaran las mujeres, pero sí que con la ceramista había algo más que una amistad, algo más fuerte. Y no lo digo porque la ceramista estuviera soltera ni porque anduvieran siempre juntas.

Tu madre, finalmente, había estado rodeada de mujeres, de amigas y colegas. Lo hacía hasta sin quererlo, piensa en su escuela. Ahí, al final, enseñaban puras maestras y estudiaban puras muchachas. Por alguna razón, tu madre, tu tía, la colombiana y la veracruzana habían echado a andar un par de carreras en las que únicamente habrían de inscribirse mujeres, aunque eso nunca lo planearan así, añadirá tu tío más cercano comiéndose el peón que le ofreciste justo para que él hiciera eso.

Pero el día que perdí las dudas que aún podían quedarme fue cuando mi hermana cumplió cincuenta y cinco años, te revelará dando un manotazo en la mesa y maldiciendo —él, que lo único que será siempre, por encima de un hombre divertido y cariñoso, será un hombre competitivo, enfermo con la idea de ganar en lo que sea— porque verá cómo le comes el caballo que atrajiste con engaños. Esa vez, a pesar de que le habíamos organizado una fiesta, una celebración pequeña, como ella misma había pedido porque andaba mal de sus mareos, nos canceló de último momento o, como se dice comúnmente, a última hora.

"La verdad, hermanito, no tengo ganas de fiestas", me dijo por teléfono luego de decirme que, además, ustedes ni siquiera estarían, lo cual no sé si sería cierto o si sería parte del pretexto que me puso, te revelará cayendo en otra trampa: desbocando, pues, la torre que debía dejar anclada, porque a veces la ansiedad se apodera de su juego, como le pasa en la vida. Por supuesto, entonces le creí porque sabía que era verdad que no estaba bien, porque sabía que tu hermano grande andaba en China y porque sabía que tú andabas metido en todo eso de Chiapas. Pero a los pocos días me enteré de que aquel fin de semana, el fin de semana que la queríamos celebrar, se había ido con la ceramista a una casa que alguien les había prestado, no sé si en Tepoztlán, Tlayacapan o Amatlán, pero en algún lugar de por ahí, en algún sitio de Morelos.

Me enteré porque ella misma me lo contó, semanas después, como si nada, como si yo no fuera a hacer cuentas, sumará tu tío, enfurecido porque le habrás comido aquella torre que saliera desbocada y a la cual habrá dejado desprotegida, movimiento que lo obligará a hincar su rey sobre el tablero. Entonces, insultándote y reclamándote por haberlo distraído con la plática, aseverando, además, que sólo por eso habrás ganado, se ensimismará y dirá que ya no quiere hablar contigo, que prefiere jugar otra partida en silencio, presumiendo así ese mal perder típico de él.

Luego, aunque conseguirás convencerlo de terminar lo que estaban platicando, prometiéndole jugar una partida muda, tu tío convertirá su historia en algo así como un telegrama, revelándote: me dijo que había sido el mejor fin de semana de sus últimos años; que no habían hecho nada en particular; que sólo habían descansado, leído y comido; que ella, la ceramista, quien había nacido en Grecia, cocinaba como pocas personas en el mundo; que nunca había compartido así el silencio con nadie.

¿Qué podía pensar entonces? Tu madre había elegido celebrar sus cincuenta y cinco años con una sola persona y esa persona era la ceramista. ¿Lo comprendes? Habría que ser pendejo para no entenderlo.

¿Qué? ¿Me vas a dar o no esa revancha?

Recordarás que ese año, una mañana cualquiera, tu madre te dijo, a su regreso de un juzgado en donde las cosas, seguramente, no habían marchado a favor de su paciente, que estaba harta, que ya habías sido gordo durante un tiempo más que suficiente, que necesitabas entenderlo y hacer algo, que le dabas asco, que al verte le daba asco y que igual por eso se mareaba, que ahí mismo se acababa lo de comer como marrano; que, en los Estados Unidos tuvo lugar el juicio para la destitución del presidente Bill Clinton, iniciado en la Cámara de Representantes y continuado en el Senado, donde se le acusó de perjurio y obstrucción a la justicia tras ser incriminado por acoso sexual por Paula Jones, juicio durante el cual se hizo pública una llamada telefónica de la ex becaria de la Casa Blanca Mónica Lewinsky en la que aseguraba haberle practicado una felación al comandante en jefe de la nación con más bombas nucleares del planeta; que tu vida cambió radicalmente pues estalló la huelga de la UNAM a consecuencia de la cual, primero, te mudaste a vivir al campus universitario —donde, convencido de que tu idea era genial, subiste una noche al techo de la torre de la Rectoría y descolgaste, con la ayuda de un par de estudiantes de la Facultad de

Ciencias, una inmensa lona blanca que en letras negras decía "SE TRASPASA"—, después, a casa de ese amigo tuyo que fue el primero en vivir solo —cuando te dé vergüenza confesarle a tu madre que te han echado de la huelga, a consecuencia del chiste sobre el traspaso de la Rectoría, que no habrías sometido a votación en asamblea y que los noticieros nacionales usarían para criticar a los huelguistas—, y, finalmente, de regreso a casa de tu madre, con la cola, no, con la ansiedad y tus últimos ataques de pánico entre las patas —gracias a esos últimos ataques, sin embargo, aprenderás a controlarte, a guardar, pues, las cosas del mundo en tu mente, como si fueran otra cosa: voces en el silencio—; que, navegando en Internet, te obsesionarás con ir algún día a Vietnam, por sus paisajes, su comida y sus túneles cavados en la selva pero, sobre todo, por lo fastuosos que eran los funerales de aquellos generales que años antes habían vencido a los gringos, cuyas derrotas, a ti y a tu madre, les hacían una ilusión tan particular como ridícula; que, en los Países Bajos, la compañía Endemol, el mismo día que Microsoft estrenó el servicio MSN Messenger, transmitió la primera emisión de Gran Hermano, en el que un grupo de veinte personas conviviría aislado al interior de una casa en la que se filmaría todo lo que hicieran durante tres meses, las veinticuatro horas del día; que, viéndote jugar ajedrez con tu hermano chico, tu madre te dijo que no te apresuraras, que, en ese juego, como en cualquier otro, se evidencia la ansiedad, así como el coraje, la violencia, el abandono o el abuso, si por eso mi consultorio está lleno de juegos; que, poco después de recibir el Premio Nobel de Literatura, el escritor Günter Grass, otro de los escritores cuyos libros te regalaría tu tío en las librerías de Donceles, fue acusado de haber colaborado con los nazis, por haber pertenecido a la Waffen-SS, cuerpo de élite de las SS, hecho que el autor alemán habría omitido de su biografía durante poco más de seis décadas, y que leerás, por primera vez, en *Imaginar o habitar la metáfora: locura fértil o casi clínico*, el libro del paciente de tu madre Julián Alemán Bermejo que te regaló tu tío mediano: "hay una sola manera, para la mente, de construir mundos superpuestos al mundo. Es a través de la metáfora. El problema es que se trata de una manera que está constituida por dos opuestos: el de la prisión y el de la libertad".

LIV

2000

Ése fue el año de mi mayor vergüenza, te contará tu madre.

Por fin te había convencido, tras decírtelo un millón de veces, de que tenías que hacer algo con tu peso, que no podías abandonarte así como te habías abandonado, que tu tamaño era ridículo, ¿recuerdas?

Recordarás, entonces, que para ayudarte, para que sintieras que tenías mi apoyo, además de limitar las compras en la casa y empezar a cocinar más sano, te conseguí el teléfono de una doctora, una nutricionista cuyo contacto encontró la ceramista y que, decía todo el mundo, era excelente, muy profesional y nada cara, aunque atendía en uno de esos hospitales nuevos y mamones.

Lo que nunca imaginé, por supuesto, fue que esa doctora acabaría siendo tu amante, pendejo, te recordará tu madre, guardando las piezas de ajedrez que tu tío y tú habrán dejado sobre la mesa la noche anterior. Eso sí que no lo vi venir, no me lo esperaba ni pude soportarlo, porque ella te llevaba... ¿cuánto?, ¿veinte años? Y para colmo tenía hijos, un niño y una niña recién nacida. No me enfureció que te enamoraras o creyeras que te habías enamorado, me enfureció que ella se dijera enamorada, que no pensara que eras un muchacho.

Eso fue lo que no pude soportar, lo que me sacó de mí de forma momentánea y me hizo reaccionar como lo hice, lo que me cegó y segó por un momento ese otro sitio en que consigo controlarme y lo que me hace decirte ahora que lo recuerdo y te lo recuerdo, ahora que volteó atrás y lo veo, que ése fue el año de mi ridículo más grande, de mi ida de cabeza más vergonzosa, de la incongruencia, además, que me incomoda más recapitular, te contará sorprendiéndote con su uso de esa otra palabra: *recapitular*. Y es que lo que hice no tiene perdón: podría haberla buscado, tendría que haberla llamado, podría, incluso, haberle explicado lo mal que se veía que se metiera con un muchacho, con un paciente que, para colmo, la había buscado por un tema de salud.

Pero no, apenas me contaste que te habías enamorado de ella, que querías invitarla a comer y presentármela, sentí que el líquido ese de otras veces me subía por la garganta. Sonreí, obviamente, te dije que qué padre, claro, pero por dentro el vómito negro hervía en mí, porque sabía, porque sé a dónde pueden conducir esas relaciones desiguales. Por eso o porque tú eras mi hijo, en realidad. Así que apenas terminamos de hablar, enloquecí. Y nada sirvió de nada. Ni pensar, ponerme en el lugar de ella, ni intentar comprenderte a ti ni sentarme y respirar ni tratar de explicarme que eso también era algo en lo que, si no fueras mi hijo, hubiera creído ni concentrarme e irme un rato a ese otro lugar: todo era negro, todo estaba oscuro allá también. Al final, llamé a la ceramista. Pero ni ella pudo contenerme, te contará reclamándote, de paso, que no dejaras ganar ni una partida a tu tío y desvelando, luego, la parte que tú no conocías de aquella historia: cuando le colgué a la ceramista estaba decidida, poseída por quién sabe qué animal. No, poseída no, estaba entregada al caos contra el que siempre había luchado.

Salí a la calle, subí al coche, conduje a una papelería, le pedí al muchacho que atendía aquel local que me hiciera un letrero y treinta copias, volví a subirme al coche y conduje hasta el hospital, añadirá colocando los manteles sobre la mesa en la que ayer jugaban tú y tu tío, mientras tú pones los platos y cubiertos. Y ahí, en el hospital, tapicé todas las paredes que pude. Hasta que un guardia me detuvo y me explicó que aquello, poner letreros difamatorios contra una doctora, evidentemente no estaba permitido, menos con su fotografía, nombre y teléfono. Fue entonces, mientras el policía hablaba, que caí en cuenta de la gravedad y del absurdo de aquello que estaba haciendo.

Sentí una vergüenza terrible. De verdad, una vergüenza monumental. Quería desvanecerme, volverme invisible, que nadie, sobre todo aquel guardia que había sido tan educado y que parecía el ser más tranquilo y pacífico del mundo, me atrevería a decir incluso que él se rió cuando leyó lo que decían mis letreros, pudiera verme. Y es que además, pensé de pronto, por ahí podría andar algún paciente mío, sumará tu madre dejando en la mesa la jarra con el jugo de toronja que exprimieran más temprano.

En un segundo, enmudecida y emergiendo desde el fondo de aquel rapto, le entregué al guardia los letreros que aún traía, además de la cinta adhesiva, pidiéndole perdón. Luego eché a correr al estacionamiento, donde me metí al coche y me marché lo más rápido que pude, riendo y llorando, furiosa e incrédula.

En la tarde, por suerte, la ceramista me ayudó a encontrarle el lado divertido a aquel arranque que, entonces, me tenía realmente angustiada y asustada porque no podía ser que no me hubiera controlado.

Tú, en cambio, nunca le encontraste el lado divertido ni a aquello ni a mi odio por aquella doctora.

Mis arranques, a ti sólo te divierten cuando son historias.

Tu tía mediana te contará que ese año lo vivió preocupada por tu madre.

Ese año no, aquella época entera, que fueron varios años, porque sabía que mi hermana la debía estar pasando mal, que debía estar muy sola.

Muy sola porque tu hermano grande, que hacía poco se había instalado en China, casi no venía a México, porque tú te la pasabas viajando, sobre todo a Chiapas, como si pasear esa ansiedad que antes se te iba en la comida fuera una solución, y porque tu hermano chico recién había entrado a la universidad, te contará tu tía poco después de llegar a la casa de montaña que su hermano habrá rentado.

¿En serio crees que estaba sola?, preguntarás, incapaz de contenerte, más por molestar a tu tía mediana que porque te interese su respuesta, pues hace tiempo habrás comprendido que esa mujer, a pesar de que adora a tu madre, como la adoran los otros dos hermanos que le quedan, conoce de ella una vida que no es la vida de ella sino la que tu tía habrá decidido que tu madre debería haber tenido. No es que lo crea, es que lo sé, que sé que una mujer de su edad, de la edad que mi hermana tenía entonces, no debe estar sin pareja tanto tiempo.

Aunque también sé, no creas que tu tía es tan pendeja, no creas que te puedes burlar de ella, que mi hermana y yo no somos iguales, que no nos parecemos tanto como querría. Si ni siquiera en la salud nos parecemos, ¿o tú de veras crees que ella también tiene problemas autoinmunes?, preguntará sentándose en la mesa en la que aún quedarán restos del desayuno, poco después de que ella, tu tía mediana, convenciera a tu tío chico de dejarla pagar una parte de la renta de la casa. Y sé, por eso, que ella siempre ha tenido a sus pacientes. Y que ellos, sus pacientes, siempre la han hecho sentirse acompañada. Sobre todo sus angelitos, los más chiquitos, ésos que Dios Nuestro Señor, en su sabiduría, decidió mandar acá incompletos.

Aunque no todos los pacientes de tu madre, ya lo sabes, son mongolitos, claro que no, la mayoría de ellos, de hecho, son normales, aunque con algún tema específico, uno de esos temas que como ella dice siempre casi nunca son culpa suya, de los pequeños, añadirá tu tía poniéndose el curita antes de la herida, herida hacia la cual habrá enseguida de desviarse: por ejemplo, piensa en mi nieto, quien, obviamente, no es retrasado, aunque le haya costado un mundo y medio aprender a hablar como se debe... qué culpa podría tener él de haber venido así, de que Dios haya querido que tuviera el labio paladar hendido que le operaron antes de nacer, cuando aún estaba adentro de mi nuera.

¿Puedes creerlo? ¿Que operen a un pequeño en el vientre de su madre? Es increíble lo que la ciencia ha avanzado. Por cierto, esto no lo vayas a decir, pero yo creo que eso que le pasó fue por culpa de la esposa de mi hijo, que ya ves cómo era y que seguro hizo algo para que Dios la castigara, asegurará tu tía, preguntándote, al instante, si el agua de la alberca está caliente, porque ella, como sabes, prefiere que esté fría. Por extraño que parezca, el agua caliente me deshidrata. Y, con mi enfermedad, de la que creo que ya hemos hablado, deshidratarme es lo peor.

Eso, sabía que ya lo habíamos hablado. ¿Qué te decía, entonces? Ah, sí, lo de mi nieto. Es increíble, cuando ella aceptó verlo, aunque ya sabes que tu madre siempre dice que es mejor no atender familiares ni amigos, me demostró eso que antes me había dicho, lo de que casi nunca es culpa del pequeño, que los problemas de los niños casi siempre son culpa de alguien más. En el caso de mi nieto, de su mamá, rematará tu tía acercándose a la alberca y metiendo un pie al agua.

Me lo demostró jugando con él en su consultorio, que es como una tienda de juguetes. Ni siquiera le tuvo que hacer pruebas. Si es que mi hermana en eso es asombrosa. Se puso a jugar con él y media hora después aseveró que no tenía ningún problema fisiológico, que no importaba la operación, que lo que le pasaba era que se sentía presionado.

Y claro, quién más podría estarlo presionando sino su madre. Porque mi hijo y yo nada más le hemos dado amor y siempre hemos sido pacientes, con todo y que nos urgía que hablara, rematará tu tía.

Pero te estaba hablando de otra cosa y ya no sé cómo llegué a esto. Ah, sí, por sus pacientes.

Pero cómo llegué ahí… eso, por lo de mi preocupación, por su soledad, en realidad.

Así fue como entendí que ella no estaba sola, gracias a ellos.

Recordarás que ese año, en tu país, tras poco más de setenta años en el poder, el Partido Revolucionario Institucional perdió las elecciones presidenciales, resultando electo el conservador e igualmente corrupto Partido Acción Nacional, cuyo candidato, diría tu madre, apenas y conseguía hablar de corrido; que, tras complicarse tus ataques de pánico —ataques que alcanzarán su punto álgido en las noches, antes de acostarte a dormir, cuando ante el espejo veas tu sistema vascular encendido, refulgente bajo tu piel—, te sumiste en tu primera depresión, depresión que te hizo recurrir a tu madre, quien te recomendó empezar a psicoanalizarte y consiguió, días después, el teléfono de tu primera analista —quien sería hija del cirujano que habría patentado las operaciones intrauterinas de labio paladar hendido—; que, en Río de Janeiro, la cantante mexicana Gloria Trevi, ídolo popular que haría decir a tu madre, varias veces: "cómo me habría gustado bailar esto, cómo lo habría bailado si aún pudiera sacudirme sin marearme y vomitar", fue detenida junto a su corista Mary Boquitas y su productor Sergio Andrade, acusada de secuestro, tráfico y violación de menores tras descubrirse una red de trata que, entre otros, tendría como clientes a diversos miembros de la Cámara de Diputados de tu país, sin distinción de partidos políticos; que, un par de noches antes de ir a tu primera sesión de psicoanálisis, buscaste algún libro sobre el tema en los libreros de tu madre, donde obviamente encontraste cientos de ellos, por lo que no supiste cuál elegir —al final, elegiste mediante un proceso que te pareció infalible: te llevaste y leíste el libro que, al parecer, estaba más subrayado y anotado: *Autorretrato de una psicoanalista*, de Françoise Dolto; que, en Lima, en el Estadio Nacional, durante un partido de futbol en el que se enfrentaban Universitario y Unión Minas, un joven de catorce años murió tras ser alcanzado por una bengala, bengala que había sido lanzada desde el extremo opuesto de la cancha: esa imagen, la del muchacho con aquel proyectil enterrado en la cuenca del ojo izquierdo, chisporroteando luz mientras su madre, desesperada, lo sacudía como si así fuera a quitarle aquella *rara avis* del cráneo, como si la bengala fuera un insecto que ella podía espantar, se quedaría en el fondo de tu mente para siempre y te haría dejar de asistir a los estadios; que, tras desistir con dos nutriólogas, la primera por razones del corazón, la segunda por razones del estómago, decidiste diseñar tu propia dieta con base en la dieta vital de tu madre, que consistía en pasar hambre, con lo que conseguiste bajar cerca de veinticinco kilos, transformándote en un muchacho delgado pero inoculando, sin saberlo, el estreñimiento que desde entonces habría de acompañarte para siempre, tal y como acompañaba a tu madre; que, en Vermont, se publicó la ley HB847, primera del continente americano que reconoció el matrimonio civil para parejas del mismo sexo, suceso que precipitaría diversas leyes del mismo tipo en el resto del continente y que tu madre y la ceramista, aunque no habrían pensado en casarse, celebrarían con una borrachera memorable, y que, en Copenhague, durante un concierto de Pearl Jam, uno de tus amigos de juventud, el que le caía peor a tu madre y quien estaba viviendo en aquella ciudad, murió, junto a otras siete personas, aplastado por una avalancha humana.

LV

2001

Ése fue el año del juicio más difícil que me tocara.

En eso pienso cuando recuerdo ese año, aunque también fue el año en el que aprendimos a bucear.

Pero la verdad es que aquel juicio se impone en mi cabeza porque fue un juicio horrible. Horrible, obviamente, por lo que sucedió pero, sobre todo, por el cariño que les había tomado a los hijos de aquel matrimonio.

Yo nunca aprendí a bucear, madre. No, tú no. A ti te dio miedo, siempre te ha dado miedo sumergirte, a menos que se trate de tu propia cabeza, pero tu hermano chico y yo sí aprendimos. Igual, no quería hablar de aquel otro viaje al sureste. Estaba hablando del juicio. Te decía que eran unos muchachos jóvenes. Habían llegado conmigo recomendados por el pediatra de sus hijos, que había sido tu pediatra y que, veintitantos años después, seguía mandándome pacientes, añadirá tu madre viendo en la distancia a sus hermanos, que estarán adentro de la alberca, mientras tu tío chico le escupe chorros de agua a sus hermanas.

¿Cómo puede ser que siga siendo igual? ¿Y cómo puede ser que ella entre maquillada hasta a una alberca?, preguntará retóricamente, sonriendo y señalando a su hermana mayor: no sabes el gusto que me da que no le importe, que le valga verga estar gorda y lo que digan los demás de que esté gorda. Si yo hubiera sido así, igual no me habría pasado esto del cáncer, igual tendría enteras las tripas, enteras y en su sitio, no todas revueltas como ríos subterráneos... qué pendejo fuiste, de verdad, aquella vez, no tienes ni idea de cuánto te perdiste, de lo que es estar ahí abajo, en las entrañas de un cenote.

No me importa, me da igual no saber bucear. Y eso no tiene que ver con lo del cáncer, además. Tus dietas de loquita no te enfermaron, no tienen la culpa ni del cáncer ni del síndrome ese que por cierto hay quienes dicen que es cosa de tu mente, que no es real, le dirás a tu madre sonriendo y señalando hacia tus tíos, más por desquitarte de lo de tus miedos que por alguna otra razón. Cómo eres pendejo, de verdad, asegurará tu madre sonriendo también, porque sabrá, adivinará lo que deseas. Además, dijiste que no era en eso en lo que pensabas cuando pensabas en ese año, así que vuelve a donde estabas, le pedirás para no entrar en ese otro territorio que de pronto se ha abierto. Te decía que era un matrimonio joven, una pareja de chavos que se habían pasado con las drogas, que se querían y que querían mucho a sus hijos pero que habían quedado tocados y que, para colmo, no se habían desenganchado del todo.

Cada tanto, ellos dos, sufrían alguna recaída. Y no estoy hablando de mariguana o de otra cosa así, hongos o peyote, cosas naturales. Estoy hablando de drogas serias, heroína, por ejemplo, ácidos de los potentes, añadirá clavando sus ojos en los tuyos: qué suerte que tú y tu hermano chico sólo se excedieron con la mota. Pero bueno, la cosa es que tras una de esas separaciones, después de que ellos se hubieran alejado a consecuencia de una noche de excesos que acabó al borde de la violencia, una noche que mis niños, sus hijos, tuvieron que ser, casi casi, rescatados por sus abuelos, decidieron hacer un viaje juntos para limpiarse, reconciliarse y prometerse uno al otro, otra vez, que no volverían a caer como habían caído aquella última vez.

Entonces vino lo peor, te contará: se fueron a Brasil, a Río de Janeiro y, claro, en una de esas noches, dejándose llevar por la fiesta y el alcohol, decidieron comprar droga. Ellos pensaron, según ha dicho él, que estaban comprando anfetaminas, pero quién sabe qué sería lo que les dieron, porque poco después de consumir un par de pastillas, perdieron la cabeza. Horas después, en el hotel en donde se habían alojado, él se despertó junto al cadáver de ella, que yacía desmembrada. Aterrado y bajo los efectos de lo que fuera que hubieran consumido, que vete tú a saber el brote que les desató, la metió, las partes de su esposa, en una maleta y decidió ir a tirarla, deshacerse del cuerpo y denunciar después su desaparición. Eso por lo menos es lo que dijo.

Lo detuvieron a una o dos cuadras del hotel, no lo recuerdo exactamente, aunque recuerdo que lo detuvieron ensangrentado, según dijo la policía, completamente bañado en sangre, fuera de sí y arrastrando esa maleta que apenas y podía jalar y que también escurría sangre, aseverará tu madre con los ojos tensos, el rostro encogido y los puños apretados sobre la mesa. Obviamente, fue detenido y encarcelado ese mismo día. Y ahí debe seguir, como merece, ahí donde pasará el resto de su vida con presos que no hablan su idioma, en un país que no es el suyo y que no habrá de extraditarlo porque él tiene nacionalidad brasileña, por su madre.

A esto es a lo que quería llegar, a esa abuela, a los abuelos de esos niños que eran mis pacientes y por los que me llamaron. Porque, según la ley, al faltar ambos padres, los pequeños debían quedar bajo custodia de sus abuelos paternos, es decir, de los padres del asesino, situación ante la cual los padres de la muchacha asesinada se inconformaron. Y eso era lo que me tocaba ayudar a dirimir, ¿quiénes merecían la custodia?

El problema, lo que volvió aquella situación aún más horrible, fue que yo sabía, por boca de los niños, que ninguna de esas opciones convenía a sus vidas. Imagínate, el abuelo paterno había intentado abusar de la nieta, por lo menos en una ocasión. Y la abuela materna era enfermizamente violenta.

No había para dónde hacerse porque, además, negarles a ambos matrimonios la custodia, que fue lo que recomendé en nombre del bien de los pequeños, implicaba que quedaran bajo custodia del Estado.

Y ahí, entonces, cuando quedaron bajo custodia del Estado, fue cuando los perdí para siempre.

Por más que lo intenté, no encontré cómo seguir viéndolos.

Tu tía mayor te contará que ése fue el año del viaje de tu madre y su hija.

Cómo no iba a acordarme: ¿quién crees que se quedó cuidando a sus hijos, mientras ella, mi hija, la hija de la periodista, la de tu tío y la gasera se paseaban con tu madre por Guatemala?

La gasera, que ya había dejado la clínica de belleza en la que conoció a mi hermana y había entrado a trabajar en una enorme compañía de gas, tenía familia en Guatemala. Gente de dinero, dueños de una hacienda en el campo cerca de Antigua, sumará tu tía mayor limpiando los romeritos que cenarán esa noche, aunque para navidad falta una semana.

Por eso habían elegido ir ahí, porque a la gasera le prestaron aquella hacienda donde ellas cinco, aunque creo que había alguien má, una sexta persona de la que nunca han querido contarme nada, como si fuera pendeja, como si no supiera que mi hermana tuvo una amiga especial durante años, lo pasaron de maravilla, descansando y hablando de esas cosas de las que hablan las hijas con las madres substitutas, con las que pueden, por ejemplo, hablar libremente de su sexualidad o quejarse de sus madres verdaderas, te contará tu tía haciendo a un lado el primer balde que habrá de llenar con romeritos y jalando el segundo.

Ayúdame, anda, te pedirá señalando la montaña de romeritos: cómo puede ser que tu madre diga que le caen mal... ahora resulta que todo le cae mal. Si es que lo de su enfermedad, la verdad, es muy extraño, sumará torciendo el gesto y volviendo, al instante, a donde estaba: hasta donde sé, aquél fue un viaje increíble para todas las hijas de tu madre, aunque también, no voy a escondértelo, fue un viaje duro, por lo menos para mi hija. Y es que ahí, en aquel rancho se dio cuenta de que su historia con su tía no era única, que, de hecho, las demás hasta habían vivido con ella, además de que entendió, eso por lo menos asumí cuando me contó cómo la habían pasado, que mi hermana tenía una favorita, que la gasera se había convertido en la hija favorita de tu madre, te contará tu tía mayor bajando el tono de su voz porque por ahí anda la gasera y empezando a alzar a mano, como dirá siempre que eso debe hacerse, las claras de huevo con las que piensa capear los chiles chipotles que tu habrás de rellenar cuando termines con los romeritos.

Lo entendí, curiosamente, como si yo también hubiera estado ahí, como si yo también hubiera estado bebiendo con ellas ante la chimenea aquella noche en la que mi hermana les dijo que les tenía un regalo a cada una, a partir pues de lo mismo que tu prima sintió en aquel momento, ante esa chimenea, mientras bebía, cuando tu madre fue a su cuarto y regresó cargando cinco regalos, cinco paquetes perfectamente envueltos con papeles delicados y preciosos, me explicó tu prima, añadirá tu tía levantándose para revisar que el aceite esté hirviendo.

Eran las cajas que tu madre había coleccionado a lo largo de su vida, con todo y lo que ella había guardado en cada una, es decir, tal y como las había tenido siempre. Pero en el paquete de la gasera estaban las cajas favoritas de tu madre, quien no pensó, seguramente, que todas sus hijas sabían, tenían claro cuáles eran sus favoritas.

Si es que a veces hasta mi hermana puede ser pendeja, afirmará tu tía antes de pedirte que le acerques los chipotles y, al ver tu rostro sorprendido, preguntará: ¿no sabías qué había pasado con esas cajas?

Por si había dudas, ya ves, cualquiera puede ser pendeja, incluso yo.

Recordarás que ese año, el primero del tercer milenio, en Oregón, un grupo de científicos del Centro de Investigación de Primates de Oregón, encabezados por Richard Palm y Catherine Willcock, presentó a ANDi, el primer primate que habría sido modificado genéticamente, un mono de tipo Rhesus a cuyo ADN se habría añadido un nuevo gen, gen que, aunque no tendría ninguna función específica, poseería fluorescencia, fluorescencia que permitiría a los científicos rastrear su distribución en la estructura genética del animal —dicha fluorescencia sería resultado de una proteína procedente de las medusas—; que, tras asistir religiosamente, durante meses, a tus sesiones de psicoanálisis, estando, pues, en esa fase que bien podría llamarse desasolvamiento, enfrentaste, durante una madrugada, tras un par de días de insomnio cruento, insomnio que ni siquiera te quitaría la mariguana —por entonces, tu somnífero de cabecera—, el primer momento de tu vida en el que creíste, no, en el que temiste estar volviéndote loco, en el que pensaste, pues, que no eres igual a los demás, que había algo en ti que estaba echado a perder, que no funcionaba como tendría que haberlo hecho, por lo que te metiste a bañar y ahí, bajo el agua de la regadera, te rompiste y lloraste como no habías llorado en muchos años, mientras intentabas acallar la voz de tu cabeza; que, en los Estados Unidos, el mismo día que, del otro lado del planeta, la aviación militar norteamericana bombardeaba Bagdad y que, en Afganistán, los talibanes destruían las estatuas de Buda más antiguas de la región, Jimmy Wales y Larry Sanger crearon y echaron a andar Wikipedia, transformando para siempre el acceso a las enciclopedias y socializando el conocimiento de un modo que hasta entonces resultaba insospechado; que tu psicoanalista, después de que le contaras los pormenores de la noche de tu quiebre y le hablaras de tus temores ante la locura, te habló por primera vez de la objetualización de la madre y te recomendó varios libros, algunos de los cuales ya habías leído, otros que no habrían de interesarte y dos más que te apasionarían, marcándote para siempre: *El idiota* y *Los demonios*, de Fiódor Dostoievski; que, en tu país, en la Cámara de Diputados, la Comandanta Esther del Ejército Zapatista de Liberación Nacional pronunció un discurso histórico, discurso que habrás visto al lado de tu madre, reclamando el cumplimiento de los Acuerdos de San Andrés Larráinzar y exigiendo paz y vida digna para los pueblos de Chiapas; que fuiste de viaje, con tu madre y con tu hermano menor, a la península de Yucatán, donde tu madre y tu hermano chico aprendieron a bucear y descendieron a los ríos subterráneos de aquella península —ríos subterráneos que, tiempo después, serían reconocidos como los más largos del planeta—, conducidos por las mujeres de aquel pueblo que, años antes, tú y tu familia habían conocido, mujeres sordomudas en su mayoría que estarían agradecidas con tu madre por el trabajo que habría llevado a cabo con sus hijos —a quienes, además, les habría conseguido decenas de aparatos auditivos— y por el apoyo que les habría brindado cuando fundaron Las quetzalas de agua, el primer grupo femenino de guías submarinistas de la región; que, en los Estados Unidos, el país con más misiles antiaéreos y defensivos del planeta, un grupo de terroristas talibanes atacó las Torres Gemelas de Nueva York, el Pentágono y, presuntamente, La Casa Blanca, utilizando nada más que aviones comerciales; que, una mañana cualquiera, te diste cuenta de que, en tu casa, habían desaparecido las cajas que tu madre había coleccionado durante años —con todo y lo que guardaban—, y que leíste, en *Los demonios*, de Dostoievski: "Los otros, la gente mundana, no temerán nada, porque no daña directamente sus intereses. Pasado el primer asombro, el primer terror convencional, se echarán a reír. Su locura les parecerá muy curiosa. Como ya le consideran un poco loco, le concederán la suficiente cordura para que pueda reírse de usted. ¿Soportará todo esto? ¿No se llenará su corazón de un odio tal que pueda destruirle?".

LVI

2002

Ese año volvimos a juntarnos los hermanos, dirá tu madre.

Fue idea de tu tío chico, quien, para mí, sentía celos de tu tía, porque ella siempre tuvo una relación cercana con sus hermanos, todo lo contrario que con sus hijastros.

Uy, si te contara lo que ella les hizo a tus primos, no terminaríamos y no la querrías como la quieres. Pero tampoco es que nos toque hablar de eso, por más que a mí me dé coraje. Sobre todo por mi niña, tu prima, porque tu primo, al final, siempre la ha sobrellevado mejor, nunca se la ha tomado en serio, ni siquiera siendo niño.

Además, sabes cuánto la quiero y sabes que conmigo siempre ha sido cercana y cariñosa. Así que a lo nuestro, que es lo del viaje para el que mi hermano chico rentó aquella casa que rentaba en Acapulco. La única condición que nos puso a los demás fue ir, por una vez, sin pareja. Sin parejas ni descendencia, dirá tu madre preparando la ensalada que habrá decidido hacer a escondidas de su hermana, pues si fuera por tu tía mayor nadie más cocinaría para la cena de esa noche.

La que más tiempo se tardó en aceptar, obviamente, fue tu tía mediana, pues no se había separado de su esposo ni una sola noche desde el día de su boda… ¿puedes creerlo? Al final, sin embargo, entre tu tía mayor y yo la convencimos y así fue como los cinco, tu tío perdido obviamente no estuvo, un jueves por la mañana, tras desayunar en nuestra casa, porque ahí habían dormido mis hermanas, salimos rumbo a la costa. En la camioneta de tu tío chico, aunque quien manejó fue tu tío mediano, que no podía subirse a un coche si alguien más lo conducía, sumará tu madre tostando un par de puñados de nueces y otro de almendras en el sartén.

De camino a Acapulco paramos a comer en Chilpancingo. Y, como era jueves, que es el día tradicional del pozole verde en aquella ciudad horrorosa que tan bien conocía por culpa de tu padre, nos metimos al cuerpo un plato gigantesco, yo no me lo acabé, así que tu tía mayor se comió, en realidad, un plato y medio, además de varias cervezas y un par de tequilas que nos hicieron llegar a aquella casa, enclavada en la ladera de un risco sobre el mar, medio crudos y sedientos, aseverará sacando del fuego los granos que acaba de tostar y echándolos encima de las hojas de arúgula y endivia que antes habrá pasado, un segundo, incluso menos, por la olla en la que borbotea el agua hirviendo.

Estábamos extrañamente eufóricos, así que apenas entramos en aquella casa tu tío chico abrió una botella de tequila y un par de vinos tintos, bebidas que en cosa de un par de horas nos tuvieron a todos emocionados, flameados y felices, otra vez. Contentos, claro, hasta que alguien, creo que fue tu tía mayor, recordó a tu tío más grande, en quien yo, la verdad, ni siquiera había pensado. Te lo juro, no me había acordado de él ni una sola vez, como si no fuera, como si nunca hubiera sido mi hermano, qué espanto. Y claro, en cuanto su nombre apareció todo se trastocó. Empezamos, sin quererlo, a reproducir la vida de antes, nuestros papeles de aquella vida vieja, de aquella vida que había sido nuestra hacía tanto.

Tu tío mediano, por ejemplo, empezó de la nada a lanzarme puyas, a picarme con palabras viejas, a reclamarme cualquier cosa, a agredirme velada y luego ya no tan veladamente, según seguía bebiendo, pues empezó a bromear sobre mí, sobre que siempre me había creído diferente, tanto que, decía él, incluso podía, para ser eso, con tal de ser distinta, fingir que mis enfermedades eran fingidas, te dirá tu madre, que se habrá puesto tensa y se habrá quitado la peluca al tiempo que comienza a pelar las manzanas verdes que habrá de inyectar luego con esa mezcla de agua, vinagre y un poco de miel que siempre hace. Por suerte, tu tío chico reaccionó también muy a su manera: burlándose de todos y de todo.

Luego, sin embargo, fue a él al que se le pasó un poco la mano porque empezó a hacer bromas sobre nuestros padres. Y claro, esas bromas, no las que hacía sobre tu abuelo, ésas no trajeron mayores problemas, sino las bromas sobre nuestra madre, enfurecieron a tu tío mediano, que estaba, para entonces, borracho como peonza —*peonza*, he ahí otra palabra sorpresiva de tu madre, quien la dirá rascándose la cabeza, esa cabeza cuyo pelo, que recién empezaba a salir de nueva cuenta, habrá sido tusado por ella misma, te hará pensar en las muñecas de su infancia—.

Poco después, no recuerdo cómo ni porqué, acabamos todos dentro de la alberca, asegurará lavándose las manos en la tarja: vestidos, abrazados, llorando a ratos y a ratos riendo, sin saber, claro, ni por qué reíamos ni por qué llorábamos.

Del resto del viaje, la mera verdad, recuerdo poco, pues estuvimos borrachos casi todo el tiempo.

¿Por qué te estás cortando el pelo?

¿Cómo?

Que ¿por qué te estás cortando el pelo?

Porque es horrible, pendejo, ¿por qué otra cosa iba a hacerlo?

Crece delgado y seco, sale en mechones, muerto. No puedo creer que lo preguntes. No eres tus tías, además. Y de últimas, le agarré amor a mis pelucas. Pero no sé porqué te doy explicaciones.

No, no tendría que importarte. Te vale verga, pues. Como me vale a mí lo que ellas digan. Claro que no prefiero verme enferma.

¿Por qué querría seguir enferma? Tu tía mediana también puede ser pendeja.

Todos, todos ustedes pueden serlo, rematará tu madre.

Tu tía mayor te dirá que ella no recuerda así aquella primera noche.

Lo del pozole verde en Chilpancingo lo recuerdo, por supuesto, porque además, en aquel restaurante al que tu madre nos condujo, probé las mejores flautas de requesón que haya comido en mi vida.

Eran perfectas, te lo juro, de tortilla grande y delgadita, fritas al punto, bañadas en crema, espolvoreadas con un queso de rancho delicado y salpicadas con una salsa negra densa, picosa, tatemada y exquisita. Y el requesón, qué barbaridad, hasta le pregunté a la cocinera cómo lo había sazonado, sumará tu tía más grande con la boca llena de saliva.

Me contestó justo lo que yo había pensado, tras probarlo: que aquel requesón lo habían asado en comal de barro, con un poco de cebolla, cilantro y chile serrano, todo picado, finito, te dirá tu tía, quien entonces caerá en la cuenta de que ahí, sobre la mesa de la cocina ante la que estarán hablando, en ese reino pues que debería ser sólo suyo, hay un par de ensaladas. Para no empezar a reclamar, para no enojarse, volverá a donde estaban, antes de que aquellas flautas de requesón de su memoria se convirtieran en un manjar deconstruido.

Esa primera noche, según yo, llegamos a Acapulco agotados, porque además de haber parado en Chilpancingo tu tío chico se empeñó en que paráramos en un pequeño pueblo de Tierra Caliente donde hacen unos manteles bordados o, más bien, desbordados, que le encantan a su esposa, a quien él le había prometido comprar uno (te apuesto que ésa fue la condición para que ella lo dejara viajar solo, recuerdo que me dijo tu madre en voz bajita y maliciosa… por cierto, has visto que otra vez anda diciendo que le duele, ¿o a ti no te lo ha dicho?). Por eso, cuando al fin llegamos, nos tomamos un par de copas de vino, cenamos cualquier cosa y nos fuimos a dormir, sumará sentándose otra vez ante la mesa de la cocina tras mover su silla de tal modo que le dará la espalda a esas ensaladas que tu madre preparara hace media hora.

Me acuerdo, eso sí, de que nosotras tres, mis hermanas y yo, decidimos dormir juntas, aunque no hubiera ningún cuarto preparado con tres camas, añadirá antes de clavar sus ojos en los tuyos y, en voz bajita, exigirte: dime por favor que por lo menos no las ha aliñado. Sonriendo, le responderás que no, que tu madre aún no aliñó las ensaladas, que sabe que se aguadan, que, si su hermana sabe de algo es precisamente de ensaladas y de aliños. Afirmando con la cabeza, tu tía te dará la razón y dirá: dormimos las tres juntas en una cama matrimonial, apretadas pero contentas.

Creo que fue porque así dormíamos de niñas, juntas, en un cuarto y a veces en una sola cama, pero también, la verdad, porque nos daba miedo dormir solas pues tu tío mediano estaba ahí, durmiendo en uno de los cuartos. Y claro que no nos daba miedo que nos fuera a hacer algo, pero nos daba miedo el miedo que nos había dado de chicas, creo, aunque no sé si me explico, sumará tu tía mayor.

Hacer eso nos salvó, porque esa noche, la primera que pasamos allá, se metieron a robar. Nos dimos cuenta al despertar:

se habían llevado varias cosas de la casa, tonterías que habíamos dejado por ahí y, para su mala suerte, la cartera y la maleta de tu tío mediano.

Te imaginarás cómo se puso, estaba fuera de sí, enfurecido, extrañamente, con tu madre, como si ella hubiera hecho algo. Fue entonces, para calmarnos, que nos pusimos pedos y acabamos metidos en la alberca, incluida yo que ni traje de baño llevaba.

Ahí, en la alberca, fuimos los de antes: tú tío mediano quería matar, tu tío chico hacía bromas, tu tía mediana lloraba y yo hablaba de tu tío más grande.

Tu madre, por supuesto, quería mediar, calmarnos a todos.

Recordarás que ese año, en Francia, fue encontrada la Venus de Cison, última de las estatuillas femeninas del paleolítico que habría de ingresar en el selecto grupo de las esteatopigias superiores, piezas de entre cinco y veinte centímetros talladas en piedra o moldeadas en barro cuya anatomía exageradamente desarrollada las convierte en tesoros arqueológicos, tesoros que representan a la mujer y a la madre de aquella Era, además de la fertilidad y la abundancia, y entre las cuales sobresalen, junto con la de Cison, las Venus de Brassempouy, Lespugue, Laussel, Dolní Věstonice, Willendorf, Savignano, Kostienki, Gagarino, Berejat Ram Mala y Buretj, cuya reproducción sería la primera que tu madre conseguiría y con la que habría de empezar su colección de Venus —al mismo tiempo, por cierto, que retomaría su colección de Matrioskas—; que tu psicoanalista, tras varios meses de hablar sobre tu temor a la locura y, sobre todo, a la locura de los otros, es decir, de los seres que te rodeaban y que ocupaban un lugar en tu universo emocional —por ejemplo, tu hermano mayor y uno de tus amigos más cercanos, quien habría sufrido un quiebre tras consumir, en el desierto, un ácido contigo—, justo cuando verbalices lo que significó para ti crecer entre los pacientes de tu madre, te habló de los temores heredados o replicados y te recomendó, de nueva cuenta, varios libros, entre los cuales, los únicos que no te aburrieron profundamente fueron *Eros y Tanatos*, de Norman O. Brown, y *Tótem y tabú*, de Sigmund Freud; que, navegando en Internet, descubriste que la población mundial de abejas seguía reduciéndose, que el agujero de ozono seguía creciendo y que se rompieron todos los registros previos de deforestación y aniquilación de ecosistemas a lo largo y ancho del planeta; que, en doce de los quince países que conformaban la Unión Europea empezó a circular el Euro, la moneda común de dicha zona que, para sorpresa de los ciudadanos comunes y corrientes, así como para la de los expertos, durante sus primeros días de vida generó miles de reacciones alérgicas, pues las monedas de 1 y de 2 euros, según reconocerían poco después varios científicos, tenían níquel en exceso, exceso que causó desde irritaciones menores hasta eccemas complejos, pasando por ese mal que es conocido como alergia al pendiente; que, durante el verano, viajaste a Cuba, patrocinado por tu madre y acompañado por un par de amigos de la infancia, por la hermana de uno de esos dos amigos, por una amiga de esa hermana y por tu novia de entonces, a quien dejaste en aquel viaje porque te enamoraste de la amiga de la hermana de tu amigo, con quien pasarías la última semana de aquel verano y con quien estarías la tarde lluviosa en la que un rayo cayó a tan sólo algunos metros de sus cuerpos, tumbándolos al suelo, cegándolos un breve instante y sembrando en sus oídos un zumbido que escucharían dos o tres días; que, en Múnich, el mismo día que en el Reino Unido las autoridades aprobaron, por primera vez, el nacimiento de un bebé de probeta genéticamente seleccionado para intentar salvar, con sus células, la vida de su hermano enfermo, en la Universidad Técnica de Múnich, el científico F. J. Hartmann y su equipo de investigadores anunciaron la creación del primer átomo compuesto de materia y antimateria, el helio antiprotónico, átomo que vivió durante quince millonésimas de segundo; que, tu madre, cuando volviste de Cuba y ella de su viaje al Perú, a donde había ido con la ceramista y en donde descubrió la quinoa, alimento que se convirtió a partir de entonces en la base de su dieta, no te dirigió la palabra pues habría hablado con aquella novia que tenías, quien le habría contado lo de la amiga de la hermana de tu amigo, por lo que ella estaría enfurecida contigo y con tu forma de actuar, razón por lo que, consciente o inconscientemente, dejarías de ver a aquella muchacha a pesar de que te encantaba, y que leíste, en *Umbrales de la mente: creatividad y enfermedad*, otro de los libros de Julián Alemán Bermejo, aquel paciente de tu madre que para entonces habría abandonado la literatura médica y habría vuelto a la investigación científica: "La distancia que separa al artista del enfermo es minúscula y casual, por decirlo de manera coloquial: ambos son esclavos de la metáfora, en tanto manifestación de la imaginación que busca mimetizar el mundo. La diferencia es que uno, el artista, reconoce su falsificación —y se duele por ello—, mientras que el otro, el loco, no la reconoce —y se pierde, por ello, dentro de su falsificación—".

Entenderás que tu madre fue una ventana, un cuerpo que se tambaleaba, el hambre, nueve antiátomos de hidrógeno, un contenedor de insumos escolares, un ojo nítido y otro sombrío, un gesto ancestral, otro cuerpo con su nombre, una barrera de contención, una bengala chisporroteando, un gen fluorescente, un terror convencional, un telómero irreplicable, una esteatopigia superior del paleolítico y un silencio tenso.

LVII

2003

Tu madre te dirá que ese año murió su segundo analista. Me llamó el doctor con el que él compartía consultorio en San Jerónimo para contármelo. Lo habían encontrado en su coche, en el estacionamiento de un psiquiátrico. Había salido de dar una clase a sus estudiantes de séptimo semestre, añadirá tu madre. El que lo encontró fue el vigilante de aquel estacionamiento en donde él se había volado la cabeza, de un balazo en la boca. Fue durísimo, dolorosísimo saber que se había suicidado, que había cargado tanto, durante quién sabe cuánto tiempo. Y tratar de entender qué lo había hecho decidirse por aquello.

Su funeral fue uno de los más desoladores que me hayan tocado, sumará cerrando los ojos un momento, momento que tú aprovecharás para preguntarle, directa y llanamente, qué está viendo. Lo veo a él, pero no muerto, no con la cabeza desflorada, responderá abriendo los ojos, volviendo a donde estaba y haciéndote repetir a ti, en silencio, la palabra *desflorada*: por el dolor, por el vacío pero también por su familia, a la que apenas y había visto alguna vez, pero que ahí estaba, vuelta mierda. Sobre todo la esposa, que era una mujer delgada y pequeñísima, afirmará tu madre, que recién habrá acabado de arreglarse para la cena de esa noche, para la navidad adelantada de tu familia. Me paré junto a ella, junto a esa esposa, a un lado del féretro, lo cual no era normal pero tampoco era normal que aquella mujer estuviera ahí sola, recibiendo los pésames como un perchero, porque sus hijos no podían ni pararse, no podían ni sostenerse.

Él ya no era mi analista, en términos exactos, esto quiero dejarlo claro, por lo que voy a decirte ahora, añadirá cerrando otra vez los párpados y quedándose así un breve instante, durante el cual ninguno de ustedes dirá nada porque al fin habrás entendido que, como el silencio de tu mente, ese lugar al que tu madre se retira no guarda una sola cosa, que no es dolor o alegría, que, ahí, su rayo alumbra todo. Luego, cuando abra otra vez los ojos, volverá también a donde estaban: era mi supervisor, es decir, con quien repasaba algunos casos, además de que, obviamente, seguía fungiendo, aunque no en realidad, como mi analista, ¿entiendes? Bueno, pues por eso me permití entrometerme tanto luego. Y es que unos cuantos días después del funeral me enteré de que él no había heredado ni un centavo, de que su esposa, quien nunca había trabajado, estaba así, sin dinero, totalmente pelada. Y a sus hijos tampoco es que les fuera bien en ese entonces.

Por eso hice algo que, aún hoy, no sé si debí hacer, en términos de psicoanálisis pragmático, pero sí en términos humanos, así que no me arrepiento. Llamé a muchos de sus conocidos, a muchos de nuestros colegas e incluso a algunos ex pacientes suyos, no pacientes, pero sí algunos ex pacientes, para hacer una colecta, una colecta que le permitiera a su esposa sacar la cabeza del hoyo en el que estaba, aunque fuera algunos meses, aseverará tu madre echando la cabeza hacia atrás, entrelazando los dedos y hablándole, más que a ti, al techo de esa casa en la que, al colarlos, al colar aquellos firmes, habrán colocado entre la cimbra y el cemento cientos de petates, dando origen a aquel bellísimo acabado que estarán viendo tu madre y tú cuando ella diga: por cierto, aquí junto, en la casa de junto, en varias casas, de hecho, hay fantasmas.

Éste es un pueblo de espectros, de fantasmas antiguos, pero también nuevos, recientes, un pueblo raro, enfermo de algo, añadirá riéndose un momento para volver, otra vez, a lo suyo: al final recolecté bastante dinero, suficiente para que su esposa pudiera salir de deudas y vivir un año. Lo que no esperaba, por supuesto, era que, cuando fui a hablar con ella, me invitara a pasar, que me abriera pues las puertas de su casa. Y no sólo de su casa, porque al final me llevó al cuarto que compartían.

Fue durísimo. Había dos camas individuales, además de una enorme colección de muñecas y todo un universo dedicado a ellas: platitos, tacitas, cubiertos diminutos, roperitos, mesitas, sillitas, cajitas y camitas.

Creo que aquello fue incluso más duro que la noticia de su muerte y que su funeral, dirá tu madre, entrar ahí, en aquella habitación, fue realmente duro.

Salí mareada, pero no como entonces me mareaba, mareada de otra forma, temblando, pero temblando por dentro.

Luego entendí que una cosa es lo que alguien hace por ti y otra lo que hace por sí mismo.

Tu tío chico te contará que aquel suicidio afectó muchísimo a tu madre.

Yo sólo la había visto así en el funeral de la colombiana, porque en los de nuestros padres, nada que ver, ni cerca, como tampoco en los de tus otros abuelos, que murieron siendo sus suegros.

Ésos, los funerales de los padres de tu padre, se los podría haber hasta saltado, añadirá tu tío más cercano sonriendo, mirando su reloj y volviendo luego la cabeza hacia el tablero de ajedrez. Creo que además de estar sinceramente afectada, hecha una mierda, pues, mi hermana sentía que podría haberse dado cuenta de que él pensaba suicidarse, que lo podría haber evitado.

Lo digo porque recuerdo que, apenas unos cuántos días después, cuando andaba recolectando dinero para su familia y me habló para pedirme el teléfono de un amigo mío que había sido paciente de él hacía años, me contó que, en su última sesión, un par de semanas antes de que se volara las angustias —eso dirá tu tío: *volarse las angustias*, confirmando aquello de que esas metáforas son de familia—, le había dicho que tenía que aprender a ver sus logros, reconocerlos y estar en paz con ellos; que había conseguido ser quien ella quería y que, quizá, lo único que no había aprendido era a cobrar lo que debía por su trabajo, no atender tantos pacientes sin cobrarles, llevar en orden sus finanzas o las de, por ejemplo, el Colegio de Pedagogía Psicológica y Lingüística Neuronal, pero que eso no era culpa suya, porque su propio analista nunca había podido hacer eso, añadirá volviendo la cabeza otra vez hacia el tablero de ajedrez, mirando su reloj de nueva cuenta y rematando: creo que hay tiempo para echar otra partida, una rápida. Pero allá en el jardín, que si tu tía nos ve y ve que no me he arreglado me va a cortar los huevos. ¿O no crees que nos dé tiempo?

No, es verdad, no nos dará tiempo. En fin, que tu madre sentía que su analista se había despedido de ella en aquella última sesión y que ella, por lo tanto, pero sobre todo porque sabía que aquello había sido de una forma u otra una despedida, tendría que haber sabido que algo pasaría, que algo estaba ya pasando. Ya sabes cómo es ella, siempre quiere, siempre cree que podría haber impedido algo. Si ahora anda insistiendo con que este pueblo no es seguro, con que aquí pasa algo raro.

"La gente o recuerda o anhela": ¿cuántas veces la has escuchado decir eso? Yo, unas mil. Por eso no entiendo que ella, a pesar de saberlo, lo que anhela sea cambiar el pasado, dirá tu tío.

¿No te habías dado cuenta? Sí, claro que sí, claro que me había dado cuenta, pensarás entonces, en silencio, sin decírselo a tu tío.

Como tampoco le dirás de qué otra cosa te habrás dado cuenta a últimas fechas.

Que tu madre, por apartar el caos de sí, lo dejó ahí para los otros.

Recordarás que ese año, que fue el año en el que se aceleró de forma trágica el deshielo de los Polos a consecuencia del agujero en la capa de ozono sobre el que tu padre te habría hablado tantos años antes, se alcanzó la temperatura más alta en la historia del planeta, temperatura que marcó 79.9 grados centígrados en los termómetros de Dharham; que te titulaste de la licenciatura, tras un examen profesional que sufriste como si se tratara de un castigo pero que, al final, no fue nada comparado con el proceso anterior, en el que habías debido convencer a tus sinodales y a la autoridad de tu facultad de que tu tesis, de que las tesis, en general, podían tener más bibliografía psicoanalítica y literaria que de ciencia política, como tu madre te había sugerido, sin dejar de ser una tesis de ciencia política, trámite tras el cual celebraste la primera fiesta de tu vida adulta, fiesta en la que tu tío más querido y tu padre, que habría viajado a México para renovar su pasaporte y que de casualidad estaría ahí, en la ciudad, acabarían al borde de los golpes por un comentario de tu padre a la ceramista, comentario cuyo contenido nunca te habrá querido contar nadie; que, navegando en Internet, leíste que, en Connecticut, el director de la biblioteca de Yale anunció que, gracias a una carta del hombre que, al parecer, tendría en su biblioteca el tercer original del *Manuscrito Voynich* —dicho hombre, dicho ejemplar y dicha biblioteca estarían en Barcelona—, habían descubierto —constatado, sería la palabra que aquel bibliotecario usaría— que dicho documento no sólo era un manual sobre lenguajes no humanos, sino que podría haber sido elaborado, redactado, pues, por una inteligencia no humana, inteligencia que se habría extinguido en Mesoamérica años antes de las guerras de conquista; que, en las capitales de Alemania, Inglaterra, Holanda, Dinamarca, Italia y Francia también se alcanzaron las mayores temperaturas registradas, temperaturas que desquiciaron los sistemas sanitarios y funerarios pues, en París, por ejemplo, durante los meses de julio y agosto murieron cerca de cuatro mil quinientos adultos mayores deshidratados y abandonados al interior de sus apartamentos; que por primera vez viajaste a Europa —con la maleta llena de libros, entre los cuales te harían especial ilusión los últimos que tu tío chico te habría regalado: *Un recodo en el río* y *El sanador místico*, de V. S. Naipaul, así como los que te diera tu madre tras tu titulación: *Elementos de psicoanálisis*, de Wilfred Bion, y *Las olas*, de Virginia Woolf—, tras ahorrar, durante años, el dinero de todos tus trabajos; que, en Europa, te tocó una ola de calor tan cruenta que, sumada a tu mala alimentación, a las dietas que habrías hecho los años anteriores y, según los doctores que verías meses después, a la predisposición de tu organismo para inocular enfermedades autoinmunes, se te descompuso la tiroides —habrá, claro, quien considere imaginarios tus males autoinmunes, pues los males imaginarios habrán, en esa época, tomado por asalto tu existencia, asalto que te llevará a hablar de eso, de la frontera entre lo real y lo imaginario, con tu analista, quien te recomendará, sin saber lo que eso implicaría, escribir sobre aquello—; que volviste de Europa cargando dos regalos: las matrioskas más bonitas que encontraste y que pudiste pagar —para la colección de tu madre—, así como una caja de madera hermosa y finamente tallada, para tu novia, porque en algún punto de tu viaje, tu cabeza, debidamente objetualizada, te engañó haciéndote creer que ella era quien coleccionaba cajas; que, en Brasil, meses después de que Luiz Inácio Lula da Silva ganara las elecciones presidenciales, inaugurando una ola de gobiernos progresistas que continuaría con la elección de Nestor Kirchner en Argentina, en el Centro de Lanzamientos de Alcántara —el mismo día en que el Transbordador Columbia se desintegre durante su reingreso a la atmósfera terrestre, matando a sus seis tripulantes—, explotó el cohete VLS-3 matando a veintitrés científicos e ingenieros espaciales brasileños, y que, contra el deseo de tu madre, te fuiste a vivir solo, no, solo no, con dos amigos de toda tu vida: un sociólogo reconvertido en editor y un psicólogo reconvertido en cineasta.

LVIII

2004

Aquel año rescaté a tu tío mediano, te contará tu madre.

Sonó el teléfono de casa —sorprendentemente, mi hermano le había dado mi número a la persona que lo encontró, a pesar de que seguíamos distanciados— y, por suerte, la ceramista estaba ahí conmigo.

Su hermano está medio inconsciente, apenas pudo darme su número y decirme su nombre, señora, dijo la voz en el teléfono, que luego me explicó dónde lo había encontrado y que él estaba hecho mierda, añadirá tu madre sentada en la sala, con las piernas cruzadas y moviendo impaciente el pie izquierdo, en clara manifestación de su molestia.

Si dijimos a las ocho, ¿por qué nadie puede estar listo a las ocho? Pero bueno, la cosa es que ahí estaba, que me había alcanzado esa llamada que tanto había temido y que esa voz que nunca había escuchado me estaba confirmando lo que también había temido siempre, que tu tío se había o lo habían quebrado, dirá cerrando los ojos un segundo. Salimos de casa apuradas, en chinga, manejaba como una loca. Desde el cerro hasta el centro en media hora, pues casi no había coches en las calles.

Lo encontramos justo en el lugar en donde había dicho la señora que estaría: sobre el Callejón Héroes del 57, a dos o tres portales del edificio que se alza en la esquina de Belisario Domínguez, sumará cerrando los párpados otra vez y confirmando así lo que habías pensado hacía nada: su rayo alumbra esa otra vida de la que a veces puede y otras no puede escaparse. Ensangrentado, no, bañado en sangre, en realidad, porque le habían partido la cabeza, pero mucho más despierto de lo que yo habría esperado, mucho más consciente con todo y que la sangre volvía terrible aquella escena. Eso sí, fue como encontrar a un niño pequeño, asustado: apenas verme me abrazó y se echó a llorar, balbuceando que lo habían engañado, que, otra vez, lo habían utilizado.

No quería ir al doctor. Nos suplicó, a la ceramista y a mí, que por favor no lo lleváramos al hospital, que él sabía lo que pasaba en esos sitios, que uno entraba y luego no salía, insistía maniáticamente. La cabeza, ya lo sabes, es muy escandalosa, así que cuando él se calmó un poco y pude revisarlo, cuando vi que su herida no era tan grande decidí no alterarlo más, no exponerlo más, llevarlo a su casa y curarlo ahí, entre la ceramista y yo, con todo el amor que le debía. Nos dijo, entonces, dónde había estacionado su taxi, para que una de nosotras fuera a recogerlo. Obviamente no iba a mandar sola a la ceramista. Tu tío era mi hermano, no el suyo, así que ellos dos se fueron en mi coche y yo los seguí en el taxi de tu tío, que estaba estacionado a unos metros de La Palmera, el bar donde, según nos explicó, lo habían madreado una hora antes.

Cuando llegamos a su casa, creo que esto es, en realidad, lo que quería contarte de aquel año, de ese año del que también podría haberte recordado que fue el año que fuimos a Real de Catorce, más que el desorden o el abandono, lo que me impresionó fue ver por todas partes, en las paredes, sobre los muebles, en los rincones, las fotografías de nuestra infancia, aquellas que creía desaparecidas hacía tanto, te dirá acomodándose de nuevo la peluca y mirando su reloj de nueva cuenta: mi pinche familia se pasa de verga. Esas fotografías me cimbraron, me sacudieron porque todo lo que vi en ellas era falso.

Siempre lo he dicho, las fotografías de familia guardan los accidentes, dirá cerrando los ojos una vez más y confirmando que, como tú, ella también está partida, que su corazón está dividido en dos. Recordarás, entonces, aquel fragmento de *Hamlet* que siempre te alcanza: "—Reina: ¡Ah, Hamlet! Me has partido en dos el corazón. —Hamlet: Pues tira la peor parte y con la otra mitad vive más pura", al tiempo que ella insistirá: los disfraces, nunca la realidad ni la vida verdadera, eso guardan las fotografías. Hay que ser muy inculto para confiarle tus recuerdos a un papel y una emulsión, igual que hay que ser pendejo para creer que la gente impuntual va a dejar de serlo.

Pero bueno, la cosa es que, cuando tu tío finalmente se durmió, la ceramista se dio cuenta de que yo no sólo estaba inquieta por mi hermano. Entonces, enseñándole aquellas fotografías, le conté lo que a ti ya te he contado. Y descubrí, mientras hablaba de todo eso, algo que me dejó aún más azorada, sentenciará tu madre, utilizando esa palabra, *azorada*: que mis padres no se habían querido nunca.

En aquellas fotografías, en las que ellos aparecían una y otra vez, lo que vi fue eso, que tus abuelos, que sólo se miraban o nos miraban ahí, en aquellas imágenes, que sólo ahí habían estado cerca uno del otro, nunca se quisieron ni nos quisieron.

Entonces, por un instante pensé en la historia que podría imaginarse aquel que viera esas fotos. Y supe que esa historia sería menos triste que la de mis padres.

Por suerte, la ceramista estaba conmigo. Y digo por suerte porque aquella noche me abrazó más fuerte que nunca.

Luego, los ronquidos de tu tío nos hicieron reír y nos soltamos.

Tu tía mayor te contará que ese año tu madre empezó a querer a su hermano de en medio.

Nos sorprendió a todos porque de pronto ella era la que no quería que lo internáramos cuando se puso mal, cuando tu madre lo recogió en la calle, cosa que, además, no nos contó hasta después de un par de semanas.

Recuerdo, como si me las hubiera dicho hace un momento, antes de irse a apurar a los demás —¿te crees que esa prisa y esa ansiedad sean de alguien que está enferma?—, las palabras que me dijo por teléfono, te contará tu tía más grande caminando alrededor de la mesa y probando un poco de todas las botanas que ya estarán servidas: "lo que no necesita, estoy convencida, es volver a ser hospitalizado, nunca más, porque ya no le serviría".

"Me costó mucho tiempo entenderlo, hermanita, pero hay enfermos a los que nada les sirve tanto como el afecto, como el cariño", eso también dijo tu madre por teléfono, luego de pedirme que la ayudara a convencer a mi hermano chico y, sobre todo, a mi hermana mediana, añadirá tu tía, sin dejar de dar vueltas en torno de la mesa y sin dejar tampoco de pellizcar ni una sola de esas botanas que la harán sentir orgullosa, emocionada y feliz. Y me dijo, además, aquella misma vez que hablamos de tu tío mediano: "lo entendí cuando entendí mi propia relación con la locura, hermanita, mi propia forma de afrontarla, de defenderme de ella. Porque entonces entendí, además, que esa manera que yo me había dado era también la que había buscado darle a los pacientes que la necesitaban, a los pacientes que tenían aquel mismo problema, aquel mismo temor, aquella misma carencia. La carencia de afecto, hermanita, porque eso es de lo que hablo, del afecto, de entender que el gran objetivo de mi vida ha sido rescatar a la gente, sobre todo a los pequeños, a través del afecto, demostrar, pues, que el afecto reconstruye".

Obviamente, hablaba de esa manera para que yo la entendiera, me queda claro, sumará tu tía, envalentonándose y llevándose a la boca un chipotle capeado, antes de guiñarte un ojo, responderse la pregunta que antes se hizo: no, yo no me creo que esa prisa sea la de un enfermo, y aseverar, imitando la voz de su hermana: "esta vez me tienen que hacer caso, mi vida es la que ha girado en torno de las emociones y la mente. Me tardé mucho con él, pero ¿cómo no voy a saber qué le conviene?".

"Lo que le conviene es irse a Puebla con ustedes, vivir ahí, en una ciudad mucho más chica y cerca de nuestra hermana, que es a quien más quiere y es quien más lo quiere. Eso y que todos tratemos de estar cerca, mucho más cerca de él".

Nunca, estoy segura, la había escuchado decir algo como eso, te dirá al final. Ni yo ni nadie más.

¿O tú la has escuchado hablar así? No, creo que no, le responderás a tu tía mayor, sonriendo.

No le dirás, en cambio: lo que giró en torno suyo, también giró en torno nuestro.

Como tampoco: ¿cómo podía quedarle afecto para nosotros?

Recordarás que ese año, en Roma, el científico Antonino Zichichi, físico nuclear y pionero en el campo de la antimateria a quien muchos acusarían de haber enloquecido, propuso a la ONU bombardear el cielo con misiles repletos de ozono para tapar el agujero de la Antártida; que, tras un año de vivir con tus amigos, te fuiste a vivir con tu pareja —una estudiante de la carrera de Letras que fue fundamental en tu compromiso con la escritura pero que, a pesar de tus esfuerzos, nunca quiso coleccionar cajas de madera—, apenas un par de días antes de que, por segunda vez en tu vida, temieras estar loco o ante las puertas de la locura, tras un suceso que a la mayoría de la gente le hubiera parecido una tontería: el banco Bital, que tu madre te había recomendado hacía años, tras cambiar de dueños y convertirse en HSBC, invirtió el orden de tus apellidos, por lo que, cuando quisiste hacer una transacción, te dijeron que tú no eras tú, que tú eras alguien más y que seguramente había alguien más que era tú, suceso, crisis, en realidad, que encaraste haciéndole caso, una vez más, al consejo que tu analista te había dado un año antes: fue entonces que, por primera vez, al escribir, pensaste que tú, como tu madre hacía con sus discapacitados y como tu abuelo hacía antes con sus locos, podías enfrentarte al caos a través de otros, a través de seres que no estaban ahí, que no eran ciertos o que existían de otra manera; que, por segunda vez en la historia, se rompió el record mundial de deforestación y destrucción de ecosistemas, además de que, por primera vez, se rompió el de asimilación en zonas urbanas —sobre todo en mercados y mataderos ilegales— de especies antes confinadas a sus hábitats naturales, lo que dio lugar, entre otras cosas, a la mayor epidemia de SARS que se hubiera registrado hasta entonces, luego de que se saliera de control un brote en una granja avícola del sudeste asiático; que, navegando en Internet, leíste que, en Tel Aviv, el grupo de científicos encabezado por Yael Dzienciarsky —por quien no parecerían pasar los años— anunció que finalmente habían conseguido controlar los telómeros de los cromosomas de un chimpancé durante la duplicación de sus células, controlando así la pérdida —impidiendo, en realidad— de información de los cromosomas, por lo cual no sólo habían detenido el envejecimiento de dicho chimpancé sino que estaban ante las puertas de su potencial rejuvenecimiento; que aquel amigo tuyo que un par de años antes sufriera un quiebre tras meterse un ácido en el desierto terminó de enloquecer luego de ser secuestrado por Hamas en los territorios no ocupados de Cisjordania, durante un viaje de trabajo de campo con diversos profesores y estudiantes de la universidad en la que estaba estudiando una maestría; que, en Gaza, el ejército israelí mató a un total de sesenta y dos ciudadanos palestinos, entre los cuales había mujeres, mujeres embarazadas, niños y ancianos en cinco eventos diferentes, además de que dio inicio la mayor campaña de destrucción de viviendas, mediante la utilización de buldóceres, que hasta entonces se hubiera suscitado en la Franja; que, por primera y única vez en tu vida, viajaste a Real de Catorce, San Luis Potosí, con tu madre, con quien comiste peyote buscando viajar con ella de forma consciente a su inconsciente, viaje que ella disfrutó pero que tú padeciste pues quedaste atrapado en un espacio sin tiempo, en una burbuja que, a pesar de resultar segura y cálida, te dejó sentir el caos, el frío y el dolor que rodeaban a tu madre, y que, en los Estados Unidos, poco después de que la juguetera Mattel anunciara la ruptura de Barbie y Ken tras casi cuarenta años de relación, Mark Zuckerberg —entonces un estudiante de licenciatura— fundó Facebook, falló el paracaídas de la sonda espacial Génesis —cuando entraba en la atmósfera de la tierra, por lo que se destrozó antes de tocar el suelo dejando tras de sí la mayor multa de la historia por basura espacial— y Wikipedia alcanzó su primer millón de artículos en línea.

LIX

2005

Te dirá, tu madre, que ese año perdió un niño.

Tres o cuatro años antes había decidido que, al final de cada curso del Anexo, los niños irían de campamento, a pesar de que todos me advirtieran que era mala idea.

Quería que vivieran aquella experiencia aunque fuera, para nosotras, igual que para las alumnas del último año de la licenciatura, quienes entonces hacían de guías de esos pequeños, un tremendo reto, añadirá sentada frente a ti, a veinte o treinta metros del jardín en donde están todos los demás, digiriendo la falsa cena navideña alrededor de una fogata.

Los años previos, a pesar de heridas, pleitos o algún otro desastre menor que al final siempre controlamos, que nunca fueron más que su latencia —esta última frase, su construcción, *que nunca fueron más que su latencia*, volverá a hacerte sonreír—, todo había salido bien, dirá llevándose una mano al vientre, como no habrá hecho en mucho tiempo. Pero ese año, apenas despertar, después de la primera noche, todo se fue de golpe a la chingada porque uno de nuestros niños no estaba, no aparecía por ningún lado.

Había salido por la noche y se había perdido, seguramente, en el bosque. Yo, por lo menos, pensaba eso, porque nadie se lo podía haber llevado de aquel sitio tan apartado, sumará encogiendo el rostro en un claro rictus de dolor que tampoco habrás visto en varios meses, por lo que le preguntarás si está bien. Comí más de lo que debo, eso es todo, no creo que debamos preocuparnos, responderá tu madre jalando aire y sonriéndote. Lo peor es que aquel niño tenía un gemelo que también estaba ahí, acampando con nosotros. Un gemelo que era autista, igual que él, lo cual no es tan raro, si compartieron una sola bolsa.

Él, el gemelo de aquel niño que empezamos a buscar desesperadas, se puso mal, peor que mal cuando entendió que su hermano era el pequeño que no estaba, añadirá tu madre, en cuyo rostro observarás el esfuerzo que estará haciendo por ocultar aquel nuevo dolor que ya no habrá de soltarla. Mira, según Piaget los gemelos generan un vínculo que es como el de la melodía y la armonía, por eso dependen tanto uno del otro. Pues bien, imagina el vínculo que los gemelos desarrollan si son autistas, es una unión aún más fuerte y a la vez mucho más complicada. A mí, por lo menos, me gusta pensarla, siguiendo la metáfora de Piaget, como el vínculo interno de una nota, que está compuesta por dos ondas, una perceptible, que es la que escucha el oído humano, y otra mucho más baja, imperceptible, de hecho, para el oído humano, incluso para el oído absoluto. Esa otra onda es la que también experimenta ese vínculo del que te hablo.

Al final, tras dos o tres horas de búsqueda angustiosa y desesperante, una de las maestras del Anexo encontró al gemelo arriba de un árbol, arriba en serio, a unos diez o doce metros. Estaba tranquilo, según nos dijo esa maestra, despreocupado de todo, contemplando unos polluelos en su nido. Y claro, para todos los demás, cuando él apareció, aquello terminaba: un niño había desaparecido pero no le había pasado nada y lo habíamos encontrado. Pero para mí aquellas horas, que pasé con su gemelo fuera de control, sufriendo como casi nunca he visto sufrir a nadie, aseverará llevándose al vientre la otra mano, no terminaron ahí.

Un dolor así, un miedo así, en estado puro, en un niño autista no termina con el fin de aquello que lo causara. Es algo mucho más lento y complicado, te dirá doblando la espalda y cerrando los párpados, por lo que insistirás en preguntarle si está bien. No sé, no estoy segura, igual tendría que ir al baño, responderá antes de continuar: la prolongación de ese dolor y ese miedo, además de convencerme de que aquellos campamentos se habían acabado, además de hacerme odiar a tu tía y a la veracruzana, que se desentendieron del pequeño, me hicieron darme cuenta de algo más grande.

Algo que, al final, había sabido siempre, pues lo había aprendido, quién me lo diría, de tu abuelo, dirá tu madre haciendo un enorme esfuerzo por levantarse y pidiéndote ayuda. Que, en ciertos casos, ante ciertas afecciones, igual que ante ciertas locuras, el afecto no alcanza, no es suficiente porque hay situaciones en las que éste no llega a donde debe, en las que no consigue entrar, en las que rebota.

Y creo que así, mira por dónde, te respondo eso que tanto me has estado preguntando, asegurará tu madre apoyándose en tu brazo: quizá también por eso siempre me han asustado la locura y el caos.

Me han asustado porque a veces le ganan, porque la locura y el caos pueden ganarle al afecto.

¿Y qué le gana al caos y la locura?, querrías preguntar.

Pero tu madre te dirá: cierra la puerta.

¿Estás bien, madre?

Dime si necesitas algo, le dirás a tu madre —renunciando, otra vez, a la pregunta que habrías querido hacerle— en el instante en que, en la distancia, estallará un racimo de cohetones, asustándote.

Dime qué quieres que haga, por favor, si necesitas que traiga algo de tu cuarto o de tu bolsa, sumarás preocupado, inquieto, incapaz de pensar qué debes hacer y renunciando del todo al otro tema que esa noche querías hablar con ella: cómo es ese otro mundo suyo.

Por favor, dime cómo estás. Mejor, estoy mejor, escucharás entonces que dice en voz bajita, justo antes de que estalle una segunda andanada de cohetones, andanada que se oirá mucho más cerca de la casa y que otra vez habrán de sobresaltarte, en el momento en que te digas: pues no, tampoco podré sacarle hoy lo del caos que ella nos dejó.

No podré sacarle lo de ese caos que por quitarse nos impuso, repetirás para ti en el silencio de tu mente: como tampoco lo del afecto que no guardó para nosotros, que se llevó a su otro lugar, añadirá tu mente justo cuando vuelvas a escucharla. Creo que estoy mejor, asegurará y esas palabras, como si fueran de otro material, de ese material que se utiliza para hacer los geles que uno pica y se calientan, te harán calmarte en un instante. ¿En serio? ¿No quieres que traiga nada de tu cuarto?, insistirás deseando que ella repita que no, que no le hace falta nada, que en verdad está mejor. Cuéntame algo, te pedirá entonces tu madre. Eso es lo que quiero, eso necesito. Cualquier cosa… en lo que acabo… estoy cagando todo lo que no había cagado este año. Sonriendo, mintiéndote a ti mismo y a ella, le dirás, entonces, que estás contento, que por fin te ha respondido lo que querías saber de la locura, que estás contento además porque a ti te pasa igual, porque a ti también, lo que te aterra, con tu hermano mayor y con tu amigo de la infancia, por ejemplo, es enfrentarte a ese instante en el que el afecto no alcance, que no consiga llegar a ellos. Pobrecito, escucharás entonces que pronuncia ella, riéndose: pobrecito de mi hijito... ¿te transmití mi miedo al caos? ¿Eso estás diciendo?, ¿estás diciendo eso y justo ahora?, preguntará tu madre abriendo la puerta del baño en el instante en el que una tercera andanada de cohetones reventará de nueva cuenta la tensión del medio ambiente.

No creo que sean cuetes. Yo tampoco, le dirás a tu madre, agradeciendo poder cambiar de tema —es increíble, pensarás, cómo algunas cosas, cuando están sobreentendidas, invaden una plática sin tener que ser nombradas, sin tener que ser ni tan siquiera referidas— apenas veas que ella busca la ventana de la sala, al mismo tiempo que su cabeza niega enfáticamente.

No hacen eco, escucha... tienen ritmo y suenan seco. Deben ser balazos... les dije que este pueblo estaba mal, dirá tu madre en el instante en que tus perros entren corriendo en la casa.

Vamos allá afuera, a ver qué hacen los demás, ordenará al final rechazando el brazo que le ofreces, llamando a su perra con un silbido y dirigiéndose a la puerta.

Chingo a mi madre si son cuetes.

Recordarás que ese año fue el año con más incendios forestales registrados hasta entonces, incendios forestales que hicieron arder cientos de miles de hectáreas de bosques y pastizales en Australia, Brasil, Estados Unidos, Nigeria, India y China, mermando las poblaciones de cientos de miles de animales, particularmente insectos y, entre éstos, abejas; que le regalaste a tu madre, por su cumpleaños —para aquella colección que habría empezado hacía unos años— la réplica de una hermosa esteatopigia, la Venus de Savignano, réplica que conseguiste gracias a un viejo amigo de tu tío mediano que te presentó a un anticuario de Puebla, anticuario que, al final, habría de hacerte muy buen precio a cambio de que le vendieras la colección de microscopios de tu abuelo, colección que tu tío mediano habría guardado durante años, junto con tantas otras cosas de su padre, y que te habría heredado; que, por primera vez en la historia, la Organización Mundial de la Salud denunció la existencia de tres epidemias simultáneas que amenazaban convertirse en pandemia: la de SARS que habría iniciado un año antes en el sudeste asiático —gracias a la cual publicaste tu primer texto literario en una revista que, entonces, considerabas profesional—, un brote de ébola que no consiguió ser controlado en Liberia y que se extendió a varios países africanos —gracias al cual sufriste el primer rechazo a uno de tus textos, por parte de una revista que en verdad era profesional— y un resurgimiento del virus del sarampión, que tuvo lugar en tres países de Centroamérica —gracias al cual constataste que no servías para hacer entrevistas, pues trataste de hacerle una a un pariente de la gasera que había contraído sarampión pero que, cansado, agotado de ti, dejó de contestarte—; que, en Internet, leíste que, en Yucatán, el grupo Las quetzalas de agua, que entonces era el equipo de submarinismo deportivo y recreativo más importante de la península, dio a conocer, ante los medios de comunicación y acompañadas por autoridades del INAH, un descubrimiento que habrían hecho de manera accidental pero que, aun así, habría de cambiar para siempre la historia de la cultura maya: la primera ofrenda sumergida de la que se tuviera constancia, ofrenda que sería encontrada a cuatro kilómetros de la pirámide de Kukulcán —a una profundidad de veintiún metros— y que habría sido, al parecer, llevada a cabo en petición de lluvia —la pieza más importante de dicha ofrenda, unos enormes bifaciales de jade y nácar, atributo del dios Tláloc, quedarían bajo resguardo del Museo Nacional de Antropología e Historia—;

que, tras una fuerte crisis de pareja y tras intentar, por todos los medios a tu alcance, salvar tu relación, tu pareja te abandonó, aconsejada por tu madre, llevándose consigo a las gatas y casi todo el mobiliario de la casa, salvo la cama, la mesa y el refrigerador, el mismo día que llegaste a casa acompañado de tu amigo esquizofrénico, que había sufrido un nuevo brote; que, en los Estados Unidos, un grupo de científicos de la NASA, encabezados por Richard H. Rowlling, hizo público como, con ayuda del telescopio espacial de rayos gamma Fermi, habían descubierto que, sobre las tormentas eléctricas, se producían rayos de antimateria, fenómeno que sería causado por ráfagas de rayos gamma terrestres generadas en el interior mismo de las tormentas eléctricas y asociados directamente con los relámpagos; que, apenas una semana después de que tu amigo esquizofrénico hubiera llegado a vivir a tu casa, aconsejado, otra vez, por tu madre, le pediste que se marchara pues su compañía te estaban desarmando ciertos espacios del cuerpo que no sabías que existían aunque temías que ahí estuvieran, por lo que tu psicoanalista, poco después, tras insistir en que debías escribir sobre aquello y tras tú decirle que eso no estaba ayudando, para no decirle que hacer eso te hacía estar mucho más cerca del caos de lo que tú podías soportar, te sugirió añadir otra sesión a las sesiones que tenías cada semana; que, en Barcelona, el mismo día que en la Ciudad del Vaticano murió Juan Pablo II —a consecuencia de una septicemia, es decir, lleno de bacterias— y el estado de Israel anunció oficialmente sus intenciones de abandonar los territorios ocupados de la Franja de Gaza, se inauguró el Centro Nacional de Supercomputación, suceso que no sería relevante a no ser porque tu tío chico, conmocionado, mostró a toda tu familia una imagen de dicho evento, en el que, según él, uno de los hombres que podían verse era su hermano mayor, y que leíste, en *Fronteras de la imaginación y la locura*, uno de los primeros libros de Julián Alemán Bermejo, quien para entonces habría dejado por completo la investigación para volver a ejercer la medicina clínica y quien también habría dejado de ser paciente de tu madre: "La metáfora, es decir, la herramienta que posee la imaginación para transformar el mundo, es la cualidad más sorprendente de la criatura humana. Pero también es su grillete. El grillete que inmoviliza al loco, que condiciona al experto o médico y que esclaviza al artista o escritor".

LX

2006

Ese año despedimos a la veracruzana, te dirá tu madre.

¿Cómo que despidieron?, preguntarás incómodo. Bueno, quizá no sea la palabra, dirá ella pero de nuevo la interrumpirás: era socia del Colegio, socia a partes iguales que tú, mi tía y los hijos de la colombiana.

¿Me lo vas a contar tú?, soltará tu madre molesta. Luego, tras un silencio incómodo, poco después de gritarle a su familia que se metan en la casa porque el último tronar la ha hecho volver a dudar si esos son cuetes o son balas, continuará: la cosa es que había causado, los últimos años, muchos problemas. Porque no trabajaba, porque ya casi nunca iba y porque las estudiantes de licenciatura no podían con ella, de tan grosera que se había vuelto.

Una cosa, sin embargo, era que no hiciera nada y otra que empezara a ir contra nosotras, contra el Colegio, te dirá al tiempo que su cuerpo da nuevas muestras de malestar y sus perros, los tuyos, los de la gasera y la de tu madre, se levantan dando saltos y salgan al jardín de nueva cuenta, donde se escuchará el ruido que hacen al pasar los motores y las radios de un montón de camionetas. Fue la ceramista la que me hizo, la que me ayudó a entenderlo... entender que no tenía que soportar ningún abuso más de la veracruzana —lo sabía, sabía que ella se había metido en medio, pensarás en silencio, antes de decirte, también en silencio: si es que al final lo único que todos compartimos son instintos primordiales, miedos fundados pero también infundados—. Porque lo último que ella hizo, echar abajo los acuerdos que teníamos con la Secretaría de Salud para trabajar con los pacientes más vulnerables del sistema, los niños con capacidades diferentes, era totalmente imperdonable y abría un hueco enorme en nuestras finanzas, te dirá llevándose las manos, esta vez, un poco más abajo del vientre, hacia el pubis —¿en serio te crees eso, en serio te quieres lavar así las manos, como si sólo ella hubiera hecho algo?, preguntarás en el silencio de tu mente—, en el instante exacto en el que volverá a estallar la calle y los perros, todos esos perros que habrán ido de viaje con ustedes, entrarán corriendo en la casa.

Aún hoy no entiendo, no consigo comprender por qué ella habrá hecho eso, meternos el pie de esa manera, inventando que no hacíamos bien nuestro trabajo —¿lo hacían?, será la última interpelación de tu silencio, pues no querrás, aunque querrías, si tu madre no se sintiera como se siente, hablar en serio sobre aquello que te dice, discutirle eso que tiene que ver con la veracruzana pues conoces la historia y sabes que tus dos madres son muy parecidas—, te dirá masajeándose el pubis, cerrando los ojos y apretando el gesto. No hay necesidad de hablar ahora, madre, no te preocupes, puedo llevarte a tu cuarto. ¿Estás loco? No voy a dejar que este dolor vuelva a ganarme. Es sólo una consecuencia, no creo que tengamos que asustarnos ni exagerarlo… ¿Qué estaba diciendo? Ah, sí, que no entiendo por qué lo hizo pero entiendo, entendí gracias a la ceramista, que lo que hizo era un abuso imperdonable… que eso, los abusos, casi nunca tienen una explicación, ni siquiera un motivo, que responden a frustraciones antes que a odios… a corajes antes que a planes, sentenciará recargando la cabeza en el respaldo del sillón y apretando los párpados de nuevo en el instante en que su familia deje el jardín y entre en la casa. ¿Sigues hablando de ella o estás hablando de ti?, preguntarás entonces sin darte cuenta, sin ser consciente de que has dicho aquello en voz alta.

¿Cómo?, preguntará tu madre abriendo los ojos, sorprendida, y tú, presa de tu propio desconcierto, repetirás esa misma palabra: ¿cómo? Sonriendo, ella dirá: tuve, ante aquella traición, que sacarla, sacar a la veracruzana de la sociedad, lo cual, además de dolerme, nos costó una fortuna, un dineral que habría de convertirse en nuestra lápida porque al comprarle su parte compramos la tumba del Colegio, aseverará tu madre, quien no deja de hablar, pensarás, porque no desea cerrar los ojos, porque teme que su dolor, que su enfermedad entre en su otro mundo.

Lo peor, insistirá, no fue hipotecar nuestro futuro, el del Colegio, sino ponerle fin a una relación que para mí había sido fundamental, que había marcado mi vida como pocas, porque sí, por supuesto que la quise, porque amé mucho a la ceramista… digo a la veracruzana.

Si hasta fue —dirá tu madre, mientras le sonríes más que a ella, más que a tu madre, a aquello que acaba de decir—, si hasta es tu madrina, por no decir segunda madre.

La verdad, sin ella, yo no sería quien soy, incluso ahora que ya casi ni hablamos.

Querrás decir mi otra madre, no la segunda, le dirás.

Después de ti, es mi figura más importante, lo tengo claro, tan claro como que me da un chingo de tristeza, como que siempre me ha dolido que acabaran así como acabaron.

Aunque agradezco que no nos hayan metido a nosotros ni a sus hijos, que nos hayan dejado seguir siendo hermanos, sin importar qué había sucedido entre ustedes, sin contarnos sus abusos, que seguro ella también debe pensar que tú abusaste, a tu manera, de alguna cosa, de alguna situación, le dirás acercando tu cuerpo al suyo un poco más en el instante en el que volverán los estallidos.

Esos sí que no son cuetes, aseverarás temiendo ver aparecer, en el mundo real, la materialización de ese temor que en tu país se habrá metido en lo más hondo de todos. ¿O crees que sí?, preguntarás observando al más grande de tus, perros —al que incluso el más lejano de los truenos hace esconderse bajo un mueble— levantarse, voltear a verte, dudar un segundo y salir asustado pero ladrando hacia el jardín. La mano de tu madre, entonces, te tomará del brazo antes de que ella te diga: no lo sé ni me importa y tras pedirte que no calles, que le interesa aquello que has empezado a decirle. Pero tú, cuando tu perro vuelva a entrar en casa, desarmándose, no sabrás qué estabas diciendo. Le confesarás a tu madre, por eso y porque a pesar de tu inquietud preferirás que ella no se angustie, que igual y no, que igual y fue la ceramista la segunda figura materna de tu vida, la mujer que a ti también te enseñó que lo importante es no dejar que abusen de uno. Sonriendo, tratando, en realidad, de sonreír y de que ella haga lo mismo, le recordarás la historia del día que la ceramista citó a sus hijas en un restaurante yucateco: era su cumpleaños y no quería celebrarlo en su casa, porque quería irse apenas terminara de hablar, ¿recuerdas?

Cuando estuvieron sentadas, cuando pidieron de beber, la ceramista se puso seria y se lanzó: "tú, mi primogénita, eres una abusadora de mi tiempo, crees que soy la madre de tus hijos pero tus hijos son mis nietos; tú, mi segunda hija, eres una abusadora de mi talento, crees que vives de tu galería, pero vives de mi obra y me pagas lo que quieres, y tú, mi última hija, eres una abusadora de mi dinero, te acabaste mis ahorros como si fueran tuyos".

"Hasta aquí llegamos, fui su madre muchos años y no tengo obligación de serlo ni un día más. Sus abusos las dejan huérfanas", remató antes de pararse, recordarás sonriendo o intentando sonreír.

Tu madre y tú, entonces, se mirarán en silencio un breve instante.

Recordarás que ese año, en tu país, el presidente Felipe Calderón Hinojosa, que habría llegado al poder mediante un fraude electoral y que lo dejaría convertido en un criminal de lesa humanidad —como las autoridades nazis, como los gobiernos de Israel, como los sátrapas yugoslavos, como Pol Pot y como los militares sudamericanos—, le declaró la guerra al narcotráfico, desatando una ola de violencia incontrolable y hasta entonces inimaginable que dejaría cientos de miles de muertos, desapariciones diarias de inocentes, pérdida del control por parte del Estado sobre el territorio de la nación, una cultura de la violencia que ahogaría a la gente durante décadas y balaceras indiscriminadas a lo largo y ancho de México; que tu hermano chico, durante una cena en la que sólo estaban ustedes dos, te contó que había decidido dejar la universidad, que no estaba dispuesto a pasar ni un día más sentado en un salón de clases y que no le importaba no saber a qué habría de dedicarse, decisión que apoyaste aunque te pareció que detendría el corazón de tu madre; que, en todo el mundo, se registraron las temperaturas más bajas de la historia, temperaturas que congelaron quince capitales europeas, al tiempo que, en los países ubicados en el Ecuador, las lluvias y tormentas dejaron inundaciones nunca registradas, inundaciones que conllevarían la muerte de un millón trescientos mil seres humanos, la mayoría de los cuales perecerían en África y Asia; que, en Internet, leíste que, en Barcelona, un año después de haber sido detenido por intentar poner una bomba durante la inauguración del Centro Nacional de Supercomputación, un hombre de origen mexicano confesó estar en posesión del tercer ejemplar original del *Manuscrito Voynich*, condicionando la entrega de dicho manuscrito —además del conocimiento que tenía sobre el mismo, es decir, condicionando la demostración de que aquel pergamino había sido escrito por una forma de inteligencia artificial que había diseñado un lenguaje enteramente nuevo, lenguaje cuya comprensión liberaría al hombre del yugo del hombre— a su liberación inmediata y al otorgamiento de un Perdón Real para todos sus crímenes; que, durante el funeral de la madre de la ceramista, en el que te rompiste y lloraste de manera inconsolable, entendiste cuánto querías a aquella suegra de tu madre, quien, hacia el final de su vida, se había vuelto realmente cercana a ti —poco antes de su muerte se convirtió en la primera lectora del primer intento de libro de relatos que escribiste y sus opiniones, además de hacerte tirar a la basura aquel manuscrito, te ayudaron a relacionarte de otro modo con la escritura—; que, en Tokio, un grupo de científicos encabezados por Takeshi Hiroito —quien poco tiempo después sería desenmascarado como un farsante y se quitaría la vida mediante seppuku, durante el ritual del bushido en el que también se desmembrarían otros dos científicos de su equipo— anunció haber controlado los relámpagos de una tormenta gracias a la utilización de antimateria, es decir, tras haber disparado a la atmósfera tres millones de antiátomos de hidrógeno, cada uno de los cuales habría sido compuesto por diez millones de antiprotones y setecientos millones de positrones; que, en La Habana, la misma semana que en Irak fue condenado a la horca Sadam Huseín, que Corea del Norte llevó a cabo su primera prueba nuclear exitosa y que en los Estados Unidos Google compró YouTube, Fidel Castro fue internado a consecuencia de una hemorragia gastrointestinal y delegó, por primera vez, todas sus funciones en su hermano Raúl, y que leíste, en *Freud, Benjamin y Kafka, relatos del relato*, una de las tesis de Julián Alemán Bermejo, quien para entonces se habría especializado en enfermedades autoinmunes y habría vuelto a escribir, aunque nada más ficciones: "pongamos como ejemplo una tríada conformada por un médico, un especialista no médico y un artista. La imaginación del médico *desea* la metáfora, la del especialista la *pretende* y la del artista la *necesita* —anhelo, orden o creación—".

LXI

2007

Tu madre te contará que ese año murió la ceramista. A finales de ese año, sin haber antes estado mal ni nada. Habíamos quedado de vernos pero no llegó y no me contestaba ni en su casa ni en su celular.

La encontró una de sus hijas, la misma que un año antes había encontrado a su abuela. Estaba tirada en un pasillo, añadirá tu madre volviendo a contraer el gesto, por lo que tú volveras a insistir en que no crees que sea buena idea, que, en serio, no hace falta hablar, pero ella, además de que no querrá que la enfermedad vuelva a silenciarla, no estará dispuesta a ceder al miedo, a que la violencia de otros hombres —habrán vuelto las camionetas y los estallidos— callen su vida.

Ni ellas, sus hijas, ni tampoco yo, quisimos que hubiera autopsia. Estaba claro, según el par de médicos con los que hablamos, que había tenido un derrame cerebral y un paro pulmonar, que no había sufrido y que había sido instantáneo, te contará aunque le suplicarás que se detenga, que no siga con eso, que de verdad no hace falta. Tu madre, sin embargo, no habrá de detenerse ni cuando su familia se deje atrapar por el miedo y vaya de un lado a otro —como si sólo hablando pudiera escindirse de aquel caos inesperado ante el que todos los demás se estarán rindiendo o como si así impidiera, pensarás de nueva cuenta, que aquello alcance su otro lugar—,

La gente suele decir, cuando se muere alguien a quien aman, que es como si les hubieran arrancado una extremidad, una pierna o un brazo, te lo digo porque lo he escuchado muchas veces, no sólo porque eso sea lo que dicen en las películas. En serio, lo he escuchado en la voz de chingos de pacientes. Pero yo sentía lo opuesto, no, lo opuesto no, pero algo que parecía estar al revés. Sentía que me habían metido otro brazo dentro del cuerpo, uno que crecía entre en mis costillas, una mano cuya función, cuyo único quehacer era apretarme el corazón, exprimirme los pulmones asfixiándome, te contará haciendo caso omiso a tus palabras y levantándose aunque la balacera parecerá estar ahora a las puertas de aquella casa de montaña. ¿A dónde vas? ¡Siéntate!, le pedirás, le exigirás, en realidad, jalándola del pantalón, viendo que sus ojos no parecen ser los suyos sino los de un autómata, los del rival de Prometeo, y descubriendo que, entre sus piernas, corren varios hilos de sangre. Madre… estás sangrando, dirás entonces aterrado, ya no a consecuencia de esa balacera que de golpe te parecerá inofensiva sino por esa sangre que parecería salir del ano de tu madre como salen las palabras de su boca, incontenibles: los días que siguieron, aquella mano fue creciendo, hinchándose en mis adentros, desgarrándome los órganos, lacerándome lugares a los que antes no había llegado ningún otro dolor, aseverará justo antes de derrumbarse sobre el suelo, pero no porque te haya escuchado o porque haya vuelto en sí sino porque las fuerzas se le habrán acabado.

¡Madre!, gritarás entonces abrazando su cuerpo, que habrá empezado a transpirar mientras ella sigue terca, maniacamente hablando aunque tú habrás dejado de escucharla. ¡Está sangrando... cabrones... está sangrando mucho!, gritarás con todas tus fuerzas, buscando que tu hermano chico o tu tío, que se habrá sacado de los oídos sus aparatos auditivos, oigan tu voz entre las balas. ¡Pendejos... está muy mal!, gritarás de nuevo sin separarte de ella porque no querrás o no sabrás cómo soltarla.

Justo entonces, tu hermano chico volverá el rostro hacia ustedes, golpeará el hombro de tu tío y se arrastrará sobre las losas, con ese nuevo terror que se le habrá montado encima del que ya traía subido. ¿Le dieron?, preguntará cuando llegue junto a ustedes, aseverando, antes de que tú puedas responder: ¡hay que llevarla al hospital!

Luego, en un instante, sin necesidad de que le expliques qué ha pasado, tu hermano entenderá, te abrazará a ti y a tu madre y soltará: ¡igual hay que llevarla al hospital!

Afuera, sin embargo, seguirán tronando las balas, como nubes maduras.

¿Qué mierdas hacemos?

Estamos yendo al hospital, le contarás a tu madre en el auto.

Has perdido mucha sangre, tuvimos que esperar a que acabaran los balazos. Estaban justo afuera. No podíamos salir, pero ya estamos yendo.

No te preocupes que no pasará nada, vas a estar bien. Mi hermano viene manejando, también vienen tu hermano y tu hija, que no querían dejarte sola, le contarás a tu madre aguantando las ganas de llorar y ocultando —tratando de ocultar— esa angustia que no te ha soltado.

Quiero darte las gracias... agradecerte esto de este último año y medio... dejarme contar mi historia, aunque creas que eras tú el que quería que yo hablara, te dirá tu madre hablando en voz bajita, apenas perceptible y forzando una sonrisa que no esperabas ver tan pronto. Yo ya la cargué... ya me cargué demasiado... mucho más de lo que habría querido. Ahora es tuya, la tienes tú... ahora tú vas a cargarla. Eso quería agradecerte, añadirá hablando cada vez más bajito y cerrando los párpados, esos párpados que habrá abierto instantes antes. Distráeme... anda... cuéntame... dime cómo vas a contarla... cómo quieres contarme, susurrará abriendo otra vez los ojos y entrecerrándolos de nuevo, un segundo más tarde —sabrás, sin embargo, porque su mano no dejará de apretar la tuya, que aún no se habrá dormido, que no estará pues inconsciente sino en aquel otro lugar—. Nomás no olvides que mi vida ha sido la de una esteatopigia... no... una matrioska, murmurará tu madre. Eso es, repetirá haciendo que se rompa la tristeza dentro del pecho de la gasera, esa otra hermana tuya que no aguantará más la emoción: conmigo adentro, ustedes luego y al final el mundo de allá afuera... este caos, esta paz y este todo en torno nuestro, soltará al final, apretando tu mano izquierda. Entonces, acercando tu boca a su oído, para que no escuche la gasera, esa última hija suya ante la que te dará vergüenza lo que estarás a punto de decir, le contarás: no sé cómo voy a hacerlo, pero sé qué no habré de hacer: ni un álbum de fotos ni una maqueta traslúcida ni una figura con varios centros ni un monopolo magnético, por más que eso hayas sido, añadirás cayendo en cuenta, al mismo tiempo, de lo absurdo que es, que será todo aquello —estarle diciendo eso a ella, en ese instante, en este mundo—.

Sonriendo, inesperada pero también inevitablemente, apretarás un poco más fuerte la mano de tu madre y, antes de despegar tus labios de su oreja, le contarás: creo que todo esto tiene que ver con algo más, madre... ¿sabes lo que es la antimateria? La antimateria es una materia menos frecuente, compuesta por antipartículas.

Una materia al revés, afirmarás poco antes de despegar de su oído tus palabras: una materia que, si fuera una persona, sería como tú, que siempre has ido al revés. No el caos ni la locura, el anticaos, la antilocura.

Recordarás que ese año, en Tokio, el físico Masaki Hori, de la Universidad Tecnológica de Japón, dio a conocer que había encontrado un método de almacenamiento para antimateria —basado en radiofrecuencias—, haciendo público, además, que había conseguido almacenar, sin riesgo alguno y en un contenedor del tamaño de una papelera, un gran número de antiprotones, y aseverando estar a un par de años de conseguir un reactor que habría de llevar al ser humano a Marte, propulsado tan sólo por diez miligramos de antimateria; que, durante las vacaciones, cumpliendo así uno de tus mayores sueños y de los mayores sueños de tu madre, viajaste a Vietnam, donde, milagrosamente, te tocó el último funeral de Estado del último general que quedaba entre aquellos que habían vencido al ejército gringo —para poder entrar, inventaste que eras el enviado del EZLN y que estabas ahí para presentar el pésame oficial de los zapatistas, por lo que, además de hacer una guardia de honor junto al féretro de Vo Nguyen Giap, apareciste, al día siguiente, en la primera plana de un periódico vietnamita—; que, en Nueva York, en la sede de la ONU, se discutió, por primera vez, el peligro que el calentamiento global entrañaba no sólo para el planeta —donde, por cierto, ese mismo año se registró la desecación más grande reconocida hasta entonces— sino para el sistema solar en su conjunto, pues se estaba poniendo en peligro la heliosfera, región espacial que se encuentra bajo la influencia del viento solar y su campo magnético, campo magnético que podría llegar a ser trastocado si el campo de la Tierra cambiara radical o repentinamente;

que tu hermano chico te contó que, tras pensarlo varios meses, decidió no desperdiciar más sus talentos y dedicarse al circo, pero que, por favor, no se lo fueras a contar a nadie, mucho menos a tu madre; que, en San Francisco, California, en el marco de su propia feria tecnológica, Steve Jobs presentó al mundo su teléfono inteligente, unos cuantos días antes de que Microsoft lanzara al mercado su nuevo sistema operativo Windows Vista, que el famoso buscador Google anunciara su programa informático Google Earth —a través del cual cartografiaría la Tierra partiendo de imágenes satelitales— y que Linux volviera gratuita la descarga de Ubuntu —su sistema operativo de software libre y código abierto—, y que, años después, recordando todo esto, leíste *Si acaso*, libro de Wislawa Szymborska que encontrarías entre las cosas de tu madre, en la maleta que tu hermano chico habría agarrado justo antes de salir de aquella casa de montaña en la que ella se habría vuelto a poner mal, donde hallaste el último poema que los corchetes de tu madre celebrarían: "Nada ha cambiado. / El cuerpo es doloroso, / tiene que comer y respirar, y dormir, / tiene una piel delgada y justo debajo de ella, sangre; / tiene una considerable cantidad de dientes y de uñas, / sus huesos son frágiles, sus articulaciones moldeables. / En las torturas, se tiene en cuenta todo eso".

LXII

2008

Tu madre te dirá que ése fue un año así como enjaulado. No saqué la cabeza de mí durante meses. Pinche muerte intempestiva... ésa es la peor cara que tiene, la cara con la que se llevó a la colombiana y a la ceramista.

Intempestiva: otra palabra que habrá de sorprenderte —además de alegrarte, por el mero hecho de estarla oyendo— cuando salga de su boca, aunque saldrá apenas susurrada, como habrá salido aquella otra construcción que habría de sorprenderte: *mi año enjaulado*.

El duelo es un encierro que no tiene adentro ni afuera... una tristeza sin derecho al armisticio, dirá tu madre, quien estará conectada a un par de mangueras —igual son éstas, pensarás, las que le meten dentro esas palabras que nunca antes había usado: *armisticio*... ¿desde cuándo?— y a quien tampoco entonces habrá forma de hacer comprender que no hace falta que te hable, que te cuente los años que le faltan —aunque quizá seas tú el que no consigue entender la urgencia de ella—. Podemos hablar de lo que sea, madre. Y si prefieres puedo hablar yo, contarte lo que quieras, le propondrás —pensando, sin embargo, que no es cierto, que, de lo que quieras, ya no podrás hablarle—. Además, también podría leerte. Leerte el libro que llevaste a la montaña, ese libro de poemas o cualquier otro que prefieras. Y también podemos quedarnos callados, acompañándonos nomás —*armisticio*, qué curioso que tu madre utilizara esa palabra, después de lo que acaban de vivir, te dirá, entonces, el silencio de tu mente, para acallar ese otro silencio que se habrá abierto entre ustedes y que será como esos silencios encerrados en los cuartos que uno se ve obligado a abrir, tras haber estado cerrados varios años—.

Uy, no, no aguanto este silencio… estar contigo en silencio… estar juntos así, callados, no es lo nuestro, te dirá clavando sus pupilas en las tuyas. Luego jalará una larga bocanada y soltará otra vez su lengua: no, el duelo es más bien así, como jalar aire y que, cuando tus pulmones están llenos, alguien te tape la boca y la nariz… que no puedas sacar de ti ese oxígeno que primero te dio vida pero que después, poquito a poco, va quitándotela. Así es el duelo, cuando es duelo de verdad, cuando es absoluto, sumará tu madre, en cuya boca habrá vuelto a instalarse su sonrisa de cabeza. Y descompone… ese aire envenenado que la vida te obliga a aguantar dentro de ti, mientras se sigue y sigue envenenando, descompone… hace que falle la máquina que somos, que alguna liga, la que sea, se estire hasta romperse, dirá y tú imaginarás un órgano rasgándose: la bolsa, el útero en que estuviste atrapado, aquella vez que fueron juntos a comer peyote —eso era, entenderás entonces, eso fue siempre aquella burbuja en torno de la cual no había nada más—.

A mí… a mi cuerpo ese aire emponzoñado —*emponzoñado*, otra palabra que no sabrás si ella pronunció, si habrá pronunciado a través suyo una manguera o si el silencio de tu mente habrá puesto ahí encima— le dejó de regalo el síndrome de Rett… ese síndrome que desde entonces he arrastrado, aseverará ella.

Como he vivido, además, arrastrando su ausencia... la ausencia de la ceramista, aunque después haya tenido otros presuntos amores, dirá al final tu madre.

No es Rett... ¿verdad? ¿Eso no es lo que tengo?

No, le dirás sonriendo a tu madre, lo que tienes no es Rett. Crohn, ése es el síndrome que arrastras, madre, ése es tu asunto autoinmune. Pinche familia, no puede ser que nadie se haya librado de esos males.

Mira, te leo, le dirás sacando tu teléfono y buscando en Internet: "Síndrome de Rett. Mutación genética que afecta el desarrollo cerebral de las niñas. A pesar de ser ocasionada por una mutación genética, no suele ser hereditario. Los bebés parecen saludables durante los primeros meses de vida, pero con el tiempo pierden rápidamente la coordinación, el habla y la capacidad para usar las manos".

Tras reír juntos, tú quizas un poco más que ella, tu madre intentará hacer un chiste pero no tendrá fuerzas suficientes, así que intentarás adivinarlo, hacer pues ese chiste que ella hubiera hecho de haber podido —y que, seguramente, habría enredado su inconsciente, su infancia, su trabajo y sus pacientes, además del estado en el que está, tu situación de enfermero improvisado y ese otro síndrome que sí padece y que, sumado al cáncer, es asesino, un reloj en cuenta regresiva—. Tras reírse otra vez, mientras tú sigues imitando sus hipotéticos temblores de manos, además de una parálisis cerebral inexistente, ella susurrará, señalando tu teléfono con el dedo índice de una mano: a ver, busca qué dicen del Crohn.

"La enfermedad de Crohn es una enfermedad inflamatoria crónica con manifestaciones intermitentes que afectan principalmente el tracto gastrointestinal en toda su extensión. La enfermedad de Crohn produce síntomas tales como dolor

abdominal, estreñimiento, incontinencia fecal, sangrado rec-
tal, tenesmo, pérdida de peso, anemia y fatiga. Los síntomas
extraintestinales pueden comprometer la piel, las articulaciones, la vía biliar y los ojos. Debido a la inflamación cronifica-
da, también pueden desarrollarse obstrucciones intestinales, lo
que normalmente deriva en cáncer de colon". A ver... léeme
otra vez eso que dice de los síntomas extraintestinales, te pedirá. Por eso repetirás: "Los síntomas extraintestinales pueden
comprometer la piel, las articulaciones, la vía biliar y los ojos".

Puta que es inteligente tu teléfono, dirá tu madre, sonriendo nuevamente. Aunque no dice nada de la tristeza ni del
duelo, añadirá invirtiendo nuevamente la sonrisa de su boca
y obligándote a intentar alzarle otra vez el ánimo. Le dirás,
entonces, que ya no sabes si, con eso del duelo, se refiere a la
muerte de la ceramista o a que tu hermano, aquel año, le dijo
que dejaría la universidad.

Luego harás un par de chistes sobre ese hecho, el hecho
de que tu hermano chico dejara de estudiar y sobre cómo
reaccionó ella ante esa noticia, a la cual siguió la de que él
habría de dedicarse al circo.

Al final, en mitad de la risa, tu madre se quedará dormida.

Recordarás que ese año tu madre apenas consiguió sonreír,
que se pasó meses en la cama, que los fines de semana fueron
iguales, exactamente iguales al resto de los días de la semana,
que no hubo forma, ni leyéndole ni poniéndole música, de
hacerla sonreír, estar contenta, querer, desear estar contenta;
que, en los Estados Unidos, falleció Henry Molaison, el hombre que a los once años se cayó de una bicicleta, accidente que
dejaría como secuela la epilepsia que después motivaría la operación que habría de convertir su cerebro en la mayor fuente
de información que, durante el siglo XX, tendríamos sobre la

memoria, los recuerdos y nuestra forma de contar; que, a lo largo y ancho del planeta, se desataron varias epidemias de fiebre aftosa que derivaron en el sacrificio de cientos de millones de pollos y de millones de cabezas de ganado, tanto vacuno como porcino, al tiempo que resurgieron brotes de Vaca loca, Ébola y SARS, epidemias que la Organización Mundial de la Salud llamó a contener con carácter de urgente, pues existía el riesgo de que alguna se saliera de control y se convirtiera en pandemia; que tu hermano chico, cuando tu madre consiguió estar mejor, agobiado por el peso de su secreto y la duración de su silencio, le contó que había dejado la universidad pues había decidido dedicarse al circo; que, en Internet, leíste que, en Tel Aviv, el grupo de científicos encabezados por una Yael Dzienciarsky rejuvenecida, anunció que habían conseguido controlar, por primera vez en la historia, los telómeros de los cromosomas de un ser humano durante la duplicación celular, controlando así —impidiendo, en realidad— la pérdida de información de dichos cromosomas, avance paradigmático gracias al cual, además de detener el envejecimiento del sujeto, habían conseguido rejuvenecerlo, proeza que, dijeron también, los colocaba en posición de anunciar que se habían alcanzado las condiciones necesarias para empezar un protocolo de rejuvenecimiento humano para el cual necesitarían de cuarenta voluntarios sanos; que, en China, un grupo de astrofísicos de la Universidad Nacional de Pekín y de la Universidad Nacional de Shandong, encabezados por el profesor Qing-He Zhang, hicieron públicas las fotografías del primer huracán registrado en la atmósfera superior de la Tierra, fenómeno de mil kilómetros de diámetro que será denominado huracán espacial, que estará compuesto por plasma y por partículas de antimateria y que se verá, a través del ojo humano, como un remolino de auroras boreales, y que leíste el primer y único libro de cuentos de Julián Alemán Bermejo, del que sólo te pareció bueno "Dick sin Moby", que contaba la historia de un hombre que, el día de su boda, es asesinado por un tiburón blanco en una playa de la costa veracruzana.

LXIII

2009

Ése fue el año en que tu hermano entró al teatro, dirá tu madre. Yo pensaba que aquello sería pasajero, que volvería a estudiar porque sólo le faltaba un semestre... lo mismo que pensé cuando tú me dijiste que te ibas a vivir a Barcelona... que aguantarías unos seis meses.

Contigo, al final, tuve razón... bueno, más o menos, porque no fueron seis meses pero volviste apenas pudiste. Con él, en cambio, no tuve razón. El cabrón nunca volvió a la universidad... pero mejor, la verdad, porque no hubiera sido bueno en eso, ¿no crees? Y en lo que hace sí que es bueno... es un actor impresionante, añadirá esperando a que lleguen por ella, pues la inflamación que impedía que la operaran finalmente habrá cedido. No es actor, madre, le dirás: no puede ser que lleves tantos años con lo mismo. Lo peor es que lo sabes, que tienes claro que es cirquero, que no es lo mismo actuar que hacer teatro del cuerpo. Para mí es lo mismo... así que no estés chingando, dirá riéndose en voz baja. Al instante, sin embargo, guardándose aquella alegría momentánea, tu madre cambiará el gesto de su rostro y se pondrá seria. Ayer dijiste que podía afectar los ojos, ¿verdad? ¿Cómo dices?, preguntarás confundido. Que ayer, cuando leíste en tu teléfono lo de mi síndrome, dijiste que podía dañar los ojos, dirá tu madre. Eso no me lo habían dicho… nadie me lo había advertido. Y es esencial.

Ven, acércate, tengo algo que pedirte… algo que solamente tú puedes hacer, que sólo tú eres capaz de prometerme. Más, acércate otro poco… mírame los ojos… las pupilas… ¿lo ves? ¿Ves lo que hay alrededor? ¿Qué es eso, madre? ¿Por qué no me habías dicho? ¿Se lo dijiste a los doctores?, preguntarás sorprendido al ver los halos, no, los anillos color plata que han crecido alrededor de las pupilas de tu madre. Hace tiempo que los tengo… no les había dado importancia, creí que era por tanto ver ese otro lugar, ya sabes… hasta que ayer leíste eso que nadie me había dicho. No, no te alejes… acércate otra vez. Un poco más… escucha, si me quedo ciega, quiero que me mates. Otra cosa igual podría aguantarla, pero quedarme ciega no… ni ciega ni loca, si enloquezco, si ves que pierdo la cabeza, también quiero que me mates, dirá clavando sus pupilas a punto de eclipse en las tuyas y hablándote con una voz que le saldrá de las entrañas: igual si pierdo la memoria.

Ya sé que no existe… que no se acostumbra la eutanasia por ceguera por locura o por olvidos… pero eso a mí me da lo mismo, pendejo, te dirá al final tu madre.

A ver cómo lo arreglas, pero tú a mí me matas.

¿Por qué yo?, le preguntarás a tu madre, tras un silencio sordo.

¿Por qué tengo que ser yo el que lo haga?, insistirás mientras un frío que no hace, que no está ahí en donde están ustedes dos, envuelve tu cuerpo y se te mete por los poros.

Qué tontería, madre, no sé ni para qué hablamos de eso, para qué lo estamos discutiendo, añadirás sacudiendo la cabeza y tratando de escapar de aquel rincón en donde te ha acorralado. Todo saldrá bien, estás nerviosa, es natural, cualquiera lo estaría, lo raro sería, de hecho, que no lo estuvieras, porque cualquiera en tu lugar tendría que sentirse así, pero verás que no te pasa nada, saldrás recuperada… no es tu primera operación, no es la primera vez que te asustas ante esto. Tus hermanos no podrían, te dirá tu madre: no se atreverían. Quizá tu hermana… pero no quiero que cargue con eso, no quiero que le toque hacerlo a ella, sumará tu madre, que seguirá duro y a lo suyo, como si tú no hubieras dicho nada, como si no estuvieras ahí, en aquel rincón imaginario, hablando con ella, a pesar de que querrías, de que te han dado ganas de salir corriendo y no volver. Ella ya perdió a una madre, asegurará refiriéndose a tu última hermana, a la única de entre sus hijas que acabó, en verdad, siendo su hija.

Quizá por eso último, porque de golpe, apenas vuelvas a escuchar la insistencia de tu madre y la certeza que la envuelve, la certeza de que tú, de que a ti no le hace falta protegerte, como sí le hace falta proteger a los demás, al resto de sus hijos e hijas, sabrás que está hablando en serio y que no importa lo que digas, que da igual qué argumentes, que del caos a ti ya no habrá de protegerte. ¿Recuerdas esa vez que te llamaron para decirte que tenían secuestrado a tu hijo?, preguntarás entonces, tratando por última vez de escapar pero también de defenderte utilizando aquella historia que ha emergido desde el fondo de tu mente, como jalada, como imantada por ese otro monopolo que es la petición que tu madre acaba de hacerte hace un instante. Fue aquel mismo año, poco antes de que me fuera a Barcelona. Llegué a tu casa y me dijiste: "no dormí en toda la noche, me llamaron a las tres de la mañana y me gritaron 'tenemos secuestrado a su hijo'. Y aunque el corazón se me detuvo, me acordé de que tu hermano chico estaba en Monterrey y de que el grande seguía en China. Así que les colgué, tras insultarlos".

"¿Y yo?", eso fue lo que entonces te pregunté, ¿te acuerdas? "¿Y yo, madre? ¿Y si hubiera sido a mí al que hubieran secuestrado?". "¡Por favor, a ti quién iba a secuestrarte!", me respondiste. "¿Quién va a querer a un loco?".

Me acuerdo, claro… pero ¿estás diciéndome que sí o estás diciéndome que no?, preguntará al final clavando otra vez sus pupilas en eclipse en las tuyas.

Entonces, aunque querrás decirle algo más, responderás lo que ella quiere escuchar.

Recordarás que ese año te marchaste de México; que, en Internet, leíste que, en Barcelona, el hombre que había sido encarcelado por atentar contra la ciudad, su gente y su recinto ferial, el mismo que decía haber comprendido el *Manuscrito Voynich*, fue trasladado al manicomio, donde murió tras dejar una carta en la que aseguraba que aquel viejo manuscrito le había enseñado cómo crear un hoyo negro del tamaño de una piedra de lectura, un hoyo negro capaz de tragarse al mundo en un minuto con cuarenta segundos; que, en México, en mitad de la llamada Guerra Contra el Narcotráfico, se rompieron todos los registros de asesinatos, desapariciones, feminicidios, violaciones y demás actos de violencia, violencia que estaría fuera de control y desgarraría el tejido social de tu país así como la vida de millones de connacionales tuyos, quienes, además, debieron hacer frente a la epidemia de Gripe A (H1N1), epidemia que empezó en una granja de Perote, Veracruz, y que muy pronto alcanzó el resto de rincones de la nación, así como diversos puntos del planeta, amenazando convertirse en pandemia; que, una vez que te fuiste, tu madre te contó, vía telefónica, que le había rentado tu cuarto a un amigo de tu hermano, un compañero, en realidad, de la compañía de teatro —eso dirá ella: compañía de teatro— a la que tu hermano habría ingresado medio año antes, porque el dinero le hacía falta pues la crisis del Colegio se había vuelto aún más grave y ella, aunque había renunciado a la dirección, seguía trabajando en dicha institución, por lo que no tenía tiempo ni espacios para nuevos pacientes y porque, de por sí, a la mitad de ellos ni siquiera les cobraba; que tu madre te contó, en otra llamada telefónica, que estaba mejor, con respecto al duelo por la ceramista, con quien, te contará también, preocupándote pero dándote una ternura infinita, había empezado a hablar de tanto en tanto, a platicar sobre su vida, pues aunque sabía que ella no podía responder ni escuchar, sentía que hablarle al espacio, que hablarle al tiempo era también hablarle a ella; que, en los Estados Unidos, el mismo día que en Barcelona se conmemoraron cien años del nacimiento de la radio independiente y que en México se celebraron cincuenta años de la existencia de la televisión pública, se fundó el sitio web YouTube, se creó la moneda virtual Bitcoin y la NASA hizo público que su sonda Eutex había tomado una muestra de los anillos de Saturno; que tu tía mayor, en otra llamada telefónica, te pidió, tras recordarte aquella vez en que tu tío chico aseguró haber visto a tu tío mayor en un evento en Barcelona, que anduvieras atento, que buscaras ahí, en las calles de esa ciudad en la que vivías, a ese tío tuyo cuyo rostro finalmente conocerás, gracias a dos fotografías, y que no te atreviste a decirle a tu tía que su hermano mayor había muerto en una prisión de Barcelona.

LXIV

2010

Tu madre te dirá que ése fue el año de su última mudanza.

De la última mudanza de mi vida y de mi primera enfermedad grave… porque antes del Crohn ya me habían diagnosticado aquella otra cosa autoinmune que me volvió alérgica al frío.

¿Alérgica? Más que alérgica, que hace que el frío me abra heridas, te explicará intentando espabilarse de la siesta que apenas se enteró de que había hecho. Ya sabes, ni entonces ni después han tenido claro qué es… pero el asunto es que el frío me lacera, literalmente, la piel y el comienzo de la carne. Como si me cortaran con hojas de metal, eso también lo sabes, añadirá en el instante en el que afuera, más allá de la ventana del cuarto del hospital en el que estarán aguardando a que vengan por ella para llevarla al quirófano, la claridad del día empezará a hacer visible el mundo. Y como allá arriba el frío es aún más fuerte que acá abajo, dirá dirigiendo su mirada a la ventana y observando las montañas que han empezado a dibujarse en la distancia —en cuyas terrazas está emplazada la casa en el que tú también viviste—, tu hermana me consiguió ese lugar en Coyoacán… la vivienda esa que había sido de su padre y que no estaba ocupada hacía no sé ni cuántos años.

¿Te mudaste ahí por la alergia? Bueno, la alergia fue el pretexto, pero en realidad fue por la lana, pues los problemas de dinero habían acabado de arrinconarme y tu hermana siempre se ha hecho cargo de esa renta... sobre todo después de que al Colegio dejó de bastarle ahorrarse mi sueldo y tuve que inyectarle mis ahorros, añadirá tu madre volviendo la cabeza hacia el escritorio que hay dentro del cuarto, donde estará la matrioska que la hija favorita de tu madre le habrá regalado. ¿Me la alcanzas?, te pedirá intentando, en vano, alzar una de sus manos y poniéndose de mal humor al no conseguirlo. También pásame esa caja, la que trajeron tus hermanos, te pedirá forzando una sonrisa, sin conseguir ocultar su coraje repentino. Parecería que todos me han traído algo... todos menos tú, sumará justo antes de preguntarte qué te pasa, por qué estás como enojado. Para no decirle que la que está enojada es ella, que la que está asustada, en realidad, es ella, le dirás lo primero que te venga a la cabeza, al ver tu teléfono en tus manos: estos pendejos... quieren cobrarme unas llamadas que no hice. ¡Llámalos... llámalos ahorita mismo y pásamelos!, aseverará como encontrando un clavo al cual asirse. No, madre, claro que no. ¡Por favor... te lo suplico! ¡Déjame pelearme con alguien... déjame gritarle a alguien! Tras reír juntos un momento, le dirás: te equivocas, además, yo también te traje un par de cosas. Quería dártelas después de que te hubieran operado, pero veo que te has vuelto tacaña de sorpresas. Mira, pronunciarás entregándole, primero, el anillo que era de su abuelo y que encontraste en las cajas que tu tío te heredara y, después, la edición de *Marijuana y Sifo* que conseguiste en una librería de viejo y que hará que a tu madre, como ella dice, se le agüen los ojos.

Hace años que no soy invisible, ¿verdad? Hace años que no tengo que hacerme pequeñita... que no tengo que esconderme, ¿cierto? Antes, sin embargo, de que puedas responderle sonarán dos golpes en la puerta.

Y al instante, sin esperar respuesta, entrarán dos enfermeras y un camillero gigantesco.

¿Nos despedimos?

Le dirás a tu madre que no, que hace años no se esconde. Que ella es más un escondite, la guarida y no el animal que se oculta. Hablando de eso, te pedirá: si me pasa algo quiero que te quedes con mi perra. No te va a pasar nada, aseverarás tomándole la mano, mientras el enorme enfermero quita los frenos de su cama. Pero si sí, ¿te la quedas? Sí, claro me la quedo, pero no pasará nada.

Cuéntame algo, te pedirá instantes después, mientras la empujan fuera de aquel cuarto en donde habrán pasado juntos las últimas noches. ¿Qué es lo que quieres que te cuente?, preguntarás después de convencer al camillero y al par de enfermeras de que te dejen acompañarla, ir con ella hasta ese otro piso en el que ya no te será permitido el acceso, porque sólo podrán entrar enfermos y trabajadores del hospital. Lo que tú quieras... no, no lo que sea... cuéntame algo que recuerdes tú de aquel año... de ese año del que deberíamos estar hablando, añadirá tu madre, cuya mano estará asida a la tuya, no, cuya mano estará asida, agarrada, sostenida por la tuya.

Tras pensarlo un breve instante, instante en el que cabrán miles de historias, la mitad reales, la otra ficticias, decidirás sorprenderla: aunque crees que no lo sé, sé lo que pasó con el amigo de mi hermano, le dirás y sus ojos se abrirán incrédulos, presumiendo esos anillos que han empezado a devorar sus pupilas, convirtiendo su mirada en una imagen que bien podría haber sido enviada por una sonda intergaláctica. Sé que cuando se mudó contigo a esa casa a la que ya no se mudó mi hermano, esa casa en la que él vivió contigo varios meses, también vivieron un romance. No, no sé si fue un romance, pero sé que fue intenso, sumarás justo cuando en sus labios cobre vida una sonrisa transparente. Ni modo que dejara pasar aquella última oportunidad, responderá aunque no tanto para ti como para el par de enfermeras que, al voltear la vista hacia ellas, descubrirás que también se están riendo.

Hasta aquí llega usted, lo siento, te informará en aquel instante el enorme camillero que ha venido empujando a tu madre, deteniéndose delante de una puerta de dos hojas sobre la que hay un enorme letrero: "Sólo Personal Autorizado".

Ya escuchaste, le dirás entonces a tu madre, pensando: dice mucho de la gente su idea de las mayúsculas.

Luego, aunque no sabrás si mientes, dirás: te veo al rato.

Recordarás que a finales de ese año, según tus cálculos, tu madre volvió a encontrarse, durante una reunión que la UNAM habría convocado para hablar del futuro de las capacidades diferentes y de su cabida en la currícula de la educación primaria, con aquel padre de aquellos dos alumnos suyos que hacía un par de décadas habría sido su amante, reencuentro que ella te contó emocionada durante una de las llamadas transoceánicas que habrían de sostener por ese entonces; que, en Internet, leíste que, en Yucatán, el grupo de submarinistas Las quetzales de agua bautizaron con el nombre de tu madre el último afluente enterrado que habrían de descubrir, pues poco tiempo después el gobierno de la región prohibió el buceo no arqueológico en dicha zona, como pretexto para sacar de sus tierras —de sus subsuelos— a las comunidades de la región, en nombre de un proyecto de desarrollo y progreso decidido e impuesto desde la capital de tu país; que, sobre los cielos de Sudáfrica, el Océano Índico, Indonesia y Australia, tuvo lugar un eclipse anular —el primer eclipse anular que habrías de contemplar pues estarías en Australia por un viaje de trabajo—, eclipse anular que, tiempo después, recordarías al contemplar los ojos de tu madre, justo antes de que a ella la ingresaran en su último quirófano, pues los anillos que se habrían formado en torno a sus pupilas serían idénticos a los que habrías de ver aquella vez, en torno de la luna; que terminaste de escribir tu primer libro y, por esos días, conseguiste trabajo en una revista de viajes, noticia que le querrás contar a tu madre, por lo que habrás de llamarla aunque después no habrás de contarle nada, porque ella, acongojada, te contará que las nuevas socias del Colegio pretendían robarle la institución a la que había dedicado dos terceras partes de su vida; que, contra todo pronóstico, cuando los hijos del amante de tu madre, que sospechaban que tu madre y su padre seguían siendo amantes, se negaron a que ella fuera a visitarlo al hospital en el que se estaba muriendo, tu padre le ofreció a tu madre acompañarla, fingiendo que seguían siendo esposos; que el mundo entero fue impactado por la aparición y las primeras filtraciones de Wikileaks, organización que hizo públicos diversos informes sobre delitos y faltas cometidas por el Ejército de los Estados Unidos, así como informes, cables diplomáticos y documentos clasificados por aquel país y por varias otras naciones, en el contexto de una crisis económica, moral y climática de proporciones nunca antes vistas, y que, revisando las cajas que tu tío mediano te había heredado, encontraste las cartas que ese tío tuyo le había escrito a un hijo que nunca sabrás si fue real o era ficticio —cartas, además, sobre las que no hablarás con nadie, como si supieras que aquello, guardar ese secreto, era un entrenamiento, un ensayo para aquel otro que, años después, justo antes del final, te verías obligado a guardar—.

Entenderás que tu madre fue un iceberg encogiéndose, un misil lleno de ozono, una hectárea en llamas, la realidad transfigurada, un recipiente que contenía antimateria, un duelo hondo y doloroso, un río subterráneo, los anillos en torno de un planeta, un escondite profundo y un viento solar.

LXV

2011

Tras las primeras horas de espera, te hablará la ausencia de tu madre.

Y te dirá, esa ausencia, que aquél fue el año en el que ella finalmente empezó una nueva relación, con ese hombre que estará sentado a un par de sillas de la tuya. Luego, en el momento en que eches la cabeza para atrás y cierres los párpados, la ausencia de tu madre, esa voz en el silencio de tu mente, en realidad, te dirá que aquel año fue feliz por múltiples motivos: porque tu hermano chico se presentó en el escenario de un gran teatro —sin haber enloquecido—, porque tu hermano grande volvió de China —sin haber enloquecido—, porque tú te casaste en una playa de Oaxaca —sin haber enloquecido—, porque tu hermana parió a su segunda hija —sin haber enloquecido—, porque tu padre y ella firmaron las paces —sin haber enloquecido—, porque por fin consiguió rentar la casa que había construido hacía años —con lo que pudo respirar económicamente—, porque su hermana grande, tu tía mayor, salió adelante del cáncer de mama que le habían detectado, y porque ella, tu madre, empezó, sin preocuparse por su edad, a estudiar un nuevo posgrado, un posgrado en relaciones objetuales que cursó, gracias a Internet, en la Universidad de Washington. Entonces, al tiempo que el silencio de tu mente repite esa última palabra que tu madre, de alguna forma, ha pronunciado: Washington, echarás de nuevo la cabeza hacia delante, abrirás los párpados, verás a tus hermanos, luego a tu hermana y después a tu tío chico, tu tío más cercano, quien estará observando las prótesis auditivas que tu madre le habrá dado por navidad y que sostendrá sobre la palma de una mano. Entonces escucharás que la ausencia de tu madre te dice que ella, aquel año, también fue infeliz, por dos motivos: tras sentirme mal de la panza durante poco más de un mes y medio, me hicieron los estudios gracias a los cuales descubrieron que padecía Crohn, y mis nuevas socias, en quienes había decidido confiar hasta el final, llevaron el pleito por la escuela a los juzgados, donde compraron al juez, quien no nos avisó de la vista del caso, por lo que quedamos, tu tía y yo, contra la pared.

Hijas de puta, dirás entonces en voz alta, haciendo que tu hermana, que estará sentada a tu lado, volteé a verte sorprendida y pregunte si estás bien, si no prefieres dormir un rato.

Estoy bien, nomás pensaba en voz alta.

Yo también podría decirte varias cosas.

Si tú hablas con la ausencia de la ceramista, yo podría hablarte a ti, aunque no estés aquí, le dirás a la ausencia de tu madre cerrando otra vez los ojos y apretando los labios, para no volver a dar muestras de locura.

Le dirás, entonces, a la ausencia de tu madre que aquel fue el año en el que murió su perra más querida, su perra más cercana, la que, al final, se había vuelto una fiera, la que no dejaba que nadie, ni siquiera ustedes, sus hijos, ni siquiera ella, tu hermana, se acercaran a tu madre; la perra a la que ella debía encerrar en el traspatio de su casa, que también era su consultorio, cada vez que aparecía un paciente, un invitado, un vecino, un plomero o un electricista, sumarás sonriendo a la ausencia de tu madre —para no decirle lo que sientes, en realidad, mientras ella está siendo operada—, ausencia que también habrá de reírse, porque sabrá que esa perra se la tenía jurada, sobre todo, a los electricistas, cuya cuenta final sería de tres tobillos y una pantorrilla lacerados. Y añadirás, después, para esa ausencia, quizá porque esos electricistas de tobillos masticados te harán recordarlo, pero también porque no querrás pensar en el quirófano, que aquél también fue el año en el que el cielo te advirtió por última vez que estaba a punto de alcanzarte, que, aunque ella no lo sabe, porque en su día preferiste no contárselo, en Barcelona, en la parte alta de la Carretera de les Aigües, una tarde en la que paseabas con tu perra te sorprendió una tormenta que empezó con el anuncio de un relámpago cayendo a un par de metros de tu cuerpo, un rayo que cayó con tal violencia que te lanzó al suelo, donde caíste de rodillas y escuchaste, antes incluso que el rugido del mundo, el quebranto de una de tus piernas, cuyo menisco ya no dejaría nunca de dolerte.

¿Te está doliendo?, escucharás entonces que alguien te pregunta, obligándote a alzar los párpados y descubrir que es tu padre quien te habla —por más que él y tu madre se hayan vuelto amigos, no te acostumbrarás a verlo ahí— y que eres tú quien no logró lo que quería: ocultar lo que sucede en tu silencio.

No, es la costumbre, dirás cuando descubras que tu mano está sobando tu rodilla, que no fueron las palabras las que ahora te acusaron.

Que aquello, agarrarte la rodilla, te dejó en evidencia.

Recordarás que ese año te casaste en una playa de Oaxaca, que viajaste luego por el sureste mexicano y que volviste a

Barcelona, donde un par de semanas más tarde recibiste una llamada de tu hermano mayor, quien nunca antes te había llamado a ese país y quien, tras enredarse un par de veces, te contó que tu madre, su madre, había enfermado, que había empezado con un simple estreñimiento pero que luego se había ido todo complicando, que habían tenido que internarla para hacerle un montón de estudios y que, estando internada, se había puesto peor, que se le habían ido apagando varios órganos, que igual sería bueno que viajaras; que, en Renania-Palatinado, en el sitio arqueológico de Gönnersdorf, fue desenterrada la primera y única Venus esteatopigia elaborada con los restos de un meteorito, meteorito que habría caído sobre la tierra durante el paleolítico superior, es decir, que fue encontrada la única Venus cuyo origen material no era terrestre, la gran madre cuya entraña habría llegado, literalmente, de otro mundo; que, apurado, al día siguiente de la llamada con tu hermano mayor, de llamar a tu hermano menor y de hablar también con tu hermana, quien confirmó que, en efecto, tu madre estaba realmente mal, compraste un boleto de avión, llenaste una maleta sin ser consciente de qué metías en ésta, te despediste de tu pareja sin registrar que habías hablado con ella, te fuiste al aeropuerto y abordaste el avión que te llevó a Madrid, donde tomaste aquel otro que te dejó, al final, en tu país; que, en tu país, atrapado en un taxi y en el tráfico del Circuito Interior, pensaste, por primera vez en tu vida, en la existencia de tu madre y, por primera vez también, en que deberías escribirla, contarla, hacer algo pues con esa existencia, con esa historia, pero no una novela, tampoco un ajuste de cuentas ni un homenaje, quizá, eso es, te dijiste en silencio, bajando la ventana e intentando reconocer aquel país que era el tuyo, un libro de notas, eso, eso es, un libro de notas al pie de su vida, al pie de mi madre, y que, años después, apenas un par de días antes de que tu madre fuera llevada a su último quirófano, harías otro inventario de las cosas que tu tío mediano te heredara, para repartirlas de un modo más justo, para compartirlas, pues, con tus tías y tu tío más cercano.

LXVI

2012

Me lo pidió hace varios años, te dirá Julián Alemán Bermejo, el doctor de tu madre.

Al año siguiente de aquel primer internamiento, cuando
pensamos que entraba en otra crisis, cuando creímos, tanto
ella como yo, que igual sería necesario internarla otra vez.

Por eso te he llamado, por eso pedí que te llamaran sólo
a ti, te dirá el doctor de tu madre, sentándose e invitándote a
hacer lo mismo. Voy a serte franco, totalmente directo, ¿te parece? Tu madre está muy mal, ha vuelto el cáncer, está infestada,
totalmente invadida, da igual si recortamos más el colon, no
le queda mucho tiempo… igual un par de meses, par de meses
que serían aún peores si seguimos adelante. Pero eso no es
lo peor, lo peor es que ha perdido mucha sangre, que no está
oxigenando, que el Crohn ha alcanzado los riñones y pulmones. No sé, en realidad, cómo podía estar de pie, cómo podía
seguir así, como si no estuviera enferma, añadirá el doctor de
tu madre. Pero, insisto, lo peor es que no esté oxigenando, que
el cerebro ya debió de sufrir daños, me preocupan los lóbulos
temporales, también el hipocampo.

Imagino que no habrás escuchado de Henry Molaison.
Bueno, no, tampoco importa, te dirá el doctor de tu madre:

lo que importa es que no quiero engañarte, que no te quiero ocultar nada, se lo debo a ella, es lo mínimo que puedo hacer por todo lo que ella me ayudó, por todo lo que tu madre me dio cuando fue mi terapeuta. No, ni siquiera, se lo debo por amor, por el enorme cariño que le tengo a tu madre, aseverará aquel doctor —al que conociste hace años, afuera del consultorio de tu madre, un día que evidentemente él no recuerda— en cuyos ojos, que te parecerán de obsidiana, verás —o creerás ver— una película de lágrimas que, seguramente, no serán sintéticas. Aquel año me lo dijo, por primera vez, pero después me lo siguió repitiendo, cada vez que lo creía necesario, como si yo fuera a olvidarlo, como si fuera a traicionarla, pero yo no le haría eso, no podría hacerle eso: que fueras tú, que sólo tú lo decidieras, que tus hermanos no podrían hacerlo.

Por eso estoy aquí contigo, te dirá el doctor de tu madre. Ella, ahora, está sedada, sería cosa nada más de esperar, de dejarla irse tranquila, de no volverla a despertar.

Y, claro, de no contárselo a nadie, de guardar juntos el secreto.

Me lo dijo, le dirás a Julián Alemán Bermejo.

En su cuarto, mientras hablábamos de otra cosa. Ni me acuerdo de qué cosa. Que no quería vivir más de la cuenta, que no quería vivir ciega ni loca ni olvidando.

Y sé que al decírmelo me estaba diciendo mucho más, que lo de ciega, lo de loca y lo de desmemoriada era una metáfora, una forma de hablar, le dirás luego al doctor de tu madre, sin tener claro por qué estás diciéndole eso. Que lo que ella no quería, porque eso fue lo que mi madre nunca quiso, era volverse dependiente, necesitar de alguien más, recibir el afecto a la fuerza o como algo que urge y no de modo natural. Volverse un peso, una carga, cuando había sido, cuando siempre fue lo contrario. No sólo lo contrario, añadirás ante el doctor de tu madre: lo que mi madre no quería era quedar, de pronto, en el centro, ser vista por todos, no poder ocultarse del mundo. Lo que mi madre no quería era perder su poder de invisibilidad, sumarás ante al doctor de tu madre, cuando por fin te atrevas a alzar el rostro y a mirarlo: lo que le daba miedo, a mi madre, lo que realmente la aterraba, no era quedar ciega, no era enloquecer, no era olvidarlo todo, era no volver a ser consciente, no ser capaz de contemplar esos instantes en los que ella decidía antihabitar, le dirás también al doctor de tu madre, repitiendo, en el silencio de tu mente, esa última palabra y esbozando una sonrisa que te resultará inesperada: *antihabitar*.

Luego, cerrando los ojos y viendo el mundo que ella estará acabando de heredarte y enterrando ahí las preguntas que aún querrías haberle hecho, llorarás en silencio. Y, en vano, tratarás dos, tres, cuatro veces de decir, de comunicarle algo a aquel doctor que estará delante tuyo.

Entonces, cuando por fin logres hablar, dirás: no tengo que decirte qué hacer ni cómo, pero te pido, por favor, que sienta, que no le escondas el dolor, porque ella no habría querido eso.

Y dile que yo digo que, por lo menos, no llegó a vieja... que no se secó en torno de sí misma, como temía.

Que no es, que nunca fue la vieja de aquella foto.

Recordarás que ese año, después de que el esposo de tu hermana amenazó al abogado de las socias que querían robarles el Colegio a tu tía y a tu madre, aquel hombre aceptó que había comprado al juez, declaró eso ante el Ministerio, se cambió el juicio de juzgado y, finalmente, tras varios meses, tu madre y tu tía ganaron la disputa, aunque aquello sirvió sólo para cerrar, poco después, el Colegio, cuyas deudas se habían vuelto impagables; que tu madre, un par de semanas después de haber cerrado el Colegio, llevando a cabo, frente a ti, un recuento de lo mejor y de lo peor que ese proyecto le había dejado, llegó a aquellas dos últimas socias y, por primera y última vez en su vida, perdió el freno que siempre la había hecho callar, no hablar nunca, no juzgar jamás los cuerpos ni el físico de otras mujeres: "gordas infectas, culos guangos, hernias inguinales, pinches retratos de la isla de Pascua, hijas y nietas de perras descastadas, cómo no iban a ser así de deshonestas, así de envidiosas, así de inseguras, si son como Gólems"; que, a lo largo y ancho del planeta, se rompieron todos los récords de quema de combustibles fósiles, emisiones de anhídrido carbónico, tala y devastación de bosques y selvas, deshielo de los polos, muerte global de abejas y extracción de minerales y piedras preciosas, y que, un par de años después, rebuscando entre las cajas que te habrá heredado tu tío mediano, encontraste una bolsa llena de joyas de oro —toscas joyas de mujer que no sabrás de dónde habrán salido ni a quién podrían haber pertenecido— y un ejemplar de *Niveles de vida*, el libro de Julian Barnes en el que leíste: "Es lo que muchas veces no comprenden los que no han cruzado el trópico del duelo: el hecho de que alguien haya muerto puede significar que no está vivo, pero no significa que no exista".

LXVII

2013

El cuerpo de tu madre te contará que ese año nació su última nieta.

Te lo contará, en realidad, su brazo izquierdo, ese brazo en el que ella, que hasta entonces habría estado en contra de tatuarse, se tatuó, diminuto, casi como un lunar, la huella de uno de los pies de esa pequeña.

Acariciarás, entonces, aquel tatuaje, antes de acariciar el resto de lunares de ese cuerpo que estará tendido enfrente tuyo y que será el cuerpo desnudo de tu madre, ese cuerpo que habrán suturado con un hilo como pelo de caballo y que tú abrazarás mientras te cuenta, mientras te recuerda, en realidad, las patadas de tu tío mediano, la operación de nariz que, por primera vez en tu vida, te parecerá evidente, la cesárea que habrá traído al mundo a tu hermano menor, las ranuras como ojos que habrá sembrado en un costado de su vientre la primera operación que le habrá impuesto el cáncer y las perforaciones, los agujeros que alguna vez debieron ser redondos pero que, con el tiempo, se habrán vuelto lágrimas vacías en las orejas de tu madre: tres en la izquierda y dos en la derecha.

Entonces, recordándote que siempre habrá algo para lo que uno no está preparado, el cuerpo de tu madre te pedirá: mira la boca de este cuerpo, toca sus labios, atrévete a ver entre sus dientes, busca una última palabra.

Una palabra atorada, una palabra olvidada, quizá quede alguna.

Le contarás al cuerpo de tu madre que ese año conociste la sierra de Chihuahua.

Que estuviste ahí, en el corazón de esas montañas, por trabajo, escribiendo el artículo que te encargó una revista para la que estabas trabajando. Y que te habrías quedado ahí para siempre de no ser por tus obligaciones.

Entonces, le contarás al cuerpo de tu madre que conviviste con un grupo de graniceros sobre los que antes también habrías tenido que escribir, un grupo de señores del trueno rarámuris que viven alrededor y que protegen las huellas de homínidos más antiguas que se hayan encontrado en el continente americano. Pero eso, le contarás después al cuerpo de tu madre, no es lo que querías platicarte. Lo que querías platicarle era que tuviste la suerte de asistir al funeral de uno de los viejos de aquel grupo. Que atestiguaste, pues, lo que le hacen a un cadáver antes de quemarlo, le contarás al cuerpo de tu madre. Ellos preparan dos tinturas, una roja y otra amarilla: con la roja señalan, iluminan todas las cicatrices de sus muertos, con la amarilla, en cambio, dibujan rayos, relámpagos sobre las venas y las arterias de esos cuerpos, sumarás ante el cuerpo de tu madre, que se irá metiendo, acoplando al silencio de tu mente.

Por eso, le contarás al cuerpo de tu madre, le dirás al silencio de tu mente, sacando de tu bolsillo un frasco diminuto de tinta dorada y un pincel delgado y fino, voy a regalarte la cicatriz de mi relámpago.

Que te alumbre, madre, que te ilumine ahora a ti.

Recordarás que ese año ya no volviste a Barcelona, tras haber viajado a México, porque tu madre se puso peor del Crohn y tú escogiste acompañarla, estar con ella, apoyarla en lo que necesitara, aunque sabías que nunca les diría, ni a ti ni a tus hermanos, que necesitaba algo; que tu madre decidió que su amorío con el padre de aquellos dos viejos alumnos no era una relación de pareja, ni en forma ni en fondo, que era sólo algo sexual, que no estaba dispuesta a compartir de nuevo su espacio personal con nadie más, con nadie que no fueran sus pacientes, pacientes que ya sólo eran niños, porque ese año también habría renunciado a sus pacientes adultos, y que leíste, en un libro de Joseph Zárate sobre las guerras silenciosas que en América Latina se llevan a cabo contra los defensores de los bosques y las selvas, que el oro, todo el oro que hay en la tierra, es de origen extraterrestre, que llegó, pues, en meteoritos, que no es de aquí, de este mundo, sino de allá, de ese otro, del universo.

LXVIII

2014

Le dirás al cuerpo de tu madre que lo devuelva.

Que lo devuelva a su origen, cuando ella finalmente retorne a ese sitio del que un día habrá llegado; devuélvelo, le insistirás al cuerpo de tu madre, mientras colocas en sus dedos, en su cuello y en esas cinco lágrimas de aire que hay en sus orejas, las joyas de oro que ese año habrás encontrado entre las cajas que tu tío de en medio te heredara.

Es lo mejor, madre, que ardan contigo, que las quemen contigo.

Recordarás que ese año, durante la operación en que debían recortarle tres cuartas partes de colon, tu madre murió, días después de haber sido hospitalizada, tras sufrir un último colapso durante el viaje que, a manera de despedida, le habían organizado tú, tus hermanos, tu hermana, tus tías y tu tío; que, en Río de Janeiro, el día del velorio de tu madre, cayó un rayo sobre la enorme estatua del Cristo Redentor, quemándole la mano; que, justo antes del final, guardaste en lo más hondo de tu cuerpo, para siempre, el secreto más pesado y suave de tu vida, y que leíste, en *Si la muerte te quita algo, devuélvelo*, de Naja Marie Aidt: "Te besé la mano y tu mano estaba tan fría que el frío se me extendió por la cara, la cabeza, el cráneo. No existe nada más frío en este mundo. Ni el hielo, ni la nieve. No hay miedo, no hay angustia, no hay pesar tan frío como tu mano, que besé con mi boca viva, cálida".

LXIX

2015

Recordarás, entenderás o leerás —aquí, en esta página— que aquel año tu madre fue un torbellino de auroras boreales.

LXX

2016

Empezarás, en el silencio de tu mente, a estar con ella otra vez. A sentir, en realidad, cómo se descompone el monopolo, cómo se disemina su energía, cómo zurcen, esos vectores, el caos y los afectos.